LE MESSIE
DE DUNE

ŒUVRES DE FRANK HERBERT
DANS PRESSES POCKET :

PRÉLUDE À DUNE :

ET L'HOMME CRÉA UN DIEU

CYCLE DE DUNE :

1. DUNE, tome 1
2. DUNE, tome 2
3. LE MESSIE DE DUNE
4. LES ENFANTS DE DUNE
5. L'EMPEREUR-DIEU DE DUNE
6. LES HÉRÉTIQUES DE DUNE
7. LA MAISON DES MÈRES

LE BUREAU DES SABOTAGES :

1. L'ÉTOILE ET LE FOUET
2. DOSADI

LE PROGRAMME CONSCIENCE :

1. DESTINATION VIDE
2. L'INCIDENT JÉSUS

LE PRENEUR D'ÂMES
LES PRÊTRES DU PSI
CHAMP MENTAL
LA BARRIÈRE SANTAROGA
LES FABRICANTS D'EDEN
LE PROPHÈTE DES SABLES (Grand Temple de la S.-F.)

SCIENCE-FICTION
Collection dirigée par Jacques Goimard

FRANK HERBERT

LE MESSIE DE DUNE

EDITIONS ROBERT LAFFONT

Titre original :
DUNE MESSIAH
traduit de l'américain par Michel Demuth

La loi du 11 mars 1957 n'autorisant, aux termes des alinéas 2 et 3 de l'article 41, d'une part, que les *copies ou reproductions strictement réservées à l'usage privé du copiste et non destinées à une utilisation collective*, et, d'autre part, que les analyses et les courtes citations dans un but d'exemple et d'illustration, *toute représentation ou reproduction intégrale ou partielle, faite sans le consentement de l'auteur ou de ses ayants droit ou ayants cause, est illicite* (alinéa 1er de l'article 40).
Cette représentation ou reproduction, par quelque procédé que ce soit, constituerait donc une contrefaçon sanctionnée par les articles 425 et suivants du Code pénal.

© Frank Herbert, 1965
© Galaxy Publishing Corporation, 1969
© Traduction française : Éditions Robert Laffont, S. A. 1970, 1972
ISBN 2-266-02725-5

> Si riches sont les mythes qui demeurent attachés à la personne de Muad'Dib, l'Empereur Mentat, et à celle de sa sœur Alia, qu'il est difficile de percer à jour la nature véritable des êtres. Avant tout, il exista un homme né sous le nom de Paul Atréides, et une femme appelée Alia. Sur leur chair s'exercèrent les effets du temps et de l'espace. En dépit de leurs pouvoirs visionnaires qui les affranchissaient des limitations ordinaires de ce temps, de cet espace, ils demeuraient d'extrace humaine et les expériences qu'ils vécurent furent bien réelles de même que les traces qu'ils laissèrent dans la réalité. Pour mieux les comprendre, il convient d'admettre que la catastrophe qu'ils connurent fut une catastrophe pour la race humaine tout entière. Ainsi donc, l'œuvre que voici est dédiée, non à Muad'Dib ou à sa sœur, mais à leurs héritiers, à nous tous.
>
> *En dédicace à* L'Index de Muad'Dib *tel qu'il fut retranscrit de la* Tabla Memorium *du Culte de l'Esprit Mahdi.*

LE règne de l'empereur Muad'Dib suscita plus d'historiens que toute autre ère de l'Histoire de l'humanité. Nombre d'entre eux défendaient avec une âpreté jalouse leur point de vue particulier et sectaire mais leur existence même est révélatrice de l'impact produit par cet homme qui régna sur tant de mondes divers et qui éveilla tant de passions.

Certes, il portait en lui tous les germes de l'Histoire,

idéaux, idéalisés. Né Paul Atréides au sein d'une Grande Famille des plus anciennes, il reçut l'éducation *prana bindu* de sa mère Bene Gesserit, Dame Jessica, et acquit ainsi un contrôle total de ses muscles et de son système nerveux. Mais avant tout, il était un *mentat*. Ses capacités intellectuelles dépassaient celles des ordinateurs mécaniques prohibés par la religion. Muad'Dib était le *kwisatz haderach,* celui que les Sœurs du Bene Gesserit recherchaient depuis des générations au travers de leur programme de sélection génétique, celui qui pouvait être « en plusieurs lieux à la fois », le prophète, l'homme par lequel le Bene Gesserit espérait contrôler le destin de toute l'humanité. Cet homme, Paul Muad'Dib, devint l'Empereur Muad'Dib et contracta dans le même temps un mariage blanc avec la fille de l'Empereur Padishah qu'il venait de vaincre.

Vous avez très certainement consulté d'autres études sur cette période et vous en connaissez les faits principaux. Songez alors au paradoxe, à l'échec implicite qu'elle recelait.

Certes, les farouches Fremen de Muad'Dib balayèrent les forces de Shaddam IV, les légions des Sardaukar, celles des Grandes Maisons, des Harkonnen, ainsi que les mercenaires levés grâce à l'argent du Landsraad. Muad'Dib terrassa la redoutable Guilde Spatiale et plaça sa propre sœur, Alia, sur le trône spirituel que le Bene Gesserit avait cru à sa portée.

Mais il fit d'autres choses encore. Ses missionnaires de la Qizarate portèrent la croisade religieuse au sein des étoiles en un Jihad qui dura douze années standard et qui rassembla la plus grande partie de l'univers humain sous une unique bannière. Tout cela parce que la mainmise d'Arrakis, la planète Dune, conférait à Muad'Dib le monopole de cette monnaie suprême : l'épice gériatrique, le Mélange, le poison qui donne la vie, qui perce le Temps. Le Mélange, sans lequel les Révérendes Mères ne pouvaient espérer poursuivre leurs observations de la nature humaine, leur contrôle de l'esprit. Le Mélange, sans lequel les Navigateurs de la Guilde ne pouvaient affronter l'espace, sans lequel des milliards et des milliards de citoyens de l'Empire étaient condamnés à mourir.

Le Mélange, sans lequel Paul Muad'Dib ne pouvait être prophète.

Nous savons que ce moment de suprême puissance portait en lui le germe de son anéantissement et nous ne pouvons en déduire qu'une chose : toute divination absolue et précise est mortelle.

Selon d'autres historiens, Muad'Dib fut victime de tous ceux qui complotèrent contre lui : la Guilde, les Sœurs du Bene Gesserit, ainsi que les amoralistes scientistes du Bene Tleilax et les subterfuges de leurs Danseurs-Visages.

Il en est d'autres encore qui accordent un rôle important aux espions qui s'étaient glissés dans la demeure de Muad'Dib. Ils mettent l'accent sur le rôle du Tarot de Dune qui obscurcit les pouvoirs prophétiques de Muad'Dib ou sur le fait qu'il dut accepter l'aide d'un *ghola,* un être rappelé d'entre les morts et conditionné pour le détruire. Mais il ne faut point oublier que ce *ghola* était Duncan Idaho, le lieutenant du Duc Leto Atréides, qui avait trouvé la mort en sauvant le jeune Paul et sa mère.

Toutes les études, pourtant mettent en lumière la cabale de la Qizarate, conduite par Korba le Panégyriste. Elles nous dévoilent en détail le plan qui visait à faire un martyr de Muad'Dib et à présenter un faux coupable en la personne de Chani, sa concubine fremen.

Mais lequel de ces faits peut-il vraiment nous donner la clé des événements tels qu'ils furent rapportés par l'Histoire ? Seule la nature mortelle du pouvoir prophétique nous permet de comprendre l'échec d'une puissance aussi étendue.

Il reste à espérer que d'autres historiens sauront apprendre quelque chose de cette révélation.

Muad'Dib. Une analyse historique,
par Bronso d'Ix.

> Il n'existe nulle séparation entre les dieux et les hommes : les uns et les autres se mêlent parfois sans distinction possible.
>
> *Proverbes de Muad'Dib.*

Sans cesse, les pensées de Scytale, le Danseur-Visage tleilaxu, le ramenaient à la pitié, une pitié imprégnée de remords et qui s'opposait à la nature meurtrière du complot qu'il essayait de former.

La mort ou le malheur de Muad'Dib ne m'apportera que des regrets, songeait-il.

Bien sûr, il se devait de dissimuler de telles pensées à ses conjurés. C'était là, cependant, une qualité caractéristique des Tleilaxu : ils s'identifiaient à la future victime.

Dans un silence maussade, il se tenait à l'écart des autres. Depuis quelque temps, ils discutaient de l'emploi éventuel d'un poison psychique. Avec véhémence, avec chaleur, mais aussi avec cette politesse aveugle et soumise que les adeptes des Grandes Ecoles adoptaient pour tout ce qui touchait de près à leur dogme.

« Alors que vous croyez l'avoir embroché, vous vous apercevez qu'il n'est pas même blessé ! »

C'était la vieille Révérende Mère Gaius Helen Mohiam du Bene Gesserit qui venait de parler ainsi. Elle était l'hôtesse des conjurés sur Wallach IX. Sa silhouette roide, drapée de noir, immobile dans le fauteuil à suspenseur, à gauche de Scytale, évoquait celle d'une sorcière. Elle avait rejeté son aba en arrière et, sous une mèche de cheveux argent, son visage était un masque de cuir sombre où seuls vivaient les yeux, au fond des orbites profondes.

Ils conversaient en *mirabhasa*, le langage des émotions subtiles, fait de consonnes élidées et de voyelles mêlées. Edric, le Navigateur de la Guilde, répondit à la sentence de la Révérende Mère par un sourire marqué de courtoisie et d'une délicieuse politesse dédaigneuse. Il flottait dans une cuve de gaz orange à quelques pas de Scytale, au centre du dôme transparent que le Bene Gesserit avait fait dresser spécialement pour cette entrevue. Le représentant de la Guilde Spatiale avait une apparence vaguement humanoïde. Sa longue silhouette pouvait tout aussi bien être celle de quelque poisson. Chacun de ses lents mouvements faisait apparaître les nageoires de ses pieds, les membranes de ses mains, tandis qu'une pâle émanation orangée s'élevait des évents ménagés dans la cuve, faisant flotter dans le dôme le parfum du Mélange... Etrange poisson en un étrange océan.

« Si nous continuons de la sorte, nous paierons notre stupidité de notre mort ! »

Le quatrième conjuré venait d'intervenir. Epouse de l'ennemi commun, elle n'était en fait admise qu'à titre *potentiel* dans la conspiration. De plus, se dit Scytale, elle était l'épouse mais non la *compagne* de Muad'Dib. Elle se tenait non loin de la cuve où dérivait Edric. Elle était blonde, grande et belle, revêtue d'une robe de fourrure de baleine bleue. De simples anneaux d'or brillaient à ses oreilles. Il émanait d'elle une certaine grandeur aristocratique mais Scytale pouvait lire dans la tranquillité étudiée de son visage les effets du contrôle Bene Gesserit.

Il détourna ses pensées des nuances du langage pour se préoccuper de celles de leur situation. Tout autour du dôme se déployaient des collines ocellées de neige qui reflétait la clarté bleutée du petit soleil à présent au méridien.

Pourquoi ici précisément ? se demanda Scytale. Il était rare que le Bene Gesserit fît quelque chose sans raison. Le dôme, par exemple : un espace plus conventionnel, plus confiné, aurait réveillé la claustrophobie du représentant de la Guilde dont les inhibitions résultaient naturellement de son milieu naturel : l'espace interstellaire. Mais la construction même de ce dôme à son intention équivalait à pointer l'index sur sa faiblesse principale.

Et moi ? se demanda Scytale. *Par quoi comptaient-ils me blesser ?*

« Vous, Scytale, n'avez-vous rien à dire ? » demanda la Révérende Mère.

« Vous tenez à m'attirer dans ce tournoi absurde, dit-il. Très bien. Je pense que nous nous attaquons à un messie potentiel et que nous ne pouvons le faire de front. Si nous en faisons un martyr, nous nous condamnons. »

Ils le regardèrent, tous.

« Selon vous, c'est là l'unique danger ? » demanda la Révérende Mère d'une voix sifflante.

Il haussa les épaules. Pour cette entrevue, il avait choisi un corps grassouillet, un visage aimable, rond et banal, aux lèvres épaisses. A présent, tandis qu'il examinait les trois autres conjurés, il lui apparaissait que son choix avait été judicieux, sans doute grâce à son instinct. Danseur-Visage, caméléon humain, il pouvait à son gré transformer son apparence. Celle qu'il assumait actuellement inclinait les autres à lui donner moins d'importance.

« Eh bien ? » insista la Révérende Mère.

« Je goûtais le silence, dit-il enfin. Nos haines valent mieux lorsqu'elles ne quittent point nos bouches. »

La Révérende Mère eut un mouvement de recul et Scytale put voir qu'elle le réévaluait. Ils avaient tous subi un entraînement approfondi en prana et en bindu. Ils pouvaient contrôler leurs muscles, leurs nerfs plus efficacement que la plupart des humains. Mais Scytale était un Danseur-Visage. Ses connexions nerveuses et musculaires ne ressemblaient en rien à celles des autres et il avait en plus la *sympatico*, un pouvoir mimétique qui lui permettait d'assumer l'apparence d'un autre être en même temps que sa psyché.

Lorsqu'il jugea que la Révérende Mère avait achevé sa réévaluation, il dit : « Le poison ! » avec les intonations qui signifiaient que lui seul connaissait encore la secrète signification du mot.

Dans sa cuve, le représentant de la Guilde réagit immédiatement. Sa voix résonnait dans la phonosphère scintillante qui flottait au-dessus de la Princesse Irulan. « Nous parlions de poison *psychique* et non physique. »

Scytale rit. Le rire mirabhasa pouvait venir à bout d'un adversaire et, en cet instant, il lui donnait sa pleine puissance.

Irulan eut un sourire appréciateur mais il décela une trace de colère dans le plissement de paupières de la Révérende Mère.

« Assez ! » dit-elle.

Il se tut aussitôt. Mais il avait capté leur attention. Il émanait d'Edric une sorte de fureur silencieuse, la Révérende Mère demeurait pleinement vigilante dans sa colère et Irulan était amusée et intriguée.

« Notre ami Edric laisse entendre, dit Scytale, que deux sorcières Bene Gesserit au fait de toutes les subtilités ignoreraient encore l'usage véritable de la trahison. »

Gaius Helen Mohiam porta son regard sur les froides collines du monde Bene Gesserit. Elle commençait à discerner l'élément important, se dit Scytale. Une bonne chose. Quant à Irulan, c'était un autre problème.

« Etes-vous des nôtres, oui ou non, Scytale ? » demanda Edric. Il avait des yeux de rongeur, minuscules et scintillants.

« Il ne s'agit pas de discuter de mon allégeance, dit Scytale. Il regarda la princesse : Vous vous demandez, Princesse, si c'est pour cela que vous avez franchi tous ces parsecs et couru tant de risques ? »

Elle inclina la tête.

« Pour échanger des banalités avec un poisson humanoïde ou vous quereller avec un gros Danseur-Visage tleilaxu ? »

Elle s'éloigna de la cuve d'Edric et du parfum dense du Mélange en pinçant les narines.

L'homme de la Guilde choisit cet instant précis pour glisser une nouvelle pilule de drogue dans sa bouche. Il mangeait et fumait l'épice et, sans doute, la buvait également. Cela se concevait, songea Scytale. Le Mélange augmentait les dons de prescience des Navigateurs, leur permettant de guider les nefs de la Guilde aux vitesses ultra-lumineuses, de choisir la ligne d'avenir qui offrait le moindre péril. A présent, Edric devinait l'existence d'une autre sorte de danger, un danger qui était encore au-delà de sa prescience.

« Je pense que j'ai commis une erreur en venant ici », dit la Princesse Irulan.

La Révérende Mère se tourna vers elle, ouvrit les yeux puis les referma d'une façon curieusement reptilienne.

Invitant par là Irulan à partager son point de vue, Scytale regarda ostensiblement la cuve. Assurément, la Princesse verrait Edric tel qu'il le voyait, lui : comme une répugnante créature. Ce crâne chauve, ce regard, ces pieds et ces mains monstrueux qui battaient comme des ailes dans le gaz qui formait autour de lui des tourbillons orangés. Elle allait s'interroger sur ses pratiques sexuelles, imaginer à quel point il devait être étrange de copuler avec cet être. Même le générateur de champ qui recréait pour Edric l'apesanteur de l'espace le séparait définitivement de la Princesse.

« Princesse, dit Scytale, par suite de la présence d'Edric parmi nous, la vision prophétique de votre époux ne saurait s'étendre à certains incidents, y compris celui-ci... sans doute. »

« Sans doute », dit Irulan.

Les yeux toujours clos, la Révérende Mère acquiesça :

« Le phénomène de prescience est mal connu, même des initiés. »

« Je suis un Navigateur de la Guide et je dispose du Pouvoir », dit Edric.

La Révérende Mère rouvrit les yeux. Elle regarda le Danseur-Visage avec une intensité typiquement Bene Gesserit. Elle spéculait, réfléchissait aux détails.

« Non, Révérende Mère, dit Scytale dans un murmure, je ne suis pas aussi simple que je le parais. »

« Nous ne comprenons pas ce Pouvoir de seconde vue, dit Irulan. Un point reste acquis : Edric déclare que mon époux ne peut voir, entendre ou prédire les événements qui dépendent de la sphère d'influence des Navigateurs. Mais jusqu'où s'étend cette sphère ? »

« Il est, dans cet univers, dit Edric, des êtres et des

choses que je ne connais que par leurs effets. (Sa bouche de poisson n'était plus qu'une étroite ligne.) Je sais qu'ils ont été ici... là... quelque part. De même que les créatures aquatiques agitent l'eau et y laissent des remous, les prescients agitent le Temps. Je sais où votre époux a été mais jamais je ne l'ai vu, ni lui ni ceux qui partagent ses intérêts et qui sont loyaux. Tel est le refuge qu'offre un adepte aux siens. »

« Irulan n'est pas des vôtres », dit Scytale. Et il glissa un regard de biais en direction de la Princesse.

« Nous savons tous pourquoi la conspiration ne peut se poursuivre qu'en ma présence », dit Edric.

« Apparemment, dit Irulan, vous avez certaines fonctions. » Et le ton qu'elle employa était celui qui convenait pour décrire une machine.

Très bien, songea Scytale. *Elle le voit désormais tel qu'il est.*

« L'avenir doit être façonné, dit-il. Gardez en vous cette pensée, Princesse. »

Elle lui fit face.

« Ceux qui partagent les intérêts de Paul, ceux qui lui sont loyaux, certains légionnaires fremen... portent sa cape. Pour eux, il a prophétisé et j'ai entendu les cris d'adoration qu'ils lançaient à leur Mahdi, leur Muad'Dib. »

Elle vient de comprendre, se dit Scytale, *qu'elle est sur le point d'être jugée, qu'elle peut être sauvée ou détruite. Elle voit maintenant le piège que nous lui avons tendu.*

Un bref instant, il rencontra le regard de la Révérende Mère et, surpris, il sut qu'ils avaient eu la même pensée à l'égard d'Irulan. Le Bene Gesserit, bien sûr, avait préparé la Princesse, lui avait enseigné *l'adroit mensonge.* Mais le moment survenait toujours où une Bene Gesserit ne devait plus se fier qu'à sa propre éducation, à ses instincts.

« Princesse, dit Edric, je sais ce que vous désirez le plus de l'Empereur », dit Edric.

« Qui peut l'ignorer ? » fit Irulan.

« Vous souhaitez être la mère de la dynastie royale, poursuivit le Danseur-Visage comme s'il ne l'avait pas entendue. Mais si vous ne vous joignez pas à nous, jamais il n'en sera ainsi. Croyez-en mon oracle. L'Empereur vous a épousée pour des raisons politiques mais jamais vous ne partagerez son lit. »

« Oracle de voyeur ! » dit-elle.

« L'Empereur est certainement plus attaché à sa concubine fremen qu'il ne l'est à vous ! » lança Edric.

« Mais elle ne lui a donné aucun héritier ! »

« La raison est la première victime de toute émotion violente », murmura Scytale. Il percevait l'intensité de la colère d'Irulan, résultat de ses paroles.

« Elle ne lui a donné aucun héritier, reprit la Princesse d'une voix contrôlée, pleine de calme, parce que je lui administre en secret un contraceptif. Est-ce là le genre de révélation que vous attendiez de moi ? »

« Il ne devrait pas être difficile à l'Empereur de le découvrir », dit Edric avec un sourire.

« J'ai déjà préparé mes mensonges, dit Irulan. Sans doute sait-il lire la vérité, mais il est des mensonges plus faciles à croire que la vérité elle-même. »

« Il vous faut choisir, Princesse, dit Scytale, mais aussi comprendre ce qui vous protège. »

« Paul est loyal envers moi. Je siège au Conseil. »

« Pendant ces douze années durant lesquelles vous avez été sa Princesse Consort, demanda Edric, vous a-t-il jamais témoigné la moindre tendresse ? »

Elle secoua la tête.

« Il a renversé votre père avec son infâme horde de Fremen, vous a épousée pour affirmer ses droits au trône, mais jamais il ne vous a couronnée Impératrice. »

Scytale intervint : « Edric essaie de vous prendre par l'émotion, Princesse. N'est-ce pas passionnant ? »

Elle regarda le Danseur-Visage, son franc sourire auquel elle répondit par un haussement de sourcils. Maintenant, se dit-il, elle savait que si elle quittait la conférence sous la pression d'Edric, ces instants demeureraient cachés à la vision prophétique de Paul Muad'Dib. Pourtant, si elle se retirait...

« Ne vous semble-t-il pas, Princesse, reprit Scytale, qu'Edric exerce une influence injustifiée au sein de cette conspiration ? »

« J'ai déjà déclaré, fit le représentant de la Guilde, que je me soumettrais au meilleur jugement. »

« Et qui décide du meilleur jugement ? » demanda Scytale.

« Souhaiteriez-vous que la Princesse nous quitte dès maintenant sans se joindre à nous ? » demanda Edric.

La Révérende Mère intervint en grommelant : « Il ne souhaite qu'une chose, que son adhésion soit sincère, qu'il n'y ait aucun risque de trahison entre nous. »

Scytale remarqua que la Princesse avait maintenant pris une pose réfléchie. Ses mains étaient enfouies dans les plis de sa robe. Elle devait songer à l'appât qu'Edric venait de lui présenter : *la fondation d'une dynastie royale !* Elle devait se demander aussi quel stratagème les conspirateurs avaient pu mettre au point afin de se protéger d'elle. Elle devait supputer bien des éléments.

« Scytale, dit-elle enfin, on dit que vous autres Tleilaxu avez un étrange code de l'honneur, que vos victimes doivent toujours disposer d'un moyen de vous échapper. »

« Ils n'ont qu'à le trouver. »

« Suis-je une victime ? »

Il éclata de rire. La Révérende Mère eut un grognement.

La voix d'Edric était doucement persuasive quand il déclara :

« N'ayez crainte, Princesse, vous êtes d'ores et déjà des nôtres. N'espionnez-vous pas la Maison Impériale pour le compte de vos supérieures du Bene Gesserit ? »

« Paul le sait », dit-elle.

« Mais ne procurez-vous pas à celles qui vous ont instruite un matériel de propagande très efficace contre votre Empereur ? »

Votre *Empereur,* songea Scytale. *Et non pas notre... Mais Irulan est bien trop Bene Gesserit pour ne pas remarquer cette chausse-trape.*

« Il s'agit d'évaluer diverses puissances et la manière de les utiliser, dit-il. Nous autres Tleilaxu considérons que seul existe dans l'univers l'insatiable appétit de matière. L'énergie est le seul véritable *solide.* Et l'énergie apprend. Ecoutez-moi bien, Princesse : l'énergie apprend. C'est ce que nous appelons puissance. »

« Vous ne m'avez toujours pas convaincue qu'il était possible de renverser l'Empereur », dit Irulan.

« Nous n'en sommes pas convaincus nous-mêmes. »

« Où que nous portions notre regard, nous sommes confrontés avec sa puissance. Il reste le kwisatz haderach, celui qui peut être en plusieurs lieux à la fois, le Mahdi dont le pouvoir sur les missionnaires de la Qizarate est absolu. Il reste un mentat dont les possibilités d'intégration psychique surpassent celles des anciens ordinateurs. Muad'Dib, auquel il suffit d'un ordre aux légions fremen pour dévaster des planètes entières. Celui qui possède des pouvoirs visionnaires qui lui permettent de plonger dans l'avenir, Celui qui porte en lui cette configuration génétique que nous autres du Bene Gesserit avons toujours recherchée et qui... »

« Nous connaissons tout cela, interrompit la Révérende Mère, et nous connaissons l'abomination, sa sœur Alia, qui elle aussi porte ce schéma génétique. Mais nous avons affaire à des êtres humains avec leurs faiblesses. »

« Et quelles sont donc ces faiblesses ? demanda Scytale. Nous faudra-t-il les rechercher dans la faction religieuse de son Jihad ? Serait-il possible que nous puissions retourner le Qizara de l'Empereur contre lui ? Et que penser de l'autorité civile des Grandes Maisons ? Le Congrès du Landsraad pourrait-il faire plus qu'élever une protestation ? »

« Je suggérerais le Combinat des Honnêtes Ober Marchands, dit Edric, en tournoyant lentement dans sa cuve. La C H O M ne considère que les affaires et les affaires courent après le profit. »

« Ou bien encore la mère de l'Empereur, dit le Danseur-Visage. Je crois savoir que Dame Jessica, bien que résidant désormais sur Caladan, est en contact permanent avec son fils. »

« Cette maudite traîtresse ! grommela la Révérende Mère. J'en viens à abominer ces mains qui l'ont éduquée. »

« Notre conspiration a besoin d'un levier », dit Scytale.

« Nous sommes plus que des conspirateurs ! » protesta la Révérende Mère.

« Certes oui... Nous sommes énergiques et nous apprenons vite. Ce qui fait de nous le seul véritable espoir de salut pour l'humanité. » Son langage était celui de l'absolue conviction, ce qui, chez un Tleilaxu, pouvait correspondre, comme en cet instant, à l'ironie la plus absolue.

Mais seule la Révérende Mère parut déceler cette subtilité.

« Pourquoi ? » demanda-t-elle, à l'intention de Scytale.

Avant que celui-ci pût répondre, Edric intervint :

« Ne nous perdons pas en absurdités philosophiques. Chaque question peut se résumer en celle-ci : *Pourquoi y a-t-il quelque chose ?* Chaque question religieuse, gouvernementale ou financière se résume ainsi : *Qui exercera le pouvoir ?* Les alliances, les combinats, les cartels se lancent à la poursuite de mirages s'ils ne visent pas directement le pouvoir. Tout ce qui est en dehors n'est qu'absurdité. C'est du moins ce que commencent à comprendre la plupart des êtres pensants. »

Scytale haussa les épaules. Uniquement à l'intention de la Révérende Mère. Edric venait de répondre à sa question. Cet imbécile prétentieux et pontifiant était décidément leur principale faiblesse. Afin d'être certain que la Révérende Mère l'avait bien compris, le Danseur-Visage dit : « Il suffit, pour être éduqué, de bien écouter celui qui enseigne. »

La Révérende Mère acquiesça lentement.

« Princesse, reprit le représentant de la Guilde, faites votre choix. Vous êtes l'instrument du destin, le plus précieux... »

« Gardez vos flatteries pour ceux qu'elles peuvent impressionner, dit Irulan. Tout à l'heure, vous avez fait allusion à un fantôme, à un revenant par lequel nous pourrions frapper l'Empereur. Veuillez vous expliquer. »

« L'Atréides sera terrassé par lui-même ! » coassa Edric.

« Cesse de parler par énigmes ! Quel est ce fantôme ? »

« Un fantôme peu ordinaire... En vérité, il a un corps et porte un nom. Son corps est celui d'un bretteur renommé. Duncan Idaho. Son nom... »

« Idaho est mort, dit la Princesse. J'étais présente, parfois, lorsque Paul le pleurait. Idaho est mort à ses côtés, sous les coups des Sardaukar de mon père. »

« Même dans la défaite, dit Edric, les Sardaukar de votre père ne pouvaient perdre leur vieille sagesse. Supposons qu'un commandant sardaukar avisé reconnaisse le célèbre lieutenant du Duc Leto étendu à ses pieds ? Que fait-il alors ? Il existe un moyen de ne point perdre définitivement un être d'une telle valeur... si l'on agit rapidement. »

« Un ghola du Tleilax ! » souffla la Princesse en jetant un regard de biais à Scytale.

Celui-ci, aussitôt, utilisa ses facultés de Danseur-Visage. Sa silhouette devint floue, changeante. Sa forme se modifia et, bientôt, il présenta à la Princesse l'apparence d'un homme mince, au visage plus sombre, aux traits énergiques. Ses pommettes étaient hautes et saillantes, sa chevelure brune, longue et indisciplinée.

« Un ghola qui a cette apparence », dit Edric en désignant Scytale.

« Un ghola ou simplement un autre Danseur-Visage ? » demanda Irulan.

« Non, pas un Danseur-Visage, dit Edric. Un Danseur-Visage ne pourrait soutenir une surveillance permanente. Non... Disons plus simplement que notre commandant sardaukar s'arrangea pour que le corps d'Idaho fût préservé dans une cuve axolotl. Après tout, ce cadavre qu'il venait d'identifier gardait encore en lui la chair et les nerfs d'un des plus redoutables guerriers de l'Histoire, un génie militaire qui avait toujours été aux côtés des Atréides. Quelle erreur c'eût été de laisser définitivement disparaître tant de talent, tant de compétences qui pouvaient être récupérés au profit des Sardaukar ! »

« Je n'ai jamais recueilli la moindre rumeur à ce sujet, dit Irulan. Pourtant, j'étais dans la confidence de mon père. »

« Certes... mais votre père avait été vaincu et, dans les quelques heures qui avaient suivi sa défaite, vous avez été livrée au nouvel Empereur. »

« Tout cela est-il vrai ? »

Avec un air de satisfaction difficilement supportable, Edric reprit : « On peut supposer que notre commandant sardaukar, sachant qu'il fallait agir très vite, fit immédiatement le nécessaire pour remettre le corps encore préservé d'Idaho au Bene Tleilax. Supposons encore que notre commandant et ses hommes aient trouvé la mort avant d'avoir pu transmettre cette information à votre père qui, de toute façon, n'aurait pu en faire grand usage... Il ne reste plus dès lors que ce fait physique : un peu de chair a été remis aux Tleilaxu. Le seul moyen de transport concevable était bien entendu un long-courrier. Bien entendu, nous, gens de la Guilde, avons connaissance de toute cargaison transportée par nos soins. Lorsque nous découvrîmes celle-là, ce nous parut une sage précaution que d'acquérir le ghola et d'en faire un présent digne d'un Empereur. »

« Ainsi, vous l'avez fait », dit Irulan.

Scytale, qui venait de reprendre sa première et banale apparence, intervint : « Ainsi que l'a dit notre intarissable ami, nous avons fait le nécessaire. »

« Comment Idaho a-t-il été conditionné ? »

« Idaho ? demanda Edric en regardant directement Scytale. Avez-vous entendu parler d'un nommé Idaho ? »

« Nous vous avons vendu une créature appelée Hayt », répondit le Danseur-Visage.

« Ah oui, c'est cela... Hayt, dit Edric. Pourquoi nous l'avez-vous vendue, au fait ? »

« Parce que nous avons une fois réussi à créer un kwisatz haderach. »

Le visage ancien de la Révérende Mère se redressa brusquement et ses yeux se posèrent sur Scytale. « Vous ne nous aviez jamais révélé cela ! »

« Vous ne nous l'aviez pas demandé. »

« Comment êtes-vous parvenu à le contrôler ? » demanda la Princesse Irulan.

« Une créature qui a consacré son existence à élaborer une certaine image de son être, répondit Scytale, mourra plutôt que d'en devenir l'antithèse. »

« Je ne comprends pas », dit Edric.

« Il s'est donné la mort », grommela la Révérende Mère.

« Suivez-moi bien, Révérende Mère », dit Scytale. Et le mode d'expression qu'il employait maintenant signifiait : vous n'avez jamais été concernée par le sexe, vous n'avez jamais été désirée et ne pouvez pas l'être.

Il attendit afin qu'elle perçût bien ce qu'il voulait lui transmettre. A aucun prix elle ne devait se tromper sur ses intentions. Par-delà la colère, elle devait admettre que le Tleilaxu, connaissant les impératifs de sélection des Sœurs du Bene Gesserit, ne pouvait porter une telle accusation. Cependant, il y avait dans chacun de ses mots une insulte grossière qui n'était absolument pas dans la ligne tleilaxu.

Rapidement, et sur le mode conciliant du mirabhasa, Edric tenta d'intervenir : « Scytale, vous nous avez dit que vous nous vendiez Hayt parce que vous partagiez nos vues quant à l'usage qu'il convenait d'en faire. »

« Edric, dit Scytale, vous garderez le silence jusqu'à ce que je vous autorise à parler. »

Le représentant de la Guilde était sur le point de protester, mais la Révérende Mère lança un bref : « Silence, Edric ! » et l'homme de la Guilde se tut en agitant fébrilement les membres à l'intérieur de sa cuve.

« Nos émotions passagères n'aident en rien à une solution de notre problème commun, reprit Scytale. Elles ne font qu'altérer nos réflexions puisque la seule émotion pertinente est la peur qui nous rassemble. »

« Nous le comprenons bien », dit la Princesse en regardant la Révérende Mère.

« Il convient de bien discerner les limites de notre bouclier et le danger qu'elles représentent. L'oracle ne saurait prendre des risques sur ce qu'il ne comprend pas. »

« Vous êtes bien tortueux, Scytale », dit Irulan.

A quel point, elle peut le deviner, songea-t-il. *Quand tout ceci sera terminé, nous serons en possession d'un kwisatz haderach qu'il nous sera possible de contrôler. Quant à eux ils ne posséderont rien.*

« Quelle était l'origine de votre kwisatz haderach ? » demanda la Révérende Mère.

« Nous avons bricolé à partir de diverses essences absolument pures, dit Scytale. Le mal pur et le bien pur. Un être pétri de mal qui ne se satisfait que de la souffrance et de la terreur qu'il suscite peut être diablement instructif. »

« Le vieux Baron Harkonnen, le grand-père de notre Empereur, était-il une création des Tleilaxu ? » demanda Irulan.

« Non. Pas lui... Mais la nature, parfois, produit des

êtres aussi dangereux que les nôtres. Non, nous ne créons que dans des conditions qui nous permettent l'observation. »

« Je ne supporterai pas d'être traité de la sorte ! intervint Edric. Qui donc empêche cette réunion de... »

« Vous voyez ? fit Scytale. Voici notre meilleur juge. »

« Je veux discuter de la façon dont il convient de placer Hayt auprès de l'Empereur. A mon sens, Hayt reflète cette vieille morale que les Atréides ont acquise sur leur monde natal. Le rôle de Hayt serait d'aider l'Empereur à développer cette morale, à définir les éléments négatifs et positifs de l'existence et de la religion.

Scytale sourit en promenant un regard aimable sur ses compagnons. Ceux-ci semblaient avoir atteint la condition qu'il espérait. La vieille Révérende Mère brandissait ses émotions comme une faux redoutable. Irulan avait été formée à une tâche dans laquelle elle avait échoué. Edric n'était rien de plus (et rien de moins) que la main du magicien : il pouvait distraire ou dissimuler. Pour l'instant, il s'était de nouveau renfermé dans un silence morose. Les autres l'ignoraient.

« Dois-je comprendre que ce Hayt est chargé d'empoisonner l'esprit de Paul ? » demanda la Princesse.

« En quelque sorte », dit Scytale.

« Et qu'en est-il de la Qizarate ? »

« Pour transformer l'envie en inimitié, il suffit de la plus infime des suggestions, du plus léger glissement d'émotion. »

« Et la C H O M ? »

« Ils se rangeront du côté du profit. »

« Que faites-vous des autres puissances ? »

« Il suffira d'invoquer le rôle du gouvernement, dit Scytale. Nous annexerons les moins puissants au nom de la morale et du progrès. Ceux qui s'opposent à nous périront de leurs propres contradictions. »

« Et Alia ? »

« Hayt est un ghola aux multiples possibilités, dit Scytale. La sœur de l'Empereur est maintenant à un âge où elle peut subir les atteintes du charme d'un mâle bien choisi. Elle sera tout à la fois séduite par sa virilité et ses pouvoirs de mentat. »

La Révérende Mère laissa son regard refléter la surprise qu'elle éprouvait. « Le ghola est un mentat ? Voilà une initiative dangereuse. »

« Afin d'être précis, dit Irulan, un mentat doit posséder des informations précises. Que se passera-t-il si Paul lui demande de définir les raisons pour lesquelles nous le lui aurons offert ? »

« Hayt dira la vérité, dit Scytale. Et cela ne fera aucune différence. »

« Donc, vous laissez un chemin de repli à Paul. »

« Un mentat ! » marmonna la Révérende Mère.

Scytale la regarda et perçut les haines anciennes qui coloraient ses réactions. La méfiance entourait les ordinateurs depuis les jours de terreur du Jihad Butlérien où les « machines pensantes » avaient été balayées de la plus grande partie de l'univers. Les ordinateurs humains n'échappaient pas à ces émotions anciennes.

« Je n'aime pas la façon dont vous souriez », dit soudain la Révérende Mère en posant sur le Danseur-Visage un regard fulgurant. Elle s'exprimait sur le mode de vérité.

Il répondit de même : « J'aime encore bien moins ce qui vous plaît. Mais nous devons travailler ensemble. Nous le comprenons tous. (Il se tourna vers Edric.) N'est-ce pas ? »

« Les leçons que vous enseignez sont cruelles, dit le représentant de la Guilde. Je suppose que vous vouliez démontrer à l'évidence que je n'avais pas à m'élever contre les opinions conjuguées de mes compagnons de conspiration... »

« Vous voyez, il peut apprendre », dit Scytale.

« Je vois bien d'autres choses aussi, gronda Edric. Les Atréides détiennent le monopole de l'épice. Sans elle, je ne puis sonder l'avenir. Sans elle, les Bene Gesserit n'ont plus de Diseuses de Vérité. Certes, nous disposons de réserves, mais elles sont limitées. Le Mélange est une monnaie puissante. »

« Notre civilisation compte plus d'une monnaie, dit Scytale. De la sorte, la loi de l'offre et de la demande disparaît. »

« Vous songez à lui arracher ce secret, dit Mohiam. Avec une planète gardée par ces Fremen déments ! »

« Les Fremen sont civilisés, éduqués et ignorants, dit Scytale. Mais certes pas déments. Ils sont éduqués à croire, et non à savoir. La croyance peut être manipulée. Seul le savoir est dangereux. »

« Et que me laissera-t-on pour fonder une dynastie royale ? » demanda Irulan.

Tous perçurent l'anxiété, dans sa voix, mais seul Edric sourit.

« Quelque chose, dit Scytale. Quelque chose... »

« Cela signifie la fin du pouvoir des Atréides », dit Edric.

« Il m'est facile d'imaginer que d'autres, moins doués pour les oracles, puissent faire cette prédiction, dit Scytale. En ce qui les concerne, comme diraient les Fremen : *mektub at mellah.* »

« C'était écrit avec du sel », traduisit la Princesse.

Et comme elle prononçait ces mots, Scytale comprit enfin par quoi le Bene Gesserit avait voulu le blesser : par cette femelle intelligente et belle qui jamais ne lui appartiendrait. *Mais peut-être,* songea-t-il, *pourrai-je la copier pour un autre...*

> Chaque civilisation doit affronter une force inconsciente susceptible d'annuler, de dévier ou de contrarier presque toute intention consciente de la collectivité.
>
> *Théorème tleilaxu (non vérifié).*

PAUL s'assit au bord de son lit et entreprit d'ôter ses bottes. Elles dégageaient l'odeur rance qui était celle du lubrifiant des pompes à talon du distille. Il était tard. Il avait prolongé son habituelle promenade nocturne et ceux qui l'aimaient s'en étaient inquiétés. Dans les rues d'Arrakeen, qui l'attiraient chaque soir et qu'il parcourait seul, le danger pouvait guetter, mais c'était un danger qu'il savait pouvoir reconnaître et affronter.

Il jeta ses bottes dans un coin de la chambre, près de l'unique brilleur, et passa aux fixations de son distille. Grands dieux inférieurs ! Comme il était las ! La fatigue, cependant, n'engourdissait que ses muscles. Ses pensées restaient parfaitement nettes. Il éprouvait une envie intense de partager la vie des gens d'Arrakeen, de participer à leurs activités... Un Empereur ne le pouvait pas, mais quelqu'un d'anonyme le pouvait. Quel rare privilège que de se faufiler entre les pèlerins-mendiants et d'entendre parfois un Fremen insulter un marchand : « Tes mains sont humides ! »

Il sourit au souvenir de ces instants tout en ôtant son distille.

Nu, immobile, il était étrangement en harmonie avec ce

monde qui était le sien : Dune, ce paradoxe, cette forteresse assiégée qui était le cœur du pouvoir. Mais n'était-ce pas le destin inéluctable du pouvoir que d'être assiégé ?

Le contact rêche du tapis sous ses pieds lui ramena la sensation du sable dans les rues d'Arrakeen. Balayé par les vents depuis la muraille rocheuse du Bouclier, brassé par les pieds innombrables, il se changeait en poussière, une poussière étouffante qui encrassait les filtres des distilles et dont, même à présent, il percevait l'odeur en dépit des aspirateurs qui fonctionnaient en permanence sur les portails de la Citadelle. Une odeur tout imprégnée de souvenirs du désert.

Autres jours... autres dangers.

Le danger qu'il pouvait rencontrer dans les rues d'Arrakeen semblait bien mineur comparé à celui qu'il avait affronté en ces jours anciens. En revêtant son distille, il revêtait le désert tout entier. Tout se passait comme si le distille, avec son appareillage complexe destiné à recycler l'eau de son corps transformait ses pensées de quelque façon subtile, les orientait selon un schéma qui était celui du désert. Son distille faisait de lui un Fremen sauvage, un étranger dans sa cité. Il abandonnait la sécurité, il retrouvait la violence et les vieux pouvoirs. Les pèlerins, les gens de la cité baissaient les yeux en le croisant. Prudents, ils préféraient ignorer les farouches habitants du désert, les laisser à leur solitude. Pour eux, le désert avait un visage, un visage aux yeux bleus à demi dissimulé sous les filtres d'un distille.

En vérité, le seul danger était que quelqu'un surgi des jours passés, des jours du sietch, vienne à l'identifier par sa démarche, son regard, son odeur. Mais les risques de rencontrer ainsi un ennemi étaient extrêmement réduits.

Un chuintement, un reflet de lumière l'arrachèrent à sa rêverie. Chani entra, portant le plateau de platine sur lequel était servi son café. Deux brilleurs la suivaient. Ils s'immobilisèrent selon la disposition habituelle : l'un à la tête du lit, l'autre à quelque distance de Chani, éclairant le plateau.

Il y avait dans chacun des gestes de Chani une sorte de force fragile, contenue, vulnérable. Comme elle se penchait, il retrouva un reflet des premiers jours. Il y avait toujours quelque chose d'un elfe dans ses traits. Il semblait que les ans qui s'étaient écoulés n'aient eu aucune prise sur elle. Pourtant, un examen attentif révélait aux coins de ses paupières ces fines rides que les Fremen appelaient « les sillons des sables ».

Comme elle soulevait le couvercle, prenant entre le pouce et l'index le cabochon d'émeraude de Hagar, un peu de vapeur s'éleva dans la chambre. Elle remit le couvercle en place et Paul comprit que le café n'était pas encore prêt. Son regard s'attarda sur le pot d'argent dont la forme gracieuse évoquait la silhouette d'une jeune femme enceinte. Ce pot était une *ghanima*, un objet précieux qui lui était revenu de droit lorsqu'il avait triomphé en combat singulier de son propriétaire, Jamis... Oui, c'était bien ainsi qu'il s'appelait : Jamis. Etrange forme d'immortalité. Jamis y avait-il songé à l'instant où il avait su que la mort, pour lui, était inéluctable ?

Chani mit en place les tasses de poterie bleue. Trois : deux pour ceux qui allaient boire le café et une pour ceux auxquels avait appartenu la *ghanima*.

« Encore un instant », dit-elle.

Elle leva les yeux et le regarda. Il se demanda alors comment elle le voyait, en cet instant. Etait-il encore l'étranger exotique, maigre et vigoureux mais gonflé d'eau si on le comparait aux Fremen ? Etait-il encore Usul qui l'avait connu dans le « tau fremen », alors qu'ils n'étaient que des fuyards lancés à travers le désert ? Il se contempla dans un miroir. Ses muscles étaient restés longs et fermes. Douze années de règne ne lui avaient apporté que quelques cicatrices supplémentaires. Ses yeux, totalement bleus, étaient maintenant ceux d'un véritable Fremen, à cause de l'épice, mais le nez pointu était celui d'un Atréides. Il était bien le petit-fils de cet Atréides qui avait trouvé la mort dans l'arène en distrayant son peuple.

Il lui revint en esprit une phrase du vieil homme :

« Qui gouverne, assume une responsabilité irrévocable envers ses sujets. Tu es le pâtre d'un troupeau. Cela exige, parfois, un acte d'amour désintéressé qui peut n'être qu'amusant pour ceux que tu gouvernes ! »

Les gens se souvenaient encore avec affection du vieil homme.

Et moi, qu'ai-je fait pour le nom des Atréides ? songea-t-il. *J'ai lâché le loup parmi les moutons.* Un bref instant, il perçut les résonances de mort et de violence contenues dans son nom.

« Au lit, à présent ! » dit Chani sur un mode autoritaire qui eût choqué les loyaux sujets de l'Empire.

Il obéit et croisa les mains sous sa nuque, se laissant bercer par les gestes familiers et gracieux de Chani.

Comme son regard parcourait la pièce, il se sentit vaguement amusé par tout ce qu'il voyait et qui était bien loin de correspondre à ce que le peuple devait imaginer. Sur l'étagère, derrière Chani, les brilleurs créaient des jeux d'ombres dans des bocaux de verre coloré aux contenus divers : onguents, parfums du désert... une poignée de sable du Sietch Tabr... une mèche des cheveux de leur premier-né... mort depuis longtemps... mort depuis douze ans... mort en innocent dans la bataille qui avait fait de son père un Empereur.

Le parfum du café d'épice emplit la pièce. Paul le huma et son regard se posa sur une coupe jaune, à côté du plateau. La coupe contenait des glands. Le détecteur de poison disposé près de la table étendit ses pattes d'insecte au-dessus de la coupe. Paul en ressentit une soudaine colère. Jamais, à l'époque où ils vivaient dans le désert, ils n'avaient eu besoin de détecteurs.

« C'est prêt, dit Chani. As-tu faim ? »

Il refusa d'un ton rogue ; à la même seconde, une navette chargée d'épice décollait en sifflant du port d'Arrakeen.

Chani lut la colère sur son visage. Elle servit le café et posa une tasse à portée de sa main. Puis elle s'assit au pied du lit et entreprit de lui masser les jambes. Les muscles devenaient douloureux lorsque l'on marchait longtemps avec le distille. D'une voix douce, sur un ton désinvolte qui ne trompait nullement Paul, elle dit enfin : « Si Irulan désire un enfant, nous devrions en parler. »

Il l'observa longuement. « Irulan n'est revenue de Wallach que depuis deux jours. Elle s'en est déjà prise à toi ? »

« Nous n'avons pas évoqué ses frustrations », dit Chani.

Paul mit son esprit en état de vigilance. Il observa Chani avec cette minutie, cette précision Bene Gesserit que lui avait enseignées sa mère, trahissant ainsi le vœu de silence des Sœurs. Il n'aimait pas user de ces moyens avec Chani. Une part de son attrait, du pouvoir qu'elle avait sur lui provenait justement du fait qu'il n'en avait que rarement besoin avec elle. Chani évitait en général d'aborder des questions indiscrètes. Elle se conformait par là aux principes de courtoisie fremen. Elle s'en tenait plutôt aux questions pratiques et, surtout, à ce qui concernait la position de Paul : son pouvoir sur le Conseil, la loyauté des légions, les pouvoirs et les talents de ses alliés. Sa mémoire était un véritable index de noms et de détails. Elle pouvait réciter la liste complète des faiblesses majeures de tous les ennemis connus, citer le potentiel de forces en présence, les plans de bataille des chefs militaires et les capacités de production des grandes industries.

Alors, songea Paul, pourquoi abordait-elle maintenant le problème d'Irulan ?

« J'ai jeté le trouble dans ton esprit, dit-elle. Ce n'était pas mon intention. »

« Et quelle était ton intention ? »

Elle eut un sourire timide en affrontant son regard. « Si tu ressens de la colère, mon amour, je t'en prie, ne la cache point. »

Il se renversa en arrière, appuya la tête contre le montant du lit. « Puis-je la répudier ? Elle m'est moins utile, à présent, et les choses que je devine à propos de ce voyage me déplaisent. »

« Tu ne la répudieras pas, dit Chani tout en continuant de lui masser les jambes. Tu m'as dit bien des fois qu'elle constituait un lien avec tes ennemis, que tu peux deviner leurs plans au travers de ses actes. »

« Alors pourquoi veux-tu parler de son désir d'avoir un enfant ? »

« Je pense que si elle était enceinte, elle deviendrait plus vulnérable. Et nos ennemis seraient déconcertés. »

Dans le mouvement de ses doigts, il lut ce que cette phrase lui avait coûté. Sa gorge se noua. D'une voix douce, il répondit : « Chani, ma bien-aimée, je te fais le serment de ne jamais l'inviter dans mon lit. Un enfant lui conférerait trop de pouvoir. Souhaiterais-tu qu'elle te remplace ? »

« Je n'ai nul titre. »

« Ne parle pas ainsi, Sihaya, mon printemps du désert. Mais pourquoi cette soudaine inquiétude à propos d'Irulan ? »

« Je m'inquiète pour toi et non pour elle ! Si elle enfantait un Atréides, ses amis mettraient en doute sa loyauté à leur égard. Moins ils lui feront confiance, moins elle sera utile à leur cause. »

« Un enfant d'Irulan pourrait signifier ta mort, dit Paul. Tu es au courant des complots qui se trament. » Il eut un geste vague qui englobait la Citadelle tout entière.

« Il te faut un héritier ! »

« Aha », grommela-t-il. C'était donc cela. Chani ne lui avait pas donné d'enfant. Donc, il fallait bien qu'il en eût un ailleurs. Pourquoi pas avec Irulan ? C'était là un raisonnement typique de Chani. L'enfant ne pouvait être conçu que dans un acte d'amour puisque les tabous impériaux contre les moyens artificiels étaient toujours aussi puissants. Chani venait de prendre une décision fremen.

Sous ce nouvel éclairage, Paul se pencha sur son visage. En un sens, il lui était bien plus familier que le sien. C'était un visage où il avait lu la douceur et la passion, la langueur du sommeil, le trouble de la peur, de la colère, du chagrin.

Il ferma les yeux et l'image de Chani dériva vers les souvenirs. Chani enfant, voilée au temps du printemps, chantant, s'éveillant à ses côtés. Chani en une image dont la perfection le brûlait à travers les années. Elle lui souriait, timidement d'abord, puis avec contrainte, comme si elle luttait contre la vision, luttait pour fuir.

Il sentit sa bouche devenir sèche. Pendant un instant, l'âcre fumée de désastres à venir emplit ses narines et il entendit une voix l'invitant à se retirer... se retirer... se retirer.

Il y avait si longtemps que son regard de prophète sondait l'éternité, si longtemps qu'il captait des bribes de langages étrangers, si longtemps qu'il épiait les pierres, qu'il guettait une chair qui n'était pas la sienne. Depuis le jour où il avait eu connaissance du but terrible auquel il était voué, il avait ainsi interrogé l'avenir, espérant y découvrir la paix.

Il existait un moyen, cependant. Il le connaissait par cœur sans toutefois en connaître le cœur. Un avenir dont les instructions rigoureuses étaient : se retirer... se retirer...

Il rouvrit les yeux sur le visage à l'expression décidée de Chani. Elle le regardait, immobile au pied du lit. Comme souvent lorsqu'ils étaient seuls, elle portait le foulard bleu, le *nezhoni,* noué dans les cheveux. Sur ses traits, la décision était nette, reflet d'un mode de pensée ancien, secret. Depuis des milliers d'années, les femmes fremen avaient toujours partagé leurs hommes. Cela n'allait pas sans problèmes, quelquefois, mais jamais il n'en résultait de destructions. Quelque chose qui tenait de cette coutume, quelque chose d'essentiellement fremen habitait maintenant Chani.

« Seule tu peux me donner l'héritier que je veux », dit Paul.

« Tu as *vu* cela ? » demanda-t-elle en accentuant le mot pour qu'il ne fît aucun doute qu'elle faisait allusion à ses pouvoirs prescients.

Comme toujours, il se demanda s'il lui était possible d'expliquer l'oracle, la vision floue et changeante des lignes de temps qui oscillaient et s'interpénétraient sans cesse sur la trame ondulante des possibles. Il soupira, traversé par l'image fugace d'un peu d'eau s'écoulant entre ses doigts. Une eau fraîche contre son visage... Mais où trouverait-il à se rafraîchir dans ces futurs qui s'obscurcissaient sous de trop nombreux oracles ?

« Ainsi tu n'as rien *vu* », dit Chani.

Cet avenir qui ne lui était accessible qu'au prix d'un effort qui suçait sa vie, que pourrait-il lui révéler, sinon le chagrin ?

Il avait le sentiment de se trouver dans quelque zone intermédiaire et inhabitable, un lieu désolé dans lequel ses émotions dérivaient, flottaient, inexorablement poussées vers l'extérieur.

Chani lui recouvrit les jambes et dit : « L'héritier de la Maison des Atréides ne saurait dépendre d'une femme ou du hasard. »

Paul songea que c'était là une phrase que sa mère aurait pu prononcer. Et il se demanda si Dame Jessica n'avait pas été secrètement en rapport avec Chani depuis quelque temps. En une telle occurrence, c'est à la Maison des Atréides que sa mère eût pensé tout d'abord. Ainsi le voulait le conditionnement Bene Gesserit qui conservait toute sa force, même après que Dame Jessica eut retourné ses pouvoirs contre les Sœurs.

« Lorsque j'ai rencontré Irulan, aujourd'hui, tu écoutais », dit-il.

« J'écoutais. » Elle ne le regardait pas.

Il concentra ses souvenirs sur son entrevue avec la Princesse. Il avait pénétré dans le salon familial. Il avait remarqué une robe à demi achevée sur le métier à tisser de Chani. Alors seulement, il avait perçu l'âcre odeur du ver des sables qui flottait dans la pièce, une odeur mauvaise qui dominait l'arôme cannelle du Mélange. Quelqu'un avait répandu de l'essence d'épice saturée sur le tapis dont les fibres, également à base d'épice, avaient été rongées par endroits, ne laissant que de répugnantes taches huileuses sur le sol. Un instant, il avait songé à appeler quelqu'un pour nettoyer le gâchis. Mais Harah, la femme de Stilgar, la meilleure amie de Chani lui avait annoncé l'arrivée d'Irulan.

Ainsi, il avait dû accepter cette entrevue dans l'odeur répugnante qui montait du tapis et il n'avait pu s'empêcher d'évoquer la superstition fremen qui voulait qu'une odeur désagréable fût annonciatrice d'un désastre imminent.

Harah s'était retirée à l'entrée d'Irulan.

« Bienvenue », avait-il dit.

Elle portait une robe en fourrure de baleine grise. Elle l'avait rajustée avant de porter la main à ses cheveux. Il se dit qu'elle était intriguée par son ton particulièrement doux. Elle renonçait déjà aux paroles violentes qu'elle avait dû préparer, emplie d'un bouillonnement d'arrière-pensées.

« Vous êtes venue m'annoncer que les Sœurs du Bene Gesserit s'étaient débarrassées de leur dernier vestige de moralité », dit-il.

« N'est-il pas dangereux d'être à ce point ridicule ? » demanda-t-elle.

« Ridicule et danger : une alliance douteuse », dit-il. Son conditionnement Bene Gesserit renégat lui révéla qu'elle luttait contre un désir soudain de se retirer. L'effort mental qu'elle fit pour résister lui révéla sa peur sous-jacente et il devina que la mission qu'on lui avait assignée ne lui plaisait guère.

« Elles attendent un peu trop d'une princesse de sang royal », dit-il.

Irulan se figea soudain et il prit conscience qu'elle avait totalement bloqué ses nerfs. Un bien lourd fardeau, se dit-il. Puis il se demanda pourquoi il n'avait jamais entrevu cet avenir possible.

Lentement, Irulan se détendit. Elle venait de céder à la peur, de fuir.

« Votre contrôle du climat est plutôt sommaire, dit-elle enfin. Le temps était sec, aujourd'hui, et il y a eu une tempête de sable. N'avez-vous pas l'intention de nous donner un peu de pluie ? »

« Vous n'êtes pas venue me voir pour parler du temps. » A l'instant où il achevait sa phrase, il eut la certitude que sa question avait eu un double sens. La Princesse essayait-elle de lui dire quelque chose que son éducation Bene Gesserit lui interdisait de révéler de vive voix. Cela semblait probable. Il s'était laissé dérouter et il lui fallait regagner au plus vite un terrain solide.

« Je dois avoir un enfant », dit Irulan.

Il secoua la tête, lentement.

« Il le faut ! Si besoin est, je trouverai un autre père. Je vous tromperai et je vous mettrai au défi de le révéler. »

« Trompez-moi autant que vous le voudrez, dit-il. Mais vous n'aurez pas d'enfant. »

« Comment comptez-vous m'en empêcher ? »

Avec un sourire d'une extrême douceur, il dit : « J'irai jusqu'à vous faire étrangler, s'il est besoin.

Pendant un instant, elle garda un silence stupéfait et Paul devina la présence de Chani, quelque part derrière les épaisses tentures de leur appartement.

« Je suis votre épouse », murmura enfin Irulan.

« Ne jouons pas à ces jeux stupides. Vous avez un rôle, c'est tout. Nous savons tous deux qui est ma véritable épouse. »

« Je suis une commodité, rien de plus », dit-elle, pleine d'amertume.

« Je n'entends nullement être cruel avec vous. »

« C'est vous qui m'avez choisie pour assumer ce rôle. »

« Pas moi, mais le destin. Votre père vous a choisie. Le Bene Gesserit vous a choisie. Ainsi que la Guilde. Et ils viennent de vous choisir une fois encore. Dans quel but, Irulan ? »

« Pourquoi ne puis-je avoir un enfant de vous ? »

« Parce que vous n'avez pas été choisie pour ce rôle. »

« Il est de mon droit d'enfanter l'héritier royal ! Mon père était... »

« Votre père est et était une bête. Nous savons tous deux qu'il n'a presque plus rien de commun avec cette humanité qu'il était censé diriger et protéger. »

« Etait-il moins haï que vous ? »

« Excellente question », dit Paul. Un sourire sardonique effleura ses lèvres.

« Vous dites que vous ne voulez pas vous montrer cruel avec moi, pourtant... »

« C'est bien pour cela que je suis disposé à vous voir prendre l'amant que vous voudrez. Mais comprenez-moi bien : un amant, mais pas d'enfant illégitime. S'il en naissait un, je le renierais. Je ne vous interdis aucune liaison à condition qu'elle demeure secrète et... stérile. Je serais insensé d'en décider autrement dans les circonstances présentes. Mais ne vous trompez pas sur cette libéralité. En ce qui concerne le trône, moi seul ai le contrôle de son héritier, et non le Bene Gesserit ou la Guilde. C'est là un des privilèges qui me sont échus lorsque j'ai écrasé les légions sardaukar de votre père, ici même, dans la plaine d'Arrakeen. »

« Que cela retombe sur votre tête », dit Irulan avant de faire demi-tour et de quitter la pièce.

Paul quitta le souvenir de cette entrevue et se concentra de nouveau sur Chani, assise maintenant à ses côtés. Il pouvait comprendre les sentiments ambigus qu'elle éprouvait à l'égard d'Irulan et admettre sa décision fremen. En d'autres circonstances, Irulan et Chani auraient pu être amies.

« Qu'as-tu décidé ? » demanda Chani.

« Pas d'enfant. »

De l'index et du pouce, elle fit le signe du krys.

« Nous pourrions en arriver là », admit-il.

« Et tu ne crois pas qu'un enfant résoudrait les problèmes que pose Irulan ? »

« Il faudrait être insensé pour le penser. »

« Je ne le suis pas, mon amour. »

La colère afflua de nouveau en lui. « Je n'ai pas dit cela ! Mais nous ne vivons pas un roman d'amour ! Cette princesse, là-bas, dans ses appartements, est un être bien réel ! Elle a été élevée dans les sordides intrigues de la Cour Impériale. Pour elle, comploter est aussi naturel que d'écrire ses stupides histoires ! »

« Elles ne sont pas stupides, mon amour. »

« Probablement pas. (Il maîtrisa sa fureur et prit la main de Chani.) Je suis désolé, mais cette femme a bien des ruses en tête. Il suffirait de céder à l'un de ses désirs pour qu'elle en manifeste un autre. »

D'une voix très douce, Chani remarqua : « Ne l'ai-je pas toujours dit ? »

« Oui, certes. Mais qu'essaies-tu réellement de me faire admettre, en ce cas ? »

Elle se laissa aller tout contre lui, posa sa tête près de son cou. « Ils se sont mis d'accord sur le moyen de te combattre. Irulan porte avec elle l'odeur des résolutions secrètes. »

Il lui caressa les cheveux.

Chani venait d'arracher la dernière pellicule trouble.

Tout soudain, la sensation du but terrible fut comme un vent de *coriolis* qui se déchaînait au plus profond de son âme. Il lui semblait que tout son être vibrait et que, dans son corps, apparaissaient des connaissances qu'il n'avait jamais acquises à l'état conscient.

« Chani, mon aimée, murmura-t-il, si tu savais combien je donnerais pour mettre fin au Jihad, pour ne plus être confondu avec cette divinité que les forces de la Qizarate ont fait de moi. »

Elle trembla tout contre lui. « Il te suffit d'ordonner. »

« Oh, non... Même si je mourais maintenant, mon nom les guiderait encore. Quand je pense que le nom des Atréides est désormais lié à cette boucherie religieuse... »

« Mais tu es l'Empereur ! Tu peux... »

« Je suis une figure de proue. Lorsque l'on a fait de vous une divinité, il n'est plus possible au soi-disant dieu de refuser la divinité. »

Il eut un rire amer. Il sentait l'avenir qui lui faisait face, du haut de dynasties non encore esquissées. Il sentait son être rejeté, se lamentant, arraché à la chaîne du destin. Seul subsistait son nom.

« J'ai été choisi... Peut-être à l'heure de ma naissance. Très certainement avant que j'aie quelque chose à en dire. J'ai été choisi. »

« Alors... retire-toi. »

Il raffermit son étreinte. « Quand le temps sera venu, mon aimée. Il faut attendre encore un peu. »

Des larmes apparurent dans les yeux de Chani.

« Nous devrions retourner au Sietch Tabr. Il faut trop souvent nous défendre dans cette tente de pierre. »

Il inclina la tête et son menton frôla l'étoffe douce du foulard. Il perçut le parfum d'épice qui l'imprégnait.

Sietch ? L'ancien terme chakobsa : lieu de retraite et de sécurité en période de danger. La suggestion de Chani lui ramenait le regret des visions de sables à l'infini, des horizons ouverts où l'ennemi qui approchait pouvait être aisément repéré.

« Les tribus espèrent en ton retour. Elles réclament Muad'Dib. Tu leurs appartiens. »

« J'appartiens à une vision », murmura-t-il.

Il revint au Jihad, au brassage génétique qui se développait sur des parsecs d'espace, à la vision qui lui disait comment il pouvait y mettre fin. Devrait-il payer le prix ? La haine, alors, s'évaporerait, mourrait comme un feu, braise par braise, mais.. Mais le prix était terrifiant !

Je n'ai jamais souhaité être un dieu. Je voulais seulement disparaître comme les gouttes de rosée au matin. Je voulais fuir les anges comme les damnés... seul... comme par erreur...

« Retournerons-nous au Sietch ? » demanda Chani.

« Oui », souffla-t-il. Et il songea : *Je dois payer le prix.*

Chani eut un long soupir, revint contre lui.

J'ai trop attendu. Il voyait très bien, maintenant, à quel point l'amour et le Jihad l'avaient encerclé, paralysé. Et qu'était-ce qu'une vie, quelle qu'en fût la valeur, en face de toutes celles que le Jihad pouvait supprimer ? A d'innombrables souffrances, à d'innombrables morts, pouvait-on opposer un unique chagrin ?

« Mon amour ? » demanda Chani.

Il posa la main sur ses lèvres.

Je vais céder, se dit-il. *Je vais fuir pendant que j'en ai encore la force, si loin que pas même un oiseau ne saurait me retrouver.* Mais c'était une pensée vaine, il le savait bien. Le Jihad suivrait son fantôme.

Que pouvait-il répondre ? Comment se justifier quand le peuple l'accusait de folie furieuse ? Qui pourrait le comprendre ?

Je voulais seulement me retourner et dire : Regardez ! Cette existence n'a pu me retenir ! Vous voyez ? Je disparais ! Jamais plus je ne tomberai dans les pièges humains. Je renonce à ma religion ! Cet instant de gloire est à moi et à moi seul ! Je suis libre !

... Des mots vides de sens !

« Hier, un ver immense est apparu au pied du Bouclier, dit Chani. Il mesurait plus d'une centaine de mètres. Des vers aussi grands ne se voient plus guère dans la région. Je suppose que c'est à cause de l'eau. Les gens disent que celui-là est venu pour rappeler Muad'Dib au désert. (Elle lui pinça la poitrine.) Ne ris pas ! »

« Je ne ris pas. »

Le mythe fremen l'émerveillait, le subjuguait par sa persistance. Avec un serrement de cœur, il devina la présence de quelque chose, quelque part sur la ligne de son existence. *L'adab,* la mémoire qui exige, lui imposait un souvenir. Il se retrouvait dans sa chambre d'enfant, sa chambre de pierre, là-bas, sur Caladan. Dans un de ses premiers instants de prescience, il avait distingué une image et, à présent, son esprit la distinguait à nouveau, plongeait dans la vision au travers des brumes du temps, vision au cœur d'une vision. Il voyait une file de Fremen aux robes poussiéreuses. Ils sortaient d'une faille entre de hauts rochers. Ils portaient un long fardeau enveloppé de tissu. Et Paul, dans la vision, disait : « ... tu étais la plus douce... »

L'*adab* le libéra.

« Tu es si calme, s'inquiéta Chani. Que se passe-t-il ? ».

Il eut un frisson et, se redressa, détourna les yeux.

« Tu m'en veux d'être allée jusqu'au seuil du désert. »

Il secoua la tête sans dire un mot.

« Je n'y suis allée que parce que je veux un enfant », reprit Chani.

Il ne pouvait émettre un son. La force brutale de cette lointaine vision le clouait sur place, le consumait. Le but terrible ! En cet instant, sa vie tout entière était comme une branche frêle vibrant follement au départ soudain d'un oiseau... Et cet oiseau était la *chance*... Le libre arbitre.

J'ai succombé au mirage de l'oracle, songea-t-il.

Et cela pouvait signifier qu'il était désormais rivé à une ligne d'existence. Etait-il possible que l'oracle *ne révélât pas l'avenir ?* Etait-il possible que l'oracle fît *l'avenir ?* Qu'il ait emmêlé sa vie dans la toile des possibles, qu'il se soit pris au piège de cette ancienne précognition victime de l'araignée-avenir qui avançait maintenant vers lui, écartant ses crocs terrifiants ?

Un axiome du Bene Gesserit s'imposa à son esprit : *User de la force brutale rend infiniment vulnérable à des forces supérieures.*

« Je sais que cela provoque ta colère, dit Chani en lui effleurant le bras. Il est vrai que les tribus sont revenues aux rites anciens et aux sacrifices, mais je n'y prends aucune part. »

Il eut une inspiration profonde et vibrante. Le torrent de la vision se tarrissait, se changeait en un endroit tranquille et profond parcouru de courants dont la force d'absorption était hors d'atteinte.

« Je t'en prie. Je veux un enfant, *notre* enfant. Est-ce donc là une chose si terrible ? »

Il lui rendit sa caresse légère et se redressa. Il marcha

jusqu'au balcon, éteignant les brilleurs au passage, écarta les tentures. Le désert profond ne s'imposait que par ses senteurs. A quelque distance, un mur nu, sans fenêtres, escaladait le ciel nocturne. Le clair de lune jouait dans les feuillages du jardin enclos. Arbres-sentinelles, feuillages larges, fourrés humides. Un étang reflétait les étoiles. Des fleurs blanches semblaient briller dans les nids d'ombre. Durant un instant, Paul perçut le jardin comme l'aurait perçu un Fremen du désert, comme un lieu étranger, menaçant, dangereux par sa profusion d'eau.

Il songea aux Marchands d'eau qu'il avait fait disparaître par sa prodigalité. Ils le haïssaient. Il avait tué le passé. Ils n'étaient pas les seuls. Même ceux qui s'étaient battus pour quelques pièces à échanger contre l'eau si précieuse le détestaient parce qu'il avait mis fin aux usages anciens. La résistance des hommes n'avait fait que croître tandis que se développait le plan écologique conçu par Muad'Dib. N'avait-il pas été trop présomptueux, se demandat-il, en croyant pouvoir façonner un monde tout entier — et faire pousser chaque chose comment et où il l'ordonnait ? Et même s'il réusssissait, qu'en serait-il du reste de l'univers ? Craignait-il d'être traité comme Dune ?

D'un geste brusque, il referma les tentures et arrêta les ventilateurs. Dans l'obscurité, il se tourna vers Chani. Ses anneaux d'eau tintaient faiblement, comme les clochettes des pèlerins. Il rencontra ses bras tendus.

« Mon bien-aimé, souffla-t-elle. T'ai-je contrarié ? »

Il lui sembla qu'elle refermait ses bras sur son avenir tandis qu'il murmurait : « Pas toi... Oh, non... pas toi. »

> L'avènement du bouclier de défense et du laser, dont l'interaction explosive menaçait l'attaquant au même titre que le défenseur fut, à l'origine de l'évolution actuelle de la technologie de l'armement. Nous n'insisterons pas sur le rôle particulier des atomiques. Certes, on ne peut s'empêcher d'éprouver quelque crainte en songeant que n'importe quelle Famille de notre Empire est en mesure de détruire une cinquantaine de bases d'autres Familles grâce à ses atomiques. Mais nous disposons tous de plans de représailles dévastatrices. La Guilde et le Landsraad peuvent faire échec à cette puissance. Je m'inquiète surtout du développement de certains humains considérés comme de véritables armes spéciales. Ceci ouvre, à partir de quelques pouvoirs, un domaine virtuellement sans limite.
>
> *Muad'Dib* : Conférence au Collège de Guerre *extraite des* Chroniques de Stilgar.

DANS les yeux bleus du vieil homme qui se tenait sur le seuil, il y avait cette méfiance que manifestaient toujours les gens du désert à l'égard des étrangers. A travers sa barbe clairsemée, Scytale distinguait les rides amères qui entouraient sa bouche. Il ne portait pas de distille et il était significatif qu'il parût ignorer ce fait tout en ayant pleinement conscience du torrent d'humidité qui s'échappait de sa maison par la porte ouverte.

Scytale s'inclina et fit le signe convenu.

Quelque part derrière le vieil homme s'éleva la plainte

d'un rebec dans la dissonance atonale propre à la musique de la *sémuta*. Rien, dans l'attitude du vieil homme, ne révélait la langueur de la drogue. Il y avait donc quelqu'un d'autre, dans la demeure, dont c'était le vice. Mais un vice aussi sophistiqué, en un tel lieu, semblait bien étrange, se dit Scytale.

« Le salut d'ailleurs », dit Scytale. Un sourire anima les traits plats du visage qu'il avait choisi pour la circonstance. Il lui vint à l'idée, soudain, que le vieil homme pourrait bien reconnaître ce visage : les plus vieux Fremen de Dune avaient connu Duncan Idaho. Ce choix, qu'il avait jugé amusant, pouvait être en fait peu judicieux. Mais il ne pouvait plus se permettre de modifier ses traits, maintenant. Nerveusement, il tourna la tête et observa la rue. Le vieil homme allait-il se décider à l'inviter à entrer ?

« Connaissiez-vous mon fils ? »

C'était l'une des réponses prévues et Scytale prononça les paroles requises sans rien perdre de sa vigilance. Cette situation ne lui plaisait guère. La ruelle s'achevait en cul-de-sac avec cette demeure. Alentour, les autres maisons avaient été construites pour les vétérans du Jihad. Le quartier constituait un faubourg d'Arrakeen qui s'étendait dans le Bassin Impérial au-delà de Tiemag. Les façades brunes, de part et d'autre de la ruelle, n'étaient marquées que par les rectangles obscurs des portes scellées et, parfois, par des graffiti obscènes. A quelques pas de la demeure du vieil homme, une inscription proclamait que Beris avait rapporté sur Arrakis la redoutable maladie qui lui avait ôté toute virilité.

« Venez-vous avec un partenaire ? » demanda le vieil homme.

« Je viens seul », dit Scytale.

Le vieil homme se racla la gorge. Il hésitait encore et Scytale s'efforça à la patience. Cette façon de prendre contact comportait bien des dangers, et sans doute le vieil homme avait-il de bonnes raisons de procéder ainsi. Pourtant, l'heure était propice. Le pâle soleil était presque au zénith et les gens du quartier restaient dans leurs demeures pour faire la sieste durant les moments les plus chauds.

Etait-ce le voisinage, justement, qui inquiétait le vieil homme ? se demanda Scytale. La maison la plus proche, il le savait, était celle d'Otheym, qui avait jadis appartenu aux redoutables commandos des Fedaykin. Et Bijaz, le nain-catalyste, se trouvait avec lui.

Il revint au vieil homme et remarqua la manche vide qui pendait à son épaule gauche. Il remarqua aussi l'expression autoritaire. Le vieil homme, durant le Jihad, n'avait pas été avec la piétaille.

« Puis-je connaître le nom de mon visiteur ? »

Scytale faillit pousser un soupir de soulagement. Enfin, il était accepté. « Je me nomme Zaal », dit-il, employant le nom choisi pour cette mission.

« Mon nom est Farok, dit le vieil homme. Pendant le Jihad, j'étais Bashar de la Neuvième Légion. Est-ce que cela vous dit quelque chose ? »

Scytale comprit la menace cachée. « Vous êtes né dans le Sietch Tabr avec allégeance à Stilgar. »

Farok se détendit et fit un pas de côté. « Bienvenue dans ma demeure. »

Scytale s'avança dans l'entrée plongée dans la pénombre. Le sol était dallé de bleu et des incrustations de cristal scintillaient aux murs. Au-delà, il découvrit une cour intérieure. La lumière filtrée avait la qualité opalescente de la clarté de la Première Lune. Derrière lui, il perçut le chuintement de la porte extérieure qui se refermait sur ses joints.

« Nous étions un peuple noble, dit Farok en précédant son visiteur. Nous ne vivions pas alors dans les creux ou les sillons... comme maintenant ! Notre sietch se trouvait dans le Bouclier, au-dessus de la Chaîne de Habbanya. Les vers nous portaient jusqu'à Kedem, le désert de l'intérieur. »

« Oui, ce n'était pas comme aujourd'hui », dit Scytale, comprenant ce qui avait amené le vieil homme à se joindre à la conspiration : le regret des jours anciens, des coutumes disparues.

Ils s'avancèrent dans la cour intérieure.

Scytale se rendit compte que Farok luttait contre une intense hostilité à l'égard de son visiteur. Les Fremen éprouvaient de la défiance pour les yeux qui n'avaient pas le bleu de l'*ibad*. Selon eux, les Etrangers des autres mondes, avec leur regard flou, pouvaient surprendre des choses qu'ils n'auraient pas dû voir.

La musique de la sémuta s'était tue à leur entrée. Lui succédait maintenant un accord de balisette, puis les premières notes d'une chanson très à la mode sur les planètes de Naraj.

Comme son regard s'adaptait à la clarté, Scytale découvrit un jeune homme accroupi sur un divan bas, entre les arcades qui s'ouvraient à droite. Sous ses orbites, il y avait deux puits obscurs. Obéissant à l'étrange instinct des aveugles, il se mit à chanter à la seconde même où les yeux de Scytale se posaient sur lui, d'une voix douce et claire :

> « Le vent a soufflé sur la terre
> Et balayé le ciel au loin,
> Et chassé tous les hommes !
> Qui es-tu le vent ?
> Les arbres dressent leurs branches
> Sur le pays des hommes ils s'étanchent.
> J'ai connu trop de mondes,
> J'ai vu trop de gens.
> J'ai frôlé bien trop d'arbres,
> Et senti trop de vents. »

Les paroles, se dit Scytale, n'étaient pas exactement celles de la chanson. Farok l'entraîna jusqu'aux arcades opposées et lui désigna des coussins disposés sur les dalles décorées de figures marines.

« Celui-ci, dit-il en désignant un coussin noir et rond, a été occupé par Muad'Dib aux jours du sietch. C'est à vous qu'il revient maintenant. »

« Je suis votre obligé », dit Scytale en prenant place. Il sourit. Farok faisait preuve de sagesse. Il parlait le langage de la loyauté même en écoutant des chansons au sens caché et des mots qui étaient autant de messages secrets. Qui pouvait nier les terrifiants pouvoirs de l'Empereur tyran ?

Sans briser le rythme de la chanson, Farok demanda : « Cette musique que joue mon fils vous dérange-t-elle ? »

Scytale désigna le coussin qui se trouvait en face de lui,

appuya sa tête contre la fraîcheur d'une colonne et dit : « J'aime la musique. »

« Mon fils, reprit Farok, a perdu ses yeux lors de la prise de Naraj. Il y a été soigné et il aurait dû rester là-bas. Désormais, il n'appartiendra à aucune femme du Peuple. Cela me semble étrange, pourtant, de savoir que j'ai sur les mondes de Naraj des petits-enfants que je ne connaîtrai jamais. Mais vous, Zaal, avez-vous visité les mondes de Naraj ? »

« Durant ma jeunesse, avec les Danseurs-Visages de ma troupe », répondit Scytale.

« Ainsi vous êtes un Danseur-Visage... Je me suis posé la question en vous voyant. Votre visage me rappelle un homme que j'ai connu. »

« Duncan Idaho ? »

« Oui, précisément. Un lieutenant fidèle de l'Empereur. »

« Il a été tué, à ce que l'on dit. »

« A ce que l'on dit, oui. Mais êtes-vous vraiment un homme ? J'ai entendu certaines histoires à propos des Danseurs-Visages... » Il n'acheva pas sa phrase et haussa les épaules.

« Nous sommes, dit Scytale, des hermaphrodites Jadacha. Nous changeons de sexe à volonté. Pour l'instant, je suis un homme. »

Farok eut une moue songeuse, puis demanda : « Puis-je vous offrir des rafraîchissements ? Voulez-vous de l'eau ? Un fruit glacé ? »

« Je me contenterai de notre conversation », dit Scytale.

« Le désir de l'invité fait loi. » Farok prit place sur le coussin en face de Scytale.

« Béni soit Abu d'Dhur, Père des Routes Immatérielles du Temps », dit Scytale. Et il pensa : *Et voilà ! Je viens de lui dire tout net que je viens de la part d'un Navigateur de la Guilde et que je bénéficie de sa protection.*

« Trois fois béni », répondit Farok en joignant les mains ainsi que le voulait le rite. Des mains anciennes aux veines noueuses.

« Un objet vu à distance ne révèle que son principe »,

poursuivit Scytale, indiquant par là qu'il souhaitait discuter de la Citadelle de l'Empereur.

« Ce qui est sombre et mauvais restera mauvais à n'importe quelle distance », dit Farok, l'invitant à patienter quant à ce sujet.

Pourquoi ? s'interrogea le Tleilaxu. Dans le même temps, il demandait : « Comment votre fils a-t-il perdu la vue ? »

« Les défenseurs de Naraj se servaient d'un brûle-pierres. Mon fils était trop près... Maudits soient les atomiques ! Le brûle-pierres lui-même devrait être proscrit ! »

« C'est une façon de tourner la loi », dit Scytale. Et il songea : *Un brûle-pierres sur Naraj ! On ne nous a jamais révélé cela ! Pourquoi me le dit-il ?*

« J'ai voulu acheter à vos maîtres des yeux tleilaxu, reprit Farok, mais il court une histoire parmi les légions qui veut que les yeux tleilaxu réduisent en esclavage ceux qui les acceptent. Mon fils m'a prétendu que de tels yeux sont de métal et que lui étant de chair une telle union serait un péché. »

« Le principe d'un objet, quel qu'il soit, doit correspondre à son but originel », rétorqua Scytale, essayant de ramener la conversation à son sujet initial.

Les lèvres de Farok devinrent deux traits étroits mais il hocha la tête. « Parlons ouvertement de ce que vous êtes venu chercher. Nous devons faire confiance à votre Navigateur. »

« Avez-vous pénétré dans la Citadelle de l'Empereur ? »

« Pour les fêtes d'anniversaire de la victoire de Molitor. Je m'en souviens... Les meilleurs réchauffeurs d'Ix n'avaient pu venir à bout du froid de cette pierre. Nous avions passé la nuit précédente sur la terrasse du Temple d'Alia. Il y a des arbres en cet endroit... des arbres de tous les mondes. Nous autres les Bashars nous portions nos plus belles robes vertes et nos tables avaient été dressées à l'écart. Nous avons mangé et bu en excès. Certaines des choses que j'ai vues alors m'ont dégoûté. Les blessés se sont mêlés à la fête, se traînant sur leurs béquilles. Je ne crois pas que notre Muad'Dib sache vraiment combien d'hommes il a mutilés. »

« Vous n'approuviez pas cette fête ? » demanda Scytale, songeant aux orgies fremen nourries de bière d'épice.

« Cela n'avait rien à voir avec la communion des âmes dans nos sietch. Le tau était absent. On avait amené des filles-esclaves pour la troupe et les hommes passaient leur temps à se raconter leurs batailles et leurs blessures. »

« Ainsi, vous avez pénétré dans ce grand tas de pierraille », dit Scytale.

« Muad'Dib est venu jusqu'à nous sur la terrasse. Il nous a dit : *Que la fortune soit avec nous !* Oui, il a employé le salut du désert dans cet endroit maudit ! »

« Savez-vous où sont situés ses appartements privés ? »

« Quelque part, loin dans la Citadelle. Très loin. J'ai entendu dire que Muad'Dib et Chani mènent une sorte de vie de nomades dans la Citadelle même. Il apparaît dans le Grand Hall pour les audiences publiques et il dispose aussi de salons de réception, ainsi que d'une aile complète pour sa garde personnelle. Il y a aussi des salles pour les cérémonies et un secteur réservé aux communications. Je me suis laissé dire également qu'il existe sous la forteresse une chambre où il garde en permanence un ver avorton entouré d'eau. C'est là, dit-on, qu'il lit l'avenir. »

La légende constamment mêlée aux faits, se dit Scytale.

« Tout le personnel qu'exige le protocole gouvernemental l'accompagne en permanence, reprit Farok, mais il ne fait vraiment confiance qu'à Stilgar et aux anciens compagnons des premiers jours. »

« Pas à vous », dit Scytale.

« Je crois qu'il a oublié que j'existe. »

« Comment quitte-t-il la Citadelle ? »

« Il dispose d'un petit orni dans une enceinte intérieure. On dit que Muad'Dib ne permettrait jamais à personne d'autre de piloter pour se poser en un pareil endroit. La plus infime erreur précipiterait l'orni par-dessus la muraille dans l'un de ses satanés jardins. »

Scytale hocha la tête. Cela paraissait très probable. Cet accès par la voie des airs était une mesure de sécurité suffisante. Les Atréides avaient toujours été des pilotes de grande classe.

« Pour ses messages *distrans,* dit Farok, il utilise des

hommes. Cela vous diminue un homme que de porter un traducteur d'ondes greffé. La voix d'un homme devrait toujours demeurer la sienne. Elle ne devrait pas porter le message d'un autre homme caché dans les replis de ses tonalités. »

Scytale haussa les épaules. Tous les grands de tous les mondes se servaient du distrans. On ne pouvait jamais être sûr des obstacles qui se trouvaient entre l'expéditeur et le destinataire. Le distrans défiant toute analyse cryptologique puisqu'il était basé sur de subtiles distorsions des sons naturels qui pouvaient atteindre une effroyable complexité.

« Même les agents des impôts utilisent cette méthode, dit Farok. De mon temps, les distrans n'étaient implantés que sur des animaux inférieurs. »

Mais le montant des impôts doit demeurer secret, se dit Scytale. *Plus d'un gouvernement s'est effondré pour n'avoir pas su cacher au peuple le montant de ses revenus.*

« Que pensent les cohortes fremen du Jihad, tous ces temps ? Sont-elles opposées à la déification de leur Empereur ? »

« La plupart ne tiennent pas compte de cet aspect. Ils considèrent le Jihad tout comme moi : comme une source d'expériences exotiques, d'aventure, de richesse. Ce sale trou dans lequel je vis… (Farok leva la main pour désigner la cour) m'a coûté soixante lidas d'épice. Quatre-vingt-dix kontars ! Il fut un temps où jamais je n'aurais imaginé qu'une telle richesse fût possible. » Il secoua la tête.

De l'autre côté de la cour, le fils aveugle joua les premières notes d'une ballade d'amour.

Quatre-vingt-dix kontars, se dit Scytale. *Comme c'est étrange… C'est une somme, très certainement. Ce trou serait un véritable palais sur n'importe quel monde, mais toute chose est relative… même le kontar, finalement. Farok, par exemple, sait-il seulement d'où vient cette mesure de poids d'épice ? S'est-il jamais dit qu'un kontar et demi représentait autrefois la limite de la charge que pouvait enlever un chameau ? C'est peu probable. Farok n'a sans doute jamais entendu parler d'un chameau, ni même de l'Age d'Or de la Terre.*

Suivant toujours le rythme de la balisette, Farok reprit : « Je possédais un krys, des anneaux d'eau pour dix litres, la lance qui avait appartenu à mon père, un service à café et une bouteille de verre rouge qui était plus ancienne que mes souvenirs. J'avais ma part sur l'épice mais pas d'argent. J'étais riche et je l'ignorais. J'avais aussi deux épouses. L'une m'était chère et l'autre était stupide et têtue, mais elle avait le visage d'un ange. J'étais un Naib parmi les Fremen. J'avais chevauché le ver, j'étais le maître du léviathan des sables. »

Dans l'ombre, la balisette changea de rythme.

« Je savais bien des choses sans ressentir le besoin d'y penser, continua Farok. Je savais qu'il y avait de l'eau loin sous le sable, gardée par les Petits Faiseurs. Je savais que mes ancêtres sacrifiaient des vierges à Shai-hulud... avant que Liet-Kynes n'y ait mis un terme. Ils ont eu tort de lui obéir. J'avais vu les joyaux dans la gueule du ver. Mon âme avait quatre portes et je les connaissais toutes. »

Il se plongea dans un silence songeur.

« Alors l'Atréides vint avec sa sorcière de mère », dit Scytale.

« L'Atréides vint, celui que nous appelions Usul dans notre Sietch, car tel était son nom pour nous. Notre Mahdi, notre Muad'Dib ! Et lorsqu'il nous appela pour le Jihad, je fus l'un de ceux qui demandèrent : *Pourquoi irais-je combattre là-bas ? Je n'y ai point de parents.* Mais il y eut d'autres hommes pour le suivre : des jeunes, des compagnons, des amis d'enfance. Et lorsqu'ils revinrent, quand ils revinrent, ils parlèrent de sorcellerie, de la puissance et du pouvoir du *sauveur* Atréides. Il avait combattu nos ennemis, les Harkonnen. Liet-Kynes, qui nous avait promis le paradis, lui avait donné sa bénédiction. On disait que cet Atréides était venu pour changer notre monde, notre univers, qu'il allait faire éclore des fleurs dorées dans la nuit. (Farok leva les mains et examina ses paumes.) Les hommes alors montrèrent la Première Lune et dirent : *Son âme réside là.* Ainsi, il fut nommé Muad'Dib. Je ne comprends pas tout cela. »

Il baissa les mains et regarda son fils. « Je n'avais nulle pensée en tête. Je n'en avais que dans mon cœur, dans mon ventre, dans mon sexe. »

De nouveau, le rythme de la balisette changea, s'accéléra.

« Savez-vous pourquoi je me suis engagé dans le Jihad ? J'ai entendu dire qu'il existait une chose que l'on appelait la mer. Il est très difficile de croire qu'une telle chose puisse exister quand on vit entre les dunes. Nous n'avons pas de mer. Jamais les hommes de Dune n'en avaient contemplé une. Nous n'avions que nos pièges à vents. Nous récoltions l'eau pour le grand changement que Liet-Kynes nous avait promis et que Muad'Dib nous a offert d'un simple geste de la main. Bien sûr, je pouvais imaginer un *qanat*, l'eau prisonnière cheminant dans le sable, et à partir de cela je pouvais me représenter une rivière... Mais une mer... »

Il leva les yeux vers le plafond translucide comme s'il essayait d'apercevoir les autres mondes. « Une mer, dit-il dans un murmure, c'était trop pour mon esprit, pour mon imagination. Pourtant, certains hommes que je connaissais alors m'avaient dit avoir contemplé cette merveille. Je croyais qu'ils mentaient mais il fallait que je m'en assure par moi-même. C'est pour cette seule raison que je me suis engagé. »

Le fils aveugle plaqua un dernier accord sur la balisette. Il y eut quelques secondes de silence, puis il entonna une nouvelle chanson au rythme étrangement sinueux.

« Et cette mer, vous l'avez trouvée ? » demanda Scytale.

Le vieil homme ne répondit pas tout de suite et le Tleilaxu pensa un instant qu'il n'avait pas entendu sa question. La musique était comme une marée impalpable à présent et Farok semblait respirer à son rythme.

« J'ai vu d'abord un crépuscule, dit-il enfin. Un de nos anciens artistes aurait peut-être pu peindre un tel crépuscule. Il était du rouge de ma vieille bouteille. Il y avait aussi de l'or... et du bleu. C'était sur un monde appelé Enfeil, celui-là même où j'ai conduit ma légion à la victoire. Nous avions franchi une passe dans les montagnes où l'air était lourd d'humidité, si lourd que je pouvais à peine respirer. Et c'est alors que j'ai vu ce que mes amis m'avaient dit avoir vu : de l'eau. De l'eau aussi loin que pouvait porter mon regard. Nous sommes descendus jusqu'à cette eau. Nous avons marché dedans. Nous avons bu, nagé... Elle était amère et elle m'a rendu malade. Mais jamais plus je n'oublierai ce que j'ai vu. »

Une seconde, Scytale partagea l'émerveillement mélancolique du vieil homme.

« Oui, je me suis plongé dans cette eau, reprit le Fremen en abaissant son regard sur les formes marines du dallage. Et sans doute est-ce un autre homme qui en a émergé. Car j'ai eu ensuite l'impression que je pouvais me souvenir d'un passé qui jamais n'avait été. J'ai regardé autour de moi avec des yeux qui pouvaient tout accepter... n'importe quoi. J'ai aperçu un corps dans cette eau : celui d'un des défenseurs que nous avions massacrés. Tout près de là, il y avait une pièce de bois qui flottait, un grand tronc d'arbre. En fermant les yeux, je le revois. Il était noirci à une extrémité. Il avait dû brûler. Il y avait aussi un bout d'étoffe dans l'eau. Un bout d'étoffe jaune, sale... J'ai regardé ces choses et j'ai compris pourquoi elles se trouvaient là. C'était pour que je les voie. »

Lentement, il leva les yeux et regarda Scytale en face. « L'univers est inachevé, comprenez-vous ? »

Verbeux mais profond, songea le Tleilaxu. Il dit : « Je vois que cela vous a beaucoup impressionné. »

« Vous êtes un Tleilaxu. Vous avez vu bien des mers, mais je n'en ai vu qu'une seule. Pourtant, je sais maintenant une chose sur les mers... une que vous ignorez. »

Scytale sentit se refermer sur lui l'étreinte désagréable d'une vieille inquiétude.

« La Mère du Chaos est née de la mer, dit Farok. Un Qizara Tafwid était là quand je me suis plongé dans toute cette eau. Il n'y est pas entré. Il est resté sur le sable... le sable qui était humide... avec ceux de mes hommes qui avaient peur, comme lui. Et quand il m'a regardé, j'ai lu dans ses yeux qu'il savait que j'avais compris quelque chose qui lui était refusé. J'étais devenu une créature marine et il avait peur de moi. L'eau m'a guéri du Jihad et je crois qu'il l'a tout de suite compris. »

Scytale prit conscience que la musique s'était tue. A quel moment, il n'aurait su le dire. Et cela le troubla. Farok reprit à cet instant, comme si l'enchaînement était logique : « Chacune des portes est gardée. Il n'existe aucun moyen de pénétrer dans la Citadelle de l'Empereur. »

« C'est bien là sa faiblesse », dit Scytale.

Farok redressa la tête, curieux.

« Il existe un moyen. Et le fait que la plupart des gens — l'Empereur y compris, il faut l'espérer — pensent autrement est tout à notre avantage. » Il se tut et, lentement, porta les mains à ses joues, conscient brusquement de l'étrangeté des traits qu'il avait choisis. Le silence de la balisette continuait de l'inquiéter. Cela signifiait-il que le fils de Farok avait cessé d'émettre ? Le message, condensé, était inscrit dans la musique Il s'était imprimé dans le système nerveux de Scytale où il pourrait être recueilli plus tard grâce au distrans implanté dans son cortex. Désormais, il portait en lui des mots inconnus, il était riche de renseignements inouïs : la situation de chacune des cellules de la conspiration sur Arrakis, chaque nom, chaque phrase de contact...

Avec ces informations capitales, ils pourraient affronter Arrakis, capturer un ver des sables et entreprendre la culture du Mélange hors du pouvoir de Muad'Dib, quelque part... Ils pourraient briser le monopole et Muad'Dib dans le même temps. Ils pourraient entreprendre bien des choses avec ces informations.

« Nous avons la femme ici, dit Farok. Souhaitez-vous la voir maintenant ? »

« Je l'ai vue. Je l'ai soigneusement étudiée. Où est-elle ? »

Farok claqua les doigts.

Le jeune homme prit son rebec et son archet. Un accord de musique sémuta jaillit des cordes. Comme si elle eût obéi à ce son, une jeune femme en robe bleue apparut près du musicien. Ses yeux qui avaient le bleu de l'Ibad étaient noyés dans le flou du narcotique. Cette jeune Fremen accoutumée à l'épice était maintenant prise au piège d'un vice étranger. Ses perceptions étaient enfouies loin sous la sémuta, liées à l'extase de la musique.

« La fille d'Otheym, dit Farok. Mon fils lui a administré le narcotique dans l'espoir de gagner ainsi une femme du Peuple, en dépit de sa cécité. Mais sa victoire est vaine, bien sûr. La sémuta lui a pris ce qu'il convoitait. »

« Son père ne sait rien ? » demanda Scytale.

« Elle-même ne sait rien. Mon fils lui instille de faux souvenirs qu'elle place dans ses conversations à chaque visite. Elle croit l'aimer. Et c'est aussi ce que croit sa famille. Ils en souffrent parce que mon fils n'est pas un homme complet, mais ils ne manifesteront aucune opposition, bien sûr. »

Sur un geste du musicien, la jeune femme s'assit à ses côtés et se pencha pour entendre ce qu'il lui murmurait.

« Qu'allez-vous faire d'elle ? » demanda Farok.

Scytale promena de nouveau son regard sur la cour. « Y a-t-il quelqu'un d'autre dans la maison ? »

« Nous sommes tous présents. Mais vous ne m'avez pas dit ce que vous entendiez faire d'elle. Mon fils désire le savoir. »

Comme s'il s'apprêtait à répondre, Scytale tendit la main droite. Une aiguille scintillante surgit de sa manche et s'enfonça dans le cou de Farok. Le Fremen ne vacilla pas, n'émit pas le moindre son. Avant une minute il serait mort, mais il demeurait parfaitement immobile, paralysé par le poison.

Lentement, Scytale se remit sur pied et s'approcha du jeune musicien aveugle. Celui-ci murmurait encore à l'oreille de la jeune femme quand le dard l'atteignit.

Scytale prit le bras de la fille d'Otheym et la fit se lever avec douceur, tout en modifiant rapidement ses traits. Lorsqu'elle le regarda, elle demanda : « Que se passe-t-il, Farok ? »

« Mon fils est las, il doit se reposer, dit Scytale. Viens, il faut repartir. »

« Nous avons parlé. Je crois que je suis parvenue à le convaincre d'accepter les yeux tleilaxu. Bientôt, il sera de nouveau un homme complet. »

« N'ai-je pas dit cela bien souvent ? » Tout en l'entraînant vers l'arrière de la maison, il constata avec une certaine fierté que sa voix correspondait tout à fait à son apparence. Il croyait entendre le vieux Fremen qui devait être mort maintenant.

Il soupira. Il avait agi en toute sympathie et, très certainement, ses victimes avaient eu conscience du danger qu'elles couraient.

A présent, il devait donner sa chance à cette jeune femme.

> Ce n'est pas à leur création que les Empires souffrent de ne pas avoir de but, mais plus tard, lorsqu'ils sont fermement établis et que les objectifs sont oubliés et remplacés par des rites sans fondements.
>
> *Extrait de* Les Dits de Muad'Dib
> *par la Princesse Irulan.*

Alia songeait que cette session du Conseil Impérial allait être pénible. Certains détails lui révélaient l'accumulation des forces : la façon dont Irulan évitait de regarder Chani ; les gestes nerveux de Stilgar qui ne cessait de brasser des papiers ; les regards sombres de Paul à l'adresse de Korba le Qizara.

Alia avait pris place à une extrémité de la table d'or. De là, elle pouvait apercevoir le balcon baigné de la clarté poudreuse de cette fin d'après-midi.

Korba, qui dialoguait avec Paul et qui s'était interrompu à son arrivée, reprit : « Ce que je veux dire, Mon Seigneur, c'est que les dieux ne sont plus aussi nombreux qu'ils l'étaient à une certaine époque. »

Alia éclata de rire. Elle rejeta la tête en arrière et, comme le voile noir de sa robe aba glissait, son visage apparut. Sous sa chevelure couleur de bronze, ses traits étaient ovales, son nez petit, sa bouche large. Ses yeux avaient le bleu de l'ibad.

Les joues de Korba devinrent presque aussi orange que

sa robe. Il foudroya Alia du regard. Minuscule et chauve, il ressemblait en cet instant à quelque gnome furieux.

« Savez-vous ce que l'on dit de votre frère ? » demanda-t-il.

« Je sais ce que l'on dit de vos Qizarate, rétorqua-t-elle. Que vous n'avez rien de divin, que vous n'êtes que les espions de dieu. »

Korba jeta un regard en direction de Paul, quémandant son soutien. « Nous sommes les envoyés de Muad'Dib, qui doit savoir la Vérité de son peuple afin que son peuple sache Sa vérité. »

« Des espions », répéta Alia.

Korba se tut, retroussant les lèvres.

Paul regardait sa sœur et se demandait pour quelle raison elle provoquait ainsi le Panégyriste. Tout soudain, il s'apercevait qu'elle était devenue une femme, qu'il ne restait en elle qu'une trace de l'enfance, juste assez pour rehausser sa beauté. Il était surpris de n'avoir pas encore pris conscience de cela. Elle n'avait que quinze ans, bientôt seize... Une Révérende Mère sans enfant, une prêtresse vierge redoutée et vénérée par les masses superstitieuses... Alia du Couteau.

« Ce n'est ni le lieu ni l'heure pour entendre les sarcasmes de votre sœur », dit Irulan.

Paul ne lui prêta pas la moindre attention et hocha la tête à l'adresse de Korba. « La place est pleine de pèlerins. Sortez et invitez-les à prier. »

« Mais, Mon Seigneur, c'est *vous* qu'ils attendent », dit Korba.

« Alors mettez votre turban. A cette distance, ils ne verront pas la différence. »

Irulan chassa son irritation et son regard se posa sur Korba qui s'apprêtait à obéir et à quitter la salle. Il lui vint soudain la pensée troublante que, peut-être, Edric ne pouvait empêcher Alia de connaître ses agissements. *Mais que savons-nous vraiment d'elle ?* se demanda-t-elle.

Chani, les mains serrées dans son giron, regarda Stilgar, son oncle, de l'autre côté de la table, Ministre d'Etat de Paul. Le vieux Naib fremen regrettait-il encore l'existence de son sietch du désert ? songeait-elle. La noire chevelure de Stilgar était à présent marquée de gris, mais ses yeux, sous ses épais sourcils, restaient aussi perçants. Il y avait encore un peu de la vie sauvage de Dune dans ce regard. De même que la trace des filtres du distille était encore visible dans sa barbe.

Stilgar, rendu nerveux par cet examen prolongé, promena son regard sur la Chambre du Conseil. Il le fixa sur le balcon où Korba leva les bras pour bénir la foule. Le soleil posait un halo rouge sur la fenêtre et, durant quelques secondes, Stilgar eut l'impression que le Qizara de la Cour était écartelé sur une roue de feu. Puis Korba baissa les bras et l'illusion disparut, laissant Stilgar empli d'un trouble étrange. Il éprouvait une colère sourde envers les fidèles soumis qui devaient attendre en cet instant dans la Salle des Audiences, envers toute cette pompe haïssable qui entourait en permanence le trône de Muad'Dib.

On en venait à espérer une faute de l'Empereur, une occasion de mettre ses faiblesses en évidence, se dit Stilgar. Il avait conscience du caractère sacrilège d'une telle pensée mais ne pouvait la repousser.

Korba regagna la salle et le murmure de la foule fut perceptible pendant une seconde, avant que la porte se referme sur ses joints.

Le Qizara regagna sa place, suivi par le regard attentif de Paul. Il s'assit à la gauche de l'Empereur. Son visage sombre avait une expression placide, mais le fanatisme brillait dans ses yeux. Il avait savouré cet instant de pouvoir religieux.

« La présence de l'Esprit a été invoquée », dit-il.

« Le Seigneur en soit loué », dit Alia.

Les lèvres du Qizara devinrent blêmes.

A nouveau, Paul observa sa sœur et s'interrogea sur ses motivations. Il se dit que sa candeur dissimulait quelque tromperie. Elle était comme lui un produit de la sélection Bene Gesserit. Quels avaient pu être, sur elle, les effets du programme de recherche du kwisatz haderach ? Il fallait tenir compte d'une différence subtile : elle se trouvait encore dans la matrice lorsque sa mère avait subi l'épreuve du poison d'épice. Elle était devenue une Révérende Mère dans le même temps que sa mère. Mais cette simultanéité ne signifiait pas identité.

De cette expérience, Alia lui avait dit qu'en un instant terrifiant elle s'était éveillée à la conscience, que sa mémoire avait absorbé les innombrables vies précédentes assimilées par sa mère.

« Je suis devenue ma mère et bien d'autres femmes encore, lui avait-elle dit. J'étais sans forme, sans nom, mais j'étais déjà une vieille femme. »

Devinant ses pensées, Alia lui sourit et l'expression de Paul se fit plus douce. *Mais comment réagir à la présence de Korba sinon par de l'humour cynique ?* se dit-il. *Peut-il y avoir quelqu'un de plus ridicule que ce Commando de la Mort transformé en prêtres ?*

Stilgar prit ses papiers. « Si Mon Seigneur me le permet, des questions réclament son attention urgente. »

« Le Traité de Tupile ? » demanda Paul.

« La Guilde prétend que nous devons signer le traité sans connaître avec précision la situation de l'Entente de Tupile, dit Stilgar. Elle est soutenue en cela par quelques délégués du Landsraad. »

« Quelles pressions avez-vous exercées ? » demanda Irulan.

« Celles-là mêmes que mon Empereur m'avait assignées pour cette tâche », dit Stilgar avec une courtoisie pleine de raideur qui ne cachait rien de sa désapprobation.

« Mon Seigneur et époux... », dit alors Irulan en se tournant vers Paul, forçant ainsi son attention.

Elle met l'accent sur le titre à cause de la présence de Chani, se dit Paul. *C'est là une faiblesse.* En de tels instants, il ne pouvait s'empêcher de partager l'antipathie de Stilgar pour Irulan. Pourtant, une certaine forme de pitié tempéra ses émotions. Qu'était la Princesse, sinon un pion entre les mains du Bene Gesserit ?

« Oui ? » demanda-t-il.

« Si vous leur retirez le Mélange... »

Chani secoua la tête.

« Nous prenons garde, dit Paul. Tupile demeure le sanctuaire des Grandes Maisons vaincues. Elle est la planète du dernier refuge, le symbole de la sécurité pour tous nos sujets. Il suffit d'exposer le sanctuaire pour le rendre vulnérable. »

« Si Tupile abrite des gens, elle abrite sans doute autre chose, grommela Stilgar. Peut-être une armée, ou les premières bases d'une culture de Mélange qui... »

« On n'accule pas les gens dans un coin, dit Alia. Pas si on attend d'eux qu'ils demeurent paisibles. » Elle s'aperçut avec une certaine tristesse qu'elle se mêlait aux affrontements qu'elle avait pressentis.

« Ainsi, nous aurions négocié pendant dix années pour rien », dit Irulan.

« Mon frère n'agit jamais en vain », rétorqua Alia.

Irulan prit un stylet. Paul remarqua ses jointures blanches. Elle maîtrisait ses émotions en véritable Bene Gesserit : regard intérieur et pénétrant, respiration profonde... Il pouvait presque l'entendre réciter la litanie. Elle demanda enfin : « Et qu'avons-nous gagné ? »

« Nous avons maintenu la Guilde en déséquilibre », dit Chani.

« Notre désir est d'éviter une confrontation ouverte avec nos ennemis, reprit Alia. Nous ne voulons pas les tuer. La bannière des Atréides a flotté sur de trop nombreux carnages. »

Elle aussi ressent cela, se dit Paul. Il était étrange qu'ils éprouvent dans le même temps le même fardeau de responsabilité envers cet univers idolâtre et violent partagé entre ses moments d'extase tranquille et de mouvements sauvages. *Devons-nous donc les protéger d'eux-mêmes ? Ils jouent avec le néant... avec des existences vides, des mots vides. Ils me demandent trop.* Il avait la gorge serrée. Combien de moments perdrait-il encore ? Quels fils ? Quels rêves ? Cela valait-il le prix que lui avait révélé sa vision ? Qui poserait la question aux lointains habitants du futur ? Qui leur dirait : *Sans Muad'Dib, vous ne seriez pas ici ?*

« On ne résoudra rien en leur refusant le Mélange, dit Chani. Les Navigateurs de la Guilde perdraient leur faculté de voir à travers l'espace-temps. Vos Sœurs du Bene Gesserit ne pourraient plus avoir leur transe de vérité et bien des gens pourraient trouver la mort avant leur temps.

Les Communications seraient interrompues. Et qui serait le coupable ? »

« Ils ne permettraient pas cela », dit Irulan.

« Non ? Pourquoi pas ? Qui pourrait en vouloir aux gens de la Guilde ? Ils seraient impuissants. »

« Nous signerons le traité tel qu'il est », intervint Paul.

« Mon Seigneur, fit Stilgar en concentrant son regard sur ses mains, une question subsiste en nos esprits. »

« Oui ? Quelle est-elle ? »

« Vous disposez de certains... pouvoirs... Ne pourriez-vous localiser l'Entente de Tupile malgré la Guilde ? »

Pouvoirs ? se dit Paul. Stilgar aurait dû dire : *Vous êtes prescient. Ne pouvez-vous trouver dans l'avenir le chemin qui conduit à Tupile ?*

Les yeux de Paul se fixèrent sur la surface dorée de la table. Le même problème se reposait constamment : comment exprimer les limites de l'inexprimable. Devait-il leur parler de la fragmentation, destinée naturelle de tout pouvoir ? Comment quiconque n'ayant jamais connu la prescience de l'épice pouvait concevoir une forme de perception où l'espace-temps n'était pas localisé ? Une perception sans vecteur d'image personnel ni récepteurs sensoriels ?

Il regarda Alia et vit qu'elle observait Irulan. Mais elle devina son mouvement, rencontra son regard et hocha la tête en se tournant de nouveau vers la Princesse. Oui... La réponse qu'ils obtiendraient, quelle qu'elle fût, serait transmise de quelque façon au Bene Gesserit avec l'un des prochains rapports spéciaux d'Irulan. Jamais les Sœurs ne renonceraient à trouver la réponse à leur kwisatz haderach.

Pourtant, il devait répondre pour l'instant à la question de Stilgar. Et aussi, en quelque sorte, à celle d'Irulan.

« Le profane essaie de se représenter la prescience comme obéissant à quelque *loi naturelle,* commença-t-il. Mais il serait tout aussi juste de dire qu'elle est comme un message du ciel. Lire dans l'avenir est un acte harmonieux de l'être. En d'autres termes, prédire est une conséquence naturelle du présent. Vous le voyez donc, la prescience assume effectivement une apparence naturelle. Mais un tel pouvoir ne saurait être utilisé à partir de buts précis. La prescience ne saurait servir des desseins. Le présent est une vague et aucun des fœtus qu'elle porte ne sait où elle va. Dans l'oracle, il n'existe ni cause ni effet. Les causes y deviennent des courants, des confluents, des points de jonction. Celui qui accepte la prescience laisse pénétrer dans son esprit des concepts auxquels l'intellect répugne. Des concepts qu'il rejette. Ce faisant, l'intellect s'intègre au processus. Il est assujetti. »

« Vous ne pouvez rien faire ? » demanda Stilgar.

« Il pourrait suffire que je tente de découvrir Tupile par les voies de la prescience, dit Paul, pour que Tupile me soit caché. »

« Le chaos ! s'exclama Irulan. Mais... mais tout ceci n'a pas... de consistance. »

« Je viens de dire que cela n'obéissait à aucune loi naturelle. »

« Ainsi il y a des limites à vos pouvoirs ? A ce que vous pouvez voir ou faire ? »

Avant que Paul ait pu répondre, Alia intervint : « Ma chère Irulan, la prescience ne connaît pas de limites. Est-elle inconsistante ? La consistance n'est pas un aspect nécessaire de l'univers. »

« Mais il vient de dire... »

« Comment mon frère pourrait-il vous donner des informations explicites sur les limites d'une chose qui n'en a pas ? Les frontières échappent à l'intellect. »

Une détestable initiative, se dit Paul. Irulan allait en être alarmée, elle qui était douée d'une conscience si méticuleuse et qui dépendait de valeurs issues de limites précises. Il regarda Korba qui assumait une attitude de rêverie mystique, qui *écoutait avec son âme.* Il se demanda quel usage les Qizara feraient de cette conversation. Un peu plus de mystère religieux ? Un peu plus de respect ? Sans doute...

« Vous allez donc signer le traité dans sa forme présente ? » demanda Stilgar.

Paul sourit. L'issue de l'oracle, pour Stilgar, était fermée. Stilgar ne visait que la victoire, et non la vérité. La paix, la justice et une monnaie solide, telles étaient les amarres de son univers. Pour l'instant, il voulait quelque chose de visible, de réel : une signature au bas d'un traité.

« Je signerai », dit Paul.

Stilgar prit un nouveau dossier. « Les derniers rapports de nos commandants dans le Secteur ixien font état d'une certaine agitation en vue d'une constitution. » Le vieux fremen regarda Chani, qui haussa les épaules.

Irulan, qui avait fermé les yeux et placé les mains sur son front comme pour faire appel à sa mémoire parut se réveiller brusquement et adressa à Paul un regard intense.

« La Confédération ixienne offre sa soumission, expliqua Stilgar, mais les négociateurs discutent le montant de l'Impôt Impérial qu'ils ne... »

« Ils exigent une limite légale à la volonté impériale, interrompit Paul. Et qui me gouvernerait : le Landsraad ou la C H O M ? »

Stilgar sortit du dossier une note sur papier autodestructeur. « L'un de nos agents nous adresse ce mémorandum sur une réunion de la minorité C H O M »

Il lut d'une voix neutre : *Il convient de s'opposer au Trône dans son effort pour atteindre le monopole du pouvoir. Il nous faut clamer la vérité sur l'Atréides et sur la façon dont il manœuvre par le jeu de la législation du Landsraad les sanctions religieuses et l'appareil bureaucratique.* Il remit la note dans le dossier.

« Une constitution », murmura Chani.

Paul lui jeta un bref regard avant de revenir à Stilgar. *Ainsi*, songea-t-il, *le Jihad vacille... mais pas assez tôt pour me sauver*. Cette pensée éveilla en lui des courants émotionnels. Il se souvint de ses premières visions du Jihad-à-venir, de la terreur et du dégoût qu'il avait éprouvés alors. A présent, bien sûr, il avait des visions bien plus terrifiantes. Il avait connu la violence réelle. Il l'avait vécue. Il avait vu ses Fremen, forts de toute leur puissance mystique, dévaster l'univers. Le Jihad prenait une nouvelle apparence. Ce n'avait été qu'un spasme très bref aux dimensions de l'éternité, mais au-delà montaient des ombres menaçantes que jamais l'univers n'avait connues.

En mon nom, se dit Paul. *Tout cela en mon nom.*

« Peut-être pourrait-on leur donner une sorte de constitution, avança Chani. Inutile qu'elle soit authentique. »

« La duperie est un instrument du pouvoir », dit Irulan.

« Il y a des limites au pouvoir, dit Paul. Et ceux qui mettent leurs espoirs dans une constitution les découvrent toujours. »

Korba se redressa brusquement. « Mon Seigneur ? »

« Oui ? » Paul songea : *Nous y voici ! Celui-là doit abriter en lui bien des sympathies pour une règle imaginaire de la Loi.*

« Nous pourrions commencer par une constitution religieuse, dit Korba. Quelque chose qui ferait que les fidèles... »

« Non ! Ce sera un Ordre du Conseil. Entendez-vous cela, Irulan ? »

« Oui, Mon Seigneur. » La voix de la Princesse était froide. Elle n'aimait pas jouer le rôle de greffier.

« Les Constitutions sont l'aboutissement ultime de toutes les tyrannies, reprit Paul. Elles organisent le pouvoir sur une vaste échelle afin qu'il ne puisse être renversé. La constitution n'a pas de conscience. C'est la mobilisation du pouvoir social. Elle peut briser le plus grand comme le plus petit, balayer toute dignité, toute individualité. Son point d'équilibre est variable et elle ne connaît pas de limitations. Moi, par contre, j'ai les miennes. Dans mon désir de protéger mon peuple, j'interdis toute constitution. Ordre du Conseil, date, et cætera, et cætera. »

« A propos du souci des Ixiens en ce qui concerne l'impôt, Mon seigneur ?... » demanda Stilgar.

Paul surprit l'expression sombre de Korba avant de demander : « Oui, Stil ? Tu as une proposition à faire ? »

« Nous devons avoir le contrôle des impôts, Sire. »

« La soumission de la Confédération ixienne à notre impôt est le prix que la Guilde devra payer pour ma signature au bas du Traité de Tupile. La Confédération ne peut faire de commerce sans les transports de la Guilde. Elle paiera. »

« Très bien, Mon Seigneur. (Stilgar présenta un nouveau dossier et s'éclaircit la gorge.) Le rapport de la Qizarate sur Salusa Secundus. Le père d'Irulan a fait manœuvrer sa légion pour des opérations de débarquement. »

Irulan se perdit tout à coup dans l'examen de la paume de sa main gauche. Une veine palpitait à son cou.

« Irulan, dit Paul, persisterez-vous à me prétendre que la légion de votre père n'est pour lui qu'un jouet ? »

« Il n'en a qu'une seule. Que pourrait-il en faire ? » demanda-t-elle, et ses yeux étaient deux fentes sombres.

« Il pourrait se faire tuer, par exemple », dit Chani.

Paul acquiesça. « Oui, et la faute rejaillirait sur moi. »

« Je connais certains commandants du Jihad, dit Alia, qui applaudiraient à cette nouvelle. »

« Mais ce n'est qu'une force de police ! » s'exclama Irulan.

« Une force de police n'a nul besoin de se lancer dans des manœuvres de débarquement, dit Paul. Je suggère que vous mettiez dans votre prochaine note à votre père le résumé direct et franc de mon opinion quant à sa position délicate. »

La Princesse baissa les yeux. « Oui, Mon Seigneur. J'espère que cela mettra un terme à cette question. Mon père ferait un bon martyr. »

« Mmmm, fit Paul, ma sœur n'adressera aucun message à ces commandants auxquels elle a fait allusion, aussi longtemps que je ne lui en donnerai pas l'ordre. »

« Une attaque contre mon père comporterait des dangers autres que militaires, dit Irulan. Le peuple commence à manifester une certaine nostalgie de son règne. »

« Un jour, vous irez trop loin ! » lança Chani la voix empreinte d'une mortelle gravité fremen.

« Il suffit ! » s'exclama Paul. Il réfléchit à ce que venait de révéler Irulan. Oui… il y avait une note de vérité dans ses paroles. Une fois encore, elle prouvait sa valeur.

« Le Bene Gesserit adresse une requête de pure forme, poursuivit Stilgar en ouvrant un nouveau dossier. Les Sœurs désirent vous rencontrer pour évoquer la préservation de votre lignée. »

Chani coula un regard méfiant vers le dossier, comme s'il contenait quelque redoutable engin de mort.

« Présente-leur mes excuses habituelles », dit Paul.

« Est-ce bien indiqué ? » demanda Irulan.

« Peut-être, intervint Chani, le moment est-il venu d'en discuter ? »

Paul secoua la tête. Ils ne devaient pas savoir que cela faisait partie du prix qu'il ne s'était pas encore décidé à payer.

Mais Chani insista. « J'ai été au mur des prières du Sietch Tabr où je suis née. Je me suis présentée aux docteurs. Je me suis agenouillée dans le désert et j'ai projeté mes pensées jusqu'aux profondeurs où vit Shai-hulud. Pourtant... (elle haussa les épaules) c'est inutile. »

La science comme la superstition ne peuvent rien pour elle, songea Paul. *Et moi non plus, qui ne lui ai pas dit ce qui menacerait dès lors qu'il naîtrait un héritier à la Maison des Atréides...* Il releva la tête et surprit une trace de pitié dans le regard d'Alia. Il éprouva de l'inquiétude à l'idée que sa sœur puisse concevoir de la pitié à son égard. Avait-elle entrevu, elle aussi, ce terrifiant avenir ?

« Mon Seigneur doit savoir les dangers qui menaceront le royaume s'il ne lui naît pas d'héritier, dit Irulan, en utilisant les facultés de persuasion Bene Gesserit de sa voix avec une douceur onctueuse. Ces questions sont évidemment difficiles à évoquer mais il convient de les mettre pleinement en lumière. Un Empereur est plus qu'un homme. Il domine le royaume. S'il meurt sans héritier, des troubles civils peuvent s'ensuivre. Vous aimez votre peuple, vous ne pouvez donc lui léguer cela ? »

Paul quitta la table et gagna le balcon. Au-dehors, le vent inclinait les colonnes de fumée des feux de la cité. Le bleu-argent du ciel était adouci par la chute de poussière du soir venue du Bouclier. Paul porta son regard vers le formidable escarpement qui se dressait au sud et qui protégeait les terres septentrionales du vent de coriolis. Pourquoi son esprit ne disposait-il pas d'une barrière équivalente ?

Derrière lui, les autres demeuraient silencieux. Ils attendaient, sachant à quel point il était proche de la fureur.

Paul percevait le déferlement du temps. Il essayait de trouver un point au centre des équilibres multiples, un point à partir duquel il pourrait façonner un nouvel avenir.

Retire-toi... Retire-toi... Que feraient-ils, tous, s'ils partaient, lui et Chani ? S'ils cherchaient refuge sur Tupile ?

Son nom resterait derrière lui. Le Jihad trouverait des pivots nouveaux et encore plus redoutables et il en porterait la responsabilité. Il sentit monter la peur en lui, la peur de briser ce qu'il avait de plus précieux en tendant la main vers une chose nouvelle. Au bruit le plus infime, l'univers pouvait se disloquer, se fragmenter sans rien laisser qu'il pût récupérer.

La place était emplie de pèlerins vêtus aux couleurs vert et blanc du hajj. Leur flot ondulant évoquait un grand serpent aux anneaux disjoints. Cette image lui rappela que la salle d'audience devait être pleine de fidèles venus présenter leurs suppliques. Des pèlerins ! Pour l'Empire, ils représentaient une source de revenus importante. Importante et répugnante. Le hajj lançait des cohortes de vagabonds religieux sur les chemins de l'espace. Ils allaient de monde en monde, et affluaient sans cesse.

Comment ai-je pu faire naître cela ? se demanda Paul, contemplant toujours la foule blanc et vert. Mais, bien sûr, le mouvement était né de lui-même. Au long des siècles, dans l'architecture des gènes était apparu le schéma de ce spasme si bref à l'échelle du temps.

Poussés par l'instinct religieux le plus profond, ils aboutissaient sur Arrakis. *Arrakis, lieu de la renaissance et de la mort.*

Les vieux Fremen disaient que Paul convoitait l'eau des pèlerins.

Mais les pèlerins, eux, que cherchaient-ils vraiment ? Ils prétendaient que ce lieu était saint. Pourtant, ils devaient savoir que l'univers ne possédait aucun Eden, aucun Tupile des âmes. Pour eux, Arrakis était la capitale de l'inconnu, la planète où tous les mystères recevaient une explication. Un lien entre cet univers et celui à venir. Et ce qu'il y avait de plus effrayant, c'était qu'ils repartaient apparemment satisfaits.

Que trouvent-ils ici ? se demanda Paul.

Souvent, au plus fort de leur extase mystique, ils envahissaient les rues d'Arrakeen en poussant d'étranges cris d'oiseaux. Les Fremen, en fait, les appelaient « oiseaux de passage ». Ceux qui mouraient sur Arrakis étaient considérés comme des « âmes ailées ».

Avec un soupir, Paul songea que chaque planète annexée par ses légions livrait un nouveau contingent de pèlerins. Emplis de gratitude, ils affluaient vers « la paix de Muad'Dib ».

La paix est de toutes parts, se dit-il. *Dans tout l'univers... sauf dans le cœur de Muad'Dib.*

Il lui semblait qu'une fraction de lui-même était plongée dans des ténèbres glacées et infinies. Ses pouvoirs de prescience lui avaient montré l'univers investi par l'humanité. Il avait fait trembler le cosmos tranquille et à la sécurité avait succédé le Jihad. Il avait sur-combattu, sur-pensé, sur-prédit cet univers humain, pourtant il avait la certitude qu'il lui échappait toujours.

Ce monde qui l'environnait était devenu par lui un paradis baigné d'eau, un univers vivant. Il le sentait, il en percevait la pulsation. Comme un être humain, ce monde le combattait, lui résistait, glissait entre ses doigts à chacun de ses ordres...

La main de Chani se glissa dans la sienne. Il se retourna et lut la tristesse dans ses yeux. Elle murmura : « Je t'en prie, mon amour, ne lutte pas avec ton *ruh*. » Il lui sembla soudain qu'un torrent d'émotions venait de Chani, se déversait en lui par sa main, le noyait.

« Sihaya », chuchota-t-il.

« Bientôt, nous pourrons gagner le désert. »

Il serra sa main un instant encore, puis revint à la table et demeura debout.

Chani regagna sa place. Irulan regardait les dossiers disposés devant Stilgar. Ses lèvres étaient serrées, figées.

« Irulan se propose comme mère de l'héritier Impérial, dit Paul. Il regarda Chani, puis Irulan, qui détourna la tête. Il poursuivit : Nous savons tous qu'elle ne nourrit aucun amour pour moi. »

Irulan devint de pierre.

« Je connais les arguments politiques, dit Paul. Mais ce sont les arguments humains qui m'intéressent. Je pense que si la Princesse n'était pas liée par les commandements du Bene Gesserit, si elle n'agissait pas dans son intérêt personnel, mue par sa soif de pouvoir personnel, ma réaction serait toute différente. Dans la situation présente, je dois rejeter sa proposition. »

Irulan inspira profondément, avec un tremblement. Regagnant son siège, il pensa que jamais encore il ne l'avait vue relâcher à ce point son contrôle. Il se pencha vers elle et dit : « Irulane, je suis vraiment navré. »

Elle leva la tête et il y avait de la fureur dans son regard. « Je n'ai que faire de votre pitié ! siffla-t-elle. Elle se tourna vers Stilgar et demanda : Y a-t-il d'autres questions urgentes ? »

Stilgar, en regardant Paul dans les yeux, répondit : « Un dernier problème, Mon Seigneur. La Guilde demande à nouveau une ambassade sur Arrakis.

« Un représentant de l'espace profond ? » demanda Korba avec un accent de dégoût fanatique.

« Sans doute », dit Stilgar.

« Voici une question à examiner avec le plus grand soin, reprit Korba. La présence d'un représentant de la Guilde ici, sur Arrakis, offenserait le Conseil des Naibs. Les gens de la Guilde pourrissent le sol qu'ils touchent. »

« Ils ne touchent rien. Ils vivent dans des cuves », dit Paul, sans chercher à dissimuler sa soudaine irritation.

« Les Naibs pourraient se charger de cela, Mon Seigneur, reprit Korba. Et, comme Paul lui jetait un regard menaçant, il insista : Ce sont des Fremen, après tout, Mon Seigneur. Nous n'avons pas oublié que c'est à la Guilde que nous devions nos oppresseurs. Ni le chantage à l'épice pour que nos secrets ne soient pas divulgués à nos ennemis. La Guilde nous a pris toutes... »

« Ça suffit ! lança Paul. Croyez-vous que *moi*, j'aie oublié ? »

Comme s'il comprenait soudain la portée de ses paroles, Korba s'interrompit, puis bredouilla : « Mon Seigneur, pardonnez-moi. Je ne voulais pas dire que vous n'étiez pas un Fremen. Je ne... »

« Ils vont envoyer un Navigateur, dit Paul. Mais il est peu probable qu'un Navigateur se risque en un endroit où il décèle du danger. »

Irulan, la bouche soudain sèche, demanda : « Vous... vous avez *vu* un Navigateur arriver ici ? Sur Arrakis ? »

« Non, je ne l'ai pas *vu*, bien sûr, dit Paul en imitant son intonation. Mais je peux savoir où il était et où il se rend... Qu'ils nous l'envoient. Peut-être me sera-t-il utile. »

« Il en sera selon vos ordres », dit Stilgar.

Et Irulan, dissimulant un sourire derrière sa main levée, songea : *C'est vrai... Notre Empereur ne peut voir les Navigateurs. Ils s'aveuglent mutuellement. La conspiration demeure cachée.*

> « Une fois encore, le drame commence. »
>
> *L'Empereur Paul Muad'Dib, lors de son accession au Trône du Lion.*

De sa fenêtre dissimulée, Alia observait la vaste salle d'audience où la délégation de la Guilde venait de faire son entrée.

La lumière de midi tombait en pluie argentée, incandescente, sur le sol de la mosaïque ocre, vert et bleu qui figurait un bayou. De loin en loin, entre les plantes aquatiques, une tache de couleur évoquait un oiseau ou un animal.

Sur ce sol-paysage, les envoyés de la Guilde progressaient comme des chasseurs dans une jungle. Leurs silhouettes en robes noires, grises et orange entouraient dans un désordre trompeur la cuve transparente où le Navigateur-Ambassadeur flottait dans son gaz orangé. La cuve glissait sur un champ de dégravitation, tirée par deux serviteurs en gris. Lentement, elle traversait la salle comme un étrange vaisseau cubique venant à l'amarrage.

Juste en dessous de la fenêtre-judas d'où Alia observait la scène, Paul avait pris place sur le Trône du Lion. Il portait la nouvelle couronne de cérémonie à l'emblème du poisson et du poing et avait revêtu la grande robe dorée des affaires d'État. Autour de lui, un faible scintillement indiquait la présence d'un bouclier personnel. Deux rangs de gardes avaient pris place de part et d'autre de la salle, le long des dais et au bas des marches. Stilgar se tenait à la droite de Paul, à deux marches au-dessous du trône, drapé dans une robe blanche à ceinture jaune.

Empathiquement, Alia devina que Paul ressentait la même agitation qu'elle en cet instant. Mais, très certainement, nul autre n'aurait pu s'en apercevoir. Paul avait le regard fixé sur un serviteur vêtu d'orange qui se tenait à droite de la délégation, comme un garde du corps. Son visage aux traits plats, ses cheveux noirs et bouclés... tout était familier, tout criait son identité. Duncan Idaho. Ce ne pouvait être lui et pourtant c'était lui.

Pour Alia, enrichie des mémoires absorbées dans la matrice, il suffit d'un décryptage rihani pour triompher de l'apparence, du camouflage. Alors que Paul, elle le savait, continuait de le voir avec les yeux des souvenirs innombrables, de la jeunesse, de la reconnaissance.

C'était Duncan Idaho. Alia haussa les épaules. Il ne pouvait y avoir qu'une seule réponse : cet être était un ghola tleilaxu, reconstitué à partir de la chair morte de l'original. Le véritable Duncan était mort en sauvant Paul. Cet être n'était qu'un produit des cuves-axolotl.

Le ghola avait la démarche alerte et vigilante d'un maître bretteur. Il s'arrêta en même temps que la cuve de l'Ambassadeur, à une dizaine de pas du dais impérial.

Ses sens Bene Gesserit, auxquels elle devait se soumettre, révélaient à Alia l'inquiétude de Paul. Tout soudain, il ne regardait plus l'être avec les yeux du passé. Tout son corps était en éveil, observait. Tous ses muscles étaient prêts à réagir tandis qu'il inclinait la tête à l'adresse de l'Ambassadeur et déclarait : « On me dit que votre nom est Edric. Nous vous souhaitons la bienvenue à notre cour et espérons que votre présence aidera à notre mutuelle compréhension. »

Le Navigateur prit une attitude de sybarite dans son atmosphère orange, glissa une capsule de Mélange dans sa bouche et daigna rencontrer le regard de Paul. Le minuscule transducteur qui flottait en orbite à proximité de la cuve reproduisit une sorte de toux, puis une voix rauque, impersonnelle, se fit entendre : « Je m'incline devant mon

Empereur et le prie d'accepter mes lettres de créance ainsi qu'un modeste présent. »

Un assistant s'approcha de Stilgar et lui remit un rouleau qu'il étudia, les sourcils froncés, avant de le tendre à Paul. Tous deux se tournèrent alors vers le ghola qui attendait patiemment devant le dais.

« Il est évident que Mon Empereur a deviné la nature du présent », dit Edric.

« Nous sommes heureux d'accepter vos créances, dit Paul. Veuillez nous éclairer quant à ce présent. »

Edric pivota dans sa cuve et porta son attention sur le ghola. « Cet homme que voici se nomme Hayt, dit-il, et il épela le nom. Selon nos enquêteurs, il a vécu une bien curieuse histoire. Il a été tué ici, sur Arrakis... Sa blessure à la tête était particulièrement grave et elle a exigé de nombreux mois de régénération. Son corps fut vendu au Bene Tleilax comme étant celui d'un grand homme de guerre, un élève de l'Ecole Ginza. Il nous est apparu qu'il pouvait s'agir en fait de Duncan Idaho, le loyal gardien de votre demeure. Nous l'avons acheté, considérant que c'était là un présent signe d'un Empereur. (Edric regarda Paul.) N'est-ce pas Duncan Idaho, Sire ? »

La méfiance et la réserve perçaient dans la voix de Paul. « Il en a l'apparence. »

Paul voit-il quelque chose que je n'ai pas vu ? se demanda Alia. *Non ! C'est Duncan !*

L'homme qui portait le nom de Hayt demeurait impassible. Ses yeux métalliques regardaient droit devant lui. Son port était calme. Il ne révélait par aucun signe qu'il eût conscience d'être le sujet de la discussion.

« Nos renseignements les plus certains nous inclinent à croire qu'il s'agit d'Idaho », dit Edric.

« Il s'appelle Hayt, à présent, dit Paul. Un curieux nom. »

« Sire, il ne sert à rien de deviner pourquoi ou comment les Tleilaxu choisissent leurs noms. Ils peuvent être changés. Les noms tleilaxu n'ont que peu d'importance. »

Une créature tleilaxu, songeait Paul. *Là est le problème.* Le Bene Tleilax n'avait que peu de rapports avec la nature. Dans sa philosophie, le bien et le mal avaient d'autres valeurs, très étranges. Les Tleilaxu avaient-ils inséré quelque chose dans la chair d'Idaho, à dessein ou par jeu ?

Paul jeta un coup d'œil à Stilgar. L'émotion superstitieuse du Fremen était visible, de même que celle de tous les gardes fremen présents. Stilgar devait se remémorer tout ce qu'il connaissait des atroces usages des gens de la Guilde, des Tleilaxu et des gholas.

Se tournant vers le ghola, Paul demanda : « Hayt... Est-ce là ton seul nom ? »

Un sourire paisible apparut sur le visage sombre du ghola. Les yeux métalliques se levèrent, se posèrent sur Paul. Il n'y avait aucune émotion en eux. « C'est ainsi que l'on m'appelle, Mon Seigneur : Hayt. »

Dans sa cachette, Alia frémit. La voix était exactement celle d'Idaho. Si exactement que chacune de ses cellules avait réagi aux paroles du ghola.

« S'il plaît à Mon Seigneur, reprit le ghola, je lui dirai que sa voix me procure du plaisir. Selon le Bene Tleilax, cela signifie que je l'ai déjà entendue... avant. »

« Mais tu n'en es pas certain », dit Paul.

« Je ne sais rien de mon passé, Mon Seigneur. On m'a expliqué que je ne puis garder aucun souvenir de mon existence première. Tout ce qu'il en subsiste est le schéma génétique. Il existe, cependant, certains recoins qui peuvent correspondre à des choses autrefois familières. Il y a ainsi des voix, des lieux, des mets, des visages, des actes... une épée dans ma main, les commandes d'un ornithoptère... »

Tout en remarquant l'intensité avec laquelle le Navigateur les observait, Paul demanda : « Comprends-tu que tu constitues un présent ? »

« On me l'a expliqué, Mon Seigneur. »

Paul posa les mains sur les accoudoirs du trône.

Quelle est ma dette envers la chair morte de Duncan Idaho ? se demanda-t-il. *Il est mort en me sauvant. Mais cette créature n'est pas Duncan. C'est un ghola.* Pourtant, ce corps, cet esprit avaient appris au jeune Paul à piloter un orni jusqu'à ce qu'il ait l'impression que les grandes ailes étaient fixées dans son dos. Et il ne pouvait brandir une épée sans se rappeler les dures leçons de Duncan. Un ghola. Une chair pleine d'impressions fausses, susceptible d'erreur d'interprétation. Les associations avec le passé persisteraient. *Duncan Idaho.* Ce n'était pas tellement un masque que portait ce ghola, mais bien plutôt une sorte de voile, un déguisement de la personnalité différent de ce que les tleilaxu avaient pu dissimuler en lui.

« Comment pourrais-tu nous servir ? » demanda Paul.

« De toutes les façons qui conviendront à Mon Seigneur en s'accordant à mes capacités. »

Alia fut frappée par l'expression docile du ghola. Il n'y avait là rien de simulé. Il émanait de ce nouvel Idaho quelque chose de totalement innocent. L'ancien Duncan avait été réaliste, fataliste. Il ne restait rien de ces particularités chez le ghola. Sa chair avait été comme lavée. C'était une surface neuve, vierge, sur laquelle les Tleilaxu avaient écrit... Mais qu'avaient-ils donc écrit ?

Elle décelait à présent les dangers dont ce présent pouvait être porteur. Ce ghola était une créature tleilaxu. Les Tleilaxu faisaient montre d'une étonnante absence d'inhibitions dans leurs créations. Leurs actes pouvaient n'être dirigés que par une curiosité sans limites. Ils prétendaient pouvoir construire *n'importe quoi* à partir d'un matériau humain brut adéquat, des démons ou des saints. Ils vendaient des mentats-tueurs. Ils avaient réussi à obtenir un médic assassin qui n'était pas asservi aux inhibitions de l'Ecole Suk qui interdisaient d'ôter la vie. Sur demande, ils pouvaient fournir des domestiques zélés, des jouets érotiques pour tous les goûts, des soldats, des généraux, des philosophes et même, à l'occasion, un moraliste.

Paul regarda Edric et demanda : « Quelle éducation ce présent a-t-il reçu ? »

« S'il plaît à Mon Seigneur, il a plu aux Tleilaxu de faire de ce ghola un mentat et un philosophe du Zensunni, pensant améliorer encore son habileté à l'épée. »

« Ont-ils réussi ? »

« Je l'ignore, Mon Seigneur. »

Paul réfléchit à cette réponse. Son instinct de vérité lui disait qu'Edric croyait sincèrement que le ghola était Idaho. Mais il y avait autre chose. Les eaux du Temps au sein desquelles se déplaçait le Navigateur portaient bien des dangers non révélés. *Hayt.* Ce nom tleilaxu avait des résonances de danger. Paul était sur le point de refuser le présent. Mais, dans le même instant, il savait bien que c'était là une attitude impossible. Cette chair avait des droits sur la Maison des Atréides. Et cela, l'ennemi le savait bien.

« Un philosophe Zensunni, dit Paul en regardant à nouveau le ghola. Tu as donc réfléchi à ton rôle et à tes motivations ? »

« J'ai, à l'égard de mon service, une attitude d'humilité, Sire. Mon esprit a été lavé de tous les impératifs de mon passé d'humain. »

« Comment préférerais-tu que nous t'appelions ? Hayt ou bien Duncan Idaho ? »

« Mon Seigneur fera selon son désir, car je ne suis pas un nom. »

« Mais le nom de Duncan Idaho éveille en toi du plaisir ? »

« Je crois que c'était le mien, Sire. Il a sa place en moi. Pourtant... Il éveille aussi de curieuses résonances. Mais un nom, je pense, doit porter en lui autant de plaisir que d'échos déplaisants. »

« Et qu'est-ce qui te donne le plus de plaisir ? »

Le ghola eut un rire inattendu. « De découvrir chez autrui des signes susceptibles de révéler mon passé. »

« En vois-tu dans cette demeure ? »

« Oh, oui, Mon Seigneur. Stilgar, ici présent, est partagé entre la suspicion et l'admiration. Il fut mon ami dans mon existence passée mais, à présent, cette chair de ghola lui répugne. Et vous, Mon Seigneur, vous admiriez l'homme que je fus... et vous lui accordiez votre confiance. »

« Un esprit lavé, dit Paul. Mais comment un esprit lavé pourrait-il nous prêter allégeance ? »

« Allégeance, Mon Seigneur ? L'esprit lavé prend ses décisions en présence d'inconnues, sans cause ni effet. Est-ce bien une allégeance ? »

Paul fronça les sourcils. C'était une réponse Zensunni. Subtile, cryptique, issue d'un credo selon lequel l'activité mentale ne pouvait avoir de fonction objective. *Ni cause ni effet !* De tels concepts étaient déconcertants pour l'esprit.

Des inconnues ? Il y en avait dans toute décision. Il y en avait même dans les visions prescientes.

« Préférerais-tu répondre au nom de Duncan Idaho ? » demanda Paul.

« Nous vivons selon nos différences, Mon Seigneur. Choisissez un nom pour moi. »

« Garde celui que t'ont donné les Tleilaxu... Hayt... Un nom qui suscite la méfiance. »

Hayt s'inclina et fit un pas en arrière.

Comment sait-il que l'entrevue est terminée ? se demanda Alia. *Je le sais, moi, parce que je connais mon frère. Mais un étranger ne pouvait le savoir. A aucun signe. A moins que le Duncan Idaho qui est en lui ne l'ait su... ?*

Paul se tourna vers l'Ambassadeur : « Des appartements ont été préparés pour votre suite. Il nous plairait d'avoir un entretien privé avec vous dès que cela nous sera possible. Nous vous ferons mander. Laissez-nous cependant vous apprendre, avant que vous en soyez informé par quelque source étrangère, que la Révérende Mère Gaius Helen Mohiam, Sœur du Bene Gesserit, a été arrêtée à bord du long-courrier qui vous a conduit ici. Et sur notre ordre. Nous discuterons de sa présence à bord de votre navire dans nos prochains entretiens. (D'un geste, Paul donna congé au Navigateur.) Que Hayt demeure auprès de nous. »

Les serviteurs se mirent en mouvement et la cuve s'éloigna lentement du dais impérial. Paul suivit du regard la silhouette orange dérivant dans sa brume orange jusqu'à ce que les hautes portes se soient refermées. Il songeait : *Je l'ai fait. J'ai accepté le ghola.* Sans nul doute, c'était un appât tleilaxu, de même que cette vieille sorcière de Révérende Mère, probablement. Mais le temps était venu, le temps du redoutable Tarot entrevu lors de ses premières visions. Le Tarot qui troublait les eaux du Temps jusqu'à ce que le prescient le plus clairvoyant ne puisse rien entrevoir à plus d'une heure dans l'avenir. Souvent, se dit-il, le poisson prenait l'appât mais échappait au pêcheur. Et le Tarot pouvait se révéler à son avantage. Ce qu'il ne pouvait voir ne pouvait être vu par d'autres.

Le ghola attendait, immobile, la tête penchée. Stilgar escalada les marches et se pencha sur Paul. En Chakobsa, le dialecte de chasse des anciens jours du sietch, il souffla : « Sire, cette créature qui nageait dans sa cuve m'a fait horreur... Mais ce *présent* ! Il faut le renvoyer, Sire ! »

« Je ne peux pas. »

« Idaho est mort, Sire ! Cet être n'est pas Idaho. Laissez-moi prendre son eau. »

« Le ghola est mon problème, Stil. Tu dois t'occuper de notre prisonnière. Je veux que la Révérende Mère soit gardée avec la plus extrême vigilance par ceux de nos hommes qui ont été formés à résister aux artifices de la Voix. »

« Tout ceci me déplaît, Sire. »

« Je serai prudent, Stil. Sois-le également. »

« Très bien, Sire. » Stilgar redescendit les marches, passa à côté de Hayt avec un reniflement, et quitta la salle.

On peut reconnaître le mal à son odeur, songea Paul. Stilgar avait planté la bannière vert et blanc des Atréides sur plus de douze mondes, mais il demeurait un Fremen superstitieux, imperméable à toute sophistication.

Paul regarda la ghola. Le présent du Bene Tleilax.

« Duncan, Duncan, murmura-t-il, que t'ont-ils fait ? »

« Ils m'ont donné la vie, Mon Seigneur », dit Hayt.

« Mais dans quel but t'ont-ils formé et offert ? »

« Afin que je vous détruise. »

La franchise de la réponse surprit Paul. Mais un mentat du Zensunni ne pouvait s'exprimer différemment. Même s'il était un ghola, il ne pouvait que dire la vérité, la vérité nourrie de la sérénité intérieure du Zensunni. Paul avait devant lui un ordinateur humain dont l'esprit et le système nerveux pouvaient assumer les fonctions complexes qui, jadis, eussent été dévolues aux mécaniques que l'humanité avait bannies. Mentat et Zensunni... Les Tleilaxu avaient été doublement honnêtes... Ou alors ils avaient dissimulé dans ce ghola quelque chose de plus étrange encore.

Pourquoi, par exemple, était-il doté d'yeux mécaniques ? Bien sûr, les Tleilaxu étaient fiers de ces yeux de métal qui, prétendaient-ils, étaient supérieurs aux vrais. Mais on pouvait se demander pourquoi ils n'en portaient pas eux-mêmes.

Paul jeta un bref regard en direction de la fenêtre où se

cachait Alia. En cet instant, il souhaitait sa présence, ses conseils libres de l'entrave des responsabilités et du doute.

Il revint au ghola. Le présent des Tleilaxu n'avait rien de frivole. Il donnait des réponses honnêtes à des questions dangereuses.

Cela ne fait aucune différence que je sache qu'il constitue une arme conçue pour me frapper, se dit-il.

« Que faudrait-il que je fasse pour me protéger ? » demanda-t-il, renonçant au « nous » royal pour poser la question ainsi qu'il l'eût posée à Duncan Idaho.

« Me renvoyer, Sire. »

Il secoua la tête. « Comment entends-tu me détruire ? »

Hayt posa le regard de ses yeux de métal sur les gardes qui s'étaient rapprochés du trône après le départ de Stilgar. Il examina la salle, puis regarda de nouveau Paul en hochant la tête.

« Voici un lieu où un homme se retire à l'abri du peuple. Un lieu empreint d'une telle puissance que l'on ne saurait le contempler sereinement qu'en se souvenant que toute chose est limitée. Les pouvoirs prophétiques de Mon Seigneur lui avaient-ils révélé son séjour ici ? »

Paul tambourina des doigts sur les accoudoirs du trône. Le mentat était en quête d'informations, mais sa question le troublait.

« J'ai acquis cette position par des décisions fermes... et non pas forcément par mes autres... facultés. »

« Les décisions fermes... dit Hayt. Voilà qui trempe l'existence d'un homme. On peut supprimer la trempe d'un métal noble en le chauffant puis en le laissant refroidir sans le plonger dans l'eau. »

« Essaies-tu de me distraire par ce bavardage Zensunni ? »

« Les Zensunni, Sire, ont bien d'autres chemins à explorer que ceux de la diversion et du spectacle. »

Paul s'humecta les lèvres, inspira profondément et ajusta ses pensées selon l'équilibre mentat. Des réponses négatives lui apparaissaient. Les Tleilaxu ne devaient pas s'attendre à ce qu'il se passionne pour le ghola en délaissant tous ses devoirs. Non... Mais pourquoi en avaient-ils fait un mentat *zensunni ?* Une philosophie... des mots... une forme de contemplation... de quête intérieure... Il avait conscience de la faiblesse des données dont il disposait.

« Nous avons besoin d'informations », murmura-t-il.

« Les faits qui sont nécessaires à un mentat ne se déposent pas sur lui ainsi que le pollen sur votre robe lorsque vous traversez un champ de fleurs, dit Hayt. Il doit choisir chaque grain avec soin et prudence et l'examiner sous un grossissement énorme. »

« Il faudra que tu m'enseignes cet art Zensunni de la rhétorique », dit Paul.

Durant un bref instant, les yeux métalliques se firent plus brillants, puis : « Mon Seigneur, dit enfin Hayt, peut-être désirait-on qu'il en fût ainsi. »

Pour que des mots, des idées viennent m'émousser ? se dit Paul.

« C'est lorsqu'elles deviennent actions qu'il convient de redouter les idées », dit-il.

« Renvoyez-moi, Sire », dit Hayt, et il y avait dans sa voix la note d'inquiétude et de sollicitude du vieux Duncan pour le « jeune maître ». Et Paul se sentit pris au piège de cette voix familière. Il ne pourrait plus s'en débarrasser, même sachant que c'était un ghola qui parlait.

« Tu resteras, dit-il lentement, et ensemble, nous demeurerons sur nos gardes. »

Hayt s'inclina. Paul leva les yeux vers la fenêtre derrière laquelle sa sœur observait, la suppliant en silence de lui arracher ce présent des Tleilaxu pour lui faire avouer ses secrets. Les gholas étaient des fantômes qui faisaient peur aux enfants. Jamais il n'avait pensé en connaître un durant son existence. Avec celui-ci, il lui faudrait s'élever au-dessus de toute comparaison, et il n'était pas certain qu'il en serait capable. *Duncan... Duncan...* Où était Duncan dans ce corps de chair ? Le véritable Idaho était étendu mort à jamais sur le sol d'une caverne d'Arrakis. En cet instant, seul son fantôme regardait par les yeux de métal du ghola. Dans ce revenant, cette imitation, deux êtres cohabitaient. L'un d'eux était une menace dont la nature et la puissance se dissimulaient derrière des voiles sans pareils.

Fermant les yeux, Paul laissa des visions anciennes se glisser en son esprit, au sein d'une mer houleuse, où les essences de l'amour et de la haine se mêlaient, une mer d'où n'émergeait aucun rocher, aucun récif. Un lieu de chaos sans point fixe.

Pourquoi aucune de mes visions ne m'a-t-elle jamais montré ce nouveau Duncan Idaho ? Qu'est-ce qui me cachait l'oracle ? D'autres oracles, bien sûr...

Il rouvrit les yeux. « Hayt, as-tu le don de prescience ? »

« Non, Mon Seigneur. »

La voix avait l'accent de la sincérité. Pourtant, il était possible que le ghola ignorât ses capacités. Mais ses fonctions de mentat en seraient altérées... Qu'y avait-il derrière ceci ?

Devrait-il choisir le but terrible ? se demanda Paul. Dans cet avenir hideux, le Temps déformé rejoignait ce ghola. Etait-il condamné à suivre ce chemin, quoi qu'il fît ?

Retire-toi... retire-toi... La pensée était comme un glas dans son esprit.

Alia, le menton dans ses mains croisées, ne quittait pas le ghola des yeux. Il émanait de lui une sorte d'attrait magnétique qu'elle percevait seulement à présent. Les Tleilaxu, en le faisant revivre, lui avaient donné la jeunesse, une pulsation, une innocence qui l'attiraient. Elle avait compris la supplique silencieuse de Paul. Lorsque les oracles se révèlent vains, on se tourne vers les espions et les pouvoirs physiques. Mais elle était prête, autant que lui, à accepter ce défi. Bien plus, elle éprouvait le désir de vivre auprès de cet homme *nouveau*, de le toucher, peut-être.

Pour moi autant que pour Paul, cet homme est un danger, pensa-t-elle.

> La vérité souffre d'être trop analysée.
>
> *Ancienne maxime fremen.*

« Révérende Mère, dit Irulan, je frémis de vous rencontrer en de telles circonstances. »

Elle se tenait sur le seuil de la cellule, évaluant les caractéristiques de la pièce ainsi que le voulait la Manière Bene Gesserit. C'était un cube de trois mètres d'arête qui avait été creusé aux taillerays dans la roche brune qui soutenait la Citadelle même. Il n'y avait là qu'un unique siège sur lequel la Révérende Mère Gaius Helen Mohiam avait pris place, une paillasse à la couverture marron sur laquelle étaient dispersées des cartes du nouveau Tarot de Dune, un robinet et un évier, une cabine de toilette fremen munie de seaux à humidité. Tout était grossier et hostile sous la clarté jaune qui venait des quatre brilleurs amarrés aux quatre angles du plafond.

« Avez-vous averti Dame Jessica ? » demanda la Révérende Mère.

« Certes, mais je ne pense pas qu'elle lève le petit doigt contre son fils », dit Irulan. Elle regarda les cartes de tarot. Pour elle, en cet instant, elles évoquaient les puissants sourds aux supplications. La carte du Ver Géant se trouvait à côté de celle du Sable Désolé. On conseillait la patience... *Etait-il besoin du Tarot pour lui dire cela ?*

Au-dehors, le garde les observait par le voyant en métaglass. Irulan ne doutait pas que divers appareils n'eussent été placés là pour tout enregistrer. Elle avait longuement réfléchi avant d'accepter cette entrevue. S'en abstenir eût comporté d'autres périls.

Avant l'arrivée d'Irulan, la Révérende Mère n'avait interrompu sa méditation *prajna* que pour consulter le tarot. Bien qu'elle sût qu'elle ne quitterait pas Arrakis vivante, elle était parvenue à conserver un certain calme. Les pouvoirs prescients pouvaient se révéler bien faibles, certes, mais l'eau trouble n'était que de l'eau trouble. Et il restait toujours la Litanie Contre la Peur.

Il lui fallait encore évaluer l'importance exacte des actes qui l'avaient conduite dans cette cellule. A cet égard, de noirs soupçons avaient effleuré son esprit, soupçons vaguement confirmés par le Tarot. Etait-il possible que la Guilde fût à la base de cette opération ?

Un Qizara en robe jaune, au crâne rasé ceint d'un turban, l'attendait sur le pont du long-courrier. Dans son visage rond à la peau tannée par le soleil et le sable d'Arrakis, ses yeux avaient le bleu de l'*ibad*. Un steward obséquieux venait de lui servir une capsule de café d'épice. Il avait relevé la tête, regardé la Révérende Mère en silence, puis posé la capsule.

« Vous êtes la Révérende Mère Gaius Helen Mohiam ? »

Répétant ces mots, elle revit la scène en images précises.

Sa gorge s'était brusquement serrée. Comment ce sbire impérial avait-il eu vent de sa présence à bord du long-courrier ?

« Votre présence a été portée à notre connaissance, dit le Qizara. Auriez-vous oublié qu'il vous est interdit de poser le pied sur le sol de la sainte Planète ? »

« Je ne suis pas sur Arrakis, dit-elle. Je me trouve à bord d'un long-courrier de la Guilde en espace libre. »

« Il n'existe pas d'espace libre, Madame. »

Elle lisait clairement dans sa voix le mélange de haine et de suspicion qu'il éprouvait.

« Muad'Dib règne de toutes parts », ajouta-t-il.

« Arrakis n'est pas ma destination. »

« Arrakis est la destination de tous », dit le Qizara.

Pendant un instant, elle craignit qu'il ne se mette à réciter l'itinéraire mystique des pèlerins. A bord du long-courrier, ils avaient été des centaines.

Mais le Qizara brandit une amulette d'or, la baisa, la porta d'abord à son front, puis à son oreille droite, avant de la glisser sous sa robe.

« Veuillez rassembler vos bagages, dit-il, et m'accompagner au sol. »

« Mes occupations m'appellent ailleurs ! »

C'est à cet instant qu'elle avait songé à une trahison de la Guilde... Ou bien à quelque manœuvre qui ne pouvait s'expliquer que par les pouvoirs secrets de la sœur de l'Empereur. Ou alors, le Navigateur de la Guilde n'était pas parvenu à dissimuler la conspiration à la vision de Muad'Dib. Il était certain qu'Alia, l'Abomination, était douée des pouvoirs d'une Révérende Mère du Bene Gesserit. Qui pouvait connaître le résultat de la rencontre de ses pouvoirs avec ceux de son frère ?

« Immédiatement ! » aboya le Qizara.

Tout, en elle, se refusait à descendre une fois encore vers cette maudite planète des sables. Cette planète où Dame Jessica avait osé se retourner contre les Sœurs. Cette planète où le Bene Gesserit avait perdu Paul Atréides, le kwisatz haderach, produit ultime de nombreuses générations soigneusement sélectionnées et croisées.

« Je viens », dit-elle enfin.

« Le temps presse, insista le Qizara. Lorsque l'Empereur ordonne, ses sujets obéissent. »

Ainsi, l'ordre émanait de Paul lui-même !

Elle songea à adresser une protestation au Navigateur commandant le long-courrier mais, aussitôt, la futilité de cette démarche lui apparut. Que pourrait faire la Guilde ?

« L'Empereur, dit-elle, a déclaré que je mourrais si jamais je posais le pied sur Dune. Vous venez de faire allusion à cette mesure. Si vous m'obligez à gagner le sol, vous me condamnez dans le même temps. »

« Ne dites plus une parole... Ceci a été prévu. »

C'était bien ainsi, songea-t-elle, qu'ils parlaient des ordres impériaux. *Prévus !* Le chef sanctifié dont le regard pouvait voir au-delà de l'avenir avait parlé. Ce qui devait être serait. Il avait *vu*...

Et ainsi, avec la troublante sensation d'être prise tout à coup dans quelque toile dont elle avait elle-même tissé la trame, elle s'était inclinée.

A présent, la trame s'était concrétisée en cette cellule où Irulan lui rendait visite. La Révérende Mère constatait que la Princesse avait quelque peu vieilli depuis leur dernière rencontre sur Wallach IX. De fines rides étaient apparues aux coins de ses paupières. Eh bien... Il était grand temps de vérifier si cette Sœur était prête à obéir aux commandements de l'Ordre.

« J'ai connu des appartements plus repoussants, dit-elle en levant les mains. Venez-vous au nom de l'Empereur ? »

Irulan interpréta immédiatement le message des mains levées et ses doigts se déployèrent aussitôt tandis qu'elle répondait : « Non... Je suis venue dès que j'ai entendu dire que vous étiez ici. »

« L'Empereur n'en sera-t-il point courroucé ? » demanda la Révérende Mère. Et, à nouveau, ses doigts bougèrent, interrogeant de façon impérative, angoissée.

« Qu'il se fâche ! Vous m'avez éduquée, tout comme vous avez éduqué sa mère... Croit-il que je puisse vraiment vous tourner le dos ainsi qu'il l'a fait ? » Et les doigts d'Irulan dessinaient des phrases d'excuse, de supplique.

La Révérende Mère eut un soupir. En apparence, si l'on prêtait l'oreille pendant un instant, ce n'était là que le soupir d'une prisonnière se lamentant sur le destin, mais il s'agissait en fait d'un commentaire sur la réponse d'Irulan. Il était futile de croire que le précieux schéma génétique de l'Empereur pût être préservé par cet instrument. En dépit de sa beauté la Princesse était marquée d'une tare. Sous cette enveloppe de chair sexuellement attirante, vivait un être retors, plaintif, qui se souciait plus de mots que d'actions. Irulan, cependant, demeurait une Bene Gesserit, et les Sœurs avaient en réserve certaines techniques qui leur permettaient de s'assurer que les plus faibles vecteurs de l'Ordre seraient en mesure de remplir leurs fonctions.

Tout en poursuivant une discussion banale sur ses conditions de détention, sa paillasse grossière, sa nourriture... la Révérende Mère mit en œuvre tout l'arsenal de la persuasion Bene Gesserit et donna ses ordres : il fallait explorer les possibilités d'accouplement du frère et de la sœur. Irulan faillit s'évanouir.

« Je dois avoir ma chance ! » dirent ses doigts frénétiques.

« Vous l'avez eue ! » répondit la Révérende Mère. Et elle précisa ses instructions : L'Empereur avait-il jamais manifesté quelque colère envers sa concubine ? Ses pouvoirs faisaient de lui un être solitaire. A qui pouvait-il espérer s'adresser afin d'être compris ? A qui, sinon à sa sœur. Elle était aussi solitaire que lui. Il convenait de sonder leurs rapports. Il fallait ménager certaines circonstances qui leur permettraient de se rencontrer en privé. De même, il ne fallait pas rejeter la possibilité de l'élimination de la concubine. Le chagrin faisait disparaître les barrières conventionnelles.

Irulan protesta. Si Chani venait à être tuée, les soupçons se porteraient inévitablement sur la Princesse. Il y avait aussi d'autres problèmes. Chani suivait à présent un ancien régime fremen qui était censé favoriser la fertilité et ne permettait plus, en tout cas, d'administrer les drogues contraceptives. Ainsi, Chani serait de toute façon plus fertile.

La Révérende Mère fut outrée de cette révélation et elle eut beaucoup de peine à dissimuler son émotion tandis que ses doigts formaient de nouvelles questions. Pourquoi Irulan ne lui avait-elle pas fait part de cette information dès le début de leur entrevue ? Comment pouvait-elle se montrer stupide à ce point ? Si Chani portait un enfant, l'Empereur, très certainement, déclarerait que celui-ci était son héritier !

Irulan protesta : elle connaissait bien les dangers que la situation impliquait mais les gènes ne devaient pas être perdus totalement.

Stupidité ! grinça la Révérende Mère. Qui sait quels facteurs, quelles relations Chani pourrait introduire par son origine fremen ? Les Sœurs ne doivent contrôler qu'une ligne pure ! Un héritier raviverait les ambitions de Paul... Il le pousserait à de nouvelles initiatives pour consolider l'Empire... Non : la conspiration ne pouvait permettre le développement d'un tel état de choses.

Irulan, tentant de se défendre, demanda comment elle aurait pu empêcher Chani d'essayer ce régime fremen.

Mais la Révérende Mère n'était pas d'humeur à présenter des excuses. Elle transmit à Irulan des instructions précises sur la façon dont il convenait d'affronter cette nouvelle menace. Si Chani venait à concevoir un enfant, il faudrait alors glisser un abortif dans ses aliments ou sa boisson. Sinon, il ne resterait plus qu'à l'assassiner. A aucun prix, elle ne devait donner le jour à l'héritier du trône.

Irulan fit remarquer qu'un abortif serait tout aussi dangereux qu'une attaque ouverte. L'idée de supprimer Chani la faisait trembler.

Irulan renoncerait-elle devant le danger ? demanda la Révérende Mère, et la position de ses doigts indiquait un profond mépris.

Furieuse, Irulan rétorqua qu'elle avait conscience de sa valeur d'agent au sein de la maison impériale. Les conspirateurs étaient-ils prêts à se passer d'elle ? Comment comptaient-ils en ce cas maintenir leur surveillance de l'Empereur ? A moins qu'ils n'aient réussi à introduire un nouvel agent dans la Citadelle... Etait-ce cela ? Allaient-ils se servir d'elle une dernière fois, pour une mission désespérée ?

Dans une guerre, les valeurs changent de rapports, dit la Révérende Mère. Le plus grand péril était de voir la Maison des Atréides s'assurer la continuité de la lignée impériale. Les Sœurs du Bene Gesserit ne pouvaient courir un tel risque. Au-delà même du schéma génétique des Atréides, le danger viserait le Bene Gesserit, dont les programmes subiraient des siècles de désordre si jamais Paul maintenait sa famille sur le trône.

Irulan admettait cet argument mais elle ne pouvait s'empêcher de penser maintenant qu'il avait été décidé de sacrifier la Princesse Consort à une cause supérieure. Se pouvait-il qu'elle ignorât quelque chose à propos du ghola ?

La Révérende Mère lui demanda si elle pensait que les Sœurs étaient devenues stupides. Avaient-elles jamais refusé de révéler à Irulan tout ce qu'elle *devait* savoir ?

Ce n'était pas une réponse, certes, mais l'aveu d'une

dissimulation. Irulan le comprenait. La Révérende Mère voulait qu'elle sache qu'elle ne pourrait en apprendre plus.

Mais comment pouvaient-ils avoir la certitude que le ghola détruirait l'Empereur ? demanda Irulan.

Elle pouvait tout aussi bien demander si le Mélange pouvait détruire, rétorqua la Révérende Mère.

Il y avait là un message subtil, se dit Irulan. C'était le « fouet qui enseigne » Bene Gesserit. Elle aurait dû voir depuis longtemps, lui disait-il, la similitude entre l'épice et le ghola. Le Mélange avait une valeur mais aussi un prix... l'accoutumance. Il accroissait la vie de bien des années — des dizaines d'années chez certains êtres — mais ce n'était jamais qu'une autre manière de mourir.

Le ghola avait une valeur mortelle.

Le moyen le plus évident d'empêcher une naissance non voulue, reprit la Révérende Mère, était de tuer la mère présumée avant la conception.

Bien sûr, pensa Irulan. *Si vous avez décidé de dépenser une certaine somme, autant en obtenir le maximum.*

Les yeux sombres aux reflets bleutés la regardaient. Ils mesuraient, attendaient, sondaient.

Elle lit clairement en moi, se dit Irulan, troublée. *C'est elle qui m'a éduquée. Elle sait que je comprends maintenant quelle sorte de décision a été prise. Elle ne m'observe que pour savoir comment je prends conscience de cela. Eh bien, comme une princesse Bene Gesserit.*

Elle parvint à sourire et se redressa, se récitant les premières paroles de la Litanie Contre la Peur :

Je ne connaîtrai pas la peur, car la peur tue l'esprit. La peur est la petite mort qui conduit à l'oblitération totale. J'affronterai ma peur... Et, lorsque le calme revint dans son esprit, elle se dit : *Qu'ils me sacrifient donc. Je leur montrerai ce que vaut une princesse. Peut-être leur rapporterai-je plus que ce qu'ils espéraient.*

Elle échangèrent encore quelques paroles pour mettre un terme normal à la conversation. Puis Irulan quitta la cellule.

Après son départ, la Révérende Mère revint à son jeu de Tarot et disposa les cartes selon le Schéma du Feu. Immédiatement, elle eut le Kwisatz Haderach de l'Arcane Majeure, couplé avec le Huit des Nefs : la Sibylle aveuglée et trahie. Des cartes défavorables qui annonçaient des initiatives inattendues de la part de l'ennemi.

Elle abandonna le Tarot et s'assit pour se plonger dans des pensées agitées, se demandant s'il était encore possible qu'Irulan pût les détruire.

> Pour les Fremen, elle est la Figure de la Terre, une semi-déesse dont le rôle est de protéger les tribus des effets de la violence. Elle est la Révérende Mère de toutes les Révérendes Mères. Elle représente également un pouvoir antimentat et les pèlerins lui demandent souvent de leur ramener virilité ou fécondité. Elle répond à ce besoin de mystère si puissant chez les êtres humains. Elle constitue la vivante preuve des limitations de l'« analytique ». Elle est l'ultime tension, la vierge-prostituée, spirituelle, vulgaire, cruelle, dont les caprices sont aussi ravageurs qu'une tempête de coriolis.
>
> *Sainte Alia du Couteau, selon le* Rapport d'Irulan.

PAREILLE à quelque noire sentinelle, Alia se tenait immobile sur le parvis sud de son temple, l'Autel de l'Oracle, que les Fremen des Cohortes de Paul avaient édifié contre l'une des murailles de la Citadelle.

Alia haïssait cet aspect de sa vie, mais elle savait qu'elle ne pouvait fuir le temple sans provoquer la destruction générale. Chaque jour, les pèlerins étaient plus nombreux. Maudits pèlerins ! Ils s'agglutinaient sous le porche inférieur en une masse sombre où les marchands se distinguaient à peine des sorciers mineurs, devins et guérisseurs, pitoyables imitateurs de Paul Muad'Dib et de sa sainte sœur.

Les paquets vert et rouge des cartes du Tarot de Dune étaient à tous les éventaires. Et Alia se posait des questions à ce propos. Qui donc avait introduit le jeu sur le marché ? Pourquoi était-il devenu à ce point populaire précisément en ce lieu ? Cela avait-il quelque chose à voir avec cette occultation du Temps ? Ceux qui vivaient par l'épice devenaient toujours sensibles à la prémonition. Les Fremen, en particulier, étaient d'une crédulité notoire. Pouvait-on considérer comme un accident le fait qu'ils se passionnaient pour les présages et les signes de l'avenir ? Alia décida de chercher une réponse à ces questions dès que possible.

Le vent du sud-est s'était levé. Il arrivait sur la cité, émoussé par la barrière rocheuse du Bouclier qui apparaissait comme une ligne orange au sein de la poussière baignée des ultimes rayons du soleil. Un vent tiède, presque chaud sur les joues d'Alia. Il éveillait en elle le regret douloureux du sable, de la sécurité des espaces libres.

Les derniers fidèles descendaient maintenant les immenses marches de pierre verte qui accédaient au porche. Des groupes se formaient parfois devant les éventaires des marchands où étaient disposés amulettes saintes et porte-bonheur. Quelques pèlerins consultaient des sorciers mineurs. Tous, badauds, pèlerins, Fremen, marchands formaient une route mouvante et sombre qui rejoignait l'avenue bordée de palmiers qui menait au centre de la cité.

Alia décelait au premier coup d'œil les Fremen, à la façon qu'ils avaient de se maintenir à l'écart des autres, presque farouchement, à leur expression figée dans la superstition absolue. Ils incarnaient tout à la fois pour elle, une force et une menace. Ils continuaient de capturer les vers géants des sables, pour le sport et pour le sacrifice. Ils étaient hostiles aux pèlerins des autres mondes, supportaient difficilement les citadins des creux et des sillons, et haïssaient le cynisme qu'ils percevaient chez les vendeurs d'amulettes. Nul, même dans la foule qui se pressait aux abords du Temple, ne se serait risqué à provoquer un Fremen. Bien sûr, le port du couteau était prohibé dans les alentours du Lieu Saint mais on avait souvent retrouvé des corps... plus tard.

La poussière soulevée par les pieds innombrables avait une senteur de silex qui redoubla la mélancolie d'Alia. Les images du passé, songea-t-elle, avaient été affinées, semblait-il, par la venue du ghola.

Durant les jours sans problème qui avaient précédé l'accession de son frère au trône, elle avait connu la joie, le plaisir des petites choses, le bonheur d'un matin frais, d'un crépuscule... Le temps, le temps... Le danger lui-même avait eu un autre goût alors. C'était un danger bien net, dont les sources étaient reconnues. Il n'avait jamais été utile, dans ces jours disparus, de chercher à repousser les limites de la prescience, de lutter contre des voiles sans cesse plus épais pour de brèves visions de l'avenir.

Les Fremen sauvages exprimaient cela ainsi : « Il est quatre choses que l'on ne peut cacher : l'amour, la fumée, une colonne de feu et un homme dans le désert. »

Avec une brusque sensation de dégoût, Alia quitta le parvis pour les ombres de l'Autel et suivit le balcon qui dominait les profondeurs opalescentes de la Salle des Oracles. Le sable crissait faiblement sous ses pas. *Les Suppliants amenaient toujours un peu du désert avec eux dans les Chambres Sacrées !* Sans accorder la moindre attention aux serviteurs, aux gardes, assistants et sycophantes de la Qizarate, elle s'engagea dans l'escalier en spirale qui montait vers ses appartements. Tout en s'avançant entre les divans, les tapis profonds, les draperies et les choses du désert, elle congédia les amazones fremen que Stilgar avait assignées à son service personnel. *Des chiennes de garde !* songea-t-elle.

Un instant après, quand les amazones se furent éclipsées avec force murmures et objections, cédant à la crainte que leur inspirait Alia, bien supérieure à celle que distillait Stilgar, elle put se dévêtir et se diriger vers son bain, ne gardant que le krys pendu à son cou.

Maintenant, elle le savait, il était tout près. Ce n'était encore qu'une silhouette d'ombre qu'elle décelait dans son avenir sans pouvoir la distinguer vraiment. Une forme d'ombre sans chair. Elle sentait s'éveiller sa colère devant l'impuissance de ses pouvoirs prescients. Cette forme, elle ne la découvrait qu'à certains moments inattendus, alors qu'elle sondait d'autres existences. Parfois, en des lieux de ténèbres et de désolation, des lieux, quelque part dans le temps, où l'innocence s'alliait au désir, elle reconnaissait cette silhouette brumeuse. Immédiatement de l'autre côté d'un horizon oscillant sans cesse. Dessin imprécis dont elle se disait qu'il eût suffi, pour le préciser, d'accroître ses pouvoirs jusqu'à une intensité que jamais encore ils n'avaient atteinte. Il était *là*, assaut permanent contre sa conscience : dangereux, immoral, terrible.

Elle entra dans son bain et se plongea dans l'eau tiède, saturé d'humidité. C'était là une habitude qu'elle tenait des innombrables entités mémorielles de Révérendes Mères qui, dans son esprit, étaient comme des perles sur un fil scintillant. L'eau, l'eau tiède enveloppa son corps. Ses pieds glissèrent doucement sur les dalles vertes et rouges, et les figures marines se déformèrent dans les vaguelettes suscitées par ses gestes. Il y avait tant d'eau dans ce petit espace ! Les vieux Fremen auraient été outrés de la voir employée pour le seul plaisir du bain.

Il était tout près.

Non, songea-t-elle, ce n'est que l'effet du désir luttant contre la chasteté. Sa chair avait besoin d'un homme. Le sexe ne conservait que peu de mystères pour une Révérende Mère qui avait présidé à tant d'orgies de sietch. Là perception *tau* de ses autres-moi pouvait lui présenter tel ou tel détail dont sa curiosité était avide. Et cette impression de proximité n'était sans doute rien d'autre que l'appel de la chair à la chair.

L'eau chaude provoquait une léthargie que combattait le besoin d'action.

Brusquement, Alia sortit du bain et, nue, et dégoulinante, passa dans la chambre d'entraînement attenante à sa chambre à coucher. C'était une pièce rectangulaire à ciel ouvert où se trouvaient l'ensemble des instruments, du plus subtil au plus rustique, qui permettaient à une Bene Gesserit d'atteindre la phase idéale de préparation physique et psychique. Il y avait là des amplifications mnémoniques, des moulins digitals d'Ix destinés à raffermir et sensibiliser les perceptions des doigts et des orteils, des synthétiseurs olfactifs, des sensibilisateurs tactiles, des champs de gradient de températures, des détecteurs de répétition pour combattre les habitudes, des moniteurs à ondes alpha, des synchronisateurs de perception pour analyse de la vision...

Sur l'un des murs, elle avait inscrit de sa propre main à la peinture mnémonique, en caractères de dix centimètres, la formule clé du Credo Bene Gesserit :

« Avant nous, l'ensemble des méthodes d'enseignement était marqué par l'instinct. Nous avons appris à apprendre. Avant nous, les chercheurs dominés par l'instinct ne possédaient qu'une marge d'attention limitée, bien souvent, à la seule durée d'une vie. Jamais ils ne mirent en œuvre des projets portant sur trente ou cinquante générations. Le concept même de l'éducation complète du système nerveux et musculaire n'apparut jamais alors. »

A l'instant où elle franchissait le seuil de la chambre d'entraînement, Alia perçut un millier de reflets fugaces de son image dans le miroir à escrime qui tournait au centre du mannequin-cible. La longue épée l'attendait et elle songea : *Oui ! C'est cela ! Je vais m'exercer jusqu'à l'épuisement. Vider ma chair et éclaircir mon cerveau !*

Elle prit l'arme en main et en éprouva le contact. De la main gauche, elle sortit le krys du fourreau placé contre son cou, et le pointa à gauche. De l'épée, elle enclencha le dispositif d'exercice. L'aura du champ de force se déploya autour du mannequin, repoussant la lame.

Dans un scintillement de prismes, la cible se porta sur la gauche. Alia pivota, l'épée pointée, songeant, ainsi qu'elle le faisait souvent, que le mannequin avait quelque chose de vivant. Mais il n'y avait, dans la cible, étrange et rapide, que des servo-moteurs et de complexes circuits de réponse calculés pour feinter, déconcerter et obliger l'escrimeur à plus d'attention et de vigilance. Le mannequin n'était qu'un instrument qui réagissait comme elle, un anti-moi qui se déplaçait en même temps qu'elle, parait ses attaques, manœuvrait et rompait lorsqu'elle se fendait, contre-attaquait.

Dans les prismes de la cible, de multiples lames semblaient la menacer, dont une seule était réelle. Rapidement, Alia exécuta un contre, feinta et pointa sa lame à la vitesse requise pour pénétrer le bouclier énergétique. Quelque part entre les prismes, un voyant rouge scintilla brusquement, distraction supplémentaire. La chose contre-attaqua, un peu plus rapidement qu'auparavant, réagissant au point marqué.

Alia se déroba et, abandonnant toute prudence, frappa du krys.

Deux voyants s'illuminèrent dans les prismes.

Le mannequin accéléra encore sa contre-attaque. Il ressemblait soudain à un monstrueux aimant monté sur roues, sans cesse attiré par la pointe de l'épée d'Alia.

Attaque... Feinte... Contre...

Quatre voyants s'étaient allumés, maintenant, et le mannequin devenait de plus en plus dangereux et rapide, déconcertant, imprévisible.

Cinq.

La sueur brillait sur le corps nu d'Alia. Elle vivait maintenant dans un univers différent, limité par les attaques et les ripostes, les traits brillants des épées, les reflets des lumières dans les prismes. Elle ne voyait que la cible, ne sentait que le contact du sol sous ses pieds nus qui dansaient.

Attaque... Feinte... Contre...

Six voyants étaient allumés, maintenant. *Sept...*

Huit !

Jamais encore elle n'avait atteint ce résultat.

Tout au fond de son esprit, en cette seconde, un sentiment de danger apparut. Cet appareil qu'elle affrontait, cet ensemble de prismes et de relais ne pouvait penser ni obéir à la prudence, pas plus qu'il ne pouvait éprouver de remords. Et il était muni d'une lame bien réelle. L'exercice, sans cela, n'aurait eu aucune valeur. La lame du mannequin pouvait blesser, tuer. Les meilleurs bretteurs de l'Empire ne se permettaient jamais d'affronter la cible au-delà de sept voyants allumés.

Neuf !

Le signal de danger fut balayé par un suprême sentiment d'exaltation. La lame adverse formait maintenant comme un brouillard et, dans la main d'Alia, l'épée semblait douée de vie. Elle était devenue une anti-cible. L'épée conduisait.

Dix !

Onze !

Quelque chose brilla près de son épaule, ralentit en pénétrant l'aura du bouclier du mannequin, le traversa et vint frapper le contact d'arrêt. Les prismes s'obscurcirent, s'immobilisèrent.

Furieuse, elle se retourna, consciente, cependant, de l'extraordinaire précision avec laquelle le couteau avait atteint la cible. La vitesse avait été très exactement calculée pour pénétrer le champ. Lancé trop fort, le couteau eût été repoussé, dévié.

Pour désactiver le mannequin, il avait fallu que la pointe atteigne très précisément un point d'un millimètre de diamètre.

Tout comme le mannequin, Alia déconnecta ses émotions, sa tension.

Paul la regardait, immobile, à quelques pas du seuil. Elle ne fut pas surprise. Lui seul avait pu lancer ainsi ce couteau. Stilgar se tenait à trois pas en arrière. Elle lut de la colère dans les yeux mi-clos de son frère. Elle prit conscience de sa nudité, songea une seconde à se vêtir, puis éprouva de l'amusement à cette idée. On ne pouvait effacer ce que les yeux avaient vu. Lentement, elle remit le krys dans son fourreau, contre son cou.

« J'aurais dû le savoir », dit-elle.

« Je suppose que tu n'ignorais rien du danger », dit Paul. Lentement, consciencieusement, il lisait les émotions de sa sœur sur son visage, sur son corps. Il voyait son épuisement sur ses lèvres humides et gonflées, sur sa peau colorée. Elle offrait à ses yeux, en cet instant, une image parfaitement féminine qu'il n'avait jamais associée à elle. Il éprouvait un sentiment d'étrangeté. Ce corps ne correspondait plus au cadre familier qu'il avait cru fixe.

« C'était de la folie », gronda Stilgar en s'avançant.

Il éprouvait de la fureur, songea Alia, mais aussi de l'admiration. Elle le voyait très nettement dans le regard du Fremen.

« Onze », dit Paul en secouant la tête.

« J'aurais atteint douze si tu n'étais pas intervenu, dit-elle. Elle sentit qu'elle pâlissait sous son regard fixe et ajouta : Pourquoi a-t-on prévu autant de voyants ? »

« Comment une Bene Gesserit peut-elle s'interroger sur les motivations qui sont à la base d'un système ouvert ? »

« Je suppose que tu n'es jamais allé au-delà de sept ! » lança-t-elle, à nouveau pleine de colère.

« Une fois, dit Paul, cela m'est arrivé. Gurney Hallack m'a surpris à dix. Il m'a infligé un châtiment humiliant que je ne peux te rapporter. Mais puisque nous en sommes aux choses embarrassantes... »

« La prochaine fois, peut-être te feras-tu annoncer », dit-elle. Elle gagna sa chambre, revêtit une robe grise et se mit à brosser sa chevelure devant le miroir. Elle se sentait envahie d'une tristesse diffuse, imprégnée de sueur, comme après un acte d'amour. Elle n'avait plus qu'une envie : se baigner une fois encore et dormir. « Pourquoi es-tu venu ? » demanda-t-elle sans se retourner.

« Mon Seigneur... » dit Stilgar. Il y avait un accent insolite dans sa voix, qui la força à se retourner.

« Aussi étrange que cela puisse paraître, dit Paul, nous obéissons à une suggestion d'Irulan. Elle pense, et cela semble confirmé par divers renseignements de Stil, que nos ennemis s'apprêtent à une initiative capitale pour... »

« Mon Seigneur ! » répéta Stilgar, élevant la voix d'un ton.

Paul se retourna, intrigué, mais Alia ne quitta pas des yeux le vieux Naib. En cette minute, elle avait intensément conscience de sa qualité : il était l'un des anciens. Un primitif. Il croyait en un monde surnaturel et proche à la fois. Un monde avec lequel il communiquait en un langage simple de paysan qui ne souffrait pas les doutes. L'univers naturel dans lequel Stilgar existait était redoutable, incoercible, sans trace de la morale commune de l'Empire.

« Eh bien, Stil, dit enfin Paul. Veux-tu lui dire pourquoi nous sommes ici ? »

« L'instant ne s'y prête pas. »

« Qu'y a-t-il ? »

Sans quitter Alia des yeux, Stilgar demanda : « Mon Seigneur... Etes-vous donc aveugle ? »

Paul se retourna vers sa sœur, envahi par un brusque sentiment de malaise. De tous ses proches, seul Stilgar osait lui parler ainsi, mais il ne le faisait qu'en certaines circonstances.

« Il lui faut un compagnon ! Si elle ne s'accouple pas très vite, nous allons au-devant d'ennuis ! »

Alia pivota, le visage brûlant. *Comment a-t-il pu ?...* se demanda-t-elle. Son self-contrôle Bene Gesserit avait été impuissant. Comment Stilgar avait-il été capable de percer ainsi ses défenses ? Il ne possédait pas la Voix. Soudain, elle était troublée, inquiète, furieuse.

« Ecoutez donc le grand Stilgar ! s'exclama-t-elle en leur tournant brusquement le dos, parfaitement consciente du ton acide de sa voix. Avis aux filles, Stilgar le Fremen leur parle ! »

« Je vous aime autant l'un que l'autre, dit Stilgar d'une voix pleine de dignité. Aussi, je dois parler. Si j'étais resté aveugle aux émotions des hommes et des femmes, jamais je ne serais devenu un chef entre les Fremen. Pour comprendre cela, il n'est nul besoin de pouvoirs mystérieux. »

Paul réfléchit rapidement, comparant la déclaration de Stilgar aux émotions viriles qu'il avait éprouvées en découvrant sa sœur. Oui, il y avait en elle quelque chose de violent, quelque chose de la femelle en rut, de la femelle sauvage... Pourquoi se livrait-elle à cet exercice de combat complètement nue, par exemple ? Et pourquoi risquait-elle sa vie par excès d'audace ? Onze voyants allumés ! Le mannequin-cible était un appareil, un simulacre de créature, mais il portait en lui tous les ferments de l'horreur. Objet du présent, il gardait en lui un peu de l'immoralité des temps anciens. Jadis, les hommes s'étaient laissé guider par des intelligences artificielles, des ordinateurs. Le Jihad Butlérien avait mis un terme à cet âge, mais il n'avait que partiellement triomphé de l'aura de vice du monde aristocratique qui continuait d'utiliser des machines.

Bien sûr, Stilgar avait raison. Alia avait besoin d'un compagnon.

« Je veillerai à cela, dit Paul. Alia et moi, nous en discuterons plus tard... en privé. »

Elle se retourna et son regard se posa sur son frère. Elle savait comment fonctionnait son esprit et comprenait qu'elle était l'objet d'une décision de Mentat, une décision qui était le résultat de multiples faits analysés par cet ordinateur humain. C'était là quelque chose d'inexorable comparable au mouvement des mondes autour des étoiles. Les démarches des mentats participaient de l'ordre de l'univers.

« Sire, reprit Stilgar, peut-être devrions-nous... »

« Pas maintenant! lança Paul. Nous avons d'autres problèmes! »

Certaine qu'elle ne pouvait affronter son frère sur le terrain de la logique, Alia repoussa les derniers instants de ses préoccupations et demanda : « C'est donc Irulan qui t'a envoyé ? » Dans le même temps, elle sentait la menace contenue dans ces simples mots.

« Indirectement, dit Paul. L'information qu'elle nous a transmise confirme nos soupçons : la Guilde s'apprête à capturer un ver des sables. »

« Un petit, intervint Stilgar, dans l'espoir de créer un nouveau cycle de l'épice sur un autre monde. Ce qui signifie qu'ils ont trouvé un monde où ce soit possible. »

« Ce qui signifie aussi qu'ils ont des complicités fremen sur Dune! dit Alia. Jamais un étranger ne parviendrait à capturer un ver! »

« Cela va sans dire », admit Stilgar.

« Non, insista-t-elle. Paul, tu as certainement... »

« La corruption s'installe, dit Paul. Nous en avons conscience depuis quelque temps. Jamais je n'ai vu cet autre monde, pourtant, et c'est bien ce qui m'inquiète. S'ils... »

« Cela t'inquiète ? Mais cela signifie simplement qu'ils ont réussi à dissimuler sa situation grâce aux Navigateurs de la Guilde, de la même manière qu'ils dissimulent leurs sanctuaires. »

Stilgar ouvrit la bouche mais se tut. Il lui venait tout à coup le sentiment que ses idoles assumaient une faiblesse blasphématoire.

Paul devina les pensées du Fremen. « Il y a un problème immédiat! J'ai besoin de ton avis, Alia. Stilgar suggère que nous renforcions nos patrouilles dans le bled ainsi que la garde des sietch. Il est possible que nous détections le groupe de débarquement et que nous empêchions le... »

« Avec un homme de la Guilde pour veiller sur eux ? »

« Ils sont forcés dans leurs derniers retranchements, non ? C'est bien pour cela que je suis ici en ce moment. »

« Mais qu'ont-ils donc *vu* que nous n'ayons pu *voir* ? » demanda-t-elle.

« Précisément. »

Alia hocha la tête. Toutes les pensées qu'elle avait eues concernant le Tarot de Dune lui revenaient maintenant. Elle fit part de ses craintes à son frère.

« Une couverture, en quelque sorte, dit-il lentement. Déployée sur nous. »

« Avec des patrouilles judicieusement établies, intervint Stilgar, nous pourrions empêcher le... »

« On ne peut rien empêcher... éternellement », dit Alia. L'*impression* qui lui parvenait de Stilgar lui était déplaisante. Il avait rétréci son champ de vision, éliminé l'essentiel, l'évident. Ce n'était pas là le Stilgar qu'elle avait toujours connu.

« Il nous faut compter avec le fait qu'ils réussissent à capturer un ver, dit Paul. Quant à reprendre le cycle du Mélange sur un autre monde, c'est un problème bien différent. Il leur faudra sans doute plus qu'un ver pour cela... »

Le regard de Stilgar alla du frère à la sœur. Le sietch avait laissé en lui une compréhension intuitive des phénomènes de l'écologie et il percevait ce que l'un et l'autre voulaient dire en cet instant. Un ver captif ne pourrait survivre sans une parcelle d'Arrakis, sans un peu de plancton des sables, sans les Petits Faiseurs... La Guilde affrontait un problème colossal mais qui n'était pas insoluble. Non... l'incertitude grandissante qu'éprouvait Stilgar intéressait un autre domaine.

« Ainsi donc, demanda-t-il, vos visions ne peuvent vous révéler les agissements de la Guilde ? »

« Damnation ! » cria Paul.

Alia ne quittait pas Stilgar des yeux, consciente de l'afflux sauvage des idées dans le fond de son esprit. Il se trouvait suspendu entre d'autres prodiges. Magie ! Magie que tout cela ! Entrevoir l'avenir équivalait à dérober quelque feu terrifiant dans un foyer sacré. Cela portait en soi l'attrait du péril ultime, des âmes aventurées, perdues. De lointains informes et dangereux, on ramenait parfois la puissance, la forme. Mais Stilgar, maintenant, décelait d'autres puissances, peut-être plus formidables encore, par-delà cet horizon inconnu. Sa Reine Sorcière ainsi que son Ami Sorcier lui révélaient soudain des faiblesses redoutables.

« Stilgar, dit Alia, tu te trouves dans un vallon entre les dunes. Je suis sur la crête. Je puis voir là où tu ne vois pas. Et, entre autres choses, des montagnes qui barrent l'horizon. »

« Ces choses vous demeurent cachées. Vous l'avez toujours dit. »

« Tout pouvoir est limité. »

« Et le danger peut venir d'au-delà les montagnes », dit Stilgar.

« C'est cela, *en quelque sorte.* »

Stilgar acquiesça et son regard se posa sur Paul. « Mais ce qui vient d'au-delà les montagnes, quoi que ce soit, doit franchir les dunes. »

> Gouverner sur la base d'un oracle constitue le jeu le plus dangereux de l'univers. Nous ne nous considérons pas comme assez sages ou courageux pour y jouer. Les mesures rapportées ci-dessous et qui concernent des problèmes mineurs sont proches des limitations du gouvernement tel que nous le concevons. Pour définir nos buts, nous citerons le Bene Gesserit, qui considère les divers mondes comme autant de terrains génétiques, comme autant de sources d'enseignement et d'enseignants, de sources de possibles. Notre dessein n'est pas de régner mais de contrôler ces sources, d'apprendre et de nous libérer de toutes les contraintes imposées par le gouvernement et la dépendance.
>
> De l'Orgie considérée comme un Instrument du Pouvoir — *Chapitre Trois du* Guide du Navigateur.

« Est-ce là que votre père est mort ? » demanda Edric en dardant un rayon depuis sa cuve vers la pierre incrustée de joyaux qui brillait sur la carte en relief déployée au mur.

« C'est là le sanctuaire où est conservé son crâne, dit Paul. Mon père est mort en vérité à bord d'une frégate des Harkonnens à l'endroit où nous nous trouvons. »

« Ah, oui ! l'histoire me revient maintenant. Il espérait en quelque sorte tuer le vieux Baron harkonnen, son ennemi juré. »

Edric s'agita quelque peu dans son atmosphère orange, tout en souhaitant ne rien révéler de la terreur que lui inspirait cet espace clos. Il porta son regard sur Paul, qui avait pris place sur un divan rayé de gris et de noir.

« Ma sœur a tué le Baron, déclara Paul. Immédiatement avant la bataille d'Arrakeen. »

Pourquoi, se demandait-il, l'homme-poisson ouvrait-il ainsi à nouveau des plaies anciennes dans cette demeure et en ce moment ?

Le Navigateur paraissait engagé dans une lutte terrible contre son énergie nerveuse, une lutte qu'il était en train de perdre. Les mouvements lents et fluides des premières heures de la rencontre semblaient oubliés. Les yeux minuscules du représentant de la Guilde furetaient de toutes parts... Ils questionnaient, mesuraient. Le serviteur qui l'avait accompagné jusqu'ici s'était retiré à l'écart, non loin des gardes alignés à la gauche de leur Empereur. Ce serviteur inquiétait Paul. C'était un personnage épais, au cou large, au visage placide, à l'expression vacante. Lorsqu'il était entré dans le salon en tirant derrière lui la cuve d'Edric, Paul avait remarqué sa démarche, ses bras qui pendaient, flasques, le long de son corps.

Scytale, ainsi l'avait appelé Edric. *Scytale, un assistant.*

Si l'apparence du personnage hurlait la stupidité, ses yeux la démentaient. Ils riaient à tout ce qu'ils rencontraient.

« Votre concubine, dit Edric, a paru se distraire au spectacle de nos Danseurs-Visages. Cela me fait plaisir de lui avoir apporté quelque joie. J'ai particulièrement apprécié ses réactions lorsqu'elle a vu son visage reproduit par toute la troupe. »

« N'y a-t-il pas quelque avertissement contre les Navigateurs qui apportent des cadeaux ? » demanda Paul.

Ses pensées revinrent au spectacle qui avait été donné dans le Grand Hall. Les danseurs du Bene Tleilax étaient apparus en costumes du Tarot de Dune. Ils s'étaient déployés en figures évoquant des flammes vives et d'anciens présages. Puis étaient venus les puissants, rois et empereurs aux attitudes rigides, semblables à des effigies sur d'antiques pièces de monnaie, formant des figures bizarrement floues. Puis le moment comique : la copie fidèle du corps et du visage de Paul, et de Chani, et de Stilgar qui, en se voyant répété à de multiples exemplaires avait grommelé et haussé les épaules là où les autres avaient ri.

« Nos cadeaux répondent à la meilleure des intentions », dit Edric.

« La meilleure des intentions ? dit Paul, alors que le ghola lui-même nous a révélé qu'il avait été conçu afin de nous détruire. »

« Vous détruire, Sire ? Mais peut-on détruire un Dieu ? »

Stilgar, pénétrant dans la pièce et entendant ces derniers mots, s'arrêta net et posa sur les gardes un regard plein de colère. A son sens, ils se tenaient beaucoup trop loin de Paul. Il eut un geste brusque, irrité.

« Tout va bien, Stil, dit Paul en levant la main. Nous avons une discussion amicale. Pourquoi ne pas approcher la cuve de l'Ambassadeur de mon divan ? »

Rapidement, Stilgar évalua la disposition suggérée par Paul, qui mettrait la cuve d'Edric beaucoup trop près de l'Empereur, mais...

« Tout va bien, Stil », répéta Paul. Et il fit le signe qui donnait à son ordre un caractère impératif.

Avec une évidente répugnance, Stilgar s'avança et poussa le réservoir de gaz orange un peu plus près du divan. Il n'aimait pas plus le contact de cette cuve que le lourd parfum de Mélange qui l'environnait. Il se plaça à l'un des angles, non loin de l'appareil par lequel se faisait entendre l'Ambassadeur.

« Détruire un Dieu, dit Paul. Voilà qui est très intéressant. Mais qui dit que je suis un Dieu ? »

« Ceux qui vous adorent », répondit Edric en regardant ostensiblement Stilgar.

« Est-ce là ce que vous croyez ? »

« Ce que je crois n'a pas d'importance en cette circonstance, Sire. Il semble néanmoins aux yeux de la plupart des observateurs que vous conspirez afin de vous poser en Dieu. Et n'importe qui peut être conduit à se demander si c'est là une chose qu'un mortel peut se permettre... en toute sécurité... »

Paul observa attentivement l'Ambassadeur. C'était là une créature repoussante d'aspect, mais sensible. Il s'était bien des fois penché sur la question soulevée par Edric. Mais il avait également entrevu bien des Possibles dans la trame du temps. La déification n'était pas le plus tragique des destins. Il y avait pire. Mais de telles explorations ne concernaient pas les Navigateurs, d'ordinaire. Etrange... Pourquoi cette question ? Qu'escomptait donc Edric d'une telle bravade ?

Les pensées de Paul se succédèrent à la vitesse de l'éclair. (Le Tleilax était derrière ceci...) (La récente victoire de Sembou, à porter au crédit du Jihad, devait peser sur les actes d'Edric...) (Il y avait là trace de divers credos du Bene Gesserit...)

Un processus englobant le traitement de quelques milliers de données s'inséra dans cette série de déductions en un peu moins de trois secondes.

« Un Navigateur remet-il en question les voies de la prescience ? » demanda-t-il, rejetant Edric en terrain instable.

Le Navigateur, décontenancé, se reprit très bien en proférant quelque chose qui ressemblait à un long aphorisme : « Nul homme d'intelligence normale ne saurait mettre en doute les pouvoirs de prescience, Sire. Ceux-ci sont attachés à l'homme depuis les temps les plus anciens et nous influencent aux moments où nous soupçonnons le moins leur présence. Fort heureusement, il existe d'autres forces dans l'univers. »

« Supérieures à la prescience ? » demanda Paul, impitoyable.

« Si la prescience seule existait et était omnipotente, Sire, elle s'annulerait par elle-même. Elle ne connaîtrait d'autres applications que celles entraînant son déclin. »

« Reste la situation humaine », dit Paul.

« Un élément bien précaire au mieux, à condition que des hallucinations n'y jettent pas la confusion. »

« Mes visions ne sont-elles que des hallucinations ? » demanda Paul, la voix empreinte d'une fausse tristesse. « Ou bien voulez-vous dire que ce sont mes fifèles qui succombent à l'hallucination ? »

Stilgar, conscient des tensions croissantes, se rapprocha d'un pas. Son regard ne quittait pas le représentant de la Guilde qui dérivait dans son atmosphère orange.

« Vous déformez mes propos, Sire », dit le Navigateur. Et il subsista un insolite écho de violence née de cette phrase.

De la violence... Ici ? songea Paul. *Ils n'oseraient pas ! A moins...* (il regarda ses gardes) *que les forces qui le protègent ne soient destinées à le remplacer.*

« Vous m'accusez de me poser en Dieu vivant, dit Paul en mesurant sa voix de telle façon que seuls Stilgar et Edric puissent entendre. Vous m'accusez de *conspirer* ? »

« Peut-être est-ce là un mot maladroit », dit Edric.

« Maladroit mais significatif. Il implique que vous vous attendez au pire de ma part. »

Edric tendit le cou et jeta un regard oblique plein d'appréhension à l'adresse de Stilgar. « Le peuple s'attend toujours au pire de la part des riches et des puissants, Sire. On dit qu'il est facile de déceler un aristocrate car il ne révèle que ceux de ses vices qui le rendront populaire. »

Un frémissement courut sur le visage de Stilgar. Paul s'en aperçut, en même temps qu'il décelait les pensées et les fureurs rentrées du vieux Fremen. Comment ce Navigateur osait-il parler ainsi à Muad'Dib ?

« Bien sûr, vous ne plaisantez pas », dit Paul.

« Plaisanter, Sire ? »

Paul sentit que sa bouche était sèche. Il lui semblait qu'il y avait beaucoup trop de personnes dans la salle, que l'air qu'il inspirait était passé par de trop nombreux poumons. Le parfum du mélange qui venait de la cuve du Navigateur avait quelque chose de menaçant.

« Mais, dans cette conspiration, qui seraient les autres ? demanda-t-il. Faites-vous allusion au Qizarate ? »

Edric haussa les épaules dans un effluve orangé. Tout à coup, il ne semblait plus s'inquiéter de la présence de Stilgar. Le Fremen ne le perdait pourtant pas du regard.

« Insinuez-vous que mes missionnaires des Saints Ordres, que *tous* mes missionnaires prêchent un subtil mensonge ? »

« Ce pourrait être uniquement une question d'intérêt personnel et de sincérité », répondit Edric.

La main de Stilgar se posa sur son krys.

Paul secoua la tête. « Ainsi, vous m'accusez de mensonge. »

« Je ne suis pas certain qu'*accuser* soit le terme qui convienne, Sire. »

Quelle audace! songea Paul. Et il dit : « Que vous m'accusiez ou non, vous laissez entendre que mes évêques et moi, nous ne sommes que des brigands avides de puissance. »

« Avides de puissance ? demanda Edric. (A nouveau, il regarda Stilgar.) La puissance tend à isoler ceux qui en ont de trop. A la fin, inévitablement, ils perdent tout contact avec la réalité... et s'effondrent. »

« Sire ! gronda Stilgar. Vous avez fait exécuter des hommes pour moins que cela ! »

« Des hommes, oui... Mais nous avons ici un Ambassadeur de la Guilde. »

« Il vous accuse d'une fraude impie ! »

« Ses idées m'intéressent, Stil. Calme ta colère et tiens-toi sur tes gardes. »

« Qu'il en soit selon la volonté de Muad'Dib. »

« Dis-moi, Navigateur, reprit Paul. Comment pourrions-nous perpétrer cette fraude hypothétique sur de telles distances dans le temps et l'espace sans qu'il nous soit possible de surveiller chaque missionnaire, d'examiner dans le moindre détail les temples et chapelles de la Qizarate ? »

« Qu'est-ce donc que le temps pour vous ? » demanda Edric.

Stilgar se rembrunit, perplexe. *Muad'Dib a souvent déclaré qu'il voyait par-delà les voiles du temps,* songea-t-il. *Que veut dire exactement le Navigateur ?*

« Une telle structure ne devrait-elle pas révéler quelques trous, quelques failles ? demanda Paul. Certaines discordes significatives, certains schismes, certains doutes... Des confessions... Il est certain que jamais nulle tricherie ne viendrait à bout de tout cela. »

« Ce que la religion et l'intérêt personnel ne peuvent dissimuler, l'art de gouverner le peut », dit Edric.

« Etes-vous en train d'éprouver les limites de ma tolérance ? » demanda Paul.

« Mes arguments n'ont-ils donc aucune valeur ? »

Désire-t-il être tué ici ? se demanda Paul. *S'offre-t-il en holocauste ?*

« Je préfère le cynisme, dit-il. Il est évident que vous avez été éduqué dans toutes les astuces mensongères du gouvernement, les doubles sens et les mots du pouvoir. Le langage, pour vous, n'est qu'une arme, et vous sondez en cet instant ma cuirasse. »

« Point de vue cynique, dit Edric. (Un sourire déforma son étrange bouche.) Il est notoire que les puissants ont toujours été cyniques vis-à-vis de la religion. Mais la religion elle aussi est une arme. Que devient-elle donc, cette arme, quand la religion devient le gouvernement ? »

Paul eut l'impression que tout s'immobilisait au fond de lui, qu'une méfiance absolue l'envahissait. A qui donc Edric s'adressait-il ? Ses paroles étaient diaboliquement habiles, chargées de leviers. Il y avait aussi cet arrière-ton d'humour tranquille, cette suggestion de complicité dans le secret. Toute son attitude criait que lui et Paul étaient deux êtres sophistiqués et proches, capables de comprendre des choses qui demeureraient à jamais inaccessibles au commun. Troublé, Paul devinait soudain qu'il n'avait pas été la cible principale de tout ce déploiement de rhétorique. Celui-ci, autant qu'à l'Empereur, avait été destiné aux autres, à Stilgar, aux gardes... et sans doute à cet instant...

« J'ai été investi du *mana* de la religion, dit Paul. Mais je ne l'ai point cherché. » Et il pensa : *Nous y voici ! Laissons donc croire à ce poisson humain qu'il a gagné cette bataille de mots !*

« Pourquoi ne pas l'avoir désavoué, Sire ? » demanda Edric.

« A cause de ma sœur, Alia, dit-il sans quitter le Navigateur des yeux. Alia est une déesse. Laissez-moi vous mettre en garde : elle pourrait bien vous foudroyer d'un regard. »

Un sourire se dessina lentement sur la bouche d'Edric pour être très vite remplacé par une expression de stupéfaction.

« Je suis terriblement sérieux », reprit Paul, contemplant avec plaisir le visage de l'envoyé de la Guilde et notant dans le même temps le hochement de tête de Stilgar.

La voix d'Edric était dénuée d'expression. « Vous avez égratigné la confiance que j'avais en vous, Sire. Il ne fait aucun doute que telle était votre intention. »

« Ne soyez jamais certain de bien connaître mes intentions », dit Paul, et il fit signe à Stilgar que l'entretien atteignait son terme.

Comme le Fremen lui demandait silencieusement s'il convenait de supprimer Edric, Paul répondit par un signe négatif qu'il doubla d'une recommandation impérative, de crainte que le Naib ne prît des initiatives personnelles.

Scytale, l'assistant d'Edric, s'approcha de la cuve et se mit à la pousser en direction de la porte.

Lorsqu'il y parvint, il s'arrêta, se retourna et, portant son regard rieur sur Paul, demanda : « Si Mon Seigneur le permet... »

« Oui, qu'y a-t-il ? » demanda Paul, remarquant le mouvement inquiet de Stilgar.

« Certains, reprit Scytale, prétendent que les peuples s'en tiennent à un gouvernement impérial parce que l'espace est infini. Sans un symbole d'unité, ils seraient gagnés par une impression de solitude. Pour ceux qui sont seuls, l'Empereur constitue un lieu sûr, défini. Ils peuvent se tourner vers lui et dire : « Le voici. Il est bien là. A lui seul, il est nous. » Peut-être, après tout, les religions obéissent-elles au même sentiment, Mon Seigneur. »

Sur ce, Scytale hocha courtoisement la tête et se remit à pousser la cuve de l'Ambassadeur. Ils quittèrent le salon. Edric s'était recroquevillé, yeux clos, dans son monde orange. Il semblait soudain épuisé, sans force.

Paul ne quitta la silhouette de Scytale que lorsqu'elle disparut. Les paroles de l'assistant tournaient dans son esprit. Etrange personnage, songea-t-il. A l'instant où il lui avait parlé, il avait perçu, venant de lui, de sa peau, une sorte d'émanation faite de personnalités multiples, comme si l'héritage génétique de Scytale était en permanence exposé sur la surface de son corps.

« Bizarre », dit Stilgar sans s'adresser à personne en particulier.

Un garde ferma la porte derrière les deux représentants de la Guilde et Paul se leva.

« Bizarre », répéta Stilgar. Une veine palpitait sur sa tempe.

Paul diminua l'intensité des brilleurs et s'approcha d'une fenêtre qui ouvrait sur un des angles de la colline sur laquelle était érigée la Citadelle. Loin, très loin, des lumières tremblotaient, minuscules. Il se souvint : une équipe travaillait là, en bas, charriant des blocs énormes de plasmeld pour réparer la façade du temple d'Alia qui avait été endommagée par une tempête de sable inattendue.

« Usul, dit Stilgar, quel acte inconsidéré que d'inviter cette créature en ces lieux. »

Usul, songea Paul. *Mon nom sietch. Il veut me rappeler que, jadis, il a régné sur moi, qu'il m'a sauvé du désert.*

« Pourquoi ? » demanda Stilgar. Il s'était rapproché.

Paul ne se retourna pas. « J'ai besoin de données supplémentaires. »

« N'est-il pas dangereux d'affronter cette menace comme un simple mentat ? »

Voilà qui est bien deviné, songea Paul.

La réflexion du mentat demeurait finie. Un langage, avec ses limites, ne permettait aucune déclaration illimitée. Les dons d'un mentat avaient pourtant leur utilité. C'est ce qu'il déclara à Stilgar, en le mettant au défi de le contredire.

« Il y a toujours quelque chose à l'extérieur, dit Stilgar. Il vaut mieux que certaines choses, d'ailleurs, soient laissées à l'extérieur. »

« Ou à l'intérieur », dit Paul. Et, en ce moment précis, il accepta le résultat de ses propres conclusions de mentat prescient. A l'extérieur, oui. Mais à l'intérieur, là résidait l'horreur véritable. Comment pouvait-il se protéger de lui-même. Il était certain que, quelque part, on se préparait à le détruire. Mais cette position même était cernée par des possibilités encore plus terrifiantes.

Ses pensées furent interrompues par l'écho de pas rapides dans le couloir. Korba le Qizara surgit sur le seuil, silhouette sombre sur le fond lumineux. Il semblait poussé par quelque force invisible mais, devant la pénombre du salon, il s'arrêta brusquement. Il était encombré de multiples bobines de shigavrille qui scintillaient dans l'ombre comme d'étranges joyaux circulaires. Puis le garde referma la porte, tuant les rayons de clarté et les joyaux imaginaires.

« Mon Seigneur, est-ce vous ? » demanda Korba d'une voix hésitante.

« Qu'y a-t-il ? » répondit Stilgar.

« Stilgar ? »

« Nous sommes tous deux présents. Que se passe-t-il ? »

« Cette visite du Guildien me déconcerte. »

« Elle vous déconcerte ? » demanda Paul.

« Si l'on en croit le peuple, Mon Seigneur, vous seriez en train d'honorer nos ennemis. »

« Est-ce tout ? Mais ces bobines sont-elles celles que je vous avais demandées ? »

« Ces... Oh, oui, Mon Seigneur... Voulez-vous les voir ? »

« Je les connais déjà. Elles sont destinées à Stilgar. »

« A moi ? » s'exclama Stilgar. Il éprouva une ombre de ressentiment envers ce qui lui apparaissait comme un caprice de la part de Paul. L'Histoire ! A l'instant où l'Ambassadeur de la Guilde avait été annoncé, Stilgar assiégeait Paul au sujet des calculs de logistique de la conquête de Zabulon... Et voilà que Korba surgissait maintenant avec des ouvrages d'Histoire.

« Jusqu'à quel point connais-tu l'Histoire ? » demanda Paul, en se penchant vers le Fremen qui n'était plus qu'une silhouette sombre dans les ombres.

« Mon Seigneur, je puis nommer chacun des mondes où notre peuple a abordé dans ses migrations. Je connais aussi les limites impériales... »

« Mais as-tu jamais étudié l'Age d'Or de la Terre ? »

« La Terre ? L'Age d'Or ? » Stilgar, soudain, éprouvait de l'irritation et une certaine perplexité. Pourquoi Paul s'entêtait-il dans ces discussions à propos de l'aube des âges ? Alors que son esprit était encombré de données concernant Zabulon : rapports et calculs des mentats d'état-major, deux cent cinq frégates d'assaut avec cinquante légions à bord, bataillons d'appoint, escadres de pacification, missionnaires de la Qizarate, denrées alimentaires, Mélanges, armes, uniformes, médicaments, etc.

Ainsi que les urnes pour les cendres des morts... Et aussi les spécialistes en propagande, les comptables, espions, huissiers, super-espions...

« J'ai apporté le synchronisateur de pulsations », dit Korba.

Il percevait les tensions grandissantes entre Paul et Stilgar et cela le gênait.

Stilgar secoua la tête, lentement. *Un synchronisateur de pulsations ?* Pourquoi Paul voulait-il utiliser un système de brouillage mnémonique sur un projecteur de shigaville ? L'Histoire contenait-elle des informations précises ? C'était bien d'un Mentat ! Stilgar éprouvait toujours de la méfiance lorsqu'il était question d'utiliser un projecteur ainsi que ses divers dispositifs. Cela le plongeait dans le trouble, réveillait en lui des connaissances depuis longtemps enfouies dont la révélation l'étonnait.

« Sire, j'ai là les calculs se rapportant à Zabulon », dit-il.

« A déshydrater ! » lança Paul, utilisant l'expression fremen hautement obscène qui faisait allusion à une humidité qu'aucun homme ne se serait abaissé à toucher.

« Mon Seigneur ! »

« Stilgar, tu as le plus urgent besoin d'un sens de l'équilibre qui ne saurait t'être apporté que par la compréhension des effets à long terme. Korba nous a soumis les quelques informations que nous ont laissées les Butlériens. Nous allons commencer par Gengis Khan. »

« Gengis... Khan ? Appartenait-il aux Sardaukar, Mon Seigneur ? »

« Oh ! non ! C'était bien avant... Il a tué... quatre millions de personnes, peut-être. »

« Il devait disposer d'un armement impressionnant. Des canons-lasers, peut-être, ou alors... »

« Non, il ne les a pas tous tués lui-même, Stil. Il tuait à ma façon, en déléguant ses légions. Et il y a aussi un autre empereur que je voudrais que tu remarques. Un certain Hitler. Il a eu plus de six millions de morts à son actif, je crois. Pas mal pour l'époque. »

« Avec... ses légions ? »

« Oui. »

« Mais ce ne sont pas des chiffres très considérables, Mon Seigneur. »

« Eh bien, Stil... (Paul regarda les bobines que tenait Korba. Le qizara ne semblait avoir qu'une envie : poser là son fardeau et s'éclipser.) D'après une estimation statistique modérée, je dois avoir tué soixante et un milliards de personnes, stérilisé quatre-vingt-dix planètes et totalement démoralisé cinq cents autres. J'ai également exterminé les fidèles de quelque quarante religions qui existaient depuis... »

« Des infidèles ! clama Korba. Tous des infidèles ! »

« Non ! dit Paul. J'ai dit : des fidèles ! »

« Mon Seigneur fait sans doute là quelque plaisanterie, insista le qizara d'une voix tremblante. Le Jihad a ramené plus de dix mille mondes dans la flamboyante clarté de... »

« Dans les ténèbres... Il faudra des centaines de générations pour que l'univers se remette du passage du Jihad de Muad'Dib. Il m'est difficile d'imaginer qu'il se trouvera un jour quelqu'un pour aller plus loin que moi. » Il eut un rire rauque.

« Qu'est-ce qui provoque la joie de Muad'Dib ? » demanda Stilgar.

« Ce n'est pas de la joie, Stil. Je viens soudain d'avoir la vision de l'Empereur Hitler faisant une déclaration presque similaire. Il l'a faite, sans aucun doute. »

« Jamais personne n'a eu votre pouvoir, dit Korba. Qui donc oserait vous défier ? Vos légions contrôlent tout l'univers connu et... »

« Les légions contrôlent, dit Paul. Je me demande si elles s'en doutent. »

« Mais vous contrôlez vos légions, Sire », intervint Stilgar, et son ton révélait qu'il prenait maintenant conscience de sa propre position dans cette chaîne de pouvoirs successifs. Il savait que la puissance qu'il avait entre ses mains était immense.

Ayant ainsi conduit où il l'avait désiré les pensées du vieux Fremen, Paul reporta son attention sur Korba.

« Posez les bobines sur le divan, dit-il. Et, tandis que le qizara s'exécutait, il demanda : Comment se déroule la réception, Korba ? Ma sœur a-t-elle tout bien en main ?

« Oui, Mon Seigneur, dit Korba d'une voix contrainte. Et Chani observe tout. Elle soupçonne la présence de Sardaukars dans la suite de l'Ambassadeur. »

« Elle a raison, sans nul doute. Les chacals se rassemblent. »

« Bannerjee, dit Stilgar, faisant allusion au chef de la Sécurité intérieure, craignait que certains ne réussissent à s'infiltrer dans les zones interdites de la Citadelle. »

« Y sont-ils parvenus ? »

« Pas encore. »

« Mais il y a eu quelque confusion dans les jardins », dit Korba.

« Quel genre de confusion ? » demanda Stilgar.

Paul hocha la tête.

« Des étrangers qui allaient et venaient de tous côtés, qui abîmaient les plantes, chuchotaient dans les coins. On m'a rapporté certaines remarques. »

« Par exemple ? » demanda Paul.

« *Est-ce donc ainsi que* l'*on dépense nos impôts ?* On m'assure que c'est l'Ambassadeur lui-même qui aurait dit cela. »

« Ce qui ne me surprend pas. Les étrangers étaient-ils nombreux dans les jardins ? »

« Il y en avait des dizaines, Mon Seigneur. »

« Bannerjee a mis en place des soldats spécialement choisis à proximité des portes vulnérables », dit Stilgar. Tout en parlant, il s'était retourné, et l'unique source de clarté du salon illuminait maintenant une moitié de son visage. Et, devant cette image, quelque chose s'éveilla au fond de la mémoire de Paul, quelque chose venu du désert. Il ne chercha pas à rendre plus net ce souvenir, gardant toute son attention sur l'image de Stilgar, songeant à la façon dont l'esprit du Fremen avait en quelque sorte régressé. Maintenant, Stilgar était plein de méfiance à l'égard du comportement étrange de son Empereur.

« Je n'aime pas ces intrusions dans nos jardins, dit Paul. La courtoisie due à nos hôtes est une chose, ainsi que le protocole de réception d'un Ambassadeur, mais... »

« Je me charge de les chasser, dit Korba, très vite. Je puis le faire immédiatement. »

« Attendez ! » lança Paul comme Korba s'élançait déjà.

Dans le silencieux instant qui suivit, Stilgar se déplaça rapidement afin de pouvoir étudier le visage de Paul. Celui-ci admira cette réaction purement fremen. Cela avait été accompli sans préméditation. C'était un mouvement nécessaire, subtil, marqué par le respect des autres.

« Quelle heure est-il ? » demanda Paul.

« Presque minuit, Sire », dit Korba.

« Korba, je pense que tu pourrais bien être la meilleure de mes créations. »

« Sire ! » s'exclama Korba d'un ton blessé.

« As-tu du respect pour moi ? »

« Vous êtes Paul Muad'Dib, qui fut Usul dans notre sietch. Vous connaissez ma fidélité envers... »

« As-tu déjà eu le sentiment d'être un apôtre ? »

Korba interpréta mal ces paroles mais, en revanche, comprit fort bien le ton de la question. « Mon Empereur sait que ma conscience est pure ! »

« Que Shai-hulud nous sauve », murmura Paul.

Quelque part au-dehors, dans le silence, quelqu'un se mit à siffler, immédiatement interrompu par la voix sèche d'un garde.

« Korba, je crois que tu pourras survivre à tout cela », dit Paul, et il vit la compréhension se faire jour sur le visage de Stilgar.

« Les étrangers dans les jardins, Sire ? » demanda le Fremen.

« Ah, oui... Que Bannerjee les chasse, Stil. Korba l'y aidera. »

« Moi, Sire ? » Korba semblait profondément inquiet.

« Certains de mes amis ont oublié qu'ils furent autrefois des Fremen, reprit Paul, s'adressant à Korba mais parlant pour Stilgar. Vous identifierez tous ceux que Chani soupçonne d'être des Sardaukar. Qu'ils soient tués. Vous vous en chargerez vous-même. Je veux que ce soit fait discrètement. Nous ne devons pas oublier que les actes gouvernementaux et religieux s'étendent bien au-delà des traités et des sermons. »

« Les ordres de Muad'Dib seront obéis », murmura Korba.

« Les rapports sur Zabulon ? » demanda Stilgar.

« Demain. Lorsque les étrangers auront quitté les jardins, annoncez que la réception est terminée. C'est la fin de la soirée, Stil. »

« Je le comprends, Mon Seigneur. »

« J'en suis bien certain », dit Paul.

> Ici gît un dieu foudroyé.
> Sa chute fut formidable.
> Nous n'avons fait que construire son piédestal.
> Il était étroit et très haut.
>
> *Épigramme Theilaxu.*

CES quelques os, cette chair pétrifiée avaient autrefois été un corps de jeune femme. A genoux au flanc de la dune, Alia s'était immobilisée dans la contemplation, le menton posé sur ses poings serrés.

Les mains, la tête et la plus grande partie du torse du cadavre avaient disparu, dévorées par le vent de coriolis. Alentour, dans le sable, apparaissaient les traces laissées par les médics et les questeurs de Paul. Ils s'étaient tous retirés, maintenant, à l'exception des hommes de la morgue qui attendaient, aux côtés de Hayt, le ghola, qu'Alia eût achevé sa mystérieuse lecture.

Sous le ciel blême, la scène baignait dans cette clarté glauque qui était celle de l'après-midi, sous ces latitudes.

Les restes de la jeune femme avaient été repérés quelques heures auparavant par un courrier volant à basse altitude. Les instruments avaient signalé la présence d'une faible trace d'eau en ce lieu où il ne pouvait y en avoir. Le pilote avait alerté les experts. Ils avaient ainsi découvert que la femme n'avait eu que vingt ans environ, qu'elle était fremen, se droguait à la sémuta... et qu'elle était morte là, dans le creuset du désert, des effets d'un subtil poison d'origine tleilaxu.

La mort en plein désert était chose fréquente. Mais une Fremen soumise à la sémuta... Pour cette raison, Paul avait donné mission à sa sœur d'aller examiner les lieux en se servant des dons que lui avait donnés sa mère.

Mais Alia se disait à présent qu'elle n'était parvenue à rien, si ce n'est à ajouter encore un peu plus de mystère à l'événement par sa présence. Derrière elle, les pas du ghola crissèrent dans le sable. Elle le regarda. En cette seconde, il observait l'escorte des ornis qui tournaient au-dessus d'eux.

Il faut prendre garde aux présents de la Guilde, songea Alia.

L'ornithoptère mortuaire était posé sur le sable à côté de celui d'Alia, non loin d'un rocher. Brusquement, elle eut envie d'être loin, dans les airs. Mais Paul avait pensé qu'elle pourrait découvrir ici quelque chose qui avait échappé aux autres. Elle s'agita dans son distille. Elle s'y sentait à l'étroit, mal à son aise après tous ces mois de vie citadine. Elle observa attentivement le ghola, se demandant tout à coup s'il était possible qu'il sût quelque chose d'important à propos de cette morte. Elle remarqua qu'une mèche de cheveux noirs dépassait de son capuchon. Elle eut envie de tendre la main et de la remettre en place. Comme s'il avait capté sa pensée, le ghola baissa la tête et posa sur elle ses yeux de métal. Elle sentit un tremblement la gagner et elle détourna le regard.

Une femme fremen était morte ici des effets d'un poison appelé « la gorge de l'enfer ».

La Fremen se droguait à la sémuta.

Ces éléments ne pouvaient que lui faire partager l'inquiétude de Paul.

L'équipage de l'orni mortuaire attendait patiemment. Ces restes macabres ne contenaient pas suffisamment d'eau pour qu'ils pussent espérer sauver quelque chose. Ils n'avaient pas besoin de se hâter. Et ils croyaient certainement qu'Alia, par quelque pouvoir glyptique, lisait une étrange vérité dans ces ossements.

Mais elle ne percevait rien.

En devinant les pensées de ces gens, elle n'éprouvait qu'une froide colère tout au fond d'elle-même. Ils n'étaient qu'un produit méprisable de cette maudite religion et de ses mystères. De même que son frère, elle ne pouvait être considérée comme un être vivant. Il fallait qu'ils soient plus que cela. Le Bene Gesserit avait fait le nécessaire longtemps auparavant, en manipulant les ancêtres des Atréides. Et sa mère n'avait fait que renforcer cette tendance en s'engageant dans les voies de la sorcellerie.

Paul ne faisait que perpétuer la différence.

Les Révérendes Mères innombrables s'éveillèrent dans les limbes-souvenirs d'Alia et lancèrent des messages adab : *Paix, Petite ! Tu es ce que tu es. Il existe des compensations.*

Des compensations !

D'un geste, elle commanda au ghola de s'approcher.

Il s'immobilisa auprès d'elle, attentif, plein de patience.

« Que vois-tu ici ? » demanda-t-elle.

« Il se peut que nous n'apprenions jamais qui est mort en cet endroit, dit-il. La tête a disparu, avec les dents. Les mains... Il est peu probable que cette femme ait jamais eu un enregistrement génétique qui nous aurait permis de l'identifier par ses cellules. »

« Un poison tleilaxu, dit-elle. Qu'en penses-tu ? »

« Nombreux sont ceux qui utilisent de tels poisons. »

« C'est exact. Et cette chair est bien trop morte pour être ramenée à la vie ainsi qu'il a été fait pour toi. »

« Même si vous pouviez faire confiance aux Tleilaxu sur ce point », acquiesça-t-il.

Elle hocha la tête et se leva. « Tu vas regagner la cité avec moi. »

Lorsqu'ils eurent pris l'air en direction du nord, elle remarqua : « Tu pilotes exactement comme Duncan Idaho. »

Il lui jeta un regard perplexe. « D'autres m'ont déjà dit cela. »

« Que penses-tu en ce moment ? »

« Bien des choses. »

« N'essaie pas d'éluder ma question ! »

« Quelle question ? »

Elle lui lança un regard flamboyant et il haussa les épaules.

C'était une réponse d'Idaho, cela, songea-t-elle. La voix

lourde, d'un ton accusateur, elle dit : « Je désirais simplement que tes réactions répondent à mes pensées. La mort de cette jeune femme m'inquiète. »

« Je ne pensais pas à cela. »

« Et à quoi pensais-tu donc ? »

« Aux émotions étranges que j'éprouve lorsque les autres parlent de celui que j'ai peut-être été. »

« Que tu as peut-être été ? »

« Les Tleilaxu sont très habiles. »

« Pas à ce point. Tu as été Duncan Idaho. »

« Très probablement. C'est la possibilité la plus probable. »

« Et ainsi tu deviens émotif ? »

« Jusqu'à un certain degré. Je ne me sens pas à mon aise. J'ai tendance à trembler et je dois faire effort sur moi-même pour me contrôler. Et aussi... j'ai des visions très brèves... »

« Quelles visions ? »

« C'est trop rapide pour que je puisse les reconnaître. Ce sont des images. Comme des spasmes... presque des souvenirs. »

« Et tu n'éprouves aucune curiosité à leur égard ? »

« Bien sûr... C'est la curiosité qui me conduit, en dépit d'une répugnance difficile à vaincre. Je me dis : Et si je ne suis pas celui qu'ils croient ? Et je n'aime pas penser cela. »

« Est-ce là tout ce à quoi tu pensais ? »

« Vous seule pouvez le dire, Alia. »

Comment ose-t-il prononcer mon nom ? Dans le souvenir immédiat de ses paroles, la colère oscillait. Il avait parlé avec des résonances émouvantes, avec une confiance virile, dépourvue d'arrière-pensée. Soudain, un muscle palpita sur le visage d'Alia et elle serra les dents tandis que Hayt demandait : « N'est-ce pas El Kuds, là en bas ? »

Il inclina légèrement une aile de l'orni, provoquant un instant de désarroi au sein de l'escorte.

Alia regarda en direction du sol, entre les ombres qui couraient sur le promontoire surmontant la passe de Harg. *El Kuds... le Lieu Saint...* La colline et la pyramide de rochers où était conservé le crâne de son père.

« C'est le Lieu Saint », dit-elle.

« Il faudra que je le visite un jour, dit le ghola. Il se pourrait que mes souvenirs se précisent quand je serai plus proche des restes de votre père. »

Elle comprit tout à coup l'intensité de ce désir de connaître son moi passé. A nouveau, elle regarda vers le sol, vers la colline sombre face à la mer de sable, vers les rochers couleur de cannelle pareils à des récifs devant les vagues figées des dunes.

« Retournons en arrière », dit-elle.

« Mais l'escorte... »

« Ils nous suivront. Reste sous leur couverture. »

Il obéit.

« Es-tu vraiment dévoué à mon frère ? » demanda-t-elle tandis qu'il prenait le nouveau cap et que l'escorte manœuvrait pour les suivre.

« Je sers les Atréides », dit-il d'une voix dénuée d'émotion.

Elle surprit le mouvement de sa main droite, à peine esquissé. L'ancien salut de Caladan... Elle surprit aussi l'expression qui apparut sur son visage comme il regardait la pyramide de pierre, là en bas.

« Qu'est-ce qui te trouble ? » demanda-t-elle.

Ses lèvres bougèrent. Lorsqu'il réussit enfin à parler, sa voix lui parvint, frêle et vribrante à la fois : « Il était... Il était... » Une larme roula sur sa joue.

L'ancienne émotion fremen envahit Alia. Il donnait son eau au mort ! Obéissant à l'instinct, elle tendit la main et toucha cette larme.

« Duncan », murmura-t-elle.

Il semblait soudé aux commandes de l'orni, le regard rivé sur la tombe.

Sa voix monta d'un degré : « Duncan ! »

Il secoua la tête, la regarda. Ses yeux de métal brillaient. « J'ai... j'ai senti... un bras sur mes épaules... souffla-t-il. Un bras. C'était celui d'un... d'un ami... Oui, d'un ami... »

« Mais qui ? »

« Je ne sais pas. Je pense que c'était... Non, je ne sais pas. »

Un voyant se mit à clignoter devant Alia. Le commandant de l'escorte désirait savoir pourquoi ils rebroussaient chemin. Elle prit le micro et expliqua qu'ils avaient rendu un bref hommage à la tombe de son père. Le commandant lui fit remarquer que l'heure était avancée.

« Nous rentrons sur Arrakeen, à présent », répondit-elle simplement en reposant le micro.

Hayt inspira profondément et remit le cap sur le nord.

« C'était le bras de mon père que tu as senti sur tes épaules ? » demanda Alia.

« Peut-être. »

La voix était soudain celle du mentat qui intègre les différentes données et probabilités et elle comprit qu'il avait recomposé son attitude.

« Sais-tu comment j'ai connu mon père ? » demanda-t-elle.

« J'en ai une vague idée. »

« Laisse-moi te l'expliquer clairement... » Et elle lui fit le récit de la révélation qu'elle avait eue des Révérendes Mères avant sa naissance, du fœtus terrifié qu'elle avait été, riche de la connaissance de vivants passés et innombrables... Tout ceci après la mort de son père.

« Je connais mon père autant que ma mère le connaissait, poursuivit-elle. Je connais le moindre détail de la moindre expérience qu'ils ont vécue ensemble. En un certain sens, je suis ma mère. Je possède tous ses souvenirs, jusqu'à l'instant où elle a bu l'Eau de la Vie pour entrer en transe. »

« Votre frère m'a expliqué cela en partie. »

« Vraiment ? Pourquoi ? »

« Je le lui avais demandé. »

« Pourquoi ? »

« Un mentat a besoin de données. »

« Oh !... » Elle se tut et son regard se posa sur la masse du Bouclier. Un désert sombre de rocs entassés, de puits, de sillons et de crevasses. Il remarqua son silence, son regard, et dit : « Une zone très exposée... »

« Mais où il est facile de se cacher. (Elle le regarda.) Cet endroit m'a toujours fait songer à l'esprit humain. Il est plein de replis. »

« Ahhh », fit-il.

« Ahhh ? Qu'est-ce que ça veut dire : *Ahhh ?* » Elle était soudain furieuse sans savoir pour quelle raison.

« Vous aimeriez savoir ce que cache mon esprit », dit-il. C'était une constatation, simplement. Pas une question.

« Comment peux-tu savoir que je n'ai pas réussi à dévoiler ta vraie nature en usant de mes pouvoirs ? »

« Vous l'avez dévoilée ? » Il semblait sincèrement curieux.

« Non ! »

« Les sibylles ont leurs limites », dit-il.

Il semblait amusé et Alia sentit refluer sa colère. « Cela te fait rire ? N'as-tu donc aucun respect pour mes pouvoirs ? » demanda-t-elle. L'argument, même à ses propres oreilles, lui semblait bien faible.

« Je respecte sans doute vos visions et divinations plus que vous ne le croyez, dit Hayt. J'étais dans la foule pendant votre Cérémonie Matinale. »

« Et qu'est-ce que cela signifie ? »

« Vous avez une grande habileté dans le domaine des symboles, dit-il sans quitter des yeux les commandes. Disons que c'est là un atout Bene Gesserit. Mais, à l'exemple de bien des magiciennes, vous négligez vos dons. »

Elle ressentit un élancement brutal de peur et demanda : « Comment oses-tu ? »

« J'ose bien plus que ce que prévoyaient ceux qui m'ont fait, dit-il. Et à cause de cette chance rare, je demeure avec votre frère. »

Alia regarda les billes d'acier de ses yeux et n'y lut rien d'humain. Le capuchon du distille dissimulait ses mâchoires. La bouche restait ferme, marquée par la force... et la détermination. Il y avait eu dans ses paroles une intensité rassurante. *J'ose bien plus...* Duncan Idaho aurait pu dire cela. Ce ghola dépassait-il les talents des tleilaxu contre leur volonté ou bien... ou bien tout ceci était-il un stratagème faisant partie de son conditionnement ?

« Explique-toi, ghola », dit-elle.

« Connais-toi toi-même... n'est-ce pas ton commandement ? » demanda-t-il en réponse.

A nouveau, elle devina son amusement. « Ne joue pas sur les mots avec moi... espèce de... *chose !* (Elle porta la main au krys, contre son cou.) Pourquoi t'ont-ils offert à mon frère ? »

« Votre frère m'a dit que vous aviez assisté à la réception, dit-il. Vous avez entendu ma réponse à cette même question. »

« Mais réponds à nouveau... Pour moi ! »

« Afin de le détruire. »

« Est-ce là un langage de mentat ? »

« Vous connaissez la réponse sans qu'il soit nécessaire de la donner. Et vous savez également qu'un tel présent n'était point nécessaire. Votre frère se détruit très bien lui-même. »

Elle soupesa ses paroles sans que sa main quittât l'arme. La réponse était sournoise, mais il y avait de la sincérité dans la voix.

« Alors, pourquoi ce présent ? » demanda-t-elle.

« Il est possible que cela ait amusé les Tleilaxu. Et il est exact que la Guilde m'a exigé pour m'utiliser comme présent. »

« Pourquoi ? »

« Même réponse. »

« En quoi suis-je coupable de négliger mes dons ? »

« Comment les utilisez-vous ? » demanda-t-il.

La question triompha de ses doutes. Sa main s'écarta de l'arme tandis qu'elle demandait : « Pourquoi dis-tu que mon frère se détruit lui-même ? »

« Oh ! cela suffit, enfant ! Où sont donc ces fameux pouvoirs ?

« N'êtes-vous pas capable de raisonner ? »

Dominant sa fureur, elle dit : « Raisonne pour moi, mentat. »

« Très bien. » Il jeta un coup d'œil en direction de leur escorte, puis revint à ses commandes. La grande plaine commençait d'apparaître au-delà du Bouclier. Les villages des creux et des sillons formaient un diagramme indistinct dans la poussière mais Arrakeen, très loin, était comme un scintillement.

« Il y a des symptômes, dit Hayt. Votre frère garde auprès de lui un Panégyriste officiel qui... »

« Qui est un présent des Naïbs fremen ! »

« Etrange présent de la part d'amis... Pourquoi ces amis chercheraient-ils à l'entourer de flatteries, de servilité. Avez-vous jamais vraiment écouté le Panégyriste ? *Le peuple est éclairé par Muad'Dib. Le Régent Umma, notre Empereur, est sorti des ténèbres pour resplendir devant tous les hommes. Il est notre Sire. Il est l'eau précieuse d'une inépuisable fontaine. Il répand la joie sur l'univers comme une merveilleuse boisson...* Bah ! »

D'une voix très douce, Alia remarqua : « Mais si je répétais vos propos aux Fremen de notre escorte, ils vous réduiraient en miettes pour les oiseaux. »

« Répétez-leur. »

« Mon frère gouverne par les lois naturelles du ciel ! »

« Vous ne croyez pas cela... Alors, pourquoi le dites-vous ? »

« Comment sais-tu donc ce que je crois ? » Elle était gagnée par un tremblement que nul pouvoir Bene Gesserit n'aurait pu réprimer. Ce ghola avait sur elle des effets qu'elle n'avait pas prévus.

« Vous m'avez ordonné de raisonner en mentat », lui rappela-t-il.

« Aucun mentat ne sait ce que je crois ! (Elle eut deux inspirations frémissantes.) Comment oses-tu me juger ? »

« Vous juger ? Je ne vous juge pas. »

« Tu n'as aucune idée de notre éducation ! »

« L'un comme l'autre, vous avez appris à gouverner, dit-il. Vous avez été conditionnés pour une avidité extrême de puissance. On a infusé en vous une connaissance subtile des jeux de la politique ainsi qu'une profonde compréhension des rites et de la guerre. Des lois naturelles ? Quelles lois naturelles ? Celles qui disent que l'Histoire de l'humanité est hantée par le mythe ? Un fantôme la hante. Irréel, sans substance ! Votre Jihad est-il donc une loi naturelle ? »

« Verbiage de mentat ! »

« Je suis un serviteur des Atréides et, comme tel, je parle en toute sincérité. »

« Un serviteur ! Les Atréides n'ont pas de serviteur ! Ils n'ont que des disciples ! »

« Et moi je suis un disciple de l'éveil. Il faut admettre cela, mon enfant, et je... »

« Ne m'appelle pas mon enfant ! » Elle avait à demi sorti son krys de l'étui.

« Je retire cela. »

Il la regarda, sourit, puis parut se concentrer entièrement sur les commandes. La Citadelle était visible, maintenant, au-dessus des faubourgs nord d'Arrakeen.

« Il y a dans votre chair quelque chose d'ancien, quelque chose qui est plus qu'un enfant, dit-il. Et la chair est dérangée par la naissance de la femme. »

« Je ne sais pas pourquoi je t'écoute », grommela-t-elle, mais elle replaça le couteau dans son étui. Elle essuya ses paumes moites sur sa robe, tous ses instincts fremen se révoltant contre un tel gaspillage d'humidité.

« Vous m'écoutez parce que vous savez que je suis entièrement dévoué à votre frère, dit Hayt. Tous mes actes sont clairs, immédiatement compréhensibles. »

« Rien n'est clair en toi ! Rien n'est compréhensible. Tu es la créature la plus complexe que j'aie jamais rencontrée. Comment pourrais-je savoir ce que les Tleilaxu ont dissimulé en toi ? »

« Involontairement ou intentionnellement, dit Hayt, ils m'ont laissé libre de me former par moi-même. »

« Tu te retranches derrière les paraboles zensunni. Seul le sage se forme par lui-même. L'idiot n'existe que pour mourir. La voix d'Alia était chargée de moquerie.) Disciple de l'éveil ! »

« Les hommes ne peuvent séparer les moyens des éclaircissements. »

« Tu parles par énigmes ! »

« Je parle à l'esprit qui s'ouvre ! »

« Je vais répéter tout cela à Paul ! »

« Il a déjà entendu la plupart de ces propos. »

Elle éprouvait soudain de la curiosité. « Comment est-il possible que tu sois encore vivant... et libre ? Qu'en dit-il ? »

« Il a ri. Et m'a dit : *Le peuple ne veut pas d'un comptable pour Empereur. Il a besoin d'un maître, de quelqu'un qui le protège du changement.* Mais il a admis que la destruction de l'Empire pourrait venir de lui. »

« Comment a-t-il pu te parler ainsi ? »

« Parce que je suis parvenu à le convaincre que je comprends son problème et que je suis en mesure de l'aider. »

« Que lui as-tu dit pour cela ? »

Hayt ne répondit pas. L'orni amorçait la descente qui l'amènerait dans le quartier des gardes, sur le toit de la Citadelle.

« Je t'ai demandé ce que tu lui avais dit ! »

« Je ne suis pas certain que vous l'admettiez. »

« J'en suis seule juge ! Je t'ordonne de me répondre immédiatement ! »

« Permettez-moi de poser l'appareil d'abord », dit-il. Et, sans attendre la réponse d'Alia, il commanda le déploiement des ailes et du train. Doucement, l'ornithoptère vint se poser au centre du carré orange, sur le toit.

« Et maintenant, parle ! »

« Je lui ai dit que de se supporter pouvait être la tâche la plus écrasante qui soit dans tout l'univers. »

Elle secoua la tête : « C'est... c'est... »

« Une dure réalité », dit-il tandis que les gardes accouraient autour d'eux et se mettaient en place.

« Une absurdité ! »

« Le problème est le même pour le plus illustre comte du palatinat et pour le plus humble, le plus stipendié des serfs. Ce n'est pas en louant les services d'un mentat ou de tout autre intellect que vous le résoudrez. Nulle enquête, nulle recherche, nul témoin ne vous apportera la réponse. Aucun serviteur, aucun disciple, ne peut cacher la blessure. C'est à vous de le faire, ou de continuer à saigner à la face de tous. »

Brusquement, elle fit demi-tour, tout en prenant conscience à la même seconde qu'elle révélait ainsi ses sentiments. Sans sorcellerie, sans tricherie, il avait une fois de plus pénétré jusqu'au plus profond de sa psyché. Comment ?

« Que lui as-tu conseillé de faire ? » demanda-t-elle.

« De juger, afin d'imposer l'ordre. »

Elle porta son regard sur les gardes de l'escorte. Ils étaient patients, impeccablement rangés.

« Pour rendre la justice », murmura-t-elle.

« Non… pas cela ! Je lui ai suggéré de juger, rien de plus, en étant guidé par un principe, peut-être… »

« Et ?… »

« De garder ses amis et de détruire ses ennemis. »

« De juger injustement, alors. »

« Qu'est-ce donc que la justice ? Deux forces s'opposent. Chacune dispose du bon droit dans sa propre sphère. Les solutions qu'impose un Empereur obéissent à l'ordre. Les collisions qu'il ne peut empêcher… il lui faut les résoudre. »

« Comment ? »

« De la façon la plus simple : en décidant. »

« En gardant ses amis et en détruisant ses ennemis. »

« N'est-ce pas la stabilité ? Le peuple veut l'ordre. De quelque manière que ce soit. Ils demeurent dans la prison de leurs appétits et laissent la guerre aux riches pour qui elle est un sport. Voilà bien une forme de sophistication dangereuse. C'est le désordre. »

« Je compte suggérer à mon frère que tu es bien trop dangereux et que tu dois être détruit », dit Alia en se retournant pour lui faire face.

« C'est là une solution que je lui ai déjà suggérée. »

« C'est bien pour cela que tu es dangereux. Tu as maîtrisé tes passions. »

« Ce n'est pas pour cela que je suis dangereux. » Avant qu'elle ait pu esquisser un geste, il s'était penché, lui avait pris le menton dans la main et avait soudé ses lèvres aux siennes.

Ce fut un baiser bref et doux. Hayt fit un pas en arrière et elle le regarda. Elle entrevit les sourires des gardes. Elle posa un doigt sur ses lèvres. Il y avait eu quelque chose de si familier, de si intime dans ce baiser. Les lèvres de Hayt avaient un goût d'avenir. Un avenir qu'elle avait entrevu. Le souffle oppressé, elle dit : « Je devrais te faire battre ! »

« Parce que je suis dangereux ? »

« Parce que tu présumes trop. »

« Je ne présume rien. Je ne prends rien qui ne me soit offert d'abord. Soyez heureuse que je n'aie pas pris tout ce qui m'était offert. (Il ouvrit la porte et s'effaça.) Venez. Nous nous sommes trop attardés. »

Il s'avança rapidement vers le dôme d'accès et elle dut presque courir pour se maintenir à sa hauteur.

« Je vais lui répéter tout ce que tu as dit et tout ce que tu as fait. »

« Bien. » Il lui tint le battant.

« Il ordonnera ton exécution », insista-t-elle en se glissant dans le dôme.

« Pourquoi ? Parce que j'ai pris le baiser que je désirais ? » Il la suivit et elle se retourna comme la porte se refermait derrière eux.

« Le baiser que tu voulais ? » Elle était outragée.

« Très bien, Alia... Disons, alors, le baiser que vous désiriez. » Et, sans attendre, il la poussa en direction du puits de descente. A cette seconde, brusquement, elle réalisa pleinement sa sincérité, la totale vérité de ses paroles. *Oui*, s'avoua-t-elle. *Le baiser que je désirais.*

« Le danger, c'est la sincérité », dit-elle.

« Vous voici revenue sur les voies de la sagesse. Un mentat n'aurait pu dire cela plus directement. Maintenant, dites-moi ce que vous avez vu dans le désert. »

Elle lui saisit le bras, l'obligeant à s'arrêter. A nouveau, il venait de percer son esprit.

« Je ne peux l'expliquer, dit-elle, mais je ne cesse de penser aux Danseurs-Visages. Pourquoi ? »

« C'est la raison pour laquelle votre frère vous a envoyée dans le désert, dit-il en hochant la tête. Parlez-lui de ces pensées. »

« Mais pourquoi les Danseurs-Visages ? »

« C'est une jeune fille qui a été trouvée morte là-bas, dit-il simplement. Mais peut-être aucune jeune fille fremen n'a-t-elle été portée disparue. »

> Je pense que vivre est une telle joie, et je me demande si je pourrai jamais plonger vers l'intérieur, jusqu'à la racine de cette chair afin de connaître celui que je fus. Là est la racine. Qu'un de mes actes me la découvre, cela reste caché dans le futur. Mais toutes les choses que peut faire un homme sont miennes. Chacun de mes actes peut y parvenir.
>
> Le ghola parle. *Commentaires d'Alia.*

PRISONNIER de la transe de l'oracle, dérivant dans les profondeurs de l'épice, Paul vit la lune se transformer en une sphère, se déformer, rouler, basculer. Avec un sifflement terrible. Le sifflement d'une étoile plongeant dans l'océan. La lune tombait... Comme une balle claire lancée par un enfant.

Disparue.

Elle n'était plus là. Il le comprit soudain. Il n'y avait plus de lune. La terre frémit comme un animal en mue. La terreur vint. Paul se redressa sur sa couche, les yeux écarquillés. Une partie de son esprit regardait encore vers l'intérieur. Celle qui voyait la réalité reconnaissait la grille de plasmeld de sa chambre, savait qu'il reposait auprès d'un des abîmes de pierre de la Citadelle.

Au fond de lui, la lune continuait de tomber.

Dehors ! Dehors !

La grille dominait Arrakeen, flamboyant dans la lumière de midi.

Là où tombait la lune, régnait une nuit épaisse.

Des gerbes de parfums montaient d'un jardin en terrasse. Mais ils ne parvenaient pas à repousser cette lune, qui tombait toujours.

Paul se leva. Ses pieds nus touchèrent le sol froid et lisse. Il se pencha et regarda vers la cité sous le soleil, découvrant l'arche gracieuse d'une passerelle de platine et d'or ocellée de joyaux venus de la lointaine Cedon. Plus loin, la cité commençait, auprès d'un bassin et d'une fontaine. Sur l'eau, il y avait des fleurs. En se penchant un peu plus, Paul le savait, il pourrait découvrir des corolles rouges comme le sang, flottant sur la nappe d'émeraude.

Il essayait de s'accrocher à la réalité. Mais il ne pouvait s'évader de l'emprise de l'épice.

Cette lune anéantie... Quelle terrible vision...

La vision suggérait une perte monstrueuse de la sécurité individuelle.

Peut-être avait-il entrevu la chute de sa civilisation. Peut-être était-ce par ses actes que cette lune avait été déséquilibrée...

Une lune... une lune... une lune déchue.

Il avait absorbé une dose massive d'essence d'épice pour pénétrer la nuée de vase soulevée par le Tarot. Et il n'avait découvert que cette lune qui tombait, cette solution qu'il connaissait depuis le début : mettre un terme au Jihad, éteindre le volcan, le déchaînement de la boucherie. Se désavouer.

Abdiquer.

Les senteurs du jardin-terrasse lui rappelaient Chani. Il eut soudain envie d'être entre ses bras, dans l'oubli de sa douceur. Mais Chani elle-même ne pourrait faire disparaître la vision. Que dirait-elle s'il venait à elle maintenant avec en lui cette mort particulière ? Sachant que la fin était inéluctable, pourquoi ne pas choisir une mort aristocratique ? Pourquoi ne pas conclure l'existence par un grand geste secret qui disperserait toutes ces années qui auraient pu être ? Choisir de mourir avant d'atteindre l'épuisement de sa volonté de puissance, n'était-ce pas aristocratique ?

Paul s'avança sur le balcon et leva les yeux vers les vrilles et les fleurs du jardin. Il avait la bouche sèche comme au terme d'une longue marche dans le désert.

La lune qui tombait... Où était-elle ?

Il songea à la description que lui avait faite Alia. Cette jeune fille que l'on avait retrouvée dans les dunes. Une Fremen droguée à la sémuta ! Tout concordait, tout correspondait à l'affreux schéma entrevu.

On ne reçoit rien de cet univers, songea-t-il. *Il nous accorde ce qu'il veut.*

Sur une table basse, une conque des lointaines mers de la Terre Maternelle brillait doucement. Il la prit entre ses mains, essayant, à son contact lisse, de glisser en arrière dans le Temps. D'innombrables lunes minuscules dansaient dans les reflets nacrés du coquillage. Il leva les yeux. Dans le ciel, des sillons de poussière aux couleurs de l'arc-en-ciel se croisaient sur le soleil d'argent.

Mes Fremen s'appellent entre eux « Les Enfants de la Lune », se dit-il.

Il reposa le coquillage sur la table, s'avança au long du balcon. Cette lune de terreur repoussait-elle tout espoir de salut ? En quête d'un sens possible, il s'enfonçait dans les régions de la communion mystique. Il se sentait faible, désemparé, encore englué dans les fils de l'épice.

A l'angle nord de l'abîme de plasmeld, il s'arrêta et contempla les constructions plus basses qui abritaient l'administration. Sur les terrasses, les passants étaient nombreux. Les silhouettes sombres ou claires composaient une frise mouvante sur le fond géométrique des portes et des murs, des terrasses et des tuiles. Des tuiles... Les êtres étaient comme autant de tuiles sur la cité. Il cligna des yeux et l'image demeura figée en lui.

Une lune tombe et disparaît.

Il avait le sentiment, brusquement, que toute cette cité, là, devant lui, avait été traduite en un symbole étrange s'il représentait son univers. Toutes les demeures qu'il contemplait maintenant avaient été érigées sur la plaine où ses Fremen avaient autrefois anéanti les légions sardaukar. Sur ce lieu de bataille régnait à présent la rumeur sourde du travail.

Il gagna un point du balcon d'où il dominait les

faubourgs qui se perdaient au loin entre les rochers et les écharpes de sable du désert. Le paysage était dominé par le temple d'Alia. Sur les deux mille mètres de ses murailles, la lune, symbole de Muad'Dib, apparaissait sur les tentures vert et noir.

Une lune qui tombe.

Il porta la main à son front, devant ses yeux. La cité-symbole l'oppressait. Il méprisait ses propres pensées. Un tel flottement chez quelqu'un d'autre eût provoqué sa colère.

Il abominait cette idée !

La fureur qui se répandait en lui naissait de son ennui. Elle était nourrie des décisions qu'il ne pouvait éviter. Il savait sur quel sentier il lui fallait s'engager. Un sentier qu'il avait vu bien des fois. Mais l'avait-il vraiment *vu* ? Il y avait eu un temps où il s'était considéré comme l'inventeur d'un système de gouvernement. Mais son invention, si elle avait jamais existé, avait rejoint les schémas anciens, comme si elle avait été quelque hideuse machinerie dotée d'une mémoire élastique. Il suffit d'un bref relâchement de la vigilance pour que les formes du passé reviennent. Des forces qui étaient à l'œuvre hors de sa portée, au cœur des êtres, le trompaient, le défiaient.

Son regard courut sur les toits. Combien d'existences libres abritaient-ils ? Entre les surfaces blanches ou dorées, il surprenait des bosquets verts, des arbres, des vergers. Vert... Le cadeau de Muad'Dib, de l'eau de Muad'Dib. Une cité de jardins pareille au légendaire Liban.

« Muad'Dib gaspille l'eau comme un fou », disaient les Fremen.

A nouveau, Paul porta la main à ses yeux.

La lune tombait.

Il baissa la main. Le regard qu'il posa sur la ville était comme clarifié. Il percevait maintenant comme l'aura d'une monstrueuse barbarie impériale. Sous le soleil septentrional, les bâtiments étaient énormes. Des colosses ! Devant lui se déployaient toutes les extravagances architecturales d'une Histoire devenue folle. Des terrasses vastes comme des mesas, des cours aussi grandes qu'une ville, des parcs, des jardins où le désert était recréé.

Ainsi, l'art dans ce qu'il avait de superbe pouvait déboucher sur des prodiges atroces de mauvais goût. Des détails lui apparaissaient maintenant, qu'il n'avait jamais remarqués avec autant de netteté : une potence de Bagdad... Un dôme venu de quelque Damas de rêve... Une arche qui provenait d'Atar, un monde à faible gravité... Un élan gracieux et des profondeurs bizarres. L'ensemble était d'une magnificence sans rivale.

Une lune ! Une lune ! Une lune !

La frustration, la pression de l'inconscient des masses, de la ruée de l'humanité à travers l'univers étaient comme un raz de marée menaçant de le submerger, de l'emporter. Il percevait les vastes migrations qui régissaient les choses humaines : courants, ruisseaux et flux de gènes que nul barrage d'abstinence, nulle impuissance, nulle malédiction ne pouvait interrompre.

Dans cet immense mouvement, le Jihad de Muad'Dib n'était qu'un battement de cils. Pris dans ce mascaret, le Bene Gesserit, cette entité qui manipulait les gènes, était aussi prisonnier que lui du flot. Les visions de cette lune qui tombait devaient être mesurées à l'aune d'autres légendes, d'autres visions dans cet univers où les étoiles elles-mêmes, apparemment éternelles, déclinaient et mouraient...

Quelle importance pouvait donc avoir une lune solitaire dans un tel univers ?

Loin, très loin dans la Citadelle, si loin que le son, parfois, se fondait dans la rumeur de la cité, lui parvint la musique d'une rebaba à dix cordes. C'était une chanson du Jihad, un appel d'amour à une femme restée sur Arrakis :

> *Ses hanches sont comme dunes creusées par le vent*
> *Et ses yeux comme le brasier de l'été.*
> *Les anneaux d'eau de ses tresses*
> *Tintent et brillent dans son dos.*
> *Mes mains se souviennent de sa peau,*
> *De sa couleur d'ambre, de sa senteur.*
> *Les souvenirs sont dans mes yeux*
> *Et l'amour me revient comme un feu.*

Une chanson stupide destinée à ceux qui se perdaient dans le sentimentalisme ! Peut-être à la fille dont Alia était allée examiner le corps, là-bas, dans les dunes.

Une silhouette se déplaça dans l'ombre de la grille. Paul se retourna brusquement.

Le ghola apparut en pleine lumière. Ses yeux de métal scintillaient.

« Est-ce Duncan Idaho ou bien l'homme appelé Hayt ? » demanda Paul.

Le ghola s'arrêta à deux pas de lui et répondit : « Que préfère Mon Seigneur ? »

Un voile de prudence enveloppait sa voix.

« Que le Zensunni parle », dit Paul d'un ton amer. *Insinuation dans l'insinuation !* Mais que pouvait faire un philosophe zensunni pour modifier une parcelle de cette réalité qui se déployait devant eux ?

« Mon Seigneur est dans le doute. »

Paul se retourna sans répondre et ses yeux se portèrent au loin, sur les créneaux, les failles et les murailles du grand Bouclier, pareil à quelque copie ironique de la cité. La nature elle-même le narguait ! *Vois ce que je peux construire !* Du balcon, il pouvait distinguer une balafre sombre dans le massif, une crevasse d'où s'écoulait un ruisseau de sable. Il pensa : *Là ! Oui, là, nous avons affronté les Sardaukar !*

« Qu'est-ce donc qui tourmente Mon Seigneur ? » demanda le ghola.

« Une vision », murmura-t-il.

« Aahh... A l'instant où les Tleilaxu m'ont éveillé, il m'est venu des visions. J'étais seul, inquiet... Mais je ne savais pas vraiment si j'étais seul. Pas alors. Mes visions ne me révélèrent rien ! Les Tleilaxu m'ont dit que c'était une simple intrusion de la chair, un malaise dont nous souffrons tous, hommes et gholas. Rien de plus. »

Paul se retourna et tenta de rencontrer le regard de ces yeux de métal, brillants, sans expression. Qu'avaient-ils donc vu, ces yeux ?

« Duncan... Duncan... » murmura-t-il.

« Mon nom est Hayt. »

« J'ai vu une lune qui tombait. Dans un sifflement. La terre a tremblé. La lune a disparu. »

« Vous vous êtes trop abreuvé de temps », dit le ghola.

« Je fais appel au Zensunni et c'est le mentat qui me répond ! Très bien ! Passe donc ma vision au filtre de ta logique, mentat ! Analyse-la, réduis-la à de simples phrases pour un éloge funèbre ! »

« Un éloge funèbre ! Mais vous fuyez la mort ! Vous ne visez que l'instant à venir. Vous vous refusez à vivre dans le présent. Un augure ! Précieux soutien pour un Empereur ! »

Sur le menton du ghola, il y avait un grain de beauté familier. Paul ne pouvait soudain en détacher son regard.

« En essayant de vivre dans ce futur, lui donnez-vous quelque substance ? Le rendez-vous réel ? » demanda Hayt.

« Si je m'engage sur la voie de ma vision, je serai vivant *dans ce futur,* murmura Paul. Qu'est-ce qui te fait donc croire que je désire vivre jusque-là ? »

Hayt haussa les épaules. « Vous m'avez demandé une réponse substantielle. »

« Où est la substance dans un univers composé d'événements ? demanda Paul. Existe-t-il une réponse finale ? Chaque solution n'engendre-t-elle pas des questions nouvelles ? »

« Tout ce temps que vous avez absorbé vous procure des illusions d'immortalité. Même *votre* Empire, Mon Seigneur, doit vivre son temps et mourir. »

« Ne brandis pas devant moi des autels noircis de fumée, grommela Paul. J'ai entendu suffisamment de tristes histoires de dieux et de messies. Pourquoi aurais-je besoin de facultés spéciales pour prévoir les ruines qui m'appartiennent, tout comme les autres ? La plus humble fille de mes cuisines en serait capable... (Il secoua la tête.) Cette lune tombait... »

« Vous n'avez pas, dès le début, accordé le moindre repos à votre esprit. »

« Est-ce donc ainsi que tu me détruis ? En m'empêchant de me recueillir dans mes pensées ? »

« Peut-on se recueillir dans le chaos ? Nous autres Zensunni avons une devise : *Ne rien recueillir est la voie de la compréhension ultime.* Que pouvez-vous unir sans vous unir vous-même ? »

« Je suis possédé par une vision et tu me craches des absurdités ! Que sais-tu donc de la prescience ? »

« J'ai observé les effets de l'oracle... J'ai vu ceux qui lui réclament des signes et des présages pour leur destin personnel. Ils ont peur de ce qu'ils cherchent. »

« Mais cette lune qui tombe est réelle, murmura Paul. (Il eut une inspiration vibrante.) Elle se meut... sans cesse. »

« De tout temps, les hommes ont craint les choses qui se meuvent d'elles-mêmes, dit Hayt. Vous redoutez vos propres pouvoirs. Ces choses qui tombent dans votre esprit ne viennent de nulle part. Où s'en vont-elles ensuite. »

« Tu me consoles à coups d'épine ! »

Le visage du ghola fut éclairé par quelque illumination intérieure. Durant un instant, Paul retrouva en face de lui Duncan Idaho.

« Je vous apporte tout le réconfort que je puis vous donner », dit-il.

Les pensées de Paul s'arrêtèrent sur cette réaction. Le ghola ressentait-il un chagrin que son esprit à lui repoussait ? Découvrait-il une vision qui lui était propre ?

« Ma lune porte un nom », dit-il.

Il cessa de lutter, se laissa investir par la vision. Aucun son ne franchissait ses lèvres, mais son corps tout entier hurlait. Il ne pouvait parler, de crainte que sa voix ne le trahisse. Dans ce futur terrifiant, l'air était lourd de l'absence de Chani. Sa chair qui avait hurlé dans l'extase, ses yeux qui avaient brillé de désir, sa voix qui l'avait charmé parce que jamais elle ne l'avait trompé, jamais ne s'était voilée d'artifices... tout avait disparu. Tout était retourné au sable, à l'eau...

Lentement, Paul se détourna. Ses yeux se posèrent sur la réalité du moment. Sur la plaza devant le temple d'Alia, trois pèlerins au crâne rasé, aux robes jaunes souillées venaient de faire leur apparition. Ils descendaient rapidement l'avenue des processions, baissant la tête dans le vent. L'un d'eux boitait de la jambe gauche. Ils tournèrent à un angle et disparurent.

Mais la vision demeurait en Paul. Le but terrible ne lui laissait aucun choix.

La chair s'abandonne, pensa-t-il. *L'éternité se retire. Les eaux circulent brièvement dans nos corps. Brièvement nous sommes intoxiqués par l'amour de la vie, brièvement, nous nous fixons sur d'étranges idées avant de nous soumettre aux instruments du Temps. Que pouvons-nous en dire ? Je suis advenu. Je ne suis pas, pourtant je suis advenu...*

« On n'implore pas la pitié du soleil. »

L'Œuvre de Muad'Dib, *extrait des* Commentaires de Stilgar.

Un instant d'incompétence peut être fatal, se dit la Révérende Mère Gaius Helen Mohiam.

Apparemment calme, elle s'avançait entre les gardes fremen. L'un d'eux, elle le savait, était sourd-muet, totalement imperméable aux atteintes de la Voix. Il ne faisait pas de doute qu'il eût reçu l'ordre de la tuer à la moindre tentative.

Pourquoi Paul l'avait-il convoquée ? S'apprêtait-il à rendre sa sentence ? Elle se rappelait le jour lointain où elle avait fait subir au jeune Paul l'épreuve du gom jabbar qui devait révéler le kwisatz haderach...

Maudite soit sa mère pour l'éternité ! Par sa faute, le Bene Gesserit avait perdu le contrôle de cette ligne génétique !

Tandis qu'ils s'avançaient sous les voûtes des couloirs interminables, elle sentait que quelque chose les précédait dans le silence et les ombres. Un message était transmis. Paul guetterait le silence. Elle ne doutait pas que ses pouvoirs fussent supérieurs aux siens.

Qu'il soit maudit !

Elle avait derrière elle une longue journée, une longue existence. Et l'âge s'imposait à elle dans cette longue marche : les articulations douloureuses, les muscles qui avaient perdu leur souplesse, les réactions qui n'étaient plus aussi vives.

Elle avait consacré les dernières heures, les plus longues, à chercher en vain son destin dans le Tarot de Dune. Mais les cartes dormaient.

L'escorte franchit un angle et aborda un nouveau couloir, apparemment sans fin. Sur sa gauche, par des fenêtres de métaglass triangulaires, elle entrevit des vignes, l'éclat de fleurs indigo dans les ombres denses de la fin d'après-midi. Sous ses pas, des créatures marines de planètes exotiques semblaient s'éveiller. Le thème de l'eau était omniprésent... l'eau... La richesse...

Un groupe de personnages en robe coupa leur route à angle droit. Elle surprit des regards furtifs. Ils la reconnaissaient. Cela se sentait dans leur attitude, dans la tension qui émanait d'eux.

Elle concentrait toute son attention sur la ligne rigide des gardes qui la précédaient : chairs jeunes, peau rose au-dessus des uniformes.

L'immensité de cette forteresse ighir commençait à l'impressionner. Couloirs... couloirs sans fin. Ils passèrent devant une porte ouverte d'où filtrait une musique ancienne et douce. Tambourins et flûtes. La Révérende Mère jeta un bref regard dans la pièce et rencontra des regards fremen, des regards bleus. Elle lut en eux le ferment des révoltes de légendes qui imprégnait leurs gènes sauvages.

En cela, elle prenait la mesure véritable de son fardeau. Une Bene Gesserit ne pouvait éviter de ressentir les gènes et leurs possibilités. En cet instant, elle était envahie par un sentiment de perte. Ce stupide Atréides entêté ! Il leur refusait les joyaux de la postérité qu'il portait en lui. Lui, un kwisatz haderach ! Né hors de son temps, c'était vrai. Mais réel... Aussi réel que son abominable sœur. En elle résidait la dangereuse inconnue. Une Révérende Mère sauvage, sans aucune des inhibitions Bene Gesserit. Une Révérende Mère que nulle loyauté ne vouait au développement contrôlé des gènes. Elle avait sans doute les mêmes pouvoirs que son frère... et plus encore.

Cette colossale Citadelle qu'elle parcourait l'écrasait. Ces couloirs auraient-ils jamais un terme ? Une puissance physique terrifiante imprégnait ces couloirs, ces voûtes, ces salles immenses. Dans l'Histoire humaine aucune planète, aucune culture ne pouvait être comparée à cette immensité qui aurait pu contenir dix cités antiques entre ses murailles vertigineuses.

Ils passèrent certaines portes ovales où clignotaient des lumières. Une installation ixienne de transfert pneumatique. En ce cas, se dit-elle, pourquoi l'obligeait-on à marcher ? Aussitôt, la réponse prit forme dans son esprit : afin de la préparer à cette audience de l'Empereur.

C'était là un indice mineur qui, cependant, correspondait parfaitement à divers signes subtils. Le silence presque total des gardes. L'ombre de crainte primitive qu'elle lisait dans leurs yeux quand ils disaient : *Révérende Mère*. Ces couloirs froids, et nus essentiellement neutres... Tout cela révélait ce qu'une Bene Gesserit pouvait aisément interpréter : Paul attendait quelque chose d'elle !

Elle lutta contre un soudain sentiment d'espoir. Il existait quelque part une monnaie d'échange. Un levier. Il suffisait d'en connaître l'exacte nature et l'importance. Il avait quelquefois suffi de bien peu pour renverser des civilisations.

La Révérende Mère se souvint alors des paroles de Scytale : *Une créature qui s'est développée d'une certaine façon choisira de mourir plutôt que de se transformer en son antithèse.*

Graduellement et subtilement, les couloirs devenaient plus larges, plus hauts. Les proportions changeaient, les voûtes se transformaient. Les colonnes grandissaient tandis que les fenêtres triangulaires étaient peu à peu remplacées par des ouvertures rectangulaires. Finalement, à l'autre extrémité d'une vaste salle, elle vit deux portes et songea qu'elles devaient avoir des dimensions impressionnantes. Puis elle réprima un cri de surprise en calculant rapidement leur hauteur qui atteignait au moins quatre-vingts mètres.

A l'approche de la petite troupe, les portes titanesques s'ouvrirent dans un silence absolu, mues par quelque invisible machinerie. Encore une fois un travail ixien, songea la Révérende Mère tandis qu'elle franchissait le seuil pour accéder à la Grande Salle de Réception de l'Empereur

Paul Atréides, Muad'Dib, « devant qui chaque créature est infime ».

Elle prenait maintenant la mesure de ce dicton populaire.

En examinant les lieux, elle était plus impressionnée par les détails subtils de l'architecture que par les proportions vertigineuses. Très certainement, une citadelle des temps anciens aurait pu être reconstruite dans cette seule salle. Mais la Révérende Mère observait surtout ici l'équilibre des forces structurelles cachées et de la beauté. L'armature de ces murs et du lointain plafond en dôme n'avait pas d'égale. Tout, ici, participait d'un suprême génie de la construction.

Sans que cela fût perceptible, les murs se rapprochaient, insensiblement, et s'étrécissaient aux approches du trône impérial, afin que Muad'Dib ne fût point écrasé. Ainsi, à un œil non averti, l'Empereur apparaîtrait, par le seul jeu des proportions, comme un être d'une taille formidable. De même les couleurs avaient été composées pour l'esprit sans défense. Le trône vert de Paul avait été taillé dans une émeraude géante de Hagar. Il évoquait la croissance végétale, et le deuil selon les mythes fremen. Il soufflait à l'oreille que celui qui siégeait là pouvait dispenser la douleur — un seul symbole pour la vie et la mort, unis dans un jeu subtil d'oppositions. Derrière le trône, des draperies composaient une surprenante cascade de tonalités : l'orange du feu, l'or-épice de Dune, les diaprures de cannelle du Mélange. Pour un œil entraîné, le symbole était évident. Pour le profane, ces couleurs étaient autant de marteaux violents.

Le temps avait un rôle important en ces lieux. La Révérende Mère comptait les minutes en approchant lentement de la Présence Impériale. Celle-ci était assez lointaine pour que quiconque ait le temps d'abandonner tout ressentiment sous le regard de la puissance. Un être humain entrait dans cette salle avec toute sa dignité. Il n'était qu'un insecte en arrivant au pied du trône.

Gardes, serviteurs et proches se tenaient autour du dais impérial selon une disposition curieuse. La Révérende Mère remarqua d'abord les gardes alignés contre les murs, puis l'Abomination, Alia, à la gauche de Paul, deux marches plus bas. Stilgar, le valet, se tenait juste en dessous d'elle. A droite, debout sur la première marche, le ghola, le spectre réincarné de Duncan Idaho. Parmi les gardes, il y avait de vieux Fremen, des Naibs reconnaissables aux traces des distilles. Ils étaient armés de krys glissés dans leurs ceintures, de quelques pistolets maulas et même de lasers. Des hommes de confiance, assurément, pour porter ainsi des lasers alors que l'Empereur était abrité par un bouclier dont la Révérende Mère distinguait l'aura énergétique. Un seul trait de laser dans ce champ protecteur et il ne resterait de la Citadelle qu'un abîme dans le sol.

L'escorte s'immobilisa à dix pas du dais et les gardes s'écartèrent, la laissant face à Paul. Elle remarqua l'absence de Chani et d'Irulan et s'interrogea sur cette anomalie. A ce que l'on disait, il ne pouvait y avoir d'audience importante où elles ne fussent pas présentes.

Paul inclina lentement la tête. Il demeurait silencieux, l'observait.

Elle décida de passer à l'offensive : « Ainsi, le grand Paul Atréides daigne rencontrer celle qu'il a bannie. »

Paul eut un sourire furtif et songea : *Donc, elle sait que j'attends quelque chose d'elle.* C'était inévitable. Il connaissait les pouvoirs d'une Révérende Mère du Bene Gesserit.

« Pourrions-nous faire abstraction de ces joutes ? » demanda-t-il.

Cela sera-t-il aisé ? se demanda-t-elle avant de répondre : « Dites ce que vous attendez de moi. »

Stilgar se redressa et jeta un regard acéré à Paul. Assurément, le bon vieux valet n'appréciait pas le ton de la Révérende Mère.

« Stilgar veut que je vous renvoie », dit Paul.

« Il ne veut pas ma mort ? De la part d'un Naib fremen, je m'attendais à une solution plus directe. »

Stilgar fronça les sourcils : « Souvent, je parle autrement que je pense. On appelle cela de la diplomatie. »

« Faisons également abstraction de la diplomatie, dit-elle. Etait-il bien nécessaire de m'obliger à parcourir tout ce chemin à pied ? Je suis une vieille femme. »

« Il fallait que vous vous rendiez compte de ma dureté afin d'apprécier ma magnanimité », dit Paul.

« Vous vous permettez de telles maladresses avec une Bene Gesserit ? »

« Les actes les plus grossiers portent leur propre message. »

Elle hésita, cherchant un sens à ces mots. Donc, il... il pourrait la libérer si... si quoi ?

« Dites ce que vous voulez », grommela-t-elle.

Alia jeta un regard à son frère et inclina la tête en regardant les tentures derrière le trône. Elle comprenait le raisonnement de Paul mais ne l'aimait pas. Elle éprouvait à cet égard une sorte de prescience *sauvage*. D'emblée, elle avait porté en elle le germe de l'hostilité vis-à-vis de ce marché avec la Révérende Mère.

« Prenez garde à votre ton, vieille femme », dit Paul.

C'est ainsi qu'il m'a appelée autrefois, quand il n'était qu'un jouvenceau, songea la Révérende Mère. *Entend-il me rappeler ainsi mon geste ? La décision que j'ai prise alors, faut-il que je la prenne à nouveau maintenant ?* La situation, le poids de la décision faisaient naître un tremblement dans ses genoux. Ses muscles, brusquement, cédaient à la fatigue.

« C'était une longue marche, reprit Paul. Je m'aperçois que vous êtes lasse. Nous allons nous retirer dans mon salon privé, derrière le trône. Vous pourrez ainsi vous asseoir. »

Il fit un signe à l'adresse de Stilgar et se leva.

Stilgar et le ghola s'approchèrent d'elle, l'encadrèrent et l'aidèrent à escalader les marches. Ils suivirent Paul au-delà des tentures. Elle comprit alors qu'il ne l'avait accueillie dans la grande salle qu'à l'intention des gardes et des Naibs fremen. Ainsi, il les craignait plus ou moins. Et maintenant, il se permettait de montrer de la courtoisie et de la prévenance à l'égard d'une Bene Gesserit. Ou bien ?... Elle eut la sensation d'une présence derrière elle et se retourna. Alia la suivait, le regard sombre, hostile. La Révérende Mère ne put réprimer un frisson.

Au bout du couloir, le salon de plasmeld baignait dans la lumière jaune de brilleurs. Les parois étaient revêtues du tissu orange des tentes-distilles du désert. Des fioles de cristal étaient disposées sur une table basse. Une faible senteur de Mélange flottait sur les divans et les coussins.

L'endroit semblait extraordinairement exigu, étouffant, après les vastes espaces de la Citadelle.

Paul la fit asseoir sur un divan et se pencha sur ce visage ancien dont les yeux cachaient tant de choses, ce visage à la peau profondément ridée. Il désigna une fiole d'eau et elle refusa d'un brusque mouvement de la tête, révélant ainsi une mèche de cheveux gris.

D'une voix très basse, Paul dit : « Je désire traiter avec vous pour la vie de ma bien-aimée. »

Stilgar eut un raclement de gorge. Alia porta la main au krys glissé près de son cou. Le ghola demeura immobile devant la porte, impassible, ses yeux de métal fixés à quelques centimètres au-dessus de la tête de la Révérende Mère.

« Dans votre vision, étais-je mêlée à sa mort ? » demanda-t-elle. Elle ne pouvait détacher son regard du ghola. Elle se sentait mal à l'aise devant lui. Mais qu'avait-elle à craindre de lui, puisqu'il était l'outil de la conspiration ?

« Je sais ce que vous attendez de moi », dit Paul, sans répondre à sa question.

Ainsi, songea-t-elle. *Il n'a que des soupçons.* Elle baissa les yeux. Le bout de ses chaussures dépassait des plis de sa robe. Chaussures noires. Robe noire... Tout en elle portait maintenant les stigmates de son emprisonnement. Des taches, des plis... Elle releva la tête et surprit une étincelle de colère dans les yeux de Paul. Elle lutta contre une soudaine exultation. Ses lèvres se retroussèrent ; ses yeux devinrent deux fentes.

« Sur quelle base ? » demanda-t-elle.

« Vous pourrez avoir ma semence, mais non ma personne. Irulan sera répudiée et artificiellement inséminée... »

« Vous osez ! » Elle se redressa, vibrante.

Stilgar fit un pas en avant.

De façon déconcertante, le ghola sourit. Et Alia le regardait.

« Nous ne discuterons pas de toutes ces choses qu'interdit votre Bene Gesserit, dit Paul. Il ne sera pas question ici de péché, d'abominations et des croyances laissées par les

Jihads passés. Pour vos plans, vous aurez peut-être ma semence, mais jamais un enfant d'Irulan ne s'assiéra sur mon trône. »

« *Votre* trône ! » railla-t-elle.

« Oui, *mon* trône. »

« Qui donc enfantera l'héritier impérial, en ce cas ? »

« Chani. »

« Elle est stérile. »

« Elle porte un enfant. »

Elle ne put dissimuler complètement sa surprise et retint son souffle pendant une fraction de seconde.

« Vous mentez ! »

Stilgar allait se jeter sur elle quand Paul leva la main pour l'en empêcher.

« Nous savons depuis deux jours qu'elle porte un enfant de moi. »

« Mais Irulan... »

« Par des moyens artificiels seulement. Telle est mon offre. »

Elle ferma les yeux pour ne plus voir son visage. Damnation ! Jeter ainsi les dés génétiques ! Le dégoût était comme une brûlure dans sa poitrine. L'enseignement Bene Gesserit aussi bien que le Jihad Butlérien interdisaient un tel acte. Nul ne pouvait souiller les plus nobles aspirations de l'humanité. Il n'était pas de machine qui pût fonctionner à l'imitation de l'esprit humain. Aucun mot, aucun acte ne pouvait impliquer que l'homme pût être ramené au niveau de l'animal.

« La décision vous appartient », dit Paul.

Elle secoua la tête. Les gènes... Seuls comptaient les précieux gènes des Atréides. Le besoin transcendait l'interdiction. Pour les Sœurs, la fécondation allait au-delà de la rencontre d'un spermatozoïde et d'un ovule. C'était la psyché qu'il fallait viser.

Elle comprenait clairement, maintenant, les profondeurs subtiles de l'offre de Paul. En acceptant, le Bene Gesserit participerait à un acte qui, s'il était découvert, provoquerait la fureur populaire. Le peuple ne pourrait admettre une telle paternité si l'Empereur la niait. Le Bene Gesserit gagnerait peut-être ainsi les gènes des Atréides, mais certainement pas le trône de l'Empire.

Le regard de la Révérende Mère courut dans la pièce, étudiant chaque visage. Stilgar, impassible, attendait. Le ghola s'était retiré en quelque repli intérieur. Alia le regardait. Et Paul... La colère sous un masque translucide.

« Est-ce la seule offre que vous ayez à me faire ? » demanda-t-elle.

« La seule. »

Elle regarda le ghola et surprit un imperceptible frémissement de ses maxillaires. De l'émotion ?

« Ghola, dit-elle, peut-on faire une telle offre ? Et peut-on l'accepter ? Sois notre mentat. »

Les yeux de métal se portèrent sur Paul.

« Réponds comme il te conviendra », dit Paul.

Le ghola regarda la Révérende Mère et, à nouveau, la surprit en souriant. « La valeur d'une offre n'excède jamais celle de la chose que l'on achète ainsi. L'échange ici proposé est la vie contre la vie. C'est là une transaction au plus haut niveau. »

Alia repoussa une mèche de cheveux de cuivre de son front et demanda : « Que se cache-t-il d'autre dans ce marché ? »

La Révérende Mère se refusait à la regarder mais les paroles d'Alia lui brûlaient l'esprit. Oui, l'offre avait des implications encore plus profondes. Certes, la sœur de Paul était l'Abomination, mais on ne pouvait refuser de prendre en considération son statut de Révérende Mère et tout ce qu'il impliquait. En cet instant précis, Gaius Helen Mohiam n'avait plus seulement la sensation d'être un être unique mais la somme de toutes celles qui étaient contenues dans sa mémoire. En devenant une Prêtresse parmi les Sœurs, elle avait absorbé toutes les autres Révérendes Mères et, maintenant, elles étaient toutes éveillées, attentives. Il devait en être de même pour Alia.

« Quoi d'autre ? dit le ghola. On peut se demander pourquoi les sorcières du Bene Gesserit n'ont pas usé des méthodes tleilaxu. »

Gaius Helen Mohiam, et toutes les Révérendes Mères présentes en elle frémirent. Oui, les Tleilaxu faisaient des choses atroces. Si les barrières de l'insémination artificielle tombaient, le prochain pas en avant ne viendrait-il pas des Tleilaxu ? La mutation contrôlée ?

Paul observait le jeu des émotions autour de lui. Abruptement, il lui apparaissait qu'il ne connaissait plus ces êtres. Il n'y avait plus là que des étrangers. Alia elle-même était désormais une étrangère.

« Si nous abandonnions les gènes des Atréides au gré du fleuve Bene Gesserit, dit-elle, qui sait ce qui pourrait en résulter ? »

La Révérende Mère tourna brusquement la tête et affronta son regard. Durant un instant, il n'y eut plus que deux Révérendes Mères communiant sur une même pensée : *Qu'y a-t-il derrière chacun des actes du Bene Tleilax ? Le ghola est un produit des tleilaxu. Est-ce lui qui a glissé ce plan dans l'esprit de Paul ? Paul essaierait-il de traiter directement avec le Bene Tleilax !*

Gaius Helen Mohiam s'arracha au regard d'Alia. Elle percevait maintenant ses propres ambivalences, ses insuffisances. Le piège du Bene Gesserit, se dit-elle, était dans les pouvoirs qu'il conférait et qui inclinaient à l'orgueil, à la vanité. Ces pouvoirs trompaient ceux qui en usaient et qui avaient tendance à croire qu'ils étaient susceptibles de vaincre n'importe quel obstacle... y compris celui de leur propre ignorance.

Une seule chose comptait désormais pour le Bene Gesserit. La pyramide de générations qui, avec Paul Atréides, avait atteint son apex... Paul Atréides et son abomination de sœur. Un choix erroné et cette pyramide devrait être reconstruite... en reprenant à des générations en arrière selon des voies parallèles mais avec des spécimens ne comportant pas les caractéristiques idéales.

La mutation contrôlée, se dit-elle. *Les Tleilaxu la pratiqueraient-ils vraiment ? Comme c'est tentant !* Elle secoua la tête pour chasser ces pensées.

« Vous rejetez ma proposition ? » demanda Paul.

« Je réfléchis. »

A nouveau, elle regarda Alia. Le croisement optimal chez cette femelle Atréides avait été perdu... tué par Paul lui-même. Cependant, il restait une autre possibilité, une possibilité de *réunir* les caractéristiques idéales. Paul osait proposer les voies animales d'accouplement au Bene Gesserit ! Combien était-il disposé à payer pour la vie de sa Chani ? Irait-il jusqu'à un accouplement avec sa propre sœur ?

Afin de gagner du temps, la Révérende Mère demanda : « Dites-moi, ô exemple sans défaut de tout ce qui est saint : Irulan n'a-t-elle rien à dire quant à votre proposition ? »

« Irulan fera ce que vous lui direz de faire. »

C'est vrai, se dit-elle. Elle joua le nouveau gambit : « Il existe deux Atréides. »

Devinant en partie ce que la vieille sorcière avait en tête, Paul sentit le sang lui monter au visage. « Prenez garde à ce que vous allez suggérer », dit-il.

« Vous ne faites qu'*utiliser* Irulan pour parvenir à vos fins, n'est-ce pas ? »

« N'a-t-elle point été formée pour être utilisée ? »

Et c'est nous qui l'avons formée et éduquée. Voilà ce qu'il me dit, songea la Révérende Mère. *Ma foi... Irulan est une monnaie à deux valeurs. Existait-il un autre moyen de la dépenser ?*

« Placerez-vous l'enfant de Chani sur le trône ? »

« Sur *mon* trône », dit Paul. Il jeta un bref regard à Alia, se demandant tout à coup si elle connaissait les autres possibilités de cet échange. Elle avait les paupières closes et toute sa personne était figée en une étrange immobilité. Avec quelle force intérieure était-elle en communication ? Il avait soudain l'impression que sa sœur était sur une grève dont il s'éloignait très vite, emporté par le courant.

La Révérende Mère dit enfin : « Cela est trop grave pour qu'une seule personne prenne la décision. Je dois consulter mon Conseil de Wallach. M'autoriserez-vous à le faire ? »

Comme si elle avait besoin de ma permission ! se dit Paul, tout en répondant : « C'est entendu. Mais ne tardez pas trop. Je n'ai pas l'intention de passer mon temps à attendre la fin de vos débats. »

« Traiterez-vous avec le Bene Tleilax ? » demanda brusquement le ghola.

Alia ouvrit les yeux et le regarda comme s'il venait de faire violemment irruption dans son esprit.

« Je n'ai pris aucune décision de cette sorte, dit-il. Je vais me rendre dans le désert dès que ce sera possible. Notre enfant naîtra dans un sietch. »

« Sage décision », dit Stilgar.

Alia se refusa à regarder le Naib. La décision de Paul n'était pas sage. C'était une erreur. Elle le sentait dans la moindre cellule de son corps. Et Paul lui aussi devait le sentir. Pourquoi s'engageait-il dans cette voie ?

« Le Bene Tlelax a-t-il offert ses services ? » demanda-t-elle. Et elle vit que Gaius Helen Mohiam attendait la réponse.

Paul secoua la tête. « Non. (Il regarda Stilgar.) Stil, veille à ce que le message soit adressé à Wallach. »

« Immédiatement, Mon Seigneur ! »

Paul se détourna tandis que Stilgar rassemblait les gardes et accompagnait la vieille sorcière. Il devinait qu'Alia voulait lui poser d'autres questions. Mais elle se tourna vers le ghola.

« Mentat, dit-elle, le Bene Tleilax cherche-t-il à se rapprocher de mon frère ? »

Le ghola se contenta de hausser les épaules.

Les Tleilaxu ? se demanda Paul. *Non... Du moins, pas ainsi que le suppose Alia.* La question de sa sœur révélait qu'elle n'avait pas vu les alternatives. D'une sibylle à l'autre, les visions différaient. Entre la sœur et le frère, l'oracle pouvait changer.

Evoluant d'une pensée à une autre, il captait des bribes de conversation.

« *... doit savoir ce que les Tleilaxu...* »

« *... L'intégralité de l'information est toujours...* »

« *... des doutes fondés quant à...* »

Il se retourna vers sa sœur. Il savait qu'elle allait voir les larmes sur son visage et qu'elle s'interrogerait. Mais il était doux de s'interroger, à présent. Puis il regarda le ghola et, malgré les yeux de métal, il vit Duncan Idaho. La tristesse et la pitié s'opposaient en lui. Que regardaient ces yeux de métal ?

On peut voir de bien des façons, songea-t-il. *On peut être aveugle de bien des façons.* Il se récita une pharaphrase d'un passage de la Bible Catholique Orange : *Quel sens nous font défaut, que nous ne puissions voir l'autre monde qui nous entoure ?*

Ces yeux de métal correspondaient-ils à un autre sens que la vue ?

Alia s'approcha de son frère, devinant son absolue tristesse. Elle tendit la main vers une larme qui glissait sur sa joue en un geste empreint d'une émotion purement fremen.

« Nous ne devons point pleurer ceux qui nous sont chers avant leur trépas. »

« Avant leur trépas, murmura Paul. Dis-moi, petite sœur : que signifie *avant* ? »

> « J'en ai assez de toutes ces histoires de dieu et de prêtres ! Vous croyez que je suis incapable de voir clair à travers les mythes qui m'entourent ? Hayt, réexamine tes éléments d'information. Mes rites se sont étendus jusqu'aux actes humains les plus élémentaires. Les gens en sont venus à manger au nom de Muad'Dib ! A faire l'amour, à naître par moi... C'est en mon nom qu'ils traversent une rue... On ne peut dresser la moindre poutre dans le plus petit village d'un monde aussi lointain que Gangishree sans invoquer la bénédiction de Muad'Dib ! »
>
> Le Livre des Diatribes. *extrait de la* Chronique de Hayt.

« Vous prenez des risques considérables en abandonnant ainsi votre poste pour venir me trouver à pareille heure », dit Edric en regardant le Danseur-Visage à travers la paroi de sa cuve.

« Vos pensées sont si étroites, si faibles, dit Scytale. Qui est venu vous rendre visite ? »

Le Navigateur hésita, observant plus attentivement la silhouette lourde, les traits grossiers, les paupières épaisses. Il était tôt et le métabolisme d'Edric n'avait pas encore tout à fait quitté le cycle nocturne.

« Ce n'est pas là la forme qui parcourait les rues ? » demanda Edric.

« Certains des aspects choisis par moi aujourd'hui étaient

de ceux qui n'attirent pas deux fois le regard », répondit Scytale.

Le caméléon croira toujours qu'il suffit de changer de forme pour échapper à tout, songea Edric, pour une fois clairvoyant. Et il se demanda si sa seule présence suffisait à masquer la conspiration aux visions de l'Empereur. Quant à sa sœur...

Il hocha la tête dans les brumes orangées du Mélange et demanda : « Pourquoi êtes-vous ici ? »

« Le cadeau doit agir plus rapidement. »

« Cela est impossible. »

« Il faut absolument trouver un moyen. »

« Pourquoi ? »

« Les choses prennent un tour qui me déplaît, dit Scytale. L'Empereur essaie de nous diviser. Déjà, il approche le Bene Gesserit. »

« Oh... c'est *cela* qui vous inquiète ! »

« Cela ! s'enflamma Scytale. Il faut que vous vous arrangiez pour que le ghola... »

« C'est vous qui l'avez conçu, Tleilaxu, dit Edric. Vous devriez donc savoir mieux que moi ce qu'on peut en attendre. (Il s'interrompit et se rapprocha de la paroi transparente de la cuve.) A moins que vous ne nous ayez menti à son propos ? »

« Que nous vous ayons menti ? »

« Vous nous avez déclaré qu'il suffisait, pour utiliser cette arme, de bien viser et de la lâcher... Rien de plus. Dès l'instant où le ghola était offert, nous ne devions plus avoir à intervenir. »

« Tous les gholas sont vulnérables à l'émotion, dit Scytale. Il vous suffirait de l'interroger au sujet de son existence initiale. »

« Dans quel but ? »

« Cela l'incitera à des actes qui serviront nos desseins. »

« Ce mentat est doué de pouvoirs de raisonnement et de logique particuliers, dit Edric. Il pourrait deviner mes intentions... A moins que la sœur ne le fasse. Si son attention est attirée sur moi... »

« Nous servez-vous à cacher nos actes, oui ou non ? »

« Je ne crains pas les oracles, répondit le Navigateur de la

Guilde, mais la logique, les espions réels, les pouvoirs physiques de l'Empire et le contrôle de l'épice... »

« Il suffit de se rappeler que toute chose a une fin pour considérer avec sérénité l'Empereur et ses pouvoirs », dit Scytale.

Le Navigateur eut une réaction étrange. Il s'agita et déploya ses membres à la façon d'un triton. Scytale lutta contre un brusque sentiment de répulsion. Edric portait comme d'habitude son collant noir gonflé de différents réservoirs de toutes tailles. Pourtant... pourtant, il donnait l'impression d'être nu lorsqu'il bougeait. Il semblait constamment lutter pour atteindre quelque chose qui était hors de sa portée, songea Scytale. Tous ses mouvements étaient ceux de la nage. Une fois de plus, le Danseur-Visage avait conscience du caractère fragile des rapports au sein de la conspiration. Le groupe qu'ils formaient n'était pas homogène et c'était là sa grande faiblesse.

Edric cessa progressivement de s'agiter pour observer à nouveau Scytale. Ses yeux, dans le gaz, semblaient orange. Il se demandait quel stratagème avait imaginé le Tleilaxu pour se tirer d'affaire. Il se comportait de façon inattendue. Mauvais présage.

L'attitude et le ton du Navigateur confirmaient à Scytale que le représentant de la Guilde craignait la sœur de l'Empereur bien plus que l'Empereur lui-même. Il intégra brusquement cet élément dans ses réflexions. Ennuyeux... Avaient-ils décelé quelque chose d'important chez Alia ? Le ghola, en ce cas, constituait-il une arme suffisante ?

« Savez-vous ce que l'on dit d'Alia ? » demanda-t-il.

« Que voulez-vous dire ? » L'homme-poison s'agitait à nouveau.

« Que jamais la culture et la philosophie n'ont eu semblable patronne. Le plaisir et la beauté fondus en une seule... »

« Qu'y a-t-il de durable dans la beauté et le plaisir ? demanda Edric. Nous détruirons tous les Atréides ! La culture ! Ils ne la dispensent que pour mieux gouverner. La beauté ! Celle qu'ils offrent ne conduit qu'à l'esclavage... Ils n'ont fait que créer des générations d'ignorants lettrés... ceux que l'on manie le plus aisément ! Ils ne laissent rien au hasard. Des chaînes ! Partout, ils mettent des chaînes... Ils ne dominent que des esclaves. Mais les esclaves se révoltent toujours. »

« La sœur pourrait engendrer un enfant si elle venait à se marier », dit Scytale.

« Pourquoi parlez-vous d'elle ? »

« Il est possible que l'Empereur lui choisisse un compagnon. »

« Laissons-le faire. Déjà, il est trop tard. »

« Même vous ne pouvez prévoir l'instant prochain. Pas plus que les Atréides, vous n'êtes un créateur. (Scytale hocha la tête.) Il faut nous garder de trop présumer. »

« Quant à la création, nous ne passons pas notre temps à en bavarder, répliqua sèchement Edric. Nous n'appartenons pas à cette racaille qui veut faire un messie de Muad'Dib. Pourquoi dites-vous de telles absurdités ? Pourquoi soulever de tels problèmes ? »

« A cause de cette planète, dit Scytale. C'est elle qui pose ces questions. »

« Les planètes ne parlent pas ! »

« Celle-là parle... »

« Vraiment ? »

« Elle parle de création. Du sable qui souffle au long des nuits et qui est création. »

« Du sable qui souffle... »

« A chaque réveil, la lumière qui naît révèle un monde neuf, une surface vierge prête à recevoir nos traces. »

Un sable sans traces ? se demanda Edric. *La création ?* Il était soudain paralysé par l'anxiété. Cette cuve dans laquelle il était confiné, cette salle autour de lui... tout était menaçant, pesant, écrasant.

Des traces dans le sable.

« Vous parlez comme un Fremen », dit-il.

« Cette pensée est fremen et instructive. Pour les Fremen, le Jihad de Muad'Dib a laissé des traces dans l'univers comme les pas dans le sable au matin. Des traces qui s'inscrivent dans les existences humaines. »

« Et alors ? »

« Alors survient la nuit, dit Scytale. Et le vent. »

« Oui... le Jihad doit avoir un terme. Muad'Dib s'est servi de son Jihad pour... »

« Il ne s'en est pas servi, l'interrompit Scytale. C'est le Jihad qui s'est servi de lui. Je pense que, s'il l'avait pu, il l'aurait arrêté en chemin. »

« S'il l'avait pu ? Mais il lui suffisait de... »

« Ah, silence ! cria Scytale. On ne peut arrêter une épidémie mentale. D'un être à l'autre, elle s'étend très vite sur des parsecs et des parsecs d'espace. Elle est contagieuse et dévastatrice. Elle frappe aux points faibles, là où sont relégués les framents d'autres épidémies semblables. Qui pourrait l'arrêter ? Muad'Dib ne possède pas l'antidote. Et les racines de cette maladie plongent jusqu'au chaos... Quels ordres pourraient arriver jusque-là ? »

« N'auriez-vous pas été contaminé ? » demanda Edric. Lentement, il pivota dans le gaz d'épice. Il se demandait tout à coup pourquoi la voix de Scytale était imprégnée de crainte. Le Danseur-Visage avait-il rompu avec la conspiration ? Il était impossible de risquer un regard dans l'avenir. Il n'y avait plus qu'un courant boueux qui charriait des prophètes.

« Nous le sommes tous », dit Scytale, se rappelant que l'intelligence d'Edric était sévèrement limitée. Comment présenter ce problème de sorte que le Navigateur le comprenne ?

« Quand nous l'aurons détruit, commença Edric, la contami... »

« Je devrais vous laisser dans votre ignorance, mais mon devoir ne m'y autorise pas. De plus, le danger existe pour chacun d'entre nous. »

« Etrange langage », dit Edric en se redressant d'un battement de pied qui fit naître des volutes orange.

« Nous avons affaire à un explosif, reprit Scytale sur un ton plus calme. D'un instant à l'autre, il peut tout briser. Ses fragments seront dispersés à travers les siècles. Ne pouvez-vous comprendre cela ? »

« Nous avons déjà affronté des religions. Si ce nouveau... »

« Ce n'est pas seulement une religion ! coupa Scytale, en se demandant ce que la Révérende Mère eût pensé de l'éducation primaire de leur camarade conjuré. « Un gouvernement religieux est bien autre chose. Muad'Dib a bouleversé les fonctions anciennes du pouvoir en plaçant sa Qizarate partout. Mais il ne dispose d'aucun service civil, d'aucune ambassade. Il n'a que des évêchés, des îlots d'autorité. Au centre de chacun de ces îlots, il y a un homme. Les hommes apprennent à acquérir et à conserver un pouvoir personnel. Les hommes sont jaloux. »

« Lorsque nous les aurons divisés, nous les réduirons un à un, dit Edric avec un sourire complaisant. Il suffit de trancher la tête pour que le corps suive... »

« Celui-ci a deux têtes », dit Scytale.

« La sœur... qui pourrait se marier. »

« Qui se mariera certainement. »

« Votre ton me déplaît, Scytale. »

« Votre ignorance me déplaît, Edric. »

« Et si même elle se marie, en quoi cela menace-t-il nos plans ? »

« Cela menacera l'univers tout entier. »

« Mais ils ne sont pas uniques. Moi-même, je possède des pouvoirs qui... »

« Vous êtes un enfant. Vous titubez quand ils courent ! »

« *Ils ne sont pas uniques !* »

« Vous oubliez, Navigateur, que nous avons conçu un kwisatz haderach. Un être empli du spectacle du Temps. Une forme d'existence que l'on ne peut menacer sans se menacer soi-même. Muad'Dib sait que nous allons viser sa Chani. Nous devons aller plus vite. Il faut que vous contactiez le ghola afin de le conditionner comme je vous l'ai indiqué. »

« Et si je ne le fais pas ? »

« Nous sentirons l'éclair. »

> O, ver aux dents innombrables,
> Peux-tu nier le mal redoutable ?
> La chair et le souffle qui te pressent
> Vers les fonds où tout est né
> S'abreuvent des monstres dressés aux portes de feu !
> Nul manteau ne saurait couvrir
> Les fumées de la divinité
> Et les brûlures du désir !
>
> Chant du Ver, *Extrait du* Livre de Dune

JUSQU'à l'épuisement, Paul avait manié le krys et le glaive contre le ghola. A présent, debout devant une fenêtre qui dominait la plaza du temple, il tentait d'imaginer Chani à la clinique. On avait dû l'interner brusquement un matin, dans la sixième semaine de grossesse. Les meilleurs médics étaient maintenant autour d'elle. Ils devaient appeler dès qu'ils auraient des nouvelles.

Des nuages sombres, chargés de sable, se rassemblaient au-dessus de la plaza. Les Fremen leur donnaient le nom *d'air sale.*

Attendre... Il semblait à Paul que chaque seconde quittait douloureusement le présent pour pénétrer dans le passé.

Attendre... Le Bene Gesserit n'avait encore envoyé aucun message de Wallach IX. Bien sûr, les Sœurs tardaient délibérément à répondre.

Il avait eu des visions de ces instants, mais il isolait ses perceptions de l'oracle, préférant se comporter comme un Poisson dans le Flot du Temps qui se laissait porter par les divers courants. Le destin, maintenant, n'autorisait plus les combats.

Le ghola était occupé à ranger les armes et à vérifier l'équipement. Avec un soupir, Paul porta la main à sa ceinture et désactiva le bouclier énergétique. Un bref frisson lui parcourut le corps.

Au retour de Chani, se dit-il, il affronterait les événements. Elle aurait alors le temps d'accepter le fait que ce qu'il lui avait dissimulé avait prolongé son existence. Etait-ce mal, se demanda-t-il, de préférer Chani à un héritier ? Mais de quel droit choisissait-il pour elle ? Pensées absurdes ! Qui pouvait hésiter devant les alternatives en présence : puits d'esclaves, torture, chagrin... pire encore.

La porte s'ouvrit. Il entendit le pas de Chani.

Il se retourna.

Il lut le meurtre sur son visage. Tout en elle, en cette seconde, parlait de violence : la large ceinture fremen qui serrait la taille de sa robe dorée, les anneaux d'eau qu'elle portait en collier, la main posée sur sa hanche, tout près du couteau qui jamais ne la quittait, le regard acéré qu'elle promenait sur la pièce.

Il lui ouvrit les bras. Elle murmura contre sa poitrine : « Quelqu'un m'a fait absorber un contraceptif depuis longtemps... avant que je ne commence mon nouveau régime. C'est pour cela que la naissance va poser des problèmes. »

« Mais il existe des remèdes ? »

« Des remèdes dangereux. Je sais qui m'a empoisonnée. Elle me donnera son sang ! »

« Ma Sihaya, murmura-t-il en la serrant plus fort pour calmer ses tremblements. Tu porteras notre héritier... N'est-ce pas ce qui compte ? »

« Ma vie brûle plus vite. La naissance contrôle maintenant mon existence. Les médics m'ont dit que c'était terriblement rapide. Il faut que je mange... encore et encore. Et il faut aussi que je prenne sans cesse de l'épice... que j'en boive, que j'en mange... Je la tuerai pour cela ! »

Il l'embrassa sur la joue, tendrement « Non, ma Sihaya.

Tu ne tueras personne. » Et il pensa : *Irulan a prolongé ta vie, mon aimée. Pour toi, l'heure de la naissance sera aussi celle de la mort.*

Une souffrance longtemps cachée affluait dans ses fibres profondes et il lui semblait que sa vie quittait son corps, comme un liquide, pour emplir une fiole noire.

Chani s'écarta brusquement. « On ne peut lui pardonner ! »

« Qui parle de pardon ? »

« Alors pourquoi ne puis-je la tuer ? »

La question était si brutale, si fremen, qu'il dut lutter contre un rire hystérique.

« Cela ne servirait à rien », dit-il.

« Tu as *vu* cela ? »

Le souvenir de la vision lui noua les entrailles et il ne put que murmurer : « Ce que j'ai vu... ce que j'ai vu... » Chaque aspect des événements correspondait à un présent qui le paralysait. Il était enchaîné à un futur qui, trop souvent entr'aperçu, s'était mué en une sorte de succube vorace. Sa gorge était sèche et brûlante. Avait-il été envoûté par son propre oracle ? se demanda-t-il. Envoûté jusqu'à devenir la proie de l'impitoyable présent ?

« Dis-moi ce que tu as *vu* », dit Chani.

« Je ne le peux pas. »

« Pourquoi ne puis-je pas la tuer ? »

« Parce que je te le demande. »

Il la regarda et vit qu'elle acceptait ce qu'il venait de dire. Elle l'acceptait comme le sable accepte l'eau, comme il l'absorbe, la fait disparaître. L'obéissance était-elle possible sous cette enveloppe de colère brûlante ? Il prit conscience que la vie de la Citadelle n'avait en rien agi sur Chani. Elle n'avait fait que s'arrêter en ces lieux. Pour elle, c'était une simple étape dans le long voyage qu'elle accomplissait avec son homme. En elle, tout ce qui appartenait au désert demeurait inchangé.

Elle s'éloigna et regarda le ghola qui, à présent, attendait, immobile, près du cercle de diamant qui délimitait l'aire d'exercice.

« Tu as croisé le fer avec lui ? » demanda-t-elle.

« Cela m'a fait du bien. »

Elle promena son regard sur le sol, puis affronta les yeux métalliques du ghola.

« Je ne l'aime pas », dit-elle.

« Il n'usera pas de violence contre moi. »

« As-tu *vu* cela aussi ? »

« Non, je ne l'ai pas vu. »

« Alors comment peux-tu savoir ? »

« Parce qu'il est plus qu'un ghola. Il est Duncan Idaho. »

« Il est l'œuvre du Bene Tleilax. »

« Une œuvre qui dépasse leurs intentions. »

Elle secoua la tête et une pointe de son écharpe nezhoni effleura le col de sa robe. « Comment pourrais-tu changer le fait qu'il demeure un ghola ? »

« Hayt, appela Paul. Es-tu l'outil qui doit me défaire ? »

« Si la substance du présent est modifiée, le futur est modifié », dit le ghola.

« Ce n'est pas une réponse ! » lança Chani.

Paul éleva la voix : « Comment mourrai-je, Hayt ? »

Une lueur apparut dans les yeux de métal du ghola. « Il est dit, Mon Seigneur, que vous mourrez de puissance et d'argent. »

Chani se roidit. « Comment ose-t-il te parler ainsi ? »

« Le mentat dit la vérité. »

« Duncan Idaho était-il un véritable ami ? »

« Il a donné sa vie pour moi. »

« Il est triste, murmura Chani, que le ghola ne puisse être vraiment l'original. »

« Me convertiriez-vous ? » demanda le ghola en la regardant.

« Que veut-il dire ? »

« Convertir c'est transformer, dit Paul. Mais il est impossible de revenir en arrière. »

« Tout homme porte en lui son passé », dit Hayt.

« Les gholas tout aussi bien ? »

« D'une certaine façon, Mon Seigneur. »

« Et qu'en est-il de ce passé inscrit dans le secret de ta chair ? »

Chani devina que la question troublait le ghola. Ses gestes se firent plus vifs. Il serra les poings et elle regarda son époux en se demandant pourquoi il avait parlé ainsi.

Existait-il donc un moyen de retrouver l'homme que cette créature avait été ?

« Y a-t-il jamais eu un ghola qui se soit souvenu de son passé ? » demanda-t-elle.

« Nombreux sont ceux qui ont essayé, dit Hayt, le regard fixé sur le sol, à ses pieds. Jamais un ghola n'a retrouvé sa première existence. »

« Mais tu aimerais y parvenir », dit Paul.

Le regard métallique rencontra le sien avec une intensité inhabituelle. « Oui ! »

« S'il existe un moyen... » commença Paul d'une voix très douce.

« Cette chair, dit Hayt en portant la main gauche à son front en un geste qui évoquait curieusement un salut, n'est pas celle de ma naissance. Elle a été... recréée. Seule la forme est familière. Un Danseur-Visage pourrait faire aussi bien. »

« Pas aussi bien, dit Paul. Et tu n'es pas un Danseur-Visage. »

« C'est vrai, Mon Seigneur. »

« D'où vient ta forme ? »

« Des cellules d'origine, par impression génétique. »

« Quelque part, une chose élastique a conservé le souvenir de la forme de Duncan Idaho. On dit que les anciens avaient exploré ces régions avant même le Jihad Butlérien. Quelle est l'étendue de ce souvenir, Hayt ? Que retient-il de l'original ? »

Le ghola haussa les épaules.

« Et s'il n'était pas Idaho ? » demanda Chani.

« Il l'était. »

« Peux-tu en être certain ? »

« Il est Duncan dans chacun de ses traits. Je ne puis imaginer qu'il existe une force capable de maintenir en permanence cette forme sans se relâcher ni commettre d'erreur. »

« Mon Seigneur ! intervint Hayt. Une chose ne peut être exclue de la réalité simplement parce que nous ne pouvons la concevoir. Il est certains actes que je dois accomplir en tant que ghola et que je n'accomplirais pas en tant qu'homme. »

Paul regarda Chani et dit : « Tu vois ? »
Elle hocha la tête.
Paul se détourna. Il luttait contre une profonde tristesse. Il marcha jusqu'aux fenêtres, écarta les tentures. La clarté filtra dans la pénombre. Il resserra la ceinture de sa robe et prêta l'oreille aux sons qui pouvaient venir de la pièce.
Rien.
Il se retourna. Chani était figée sur place. Elle semblait dans un état de transe, le regard fixé sur le ghola.
Hayt s'était apparemment retiré dans quelque recoin intérieur de son être, quelque refuge propre au ghola.
Comme Paul s'approchait, Chani revint à la vie. Elle éprouvait encore dans tout son être l'emprise de cet instant suscité par Paul. Pendant quelques secondes, le ghola lui était apparu comme un humain plein d'une vie intense. Pendant quelques secondes, elle n'avait plus éprouvé aucune crainte à son égard, mais plutôt de l'affection, de l'admiration. A présent, elle devinait les intentions de Paul. Il avait voulu lui faire voir *l'homme* dans cette chair de ghola.
« Cet homme, dit-elle, était-il Duncan Idaho ? »
« Il fut Duncan Idaho. Il est toujours présent. »
« Aurait-il, *lui,* accordé la vie à Irulan ? »
L'eau ne s'est pas infiltrée bien profondément, se dit Paul. Et il répondit : « Si je le lui avais ordonné. »
« Je ne comprends pas. Ne devrais-tu pas éprouver de la colère ? »
« Je suis en colère. »
« Ta voix... ne le révèle pas. Tu sembles triste. »
Il ferma les yeux. « Oui... Je le suis aussi. »
« Tu es mon homme. Je le sais, et pourtant, je ne te comprends plus. »
Brusquement, il semblait à Paul qu'il venait de parcourir une longue caverne. Sa chair se déplaçait. Ses pieds avançaient. Mais ses pensées demeuraient ailleurs.
« Je ne comprends pas moi-même », murmura-t-il. Il rouvrit les yeux et vit qu'il s'était éloigné de Chani.
« Mon bien-aimé, dit-elle, quelque part derrière lui, je ne te demanderai pas de nouveau ce que tu as *vu*. Je sais seulement que je vais te donner l'héritier que tu désires. »

Le messie de Dune. 6.

Il acquiesça. « Je l'ai su depuis le commencement. » Il la regarda, attentif, mais elle semblait maintenant très loin de lui.

Elle se redressa, posa la main sur son ventre. « J'ai faim. Les médics m'on déclaré que je devais manger trois à quatre fois plus que d'ordinaire. J'ai peur, mon bien-aimé. Cela va trop vite. »

Trop vite, se dit-il. Le fœtus sait qu'il doit compter avec le temps.

> La nature audacieuse des actes de Muad'Dib peut se lire dans le fait qu'IL sut depuis le commencement qu'il était enchaîné, et que pourtant il ne s'écarta pas de ce sentier. Il l'exposa avec clarté lorsqu'il déclara : « Je vous dis que j'atteins maintenant le temps de mon épreuve qui montrera que je suis l'Ultime Serviteur. » Ainsi IL nous unit tous en Un, afin qu'amis et ennemis l'adorent. C'est pour cette raison et cette raison seulement que ses Apôtres prient ainsi : « Seigneur, épargne-nous les autres sentiers que Muad'Dib recouvrit des Eaux de Sa Vie. » Ces « autres sentiers » ne sauraient être imaginés qu'avec le plus profond dégoût.
>
> *D'après* le Yiam-el-Din (Le Livre du Jugement).

LE messager était une jeune femme. Son visage, son nom, sa famille étaient connus de Chani. Pour cette raison, elle franchit les barrages de la Sécurité Impériale.

Chani n'avait fait rien de plus qu'identifier cette jeune femme pour l'Officier de la Sécurité nommé Bannerjee qui prépara une entrevue avec Muad'Dib. Bannerjee obéissait à son instinct. Cette jeune femme, de plus, était la fille d'un homme qui avait appartenu aux redoutables Commandos de la Mort des Fedaykin, avant même le Jihad. Sans ces circonstances, il eût ignoré complètement sa demande.

Elle fut, bien entendu, sondée et fouillée avant d'être introduite dans le bureau privé de Muad'Dib. Même alors, Bannerjee l'accompagna. Il la tenait par un bras, gardant l'autre main sur le manche de son poignard.

Il était près de midi. Le bureau de Muad'Dib était un endroit bizarre où se mêlaient les influences du désert, des Fremen et de l'aristocratie des Familles. Sur trois des murs, des tapisseries *hiereg* offraient au regard les images de la mythologie fremen. Un écran de vision occupait l'autre mur. C'était une simple surface gris argent, au-delà d'un bureau ovale surmonté d'un unique objet : une horloge à sable fremen conçue comme un *orrery*, un mécanisme à suspenseur originaire d'Ix qui montrait le tableau des lunes d'Arrakis disposées par rapport au soleil selon la classique figure du Ver.

Derrière le bureau, Paul contemplait Bannerjee. Cet Officier de la Sécurité était l'un de ceux qui avaient acquis leurs postes par l'intelligence et la loyauté, après un passage dans la gendarmerie fremen, en dépit de son ascendance de contrebandier, ascendance clairement révélée par son nom. Bannerjee était un personnage d'allure vigoureuse, presque gras. Des mèches de cheveux bruns flottaient sur son front brillant comme la crête d'un oiseau exotique. Ses yeux immuables qui pouvaient observer la pire des atrocités comme le plus doux des spectacles sans ciller avaient le bleu de l'ibad. Chani et Stilgar lui accordaient leur pleine confiance. Paul savait que s'il ordonnait à Bannerjee d'égorger cette fille sur-le-champ, il n'hésiterait pas une seconde.

« Sire, voici la messagère. Dame Chani vous a averti de sa venue. »

Paul acquiesça brièvement.

Curieusement, ce n'était pas lui que regardait la fille. Son attention était rivée sur l'orrery. Il l'examina. Elle avait la peau très sombre. Elle était de taille moyenne. Le riche tissu de sa robe et sa coupe simple attestaient d'un certain luxe. Un mince ruban assorti maintenait ses cheveux ailes de corbeau. Ses mains étaient dissimulées dans ses manches et Paul se dit qu'elle devait crisper les doigts. Cela correspondait à son personnage. En vérité, tout en elle correspondait à son personnage. Jusqu'à cette robe précieusement préservée pour cette circonstance.

Paul fit signe à Bannerjee de s'écarter. Celui-ci hésita

avant d'obéir. La fille, alors, fit un pas en avant. Elle était pleine de grâce. Mais elle ne regardait toujours pas Paul.

Il s'éclaircit la gorge.

Alors, elle leva les yeux et il lut dans son regard bleu l'émotion respectueuse qu'il s'était attendu à y lire. Elle avait un petit visage bizarre au menton délicat. Le pli de sa petite bouche indiquait un certain sens de la réserve. Ses yeux semblaient anormalement grands au-dessus de ses pommettes obliques. Quelque chose, dans ses traits, révélait qu'elle souriait rarement. Aux coins de ses yeux, une faible trace jaune pouvait s'expliquer par l'irritation due au sable ou par la sémuta.

Tout correspondait parfaitement au personnage.

« Tu as demandé à me voir », dit Paul.

L'instant décisif était venu pour la forme-fille. Scytale avait créé le corps, le sexe, la voix, les manières... tout ce que ses pouvoirs lui permettaient d'assumer. Mais Muad'Dib avait connu cette femelle dans les jours du sietch. Elle n'était alors qu'une enfant mais ils avaient vécu les mêmes expériences. Il fallait éviter certaines zones de souvenirs. C'était le rôle le plus difficile que Scytale eût jamais tenté.

« Je suis Lichna d'Otheym de Berk al Dib. »

La voix était douce mais ferme. Ainsi qu'il convenait, la fille avait donné son nom, celui de son père et ses antécédents.

Paul hocha la tête. Il comprenait maintenant pourquoi Chani avait été abusée. Tout était reproduit avec précision, jusqu'au timbre de la voix. Sans l'éducation Bene Gesserit qui l'avait formé à la Voix, sans la trame du *dao* que ses visions prescientes suscitaient autour de lui, Paul lui aussi aurait pu être trompé par ce Danseur-Visage.

A présent, il relevait certains défauts subtils : cette fille était un peu trop âgée par rapport à l'enfant qu'il avait connue. Les cordes vocales étaient trop contrôlées et il s'en fallait d'un rien que le port du cou et des épaules fût exactement celui d'un Fremen. Mais on ne pouvait qu'admirer la robe somptueuse qui révélait le rang véritable et le visage, merveilleusement copié. Le Danseur-Visage devait ressentir une certaine empathie avec son personnage.

« Repose-toi en ma demeure, fille d'Otheym, dit Paul,

selon le protocole fremen. Tu es la bienvenue, comme l'eau après un voyage au désert. »

La trace infime d'une détente intérieure lui révéla que cette apparente acceptation donnait confiance au visiteur.

« J'apporte un message », dit la fille.

« Le messager d'un homme est comme cet homme lui-même. »

Scytale respirait plus librement. Tout allait bien. Maintenant venait la principale manœuvre. L'Atréides devait être entraîné sur le sentier voulu. Il devait perdre sa concubine fremen en des circonstances telles que lui seul serait responsable. On ne pourrait s'en prendre qu'au tout-puissant Muad'Dib. Conscient de sa faute, il serait conduit à accepter l'alternative tleilaxu.

« Je suis la fumée qui chasse le sommeil de la nuit », dit-il. Selon le code des Fedaykin, cette phrase signifiait : *Je suis porteur de mauvaises nouvelles.*

Paul eut du mal à conserver son calme. Il se sentait mis à nu. Son esprit était prisonnier du temps, aveugle à toute vision. De puissants oracles dissimulaient ce Danseur-Visage. Il ne percevait que la frange de ces moments. Il savait seulement ce qu'il ne *devait pas* faire. Ainsi, il ne pouvait tuer ce Danseur-Visage. Cela ne ferait que précipiter l'avènement de ce futur qu'il devait éviter à tout prix. Il devait se frayer un chemin dans les ténèbres pour tenter de modifier ce schéma terrifiant.

« Donne-moi ton message », dit-il.

Bannerjee se plaça de telle façon qu'il pût voir le visage de la fille. Elle parut pour la première fois s'apercevoir de sa présence et son regard se posa sur la garde du poignard. La main de l'Officier n'en était qu'à quelques centimètres.

« L'innocent ne croit pas au mal », dit-elle en regardant Bannerjee bien en face.

Ahhh... très habile, songea Paul. C'était exactement ce qu'aurait dit la vraie Lichna. Durant une seconde, il eut une pensée pleine de tristesse pour la fille d'Otheym qui n'était plus qu'un corps desséché dans le désert. Mais le temps lui manquait pour de telles émotions. Il fronça les sourcils.

Bannerjee observait la fille.

« Je dois transmettre mon message en privé », dit-elle.

« Pourquoi ? » demanda Bannerjee d'un ton dur, insinuant.

« Parce que telle est la volonté de mon père. »

« Il est mon ami, dit Paul en désignant Bannerjee. Ne suis-je pas un Fremen ? Mon ami peut entendre tout ce que j'entends. »

Scytale hésita. Etait-ce réellement une coutume fremen... ou un test ?

« L'Empereur peut édicter ses propres lois, dit-il. Voici donc le message : Mon père souhaite que vous veniez à lui et que vous ameniez Chani. »

« Pourquoi dois-je amener Chani ? »

« Elle est votre compagne et une Sayyadina. Selon les règles de notre tribu, cela est une question d'Eau. Elle devra attester que mon père parle en Fremen. »

Il y a certainement des Fremen dans cette conspiration, songea Paul. Cet instant correspondait aux formes des choses à venir. Il n'avait d'autre alternative que d'accepter l'invitation.

« De quoi veut m'entretenir ton père ? » demanda-t-il.

« D'un complot monté contre vous... Un complot parmi les Fremen. »

« Pourquoi n'est-il pas venu lui-même ? » demanda Bannerjee.

Elle répondit, sans quitter Paul des yeux. « Il ne le peut pas. Ceux qui conspirent le surveillent. Il ne serait pas arrivé au terme de ce voyage. »

« En ce cas, n'aurait-il pu t'expliquer le complot ? demanda Bannerjee. Comment a-t-il pu accepter de risquer l'existence de sa propre fille pour cette mission ? »

« Les détails du complot sont enfermés dans un distrans que seul Muad'Dib est à même d'ouvrir. Voilà tout ce que je sais. »

« Pourquoi ne pas envoyer le distrans ? » demanda Paul.

« Parce qu'il est humain. »

« En ce cas, j'irai... Mais seul. »

« Chani doit vous accompagner ! »

« Chani attend un enfant. »

« Depuis quand une femme fremen refuse-t-elle... »

« Mes ennemis lui ont administré un poison subtil. La naissance sera difficile. Sa santé ne lui permet pas de m'accompagner. »

Avant que Scytale puisse réagir, des émotions étranges apparurent sur le visage de la fille : colère, frustration. Chaque victime, se souvint Scytale, avait droit à un chemin de fuite, même une victime comme Muad'Dib. Mais la conspiration n'avait pas échoué. L'Atréides restait pris dans le filet. Cet être s'était développé selon un schéma unique et il se détruirait plutôt que de devenir son contraire. Il en avait été ainsi du kwisatz haderach tleilaxu. Il en serait de même avec celui-ci. Et il y avait le ghola.

« Permettez-moi de m'en remettre à la décision de Chani », dit la fille.

« J'ai décidé, dit Paul, que tu m'accompagnerais à sa place. »

« Une Sayyadina du Rite doit être présente ! »

« Mais n'es-tu pas l'amie de Chani ? »

Piégé ! songea Scytale. *A-t-il des soupçons ? Non… Ce n'est que de la prudence fremen. Et le contraceptif est réel. Eh bien… il y a d'autres moyens.*

« Mon père, reprit-il, m'a demandé de ne pas revenir mais de chercher asile auprès de vous. Il a dit que vous vous refuseriez à me faire courir un danger. »

Paul acquiesça. Cela aussi était très habile. Il ne pouvait refuser l'asile demandé. La fille arguerait de l'obéissance fremen qu'elle devait à son père.

« Je me ferai accompagner de Harah, l'épouse de Stilgar, dit-il. Tu nous diras le chemin à suivre. »

« Comment savez-vous que vous pouvez lui faire confiance ? »

« Je le sais. »

« Et moi je l'ignore. »

Paul plissa les lèvres et demanda : « Ta mère vit-elle encore ? »

« Ma vraie mère s'en est allée rejoindre Shaï-hulud. Ma seconde mère sert mon père. Pourquoi ? »

« Est-elle du Sietch Tabr ? »

« Oui. »

« Je me souviens d'elle. Elle servira à la place de Chani.

(Il fit signe à Bannerjee.) Que des servantes conduisent Lichna d'Otheym à ses appartements. »

Bannerjee acquiesça. *Des servantes.* Le terme clé qui signifiait que la messagère devait être placée sous surveillance spéciale. Il lui prit le bras. Elle résista.

« Comment vous rendrez-vous chez mon père ? » demanda-t-elle.

« Tu expliqueras le chemin à suivre à Bannerjee. Il est mon ami. »

« Non ! Mon père m'a donné des ordres ! »

« Bannerjee ? » fit Paul.

Bannerjee s'immobilisa. Paul devina que l'Officier fouillait fébrilement dans cette mémoire encyclopédique qui lui avait permis d'atteindre son poste.

« Je connais un guide qui peut vous conduire à Otheym », dit-il enfin.

« En ce cas, j'irai seul », dit Paul.

« Sire, si vous... »

« Ainsi le veut Otheym », répondit Paul, dissimulant à grand-peine l'ironie énorme qui le brûlait.

« Sire ! Le danger est trop grand ! »

« Même un Empereur doit courir certains risques. Ma décision est prise. Fais ce que je t'ai ordonné. »

A regret, Bannerjee entraîna le Danseur-Visage hors de la pièce.

Resté seul, Paul se tourna vers l'écran, de l'autre côté du bureau. Il avait l'impression que, d'un instant à l'autre, un rocher énorme allait arriver de hauteurs infinies.

Devait-il révéler à Bannerjee la véritable nature de la messagère ? se demandait-il. Non ! Un tel incident ne s'était jamais inscrit sur l'écran de ses visions. Toute déviation ne pourrait que provoquer la violence. Il devait découvrir un moment pivot, un point à partir duquel il pourrait échapper à la vision.

Si toutefois un tel moment existait...

> Quel que soit le degré d'exotisme atteint par la civilisation, quels que soient les développements de l'existence et de la société ou la complexité des rapports homme/machine, il existe des interludes de pouvoir solitaire durant lesquels l'évolution de l'humanité, son avenir, dépendent des actions relativement simples de certains individus.
>
> D'après *Le Livre saint* des Tleilaxu.

Il traversait à pied le viaduc qui reliait la Citadelle au bâtiment de la Qizarate. Le crépuscule approchait et Paul marchait entre les ombres allongées qui le dissimulaient à demi, mais des regards avertis pouvaient reconnaître sa silhouette. Il se mit à boitiller. Il portait un bouclier mais il ne l'avait pas activé, ses hommes ayant décidé que le scintillement de l'énergie pourrait éveiller les soupçons.

Il jeta un coup d'œil à sa gauche. Des strates de nuages chargés de sable dérivaient vers le couchant. L'air avait la sécheresse hiereg, même dans les filtres du distille.

Paul n'était pas réellement seul, mais jamais le réseau de surveillance personnel n'avait été aussi lâche. Des ornithoptères munis de détecteurs nocturnes planaient en altitude sans ordre apparent. Ils étaient rattachés à sa personne par l'émetteur dissimulé dans ses vêtements. Dans les rues, des hommes soigneusement sélectionnés s'étaient dispersés. D'autres patrouillaient la cité. Tous connaissaient le déguisement de l'Empereur : distille, bottes *temag,* peau assombrie, joues déformées à l'aide de tampons de plastène. Un tube recyc pendait sur le côté gauche de son visage.

Il atteignit l'extrémité du viaduc et se retourna. Il surprit un mouvement derrière le treillis de pierre qui dissimulait un des balcons de ses appartements. Chani, sans aucun doute. « Tu vas chasser le sable dans le désert », lui avait-elle dit à l'instant de son départ.

Elle ne comprenait pas le choix amer qu'il avait dû faire. Choisir entre toutes les souffrances, se dit-il, rendait les petits chagrins presque intolérables.

En un bref moment, flou et douloureux, il revécut son départ. Dans les dernières secondes, Chani avait eu une fugace vision-tau de ses émotions mais elle l'avait mal interprétée. Elle avait cru qu'il éprouvait ce qu'éprouve l'amant qui s'en va affronter, seul, le dangereux inconnu, en quittant sa bien-aimée.

J'aurais voulu l'ignorer, se dit-il.

Il quitta le viaduc et pénétra par la chaussée supérieure dans le grand bâtiment de la Qizarate. A la clarté des brilleurs, les gens se hâtaient vers leurs tâches. La Qizarate ne connaissait pas le sommeil. Le regard de Paul se posait sur chacune des enseignes qui apparaissaient au-dessus des portes et il lui semblait que c'était la première fois qu'il les lisait : *Marchands de Chance — Alambics et Distillations — Recherches Prophétiques — Epreuves de Foi — Fournitures Religieuses — Armurerie — Propagande de la Foi... Propagande de la Bureaucratie* eût été plus honnête, songea Paul.

L'univers avait été envahi par un type particulier de fonctionnaire civil religieux. Ces nouveaux convertis de la Qizarate cherchaient rarement à déloger les Fremen des postes clés. Ils emplissaient les interstices. Ils usaient du Mélange tout autant pour ses pouvoirs gériatriques que pour prouver qu'ils pouvaient se l'offrir. Ils se tenaient à l'écart des gouvernants : Empereur, Guilde, Bene Gesserit, Landsraad, Familles aussi bien que Qizarate. Leurs dieux étaient la Routine et les Archives. A leur service, ils avaient des mentats et de prodigieux systèmes de classement. Efficacité était le premier terme de leur catéchisme mais ils invoquaient bien sûr les préceptes des Butlériens. Les machines, disaient-ils, ne pouvaient être conçues à la ressemblance de l'esprit humain, mais chacun de leurs actes révélait qu'ils préféraient de loin les machines aux hommes, les statistiques aux individus, les vues générales et abstraites à l'approche personnelle par l'imagination et l'initiative.

Comme il s'engageait sur une nouvelle rampe d'accès, de l'autre côté du bâtiment, Paul entendit les cloches de l'Autel d'Alia qui appelaient les fidèles pour le Rite du Soir.

Ce son avait quelque chose d'étrangement permanent.

Le temple qui se dressait à l'autre extrémité de la place était de construction récente. Il était contemporain des rites qu'il abritait. Mais sa situation par rapport à Arrakeen, au seuil du désert, la disposition des maisons proches, tout concourait à donner l'impression d'un lieu ancien, riche de traditions et de mystères. Les murs de pierre et de plastène, érodés rapidement par le vent chargé de sable avaient une apparence millénaire.

Brusquement, Paul se retrouvait englouti dans la foule. Le seul guide que les hommes de la Sécurité eussent réussi à découvrir avait insisté pour qu'il en fût ainsi. Paul avait immédiatement accepté, ce qui n'avait pas été du goût des hommes de la Sécurité, ni de Stilgar. Et encore moins de Chani.

Les gens l'entouraient, le pressaient de tous côtés, lui accordaient un bref regard et passaient leur chemin, lui procurant une curieuse impression de liberté. Il savait que c'était ainsi qu'on leur avait appris à se comporter vis-à-vis des Fremen. Il avait l'apparence d'un homme du désert profond. De tels hommes étaient prompts à la colère.

Au fur et à mesure qu'il approchait des marches du temple, la foule se faisait plus oppressante. Ceux qui le bousculaient involontairement prononçaient les excuses rituelles : « Pardonnez-moi, très noble. Je ne suis point responsable de cette discourtoisie. » « Pardon, noble. C'est la pire bousculade que j'aie jamais connue. » « Je m'abaisse devant vous, citoyen saint. Ce lourdaud m'a poussé. »

Après quelques instants, Paul finit par ne plus entendre ces mots. Ils ne recelaient d'autre émotion que la crainte religieuse. Il se mit à penser à l'étrange et long chemin parcouru depuis son enfance sur Caladan. Quand avait-il fait son premier pas sur ce sentier qui traversait maintenant cette place noire de monde, si loin de Caladan ? Avait-il seulement fait ce premier pas ? Il n'aurait su dire s'il lui était advenu d'agir pour une raison spécifique durant toute son existence. Les motivations et les forces qui s'étaient affrontées étaient complexes, sans doute plus complexes que toutes celles de l'Histoire humaine. Il avait encore le sentiment exaltant qu'il pouvait échapper au destin qu'il discernait si nettement au bout de ce sentier. Mais la foule continuait de le pousser de l'avant et il eut soudain l'impression affolante d'avoir perdu son chemin, de n'avoir plus aucune influence sur sa vie.

La foule montait avec lui vers le portail du temple. Les voix devenaient moins fortes. Le parfum de la peur devint comme une odeur... une odeur puissante et âcre de sueur.

A l'intérieur du temple, les Répondants avaient déjà commencé le service. Leur plain-chant dominait les chuchotements, les froissements d'étoffe, les bruits de pieds, les toussotements. Ils racontaient l'histoire des Lieux Lointains visités par la Prêtresse dans sa sainte transe.

> « Elle chevauche le ver des espaces !
> Elle nous guide à travers les tempêtes
> Jusqu'aux terres où sommeillent les vents.
> Nous dormons dans l'antre du serpent
> Mais elle veille sur nos rêves.
> Elle nous cache des feux du désert
> Dans la fraîcheur d'un creux.
> Ses dents blanches nous éclairent
> Quand nous marchons dans la nuit.
> Par les tresses de ses cheveux
> Nous escaladons les cieux !
> Par elle naissent les parfums ! »

Balak ! songea Paul en fremen. *Attention ! Par elle peuvent aussi naître la passion et la fureur !*

Sous le porche étaient alignés des brilleurs verticaux et minces imités des cierges anciens. Leur clarté vacillante éveilla dans l'esprit de Paul des souvenirs ancestraux bien qu'il sût que tel était le but visé. C'était là un cadre atavique, subtilement conçu, efficace. Il avait participé à ces choses et il en éprouvait de la haine envers lui-même.

Avec la foule, il franchit l'immense portail de métal et pénétra dans la nef caverneuse. Très loin, l'autel brillait, à l'autre extrémité. Au sommet de l'ombre, dans les hauteurs de la nef, des lumières clignotaient comme les cierges-brilleurs. L'autel, très simple, avait été taillé dans un bois noir incrusté de motifs de la mythologie fremen sur le thème du sable. Au-delà, les lumières jouaient sur le champ protecteur d'une porte, suscitant des arcs-en-ciel. De part et d'autre de ce rideau evanescent, les sept rangs de Répondants offraient une image sinistre : robes noires, visages blêmes, bouches s'ouvrant à l'unisson.

Paul observa ensuite les pèlerins qui l'entouraient. Il avait brusquement envie de leur ressembler, d'écouter avec la même intensité, de prêter l'oreille à ces vérités qu'il ne percevait pas. Il lui semblait qu'ils bénéficiaient ici de quelque chose qui lui était refusé, quelque chose qui soulageait mystérieusement.

Il essaya de se rapprocher un peu plus de l'autel et une main se posa sur son bras. Il regarda rapidement autour de lui et rencontra les yeux inquiets d'un vieux Fremen. Des yeux bleus sous des sourcils épais. Des yeux d'ibad qui le reconnaissaient. Un nom jaillit aussitôt dans son esprit : Rasir, un compagnon des jours du sietch.

Il se rendait compte que, dans cette foule, il était totalement vulnérable. Si toutefois Rasir entendait user de violence.

Le vieil homme se rapprocha encore de lui. Il avait glissé une main sous sa robe. Il tenait un krys, cela ne faisait pas le moindre doute. Tant bien que mal, Paul se prépara à l'attaque. Mais Rasir pencha la tête et murmura à son oreille : « Rejoignons les autres. »

C'était le signal de reconnaissance du guide.

Rasir, déjà, se retournait vers l'autel.

« Elle vient de l'orient, chantaient les Répondants. Le soleil est derrière elle. Chaque chose est révélée. Dans le plein éclat de la lumière, rien n'échappe à ses yeux, clair ou sombre. »

La plainte d'une rebaba jaillit au-dessus des voix, les

domina, les réduisit au silence. Brusquement, presque électriquement, la foule s'avança de plusieurs mètres. La masse de chair se fit encore plus dense et plus dense encore la senteur d'épice dans l'air tiède.

« Shai-hulud écrit sur le sable vierge ! » clamèrent les Répondants.

Paul sentit son propre souffle se mettre à l'unisson des autres. Derrière le rideau diapré de la porte, un chœur féminin psalmodia : « Alia... Alia... Alia... » Les voix s'élevèrent, puis se turent brusquement. Le silence régna pendant un instant. Puis d'autres voix reprirent :

> « Elle calme les tempêtes
> Et son regard tue l'ennemi
> Et tourmente l'impie.
> Depuis les spires de Tuono
> D'où l'aurore jaillit
> Et d'où ruissellent les eaux
> Son ombre apparaît.
> Dans le brasier de l'été,
> Elle nous sert le pain et le lait,
> Avec la fraîcheur, la douceur des épices.
> Ses yeux balaient l'adversaire,
> Et chassent l'oppresseur.
> Ses yeux percent tous les mystères.
> Alia... Alia... Alia... Alia... »

Doucement, les voix se turent.

Paul était gagné par un malaise. *Que faisons-nous ?* se demanda-t-il. Alia n'avait été qu'une enfant-sorcière, mais les années passaient et elle grandissait vite. *Grandir*, songea-t-il, *c'est devenir plus redoutable.*

L'atmosphère mentale du temple s'infiltrait dans sa psyché. Il percevait en lui cet élément qui ne faisait qu'un avec les esprits alentour. Mais les différences formaient une mortelle contradiction. Il était immergé, isolé dans un péché personnel que jamais il ne pourrait expier. Il percevait l'énormité de l'univers, autour du temple. Comment un homme, comment un rite pourraient-ils jamais façonner une telle immensité aux mesures de l'homme ?

Il eut un frisson. L'univers s'opposait à lui à chacun de ses pas. Il échappait à son étreinte et revêtait mille déguisements pour le tromper. Jamais l'univers ne se plierait à la forme qu'il voulait lui donner.

Une vague de chuchotements parcourut le temple.

Un silence total s'établit.

Alia émergea des ténèbres, franchit le rideau d'arcs-en-ciel. Elle portait une robe jaune brodée de vert. Le jaune pour la lumière du soleil, le vert pour la mort qui engendrait la vie. Brusquement, Paul se dit qu'Alia n'était apparue que pour lui, pour lui seul. Et c'était là une pensée infiniment surprenante. Par-dessus la foule, son regard se fixa sur sa sœur. Sa sœur. Il connaissait le rite et ses origines mais jamais encore il ne s'était retrouvé ainsi, mêlé aux pèlerins, l'observant avec leurs yeux. La découvrant maintenant en ce lieu de mystère, il comprenait qu'elle faisait partie intégrante de cet univers qui s'opposait à lui.

Des Acolytes firent leur apparition et présentèrent à Alia un calice d'or. Elle le prit et le leva.

Dans la partie intacte de sa conscience, Paul savait que ce calice contenait le sacrement de l'oracle, le Mélange pur, le subtil poison.

Et Alia prit la parole, les yeux fixés sur le calice. Et sa voix était caressante aux oreilles, douce et musicale, vibrante et colorée.

« Au commencement, nous étions vides. »

« Ignorants de toutes choses », chantèrent les Répondants.

« Nous restions étrangers à la Puissance qui réside en tous lieux. »

« Et en tout temps. »

« Voici la Puissance », reprit Alia en élevant légèrement le calice.

« Elle nous apporte la joie », psalmodia le chœur.

Et aussi la détresse, songea Paul.

« Elle éveille l'âme », dit Alia.

« Et disperse les doutes. »

« En ces mondes nous périssons. »

« Par la Puissance, nous survivons. »

Alia porta le calice à ses lèvres et but.

Comme le plus humble pèlerin de l'assistance, Paul se surprit à retenir son souffle. En dépit de toute ce qu'il savait de la cérémonie et de l'expérience que vivait Alia, il était pris dans la trame du tau. Il se souvenait du flux ardent du poison dans l'organisme. Il revivait l'éveil dans cette zone de non-temps où toute chose était possible, la perception transformant la structure même du poison. Il savait qu'il connaissait l'expérience que sa sœur vivait mais, dans le même instant, il se rendait compte qu'il ne la comprenait pas. Le mystère du rite était un voile sur ses yeux.

Alia trembla et tomba à genoux.

En même temps que les autres pèlerins, Paul exhala et hocha la tête. Une partie du voile se déchirait. Absorbé dans une vision, il avait oublié que chaque vision appartenait à tous ceux qui étaient encore sur le chemin, encore à venir. Dans la vision, on traversait une zone de ténèbres où l'on ne pouvait distinguer la réalité de l'accident insubstantiel. On éprouvait la soif d'absolus qui jamais ne seraient

Eprouver semblable soif, c'était perdre le présent.

Sous le choc de la transformation de l'épice, Alia vacilla.

Paul eut brusquement conscience de quelque présence transcendante qui, s'adressant à lui, déclarait : « Vois ! Regarde ! Regarde ce que tu as ignoré ! » En cette seconde, il vit par d'autres yeux, il pensa qu'il voyait : des images, des rythmes que nul poète, nul artiste n'aurait pu reproduire. Il vit une clarté éblouissante, vivante et belle, qui révélait la voracité du pouvoir... et la sienne.

La voix d'Alia s'éleva sous la vaste nef : « Nuit lumineuse ! »

Une plainte sourde courut au sein de la foule.

« Rien ne peut se cacher dans une telle nuit ! reprit Alia. Quelle lumière dans cette nuit ! On ne peut vraiment la regarder ! Nos sens ne peuvent la percevoir. Nul mot ne peut la décrire. (Sa voix baissa d'un ton.) L'abysse demeure. Plein des choses à naître. Ahhh... quelle douce violence ! »

Paul eut conscience qu'il attendait quelque signal privé de sa sœur. Un geste, un mot, un élément mystique et sorcier, une effusion qui l'envelopperait, le fixerait comme une flèche sur un arc cosmique. Cet instant, il le percevait en lui comme une flaque vibrante de mercure.

« Il y aura du chagrin, psalmodia Alia. Je vous rappelle que toute chose est commencement, commencement à jamais. Des mondes attendent d'être conquis. Certains de ceux qui perçoivent ma voix connaîtront des destinées exaltantes. Vous renierez le passé, vous oublierez ce que je vous dis maintenant : dans toute différence il y a unité. »

Alia baissa soudain la tête et Paul faillit laisser échapper un cri de déception. Elle n'avait pas prononcé les paroles qu'il attendait. Tout à coup, son corps n'était plus qu'un coquillage desséché, une carapace abandonnée par un insecte du désert.

D'autres devaient éprouver le même sentiment, se dit-il. Il devinait une tension nouvelle autour de lui. Loin dans la nef, quelque part sur la gauche, une femme poussa un cri d'angoisse.

Alia releva la tête et Paul eut l'impression que son regard annulait la distance qui les séparait, que les yeux de sa sœur n'étaient plus qu'à quelques centimètres des siens.

« Qui m'appelle ? » demanda-t-elle.

« Moi ! cria la femme invisible. C'est moi qui t'appelle, Alia... Aide-moi. Ils disent que mon fils a été tué sur Muritan. Est-il parti pour toujours ? »

« Tu essaies de revenir sur tes pas dans le sable, répondit Alia. Rien n'est perdu. Tout revient plus tard. Mais il faut reconnaître la forme changée qui nous revient. »

« Alia, je ne comprends pas ! » implora la femme.

« Tu vis dans l'air mais tu ne le vois pas. Es-tu un lézard ? Il y a l'accent fremen dans ta voix. Les Fremen essaient-ils de ramener les morts à la vie ? Qu'attendons-nous d'eux ; si ce n'est leur eau ? »

Au centre de la nef, un homme vêtu d'une somptueuse cape rouge leva les deux mains, révélant les manches de sa tunique blanche. « Alia ! On vient de me proposer une affaire. Dois-je l'accepter ? »

« Tu viens ici tel un mendiant. Tu cherches la coupe d'or mais tu ne trouveras qu'une dague. »

« On m'a demandé de tuer un homme ! » lança une voix,

quelque part à droite, une voix grave qui avait l'accent des sietch. Dois-je accepter ? Et réussirai-je ? »

« Le commencement et la fin sont une seule et même chose ! lança Alia. Ne t'ai-je pas déjà dit cela auparavant ? Tu n'es pas venu ici pour poser cette question. Qu'y a-t-il donc que tu ne puisses croire pour venir ainsi et crier ? »

« Elle est de bien méchante humeur, ce soir, murmura une femme, tout près de Paul. Est-ce que vous l'avez déjà vu aussi furieuse ? »

Elle sait que je suis là, songea-t-il. *Est-ce donc ce qu'elle a découvert dans sa vision qui provoque sa colère ? Et cette colère... est-elle dirigée contre moi ?*

« Alia ! appela un homme, à quelques pas devant Paul. Dites donc à ces hommes riches et sans cœur combien de temps encore votre frère régnera ! »

« Je t'autorise à voir par toi-même ! Tes paroles portent leur propre préjudice ! C'est parce que mon frère chevauche le ver du chaos que vous avez de l'eau et un toit ! »

Avec un geste sauvage, elle rajusta sa robe, pivota sur elle-même et replongea dans la lumière diaprée de la porte.

Aussitôt, les Répondants entonnèrent le chant ultime de la cérémonie, mais leurs voix n'étaient pas à l'unisson. Il était évident que la conclusion inattendue du rite les avait déconcertés. Des murmures s'élevaient de la foule. La tension que Paul avait perçue auparavant était devenue mécontentement, inquiétude.

« C'est à cause de cet imbécile avec sa question à propos de ses affaires... L'hypocrite ! »

Qu'avait donc vu Alia ? Quel sentier du futur avait-elle suivi ?

Il était arrivé quelque chose ce soir. Le rite de l'oracle avait été perturbé. Habituellement, la foule attendait d'Alia des réponses à ses questions pitoyables. Les pèlerins venaient en mendiants. Oui, en mendiants. Paul les avait trop souvent entendus, dissimulé derrière l'autel. Que s'était-il passé de différent ce soir ?

Le vieux Fremen le tira par la manche en désignant la porte. Déjà, la foule commençait à s'écouler dans cette direction. Paul se mit en marche, plongeant à nouveau dans la marée des corps. La main du guide ne quittait pas son bras. Il avait la sensation que son corps était devenu la simple manifestation de quelque puissance inconnue qu'il ne pouvait contrôler. Il était devenu un non-être, une immobilité. Il existait au centre du non-être. Il se laissait conduire au long des rues de la cité, suivant un chemin si familier à ses visions que son cœur en était glacé de chagrin.

Je devrais savoir ce qu'Alia a vu, pensait-il. *Je l'ai vu moi-même tant de fois. Mais elle n'a pas pleuré... elle aussi a vu les alternatives offertes.*

> Le développement de la production et celui des revenus doivent progresser au même rythme dans mon Empire. Voilà, en substance, ce que j'ordonne. Il n'y aura pas de difficultés de balance des paiements entre les diverses sphères d'influence. Simplement parce que j'ordonne qu'il en soit ainsi. Je tiens à insister sur mon autorité en ce domaine. Je suis le consommateur d'énergie suprême et le resterai, vivant ou mort. Mon Gouvernement, c'est l'économie.
>
> *L'Empereur Paul Muad'Dib :* Ordre au Conseil.

« JE vais vous quitter ici, dit le vieil homme en ôtant sa main du bras de Paul. C'est à droite, la seconde porte avant d'atteindre l'extrémité. Va avec Shai-hulud, Muad' Dib... et souviens-toi du temps où tu étais Usul. »

Et il disparut dans la nuit.

Quelque part, les hommes de la Sécurité devaient l'attendre pour le conduire en un lieu où ils pourraient l'interroger à loisir. Paul le savait, mais il espérait que le vieux Fremen leur échapperait.

Les étoiles brillaient au ciel et la Première Lune se levait derrière le Bouclier. Mais il n'était pas dans le désert où l'homme peut se guider sur une étoile. Le vieil homme l'avait conduit dans un faubourg de construction récente. Paul reconnaissait au moins cela.

Le sable venu des dunes proches emplissait la ruelle. Un

peu plus loin, un globe-suspenseur répandait une faible clarté, révélant que la ruelle était en réalité une impasse.

L'odeur fétide d'un distillateur de récupération flottait dans l'air. Les conduits devaient être mal isolés et une part importante d'humidité était gaspillée dans la nuit. Ces gens étaient devenus bien négligents, se dit Paul. Riches d'eau, ils avaient oublié les jours anciens d'Arrakis où l'on tuait un homme pour l'humidité de son corps.

Pourquoi hésiter ? se demanda-t-il. *Il a dit la seconde porte avant le fond de l'impasse. Je le savais sans qu'il ait à me le dire. Mais il faut agir avec précision. Donc... J'hésite...*

Les échos d'une dispute lui parvinrent soudain de la maison à l'angle de l'impasse. La femme s'en prenait sans doute à son époux : la poussière s'infiltrait dans la maison. Est-ce qu'il croyait que l'eau allait tomber du ciel ? Là où entrait la poussière, l'humidité disparaissait.

Certains se souviennent, songea Paul.

Il s'avança dans l'impasse et la voix coléreuse de la femme s'atténua.

L'eau du ciel !

Certains Fremen avaient vu l'eau du ciel sur les autres mondes. Lui aussi l'avait vue et il l'avait désirée pour Arrakis. Mais, dans sa mémoire, il semblait que ce fût advenu à quelqu'un d'autre. On appelait cela la pluie. Il eut le brusque souvenir d'un orage sur son monde natal, la vision de lourds nuages gris dans le ciel de Caladan. L'électricité, les éclairs, l'air humide, les premières gouttes énormes qui tambourinaient sur les verrières. La pluie en ruisseaux dans les chenaux. La rivière grossie qui devenait boueuse derrière les vergers de la famille... les arbres aux branches scintillantes sous les gouttes.

Son pied rencontra un amas de sable et, l'espace d'une seconde, il se retrouva, enfant, marchant dans la boue après l'orage. Et puis, ce ne fut que du sable, ce ne fut plus que l'impasse balayée de vent où attendait l'Avenir. La vie aride qu'il devinait tout autour de lui était une accusation. *C'est toi qui as fait cela !* C'est toi qui as créé cette civilisation de guetteurs au regard sec, de conteurs qui ne savent résoudre les problèmes que par la puissance... toujours plus de puissance... et en détestent chaque parcelle.

Sous ses pas, des dalles de pierre. Il les reconnut. Elles avaient été dans la vision. Noire sur noir, à sa droite, une porte lui apparut. La maison d'Otheym. La maison du Destin. Une maison qui ne différait des autres que par le rôle que le Destin lui avait assigné. Etrange que ce lieu dût rester dans l'Histoire.

Il frappa et la porte s'ouvrit aussitôt, révélant un atrium baigné d'une pâle clarté verte. Un nain regardait Paul. Un visage ancien sur un corps d'enfant. Une apparition que la vision ne lui avait pas révélée.

« Ainsi, vous êtes venu », dit le nain. Il s'écarta. Il arborait un sourire tranquille et ne semblait pas impressionné.

« Entrez! Entrez! »

Paul hésita. Tout correspondait à la vision, sauf le nain. Les visions, tout en demeurant exactes par rapport à l'infini du temps, pouvaient révéler des disparités comme celle-ci. Cette différence le mettait au défi de reprendre espoir. Il se retourna vers la rue, vers le reflet nacré de la lune qui apparaissait entre les ombres déchiquetées. La lune continuait de le hanter. Comment tombait-elle?

« Entrez! » répéta le nain.

Paul s'avança, prêta l'oreille au bruit sourd des joints comme la porte se refermait. Le nain passa à côté de lui et le précéda, ses pieds démesurés claquant sur le sol. Il poussa la porte de treillage ouvrant sur la cour intérieure et dit : « Ils vous attendent, Sire. »

Sire, songea Paul. *Il me connaît donc.*

Sans lui laisser le temps de poursuivre ses pensées, le nain disparut dans un passage latéral. L'espoir, en Paul, était un vent-derviche, un tourbillon impalpable et rapide. Il s'avança dans la cour. C'était un lieu d'ombre et de malaise où stagnaient les relents de la maladie, de la défaite. Cette atmosphère l'oppressait. Choisir un moindre mal était-ce la défaite? se demanda-t-il. Jusqu'où s'était-il avancé sur ce chemin?

Une étroite ouverture, en face de lui, laissait filtrer un peu de lumière. Luttant contre l'impression de présences invisibles et malveillantes, Paul franchit le seuil et pénétra dans une petite pièce nue dont deux murs seulement étaient revêtus de tentures hiereg. En face de Paul, sous la plus belle de ces tentures, un homme était assis sur un coussin carmin. Une porte ouvrait dans l'un des murs nus, à gauche de Paul, et il distingua dans la pénombre, au-delà, une silhouette féminine.

Prisonnier de la vision. C'était ainsi que les choses devaient se présenter. Mais où était le nain ? En quoi résidait la différence ?

Par tous ses sens, il absorbait la pièce en une unique perception *gestalt*. Cette pièce, dans sa nudité, témoignait d'un soin permanent. Des clous et des crochets révélaient que des tentures avaient été ôtées des deux murs nus. Pour les produits de l'artisanat fremen, les pèlerins des mondes étrangers payaient des sommes énormes, Paul le savait. Pour les plus riches d'entre eux, les tapisseries du désert étaient de véritables trésors, les marques véritables du hajj.

Tout, en ce lieu, était une accusation. Paul posa son regard sur les deux tentures dont la trame apparaissait et son sentiment de culpabilité augmenta encore.

A droite, sur une étagère étroite, des portraits de Fremen étaient alignés. La plupart étaient barbus, vêtus de distilles dont les tubes pendaient de part et d'autre de leur visage. Certains, en uniforme impérial, avaient posé devant des paysages exotiques, le plus souvent marins.

L'homme assis sur le coussin carmin se racla la gorge pour attirer l'attention de Paul. C'était Otheym, tel que Paul l'avait découvert dans la vision. Le large cou était devenu noueux. Le vieux Fremen ressemblait à un oiseau dont la tête eût été trop grosse pour un corps aussi frêle. Son visage était partagé en deux. Sa joue gauche n'était plus qu'un réseau de cicatrices entrecroisées sous un œil malade. Le côté droit était intact et le regard de l'œil bleu était net, intense. Dans ce visage, le nez était un incroyable fer de lance.

Le sol de la pièce était recouvert d'un tapis usé. Des fils d'or subsistaient encore dans le dessin en camaïeu brun et marron. Le coussin sur lequel Otheym était assis perdait son rembourrage, mais tout ce qui était métallique, autour de lui, brillait de l'éclat du neuf : les cadres des portraits comme le bord du rayon et le piédestal de la table basse qui se trouvait à droite.

Paul porta son regard sur la moitié intacte du visage d'Otheym et dit, ainsi qu'à un vieil ami et compagnon de sietch : « Bonne chance à toi et à ta demeure. »

« Ainsi, je te revois, Usul. »

La voix qui venait de prononcer son nom tribal était celle, plaintive, fêlée, d'un très vieil homme. L'œil malade s'éveilla au-dessus de la joue de parchemin. La bouche se déformait à chaque parole, révélant des dents de métal.

« Muad'Dib répond toujours à l'appel d'un Fedaykin », dit Paul.

La silhouette féminine apparut sur le seuil et dit : « C'est ce que prétend Stilgar. »

Elle avança dans la lumière. Paul eut l'impression d'avoir devant lui une version plus âgée de la Lichna copiée par le Danseur-Visage. Il se rappela alors qu'Otheym avait des sœurs mariées. Les cheveux de celle-ci étaient marqués de gris et son nez étroit était celui d'une sorcière. Les stigmates calleux des tisserands apparaissaient sur ses pouces et ses doigts. Aux jours du sietch, toute femme fremen eût été fière de ces marques. Celle-ci tentait désespérément de les cacher dans les plis de sa robe bleue.

Paul se souvint de son nom : Dhuri. Il se souvenait aussi de son image, mais de son image enfant et non telle qu'il l'avait entrevue dans sa vision. C'était l'accent plaintif de sa voix qui avait déclenché ce souvenir. Enfant, déjà, elle parlait en geignant.

« Vous me voyez, dit-il. Serais-je ici si Stilgar n'était pas d'accord ? (Il se tourna vers Otheym.) Je porte ton eau, Otheym. Ordonne. »

C'était le langage direct d'un frère de sietch à un autre.

Avec un tremblotement, Otheym hocha la tête. Cela semblait un effort excessif pour ce cou malingre. Il leva sa main gauche tachée de jaune et désigna son visage. « J'ai attrapé ce mal sur Tarahell, Usul. (Sa voix était rauque.) Juste après cette victoire où nous avons tous... » Il fut secoué par une violente quinte de toux.

« La tribu prendra bientôt son eau », dit Dhuri. Elle s'approcha et remit en place les oreillers qui soutenaient Otheym. Puis elle le maintint par les épaules jusqu'à ce que la toux se fût calmée. Elle n'était pas vraiment âgée, se dit

Paul. C'était simplement les espoirs déçus, l'amertume, qui éteignaient son regard et donnaient ce pli roide à sa bouche.

« Je vais faire appeler des docteurs », dit-il.

Elle se retourna, la main sur la hanche. « Il en est déjà venu. Des médics aussi bons que ceux que vous pourriez envoyer. » Involontairement, elle regarda vers le mur nu, à sa gauche.

Les médics coûtent cher, songea Paul.

Il était vigilant. La vision l'enfermait toujours mais des différences mineures avaient fait leur apparition. Comment pourrait-il les utiliser ? Le temps se dévidait avec de subtiles variations mais l'ensemble de la trame restait immuablement oppressif. Il savait avec une certitude terrifiante que s'il tentait de briser le schéma qui le maintenait en ce moment, il en résulterait un terrible déchaînement de violence. La puissance contenue dans le cours tranquille du Temps était effroyable.

« Dis ce que tu attends de moi », grommela-t-il.

« Otheym ne peut-il espérer la présence d'un ami auprès de lui quand viendra le moment ? demanda Dhuri. Se peut-il qu'un Fedaykin doive confier sa chair à des étrangers ? »

Nous avons vécu ensemble au Sietch Tabr, se dit Paul. *Elle est en droit de me reprocher ma dureté.*

« Je ferai ce qui me sera possible », dit-il.

Une nouvelle quinte de toux secoua le vieux Fremen. Après un temps, il réussit à marmonner : « Usul, il y a trahison... Des Fremen complotent contre toi. »

Il continua de mouvoir les lèvres mais sans produire aucun son. Il se mit à baver et Dhuri se pencha pour l'essuyer avec un coin de sa robe. Paul lut sur son visage la colère qu'elle éprouvait devant cette humidité perdue.

Et il faillit s'abandonner à la fureur, brusquement, devant cette scène. *Otheym ! Mourir ainsi ! Un Fedaykin mérite mieux que cela !* Mais il n'y avait pas de choix possible, pas pour un Commando de la Mort de l'Empereur. Dans cette pièce, ils étaient en équilibre sur le fil du rasoir d'Occam. Le moindre faux pas multiplierait les horreurs, non seulement pour eux mais pour l'humanité entière et même pour ceux qui les détruiraient.

Paul rétablit le calme dans son esprit et regarda à

nouveau Dhuri. Elle était penchée sur Otheym. L'avidité qu'il lut dans ses yeux le raffermit dans sa volonté. *Jamais Chani ne me regardera ainsi*, songea-t-il.

« Lichan m'a parlé d'un message », dit-il.

« Mon nain, murmura Otheym, je l'ai acheté sur... sur un... un monde... j'ai oublié. C'est un distrans humain, un jouet des Tleilaxu. Il a... enregistré tous les noms... des traîtres. »

Il se tut avec un tremblement.

« Vous parlez de Lichna, intervint Dhuri. Lorsque vous êtes arrivé, nous avons su qu'elle avait réussi à vous atteindre saine et sauve. Si vous pensez à ce nouveau fardeau que vous confie Otheym, Lichna est la somme de ce fardeau. Un échange honnête, Usul : prenez le nain et partez. »

Paul réprima un haussement d'épaules et ferma les yeux. *Lichna !* La vraie Lichna était morte dans le désert, déchirée par la sémuta, livrée au sable et au vent.

Il rouvrit les yeux et dit : « Vous auriez pu venir à moi n'importe quand... »

« Otheym s'est tenu à l'écart afin d'être compté parmi ceux qui vous haïssent, Usul. C'est dans la maison qui se trouve au sud de celle-ci, dans cette rue, que se rassemblent vos adversaires. C'est pour cela que nous habitons ici. »

« Appelez le nain et nous partirons tous. »

« Vous ne m'avez pas bien écouté », dit Dhuri.

« Il faut conduire le nain en un lieu sûr, intervint Otheym avec une fermeté surprenante. Lui seul porte les noms des traîtres. Personne ne le soupçonne d'être ce qu'il est. Tous croient que je ne le garde que pour me distraire. »

« Nous ne pouvons partir, reprit Dhuri. Seuls vous et le nain quitterez cette maison. Tout le monde sait à quel point... nous sommes pauvres. Nous avons dit que nous vendions le nain. Ils vous prendront pour l'acheteur. C'est votre seule chance. »

Paul sonda les souvenirs de sa vision. Il avait quitté la maison avec les noms des traîtres, mais jamais il n'avait vu où étaient portés ces noms. Il était certain, maintenant, que le nain se déplaçait sous la protection d'un autre oracle. Il prit conscience, alors, que tous les êtres devaient porter quelque forme de destin gravé par les forces changeantes, par la détermination de l'éducation, de la disposition. Dès le moment où le Jihad l'avait choisi, il s'était senti cerné par les forces de la multitude. Il était contrôlé par leurs buts. Pour le prisonnier dans sa cage qu'il était, l'idée de Libre Arbitre n'était qu'illusion. Sa malédiction était de *voir* la cage !

Prêtant l'oreille, il perçut le vide de la maison. Ils n'étaient que quatre : Dhuri, Otheym, le nain et lui. Il lui semblait que la peur des autres était une odeur forte. Il décelait les guetteurs tout comme la lointaine présence des ornis... Et il y avait les autres... dans la demeure voisine.

J'ai eu tort d'espérer, se dit-il. Mais le fait même de penser à l'espoir lui ramena le *sens* déformé de l'espoir et il songea qu'il pourrait encore saisir son moment.

« Appelez le nain », dit-il.

« Bijaz ! »

« On m'appelle ? » Le nain fit son entrée dans la pièce, l'air contrarié.

« Bijaz, tu as un nouveau maître, dit Dhuri. Elle regarda Paul et ajouta : « Tu peux l'appeler... Usul. »

« Usul, la base du pilier, dit Bijaz, traduisant le terme fremen. Comment Usul peut-il être la base quand je suis la seule base vivante ? »

« Il parle toujours ainsi », dit Otheym pour l'excuser.

« Je ne parle pas, poursuivit Bijaz. Je manipule une machine appelée langage. Elle grince et grogne, mais elle est à moi. »

Un jouet tleilaxu, cultivé et vif, se dit Paul. *Jamais le Bene Tleilax ne se serait passé de quelque chose d'aussi précieux.*

Il observa le nain, soutint le regard de ses yeux ronds.

« Quels autres talents as-tu, Bijaz ? » demanda-t-il.

« Je sais à quel moment il nous faut partir. C'est un talent que bien peu d'hommes possèdent. Il y a un temps pour les fins... et c'est un bon commencement. Alors commençons par partir, Usul. »

Dans la vision, il n'y avait pas eu de nain. Non, mais les paroles du petit être correspondaient.

« A mon entrée, tu m'as appelé Sire, fit-il remarquer. Tu me connais donc ? »

« C'est sûr, Sire, dit Bijaz avec un sourire. Tu es plus que la base, Usul, tu es l'Empereur Atréides Paul Muad'Dib. Et aussi mon doigt. » Il leva l'index de sa main droite.

« Bijaz! cria Dhuri. Tu nargues le destin! »

« Je nargue mon doigt, protesta Bijaz d'une voix grinçante. Il désigna Paul : Vois, je montre Usul! Mon doigt n'est-il pas Usul lui-même? Ou bien est-ce le reflet de quelque chose qui se trouve à la base? (Il approcha son index de son visage, l'examina avec un sourire moqueur sous tous les angles.) Mais... ce n'est qu'un doigt ordinaire, à la réflexion. »

« Il lui arrive souvent de délirer ainsi, dit Dhuri d'un ton contrit. Je pense que c'est pour cette raison que les Tleilaxu s'en sont débarrassé. »

« On ne peut me maîtriser, dit Bijaz, mais pourtant, j'ai un nouveau maître. Le doigt a des effets étranges. (Il se tourna vers Dhuri et Otheym avec un regard bizarrement vivant.) La colle qui nous lie, Otheym, est de bien mauvaise qualité. Quelques larmes en viennent à bout. (Il pivota sur lui-même et ses pieds raclèrent le sol. A présent, il faisait face à Paul.) Ahhh, mon maître! J'ai suivi une bien longue route avant de vous rencontrer. »

Paul acquiesça.

« Tu seras bon, Usul? demanda Bijaz. Je suis une personne, sais-tu? Les personnes revêtent bien des formes, bien des tailles. Mes muscles sont faibles, mais ma bouche est puissante. Je ne coûte guère à nourrir, mais il faut beaucoup d'argent pour me remplir. Vide-moi selon ton caprice; il y a en moi plus que les hommes n'y ont mis. »

« Nous n'avons pas le temps d'écouter tes énigmes stupides, grogna Dhuri. Vous devriez déjà être loin. »

« Mon bavardage est fait de devinettes et toutes ne sont pas stupides. Etre loin, Usul, c'est être passé, non? Ne revenons plus sur le passé. Dhuri dit vrai et j'ai aussi le talent d'écouter la vérité. »

« Lis-tu la vérité? » demanda Paul, déterminé, à présent, à suivre le déroulement de la vision. Tout était préférable à la destruction de ces instants et à l'apparition de conséquences nouvelles. Otheym devait encore dire certaines paroles, sinon le Temps se trouverait dévié vers des embranchements encore plus terrifiants.

« Je lis l'instant », dit Bijaz.

Le nain devenait nerveux. Se pouvait-il qu'il pressentît certaines choses en gestation ? Se pouvait-il qu'il fût son propre oracle ?

« As-tu demandé où était Lichna ? » Otheym fixait soudain sur Dhuri le regard bleu de son œil valide.

« Lichna est en sûreté », répondit-elle.

Et Paul baissa la tête, de crainte que son expression trahisse la vérité. En sûreté. Lichna n'était plus que cendres au creux d'une tombe secrète !

Otheym prit cela pour un acquiescement. « C'est très bien, dit-il. Une chose bonne entre toutes les mauvaises, Usul. Je n'aime pas le monde que nous avons fait, le sais-tu ? Tout était meilleur quand nous étions dans le désert avec les Harkonnen pour seul ennemi. »

« La ligne est ténue qui sépare les ennemis des amis, dit Bijaz. Lorsqu'elle s'efface, il n'y a plus ni commencement ni fin. Finissons-en, mes amis. » Il vint se placer à côté de Paul, se balançant d'un pied sur l'autre.

« Que lis-tu dans l'instant ? » demanda Paul.

« L'instant... (Bijaz se mit à trembler.) L'instant, c'est maintenant, et maintenant... (il agrippa soudain la robe de Paul.) Maintenant, il faut partir ! »

« Il parle comme une crécelle mais il n'y a pas de mal en lui », dit Otheym avec tendresse.

« Même une crécelle peut donner le signal du départ, dit Bijaz. Les larmes aussi. Partons pendant qu'il nous reste assez de temps pour commencer. »

« Bijaz, que redoutes-tu ? » demanda Paul.

« Je redoute l'esprit qui me cherche dans l'instant, marmonna le nain. Il y avait de la sueur sur son front. Avec une grimace, il reprit : je redoute celui qui ne pense point et n'aura d'autre corps que le mien, et celui qui est revenu en lui-même ! Je redoute les choses que je vois et les choses que je ne vois pas ! »

Il a le don de prescience, se dit Paul. Bijaz partageait avec lui l'oracle. Partageait-il aussi le destin de l'oracle ? Jusqu'où allait son pouvoir ? Etait-il limité comme celui du Tarot de Dune ou plus vaste ? Et qu'avait-il vu ?

« Bijaz a raison, dit Dhuri. Il vaut mieux que vous partiez. »

« Chaque minute qui passe, dit le nain, prolonge... le présent ! »

Chaque minute retarde l'heure de ma culpabilité, songea Paul. Il avait baigné dans le souffle empoisonné d'un ver, il avait été pris dans la pluie de poussière de ses crocs. Il y avait longtemps... Pourtant, le souvenir revenait. C'était comme une senteur d'épice, d'amertume. Quelque part, il le savait maintenant, son ver l'attendait. Le ver géant...

« L'urne du désert... »

« Ces temps sont troublés », dit-il, répondant tardivement aux reproches d'Otheym.

« Lorsqu'il en est ainsi, les Fremen savent ce qu'il faut faire », remarqua Dhuri.

Et Otheym approuva d'un hochement de tête tremblant.

Le regard de Paul se posa sur Dhuri. Il n'attendait nulle gratitude. Pour lui, ce n'eût été qu'un fardeau de plus. Mais l'amertume d'Otheym et le ressentiment passionné qu'il lisait dans les yeux de Dhuri ébranlaient sa résolution. Se pouvait-il que *quelque chose* vaille un tel prix ?

« Attendre ne sert de rien », dit Dhuri.

« Fais ce que tu dois faire Usul », souffla Otheym.

Paul soupira. Les mots de la vision venaient d'être prononcés.

« Il y aura une solution », dit-il comme il le devait. Puis il se retourna et quitta la pièce. Derrière lui, il entendit le pas de Bijaz.

« Passé, passé, marmonnait le nain. Que ceux qui sont passés tombent où ils peuvent. Ce jour fut mauvais. »

> L'expression convolutée des légalismes se développe autour de la nécessité de nous masquer à nous-mêmes la violence dont nous usons envers les autres. Entre le fait de priver un homme d'une heure de sa vie et celui de le priver de la vie, il n'existe qu'une différence de degré. Dans l'un comme dans l'autre cas, nous usons de violence, nous consommons son énergie. Des euphémismes élaborés peuvent dissimuler nos intentions meurtrières mais tout usage de puissance à l'encontre d'autrui se traduit par l'ultime assomption : « Je me nourris de votre énergie. »
>
> *L'Empereur Paul Muad'Dib :* Ordres aux Conseils (Addenda).

LA première Lune brillait sur la cité lorsque Paul sortit de l'impasse, enveloppé dans le halo d'énergie de son bouclier. Le vent venu de la montagne soulevait des tourbillons de sable et Bijaz levait désespérément la main devant ses yeux.

« Il faut nous hâter ! souffla-t-il. Vite ! Vite ! »

« Tu devines le danger ? » demanda Paul.

« Je le *connais* ! »

Une impression de péril imminent. Une silhouette surgie de l'ombre d'un porche.

Bijaz s'accroupit et gémit.

Mais ce n'était que Stilgar. Il courait de toute la vitesse de ses jambes, lancé comme une véritable machine de guerre. Rapidement, Paul lui remit Bijaz et lui expliqua quelle était la valeur du nain. La vision semblait s'accélérer. Stilgar repartit avec Bijaz et des hommes de la Sécurité surgirent autour de Paul. D'autres, exécutant des ordres brefs, coururent vers la maison au-delà de celle d'Otheym, ombres parmi les ombres.

Encore des sacrifices, se dit Paul.

« Prenez-les vivants ! » lança un officier.

Chaque mot, chaque son était un écho direct de la vision. La précision, maintenant, était absolue : vision/réalité, les rouages étaient en accord, tic pour tac. Des ornithoptères glissaient devant la lune. La nuit était soudain pleine de gardes impériaux lancés à l'attaque.

Un sifflement perça entre les bruits de course. Il grandit, se mua très vite en un rugissement, si vite que les hommes avaient encore aux oreilles l'écho de la première note aiguë lorsqu'un halo de cuivre enveloppa les étoiles, effaça la lune.

Ce rugissement, cette clarté étaient ceux de la vision, du cauchemar, et Paul éprouva un étrange sentiment de plénitude. Les choses s'accomplissaient ainsi qu'elles le devaient.

« Un brûle-pierre ! » lança une voix.

« Brûle-pierre ! Brûle-pierre ! » Le cri était repris de toutes parts. Parce que tous attendaient son geste, il leva un bras contre son visage et plongea à l'abri d'une maison proche. Bien sûr, il était déjà trop tard. Un pilier de feu montait vers le ciel, dressé sur l'emplacement de la demeure d'Otheym. Il projetait sur les alentours une nappe de clarté dans laquelle dansaient les silhouettes des hommes en fuite et des ornithoptères frénétiques.

Trop tard. Il était trop tard pour chacun des hommes prisonniers de cette nappe éblouissante.

Le sol devenait chaud. Paul, immobile, devinait la fuite hasardeuse des gardes autour de lui. Ils savaient qu'ils ne pouvaient s'échapper. Le mal était déjà fait. Ils ne pouvaient plus qu'attendre que le brûle-pierre épuise son potentiel d'énergie. Les radiations avaient déjà pénétré leur organisme et commencé leur œuvre destructrice. Les effets de cette arme dépendaient des intentions véritables de ceux qui l'avaient utilisée, qui avaient osé braver la Grande Convention.

« Dieux… un brûle-pierre, gémit une voix dans l'ombre. Je… je ne veux pas… être aveugle. »

« Qui le voudrait ? » lança un homme, plus loin dans la rue.

Quelqu'un, près de Paul, grogna : « Les Tleilaxu vont pouvoir vendre quelques-uns de leurs yeux dans le coin, c'est sûr ! Maintenant, que tout le monde se taise et attende ! »

Ils attendirent.

Silencieux, Paul réfléchissait aux possibles conséquences de la réaction. Un peu trop puissante, elle se prolongerait jusqu'au centre de la planète. La couche en fusion de Dune était lointaine mais elle n'en était que plus dangereuse. Les pressions brutalement et anarchiquement libérées déchireraient le noyau et l'écorce, et les débris de Dune seraient projetés dans l'espace.

« Je crois que ça diminue un peu », dit quelqu'un.

« Ça s'enfonce, c'est tout, dit Paul. Restez à l'abri, tous. Stilgar va nous envoyer du secours. »

« Stilgar s'est échappé ? »

« Oui, il s'est échappé. »

« Le sol devient brûlant ! »

« Ils ont osé se servir des atomiques ! »

« Le bruit diminue… »

Paul s'enferma dans son silence. Ses doigts effleurèrent le sol. Loin, très loin dans la planète, il perçut le grondement, le roulement de la chose…

« Mes yeux ! hurla brusquement un homme. Je ne vois plus ! »

Il était encore plus près que moi, songea Paul. Il leva la tête. Il distinguait l'entrée de la ruelle. La scène était comme enveloppée de brouillard. A l'emplacement de la maison d'Otheym, un nuage rouge et or dominait le puits incandescent où pleuvaient régulièrement comme des ombres, les débris des bâtiments voisins.

Paul se mit sur pieds. Lentement, dans les profondeurs, le brûle-pierre mourait. Dans le distille, son corps était baigné de sueur. Le recyclage ne se faisait plus. L'air qu'il respirait était chaud et imprégné de l'odeur sulfureuse de l'arme.

Il regarda les hommes qui l'entouraient et le brouillard devint ténèbres. Alors, il fit appel à la vision prescience qu'il avait eue de ces moments et s'inséra dans ce sillon que le Temps avait tracé pour lui, s'y inscrivant si étroitement, si parfaitement que désormais il ne pouvait échapper à la vision. Et ce lieu lui apparut comme le théâtre d'une possession immense où la réalité se fondait dans la prédiction.

Des grognements, des geignements naissaient autour de lui au fur et à mesure que les hommes prenaient conscience de leur cécité.

« Restez à vos postes ! cria Paul. Les secours arrivent ! Et il ajouta : C'est Muad'Dib qui vous parle ! Je vous ordonne de demeurer à vos postes ! Les secours arrivent ! »

Silence.

Puis, ce qu'il avait entendu dans la vision : « Est-ce vraiment l'Empereur ? Qui peut le voir ? Dites-moi. »

« Aucun d'entre nous ne peut voir, dit Paul. A moi aussi, ils m'ont pris mes yeux, mais pas ma vision. Je peux vous *voir* contre ce mur sale, à gauche. Il faut que vous attendiez avec courage. Stilgar arrive avec nos amis. »

Il y eut un bruissement d'ornithoptères. Une grêle de pas pressés. Paul tourna la tête. Il les *vit* arriver. Et, dans le souvenir de sa vision, le son de leur course était le même.

« Stilgar ! cria-t-il en agitant un bras. Par ici ! »

« Loué soit Shai-hulud ! Vous n'êtes pas... » Dans le soudain silence, il vit que Stilgar venait de découvrir, éperdu de chagrin, les yeux morts de son ami, de son Empereur. « Oh, Mon Seigneur... Usul... Usul... »

« Et le brûle-pierre ? » demanda quelqu'un.

« Il est éteint, dit Paul en élevant la voix. Il faut secourir ceux qui étaient à proximité. Et dresser des barrières. Vite, à présent ! »

« Mon Seigneur... vous voyez ? demanda Stilgar. Mais comment ? »

Paul ne répondit pas tout de suite. Il tendit la main et ses doigts se posèrent sur la joue du vieux Fremen, au-dessus du masque du distille, et rencontrèrent des larmes.

195

« Tu n'as pas à me donner ton eau, vieil ami. Je ne suis pas mort. »

« Mais vos yeux ! »

« Mon corps est aveugle, mais je garde ma vision, dit Paul. Ah, Stil... je vis un rêve d'apocalypse. Mes pas s'inscrivent dans ce chemin avec une telle précision que j'en viens à redouter l'ennui à revivre ce que j'ai déjà vu. »

« Usul, je ne comprends pas... »

« N'essaie pas de comprendre. Accepte. Je me trouve dans le monde qui est au-delà de celui-ci. Pour moi, l'un et l'autre sont pareils. Je n'ai besoin de nulle main pour me guider. Je vois chaque mouvement autour de moi. Je vois chaque expression sur les visages. Je n'ai plus d'yeux et je vois pourtant. »

Stilgar secoua la tête. « Sire, nous devons cacher votre affliction à... »

« Nous ne nous cacherons d'aucun homme, Stil. »

« Mais la loi... »

« Nous vivons selon la Loi des Atréides, Stil. La Loi Fremen qui veut que l'on abandonne l'aveugle au désert ne s'applique qu'à l'aveugle. Je ne suis pas aveugle. Je vis dans l'arène où se déroule la guerre du bien et du mal. Dans la succession des âges, nous avons atteint un tournant et nous devons jouer les rôles qui nous reviennent. »

Dans le silence, il entendit le murmure d'un blessé que l'on emmenait : « C'était terrible... Comme une tempête de feu. »

« Aucun de ces hommes ne doit être emmené dans le désert, dit Paul. Tu m'entends, Stil ? »

« Oui, Mon Seigneur. »

« Il faut leur procurer de nouveaux yeux que je paierai. »

« Il en sera fait ainsi, Mon Seigneur. »

La voix de Stilgar était maintenant lourde d'émotion.

« Je rejoins l'orni de commandement. Relève-moi ici. »

« Oui, Mon Seigneur. »

Paul s'éloigna dans la rue. Sa vision lui révélait chaque attitude, chaque geste, chaque visage. Tout en marchant, il commença à donner ses ordres aux hommes de sa garde, appelant chacun par son nom, rassemblant autour de lui ceux qui appartenaient au gouvernement. Et derrière lui, la terreur naissait, les hommes chuchotaient.

« Ses yeux ! »

« Mais il t'a regardé bien en face, et il t'a appelé par ton nom ! »

Il atteignit l'orni de commandement et désactiva son bouclier. Il monta à bord, ôta le micro des mains de l'officier des communications éberlué et lança quelques ordres rapides. Puis il appela auprès de lui un spécialiste en armements, un jeune représentant de cette nouvelle race brillante et pleine de détermination qui n'avait plus que de très vagues souvenirs du temps des sietch.

« Ils ont employé un brûle-pierre », dit-il.

L'homme hésita une seconde. « C'est ce que l'on m'a dit, Sire. »

« Vous savez ce que cela signifie, bien sûr. »

« Oui. Le carburant ne pouvait être qu'atomique. »

Paul acquiesça. Les pensées de l'homme devaient se heurter brutalement sous son crâne. Les atomiques. Les armes interdites par la Grande Convention. Lorsque le coupable serait découvert, il encourrait les représailles de l'ensemble des Grandes Maisons. Les vieilles querelles seraient oubliées devant cette menace nouvelle et le réveil des peurs ancestrales.

« Une telle arme n'a pu être construite sans qu'il en reste des traces, dit-il. Vous allez rassembler le matériel adéquat et essayer de découvrir où elle a pu être mise au point. »

« Immédiatement, Sire. » Avec un regard chargé de peur, l'homme s'éloigna.

« Mon Seigneur... vos yeux », dit l'officier des communications.

Sans répondre, Paul reprit le micro et passa sur la fréquence réservée à son usage.

« Appelez Chani, dit-il. Dites-lui... dites-lui que je suis vivant et que je la rejoindrai bientôt. »

A présent, songea-t-il, *les forces se rassemblent*. L'odeur de la peur était puissante autour de lui.

> Il est venu d'Alia
> Qui enfanta les cieux !
> Saint ! saint ! saint !
> Le sable et le feu unis
> Confrontent notre Seigneur.
> Il peut voir sans yeux !
> Un démon est en lui !
> Saint ! saint ! saint !
> L'équation par le martyre fut résolue !
>
> La lune tombe (*Chansons de Muad'Dib*).

Après sept jours d'une activité fiévreuse, un calme anormal s'installa dans la Citadelle.

Ce matin-là, ils étaient nombreux dans les couloirs. Ils chuchotaient, tête contre tête, et marchaient lentement. Certains passaient, étrangement furtifs. Un garde qui venait de la cour eut droit à des regards perplexes. Les allées et venues et les bruits d'armes éveillaient des froncements de sourcils. Ceux qui arrivaient dans la Citadelle, très vite, en prenaient les façons inquiètes.

De toutes parts, on parlait du brûle-pierre.

« Il dit qu'il était bleu-vert et que son odeur était celle de l'enfer ! »

« Elpa est un idiot ! Il dit qu'il va se suicider plutôt que d'accepter des yeux tleilaxu. »

« Je n'aime pas parler de ça. »

« Muad'Dib est passé près de moi et m'a appelé par mon nom ! »

« Comment peut-Il voir sans yeux ? »

« Tu as entendu ce que l'on dit ? Les gens fuient. Tous ont peur. Les Naibs ont déclaré qu'ils allaient se rassembler au Sietch Makab pour un Grand Conseil. »

« Qu'ont-ils fait du Panégyriste ? »

« Ils l'ont emmené dans la chambre où les Naibs tiennent leurs réunions. Tu imagines ça : Korba prisonnier ! »

Chani s'était réveillée tôt, sensible au silence bizarre de la Citadelle. Paul était assis à côté d'elle. Ses orbites vides étaient dirigées vers quelque lieu lointain, par-delà le mur. Les chairs qui avaient été rongées par le brûle-pierre avaient disparu sous l'effet des injections et des onguents destinés à préserver les tissus sains autour des orbites. Mais Chani devinait que l'effet des radiations s'était étendu en profondeur.

Elle ressentit soudain une faim dévorante. Il y avait du pain de Mélange et un fromage sec au pied du lit. Paul tendit la main. « Mon aimée, il était impossible de t'épargner cela. Crois-moi. »

Elle dut réprimer un tremblement lorsqu'il tourna vers elle son visage, ses orbites creuses. Elle ne lui posait plus de questions. Ses réponses étaient si étranges : *J'ai été baptisé dans le sable*, disait-il, *et cela m'a coûté le pouvoir de croire. Mais qui fait encore commerce de foi ? Qui achètera ? Qui vendra ?*

Que voulait-il dire ?

Il ne voulait pas entendre parler d'yeux tleilaxu bien qu'il payât généreusement pour que chacun de ceux qui avaient partagé son malheur en soient dotés.

Rassasiée, Chani se laissa glisser hors du lit. Elle examina attentivement Paul et vit combien il était las. Des rides étaient apparues autour de sa bouche. Sa chevelure sombre était en désordre. Il avait l'air taciturne, lointain. Le rythme des soirs et des matins ne changeait rien en lui. Elle lui tourna le dos et murmura : « Mon amour... »

Il se pencha vers elle et l'embrassa sur la joue. « Bientôt, dit-il, nous retrouverons notre désert. Il ne reste que peu de choses à faire ici. »

Elle frissonna au ton irrévocable de sa voix. Ses mains la serrèrent plus fort et il murmura : « N'aie pas peur de moi, Ma Sihaya. Oublie le mystère et accepte l'amour. Il n'y a pas de mystère dans l'amour. Il vient de la vie. Ne sens-tu pas cela ? »

« Oui. »

Elle posa la main sur sa poitrine et perçut les battements de son cœur. Et l'esprit fremen qui était le sien perçut aussi tout son amour : sauvage, absolu, torrentiel. C'était comme une force magnétique qui l'enveloppait.

« Mon aimée, je te promets une chose, dit-il. Notre enfant régnera sur un empire qui fera oublier le mien. La vie, l'art, connaîtront tant de beauté… »

« Nous sommes ici ! dit-elle en réprimant un sanglot. Et… je sens qu'il nous reste… si peu de temps ! »

« Il nous reste l'éternité, mon aimée. »

« Tu as l'éternité. Je n'ai que maintenant. »

« Mais l'éternité est *là*. » Il lui posa la main sur le front.

Elle se serra contre lui, ses lèvres au creux de son cou. Quelque chose frémit dans son ventre. La vie. Paul le sentit. Il porta la main à son ventre et dit : « Ah, petit maître de l'univers ! Attends ton heure. Ce moment m'appartient. »

Elle se demanda pourquoi il continuait d'évoquer au singulier cette vie qu'elle portait. Les médics ne lui avaient-ils donc rien dit ? Elle rassembla ses souvenirs, s'étonnant de ce qu'ils n'aient jamais abordé le sujet. Assurément, Paul devait savoir qu'elle aurait des jumeaux. Elle hésita à lui en parler. Il fallait qu'il sache. Il savait tout. Il n'ignorait rien de ce qui était elle. Ses mains, sa bouche…

« Oui, mon amour, ceci est l'éternité, dit-elle. Ceci est réel. » Elle ferma les yeux, de peur d'affronter ses orbites vides. Il avait pu inscrire leurs vies dans la magie du *rihani* mais sa chair demeurait réelle, ses caresses n'étaient pas illusions.

Ils se levèrent enfin et s'habillèrent.

« Si seulement le peuple connaissait ton amour… » commença Chani.

Mais, déjà, son humeur avait changé. « On ne construit pas une politique sur l'amour, dit-il. Le peuple ne se sent pas concerné par l'amour qui comporte trop de désordre. Le peuple préfère le despotisme. Trop de liberté n'engendre que le chaos. Et nous ne pouvons accepter cela, n'est-ce pas ? Et comment conjuguer le despotisme et l'amour ? »

« Tu n'es pas un despote ! protesta-t-elle en nouant son écharpe. Tes lois sont justes ! »

« Oh, les lois... dit-il. Il s'approcha de la fenêtre et écarta les rideaux. Qu'est-ce donc que la loi ? Un contrôle ? La loi filtre le chaos et laisse passer... quoi ? La sérénité ? La loi, notre idéal le plus élevé et notre premier fondement. Ne te penche pas trop sur la loi. Si tu le fais, tu découvriras les interprétations rationalisées, la casuistique légale, les précédents commodes. Et tu trouveras la sérénité, qui n'est jamais qu'un autre mot pour *mort*. »

Chani serra les lèvres. Elle admettait la sagesse et la clairvoyance de Paul mais n'en craignait pas moins certaines de ses crises d'humeur. Il se détourna et elle devina les conflits qui se déroulaient en lui. C'était comme s'il eût pris la maxime fremen : *Ne pardonne jamais, n'oublie jamais* pour en fouetter sa propre chair.

S'approchant à son tour de la fenêtre, elle regarda au-dehors. Sous ces latitudes protégées, la chaleur du jour venait à bout du vent du nord qui avait laissé un ciel faux tout rempli de plumes ocres, de strates cristallines et de formes bizarres, gonflées d'or et de rouge. Haut et froid, le vent s'était brisé contre le Bouclier dans un jaillissement de fontaines de poussière. Paul sentit contre lui la tiédeur de Chani. Il laissa retomber le rideau momentané de l'oubli sur sa vision. Il demeura simplement immobile, les yeux aveugles. Mais le Temps lui refusait le silence. Les ténèbres pénétraient en lui. Sans étoiles, sans larmes. Le malheur avait dissous la substance, ne laissant que l'étonnement devant la façon dont les sons condensaient son univers. Tout, autour de lui, se penchait vers l'oreille solitaire qu'il était, pour ne se retirer que lorsque sa main touchait les objets. Les rideaux, la main de Chani... Il se surprit à guetter le souffle de Chani.

Qu'était devenue l'insécurité des choses qui n'étaient que probables ? se demanda-t-il. Son esprit était lourd du fardeau de souvenirs mutilés. Chaque instant de la réalité était multiplié par des projections innombrables, de choses vouées à ne jamais exister. Un moi invisible, quelque part en lui, se souvenait des faux passés dont la charge menaçait parfois le présent.

Chani s'appuya contre son bras. Par elle, il sentit son propre corps : chair morte balayée par les courants du temps.

Des bouffées d'instants où il avait entrevu l'éternité lui revenaient. Voir l'éternité, c'était s'exposer à ses caprices, être oppressé par son immensité. La fausse immortalité de l'oracle exigeait sa contrepartie : Passé et Avenir devinrent simultanés.

Une fois de plus, la vision surgit de son puits noir et se referma sur lui. Elle était ses yeux. Elle était ses muscles. Elle était son guide dans l'instant à venir, l'heure à venir, le jour prochain... jusqu'à ce qu'il se sente *toujours là !*

« Il est temps de partir, dit Chani. Le Conseil... »

« Alia peut siéger à ma place. »

« Sait-elle ce qu'il convient de faire ? »

« Elle le sait. »

La journée d'Alia avait débuté avec l'irruption d'un escadron de garde dans la cour de parade, en dessous de ses appartements. Un instant, elle avait contemplé sans comprendre le spectacle de désordre, de cris, d'interpellations arrogantes qu'offraient les hommes. Puis elle avait reconnu leur prisonnier : Korba, le Panégyriste.

Elle fit sa toilette du matin, s'interrompant parfois pour aller à la fenêtre. Elle observait surtout Korba, essayant de se souvenir du rude guerrier barbu qui avait dirigé la troisième vague d'assaut lors de la bataille d'Arrakeen. C'était impossible. Elle ne voyait à présent qu'un bellâtre revêtu d'une robe en soie de Parato de coupe raffinée ouverte jusqu'à la taille, qui révélait une collerette impeccable et une tunique brodée, sertie de gemmes vertes. La ceinture était violette et les manches de la tunique étaient de velours rayé vert et noir.

Quelques rares Naibs étaient venus se rendre compte du traitement que l'on réservait à leur ami fremen. Leurs clameurs n'avaient fait qu'inciter Korba à protester de son innocence. Observant chacun des Fremen présents, Alia essayait en vain de retrouver le souvenir qu'elle avait des hommes d'autrefois. Le présent occultait le passé. Tous n'étaient plus que des hédonistes qui collectionnaient des plaisirs que bien peu d'hommes pouvaient imaginer.

Leurs regards inquiets, elle le remarqua, étaient souvent dirigés vers la porte de la salle où ils allaient bientôt se réunir. Ils pensaient sans doute à Muad'Dib aveugle et voyant, manifestant de nouveaux pouvoirs secrets. Selon leurs lois, un aveugle devait être livré au désert et son eau offerte à Shai-hulud. Mais Muad'Dib l'aveugle les voyait. Et puis, se dit Alia, ils avaient toujours détesté les constructions, ces espaces en hauteur. Dans une caverne, dans une cave située sous le sol ils auraient été un peu plus à leur aise. Alors qu'ici... avec Muad'Dib qui les attendait *à l'intérieur*...

Comme elle se retournait et s'apprêtait à se rendre au conseil, elle vit la lettre qu'elle avait posée sur la table, près de la porte. Le dernier message de leur mère. Malgré le respect que l'on accordait à Caladan, monde natal de Muad'Dib, Dame Jessica avait fermement refusé que sa planète fût une halte sur le chemin du hajj.

« Je ne doute pas que mon fils soit une grande figure de l'Histoire, avait-elle écrit, mais je ne conçois pas que cela puisse être une excuse à l'invasion de ce monde par la populace. »

Alia prit la lettre entre ses doigts, éprouvant une étrange sensation de contact *mutuel*. Ce papier, sa mère l'avait tenu, ainsi qu'elle le tenait maintenant. La lettre était un moyen de communication archaïque. Mais nul autre ne pouvait le remplacer dans ce qu'il avait de *personnel*. Et celle-ci, rédigée dans le Dialecte de Combat des Atréides, ne pouvait livrer aisément son secret.

Alia éprouvait en cet instant le flou intérieur qu'elle connaissait à chaque fois qu'elle songeait à sa mère. Sous l'effet du Mélange, les psychés de la mère et de la fille s'étaient confondues à tel point que, parfois, elle se surprenait à penser à Paul comme au fils auquel elle avait donné le jour. De même, dans cette unité elle considérait par instants son père comme un amant. Des ombres rôdaient dans son esprit, des êtres possibles.

Tout en descendant la rampe qui accédait à l'antichambre où l'attendaient ses gardes-amazones, Alia se remémora les termes de la lettre de Jessica :

Vous constituez un paradoxe mortel. Un gouvernement ne peut être à la fois religieux et coercitif. Toute expérience religieuse a besoin d'une spontanéité que la loi supprime inévitablement. Mais on ne peut gouverner sans lois. Inéluctablement, les vôtres en viennent à remplacer la morale, la conscience, et même la religion au nom de laquelle vous croyez gouverner. Le rituel sacré ne peut naître que des louanges et des prétentions à la sainteté qui effacent toute moralité signifiante. D'un autre côté, le gouvernement constitue un organe culturel particulièrement enclin aux doutes, questions et contradictions. Je vois venir le jour où la cérémonie tiendra lieu de foi et le symbolisme de moralité.

En pénétrant dans l'antichambre, Alia fut accueillie par l'arôme du café d'épice. Quatre amazones en robe verte vinrent se placer derrière elle pour lui faire escorte. Il y avait en elles toute la bravoure de la jeunesse mais leur regard était vigilant. Sur leurs visages, on ne lisait nulle émotion. Leurs traits ne reflétaient que cette qualité de violence propre aux Fremen. Elles pouvaient tuer sans arrière-pensée, sans culpabilité.

En cela nous différons, songea Alia. *Le nom des Atréides n'a pas besoin d'autres souillures.*

Sa venue était annoncée. Dès qu'elle entra dans la salle du bas, un page surgit et courut prévenir la garde. La pièce était plongée dans la pénombre. La clarté timide des quelques rares brilleurs disposés là fut comme effacée par l'éclat du jour. Alia s'immobilisa devant l'image floue des gardes qui se détachaient à peine sur un fond de soleil, entourant Korba.

« Où est Stilgar ? » demanda-t-elle.

« Il est déjà dans la salle du conseil », dit l'une des amazones.

La salle du conseil était l'une des plus prétentieuses de la Citadelle. Un haut balcon sur lequel étaient disposés des sièges moelleux occupait un des côtés. En face, des rideaux orange encadraient de hautes fenêtres ouvrant sur un jardin où scintillait une fontaine. A l'extrémité de la salle, un fauteuil unique et massif avait été placé sous un dais. Alia s'assit et, levant la tête, elle vit que la galerie était pleine de Naibs. Les gardes de la maisonnée s'étaient rassemblés dans l'espace libre, au-dessous. Stilgar circulait parmi eux, donnant des ordres, prononçant des mots d'apaisement. Rien dans son attitude n'indiquait qu'il s'était aperçu de la présence d'Alia.

Korba fut amené. On l'assit sur le sol, devant une table basse flanquée de coussins sous le dais. En dépit de toute sa distinction, le Panégyriste ressemblait maintenant à un vieil homme endormi, enfoui dans ses vêtements comme s'il s'apprêtait à affronter un froid glacial. Deux gardes se placèrent derrière lui, de part et d'autre des coussins sur lesquels il était appuyé.

Stilgar s'approcha du dais.

« Où est Muad'Dib ? » demanda-t-il.

« Mon frère m'a déléguée pour présider en tant que Révérende Mère », dit Alia.

A ces mots, les Naibs de la galerie élevèrent des protestations véhémentes.

« Silence ! lança Alia. Et, comme le concert des voix cessait brusquement, elle reprit : La loi fremen n'exige-t-elle pas qu'une Révérende Mère préside lorsque sont en jeu la vie et la mort ? »

La gravité de ces paroles s'imposa aux Naibs, mais Alia remarqua certains regards chargés de haine. Elle grava des noms dans sa mémoire pour les prochains conseils : Hobars, Rajifiri, Tasmin, Saajid, Umbu, Legg... Et chaque nom éveillait des échos : Sietch Umbu, Dépression de Tasmin, Faille d'Hobars...

Elle fixa son attention sur Korba.

Le Panégyriste leva la tête et dit : « Je proteste de mon innocence. »

« Stilgar, lis les charges », dit Alia.

Stilgar s'avança et déroula un parchemin d'épice. Il commença sa lecture d'une voix solennelle, semblant suivre quelque rythme secret, donnant à chaque mot une qualité incisive, claire, honnête :

« ... que vous avez conspiré avec les traîtres afin de détruire notre Seigneur et Empereur ; que vous avez eu de coupables relations clandestines avec divers ennemis du royaume ; que vous avez... »

Korba secouait la tête avec une expression de colère et de tristesse.

Alia écoutait, l'air sombre, le menton dans la main gauche, la tête penchée. Elle ne percevait la lecture que par fragments, au travers de son malaise.

« ... tradition vénérable... soutien des légions et de tous les Fremen en tous points... violence par la violence selon la Loi... majesté de la Personne Impériale... perd tout droit à... »

Absurde, se dit-elle Absurde ! Tout ceci est absurde !

« Ainsi, terminait Stilgar, la cause doit être jugée. »

Dans le silence qui suivit, Korba se pencha en avant. Ses mains agrippèrent ses genoux et son cou se tendit comme s'il s'apprêtait à bondir.

« En paroles pas plus qu'en actes je n'ai été traître à mes vœux de Fremen ! lança-t-il. Je demande à être confronté avec mon accusateur ! »

Une protestation des plus simples, se dit Alia.

Elle s'aperçut alors que les paroles de Korba avaient produit un effet considérable sur les Naibs. Ils connaissaient tous Korba. Il était des leurs. Pour devenir Naib, il avait dû prouver en véritable Fremen son courage et sa prudence. Non, il n'était pas brillant mais on pouvait se fier à lui. Sans doute eût-il été incapable de conduire un Jihad, mais il eût fait un excellent intendant. Il n'avait rien d'un croisé mais il demeurait fidèle aux anciennes vertus fremen : *La Tribu est suprême.*

Les amères paroles d'Otheym revinrent dans l'esprit d'Alia, telles que Paul les lui avait rapportées. Son regard se posa sur la galerie. N'importe lequel de ces Fremen se voyait à la place de Korba. Certains à juste titre. Mais un Naib innocent était aussi dangereux qu'un coupable.

Korba, lui aussi, se rendait compte de cela.

« Qui m'accuse ? demanda-t-il. Mon droit fremen est de rencontrer mon accusateur. »

« Peut-être vous accusez-vous vous-même », dit Alia.

Avant qu'il ait pu se maîtriser, Korba laissa paraître sur son visage l'ombre d'une terreur mystique. N'importe qui pût la voir et la comprendre : *Avec les pouvoirs qui sont les siens, il suffit à Alia de l'accuser elle-même, de dire qu'elle tient ses preuves de la région des ombres, l'alam al-mythal.*

« Nos ennemis ont des alliés fremen, dit-elle. Des trappes d'eau ont été détruites, ainsi que des qanats. Des serres ont été empoisonnées et des bassins pillés... »

« Et maintenant... voici qu'ils ont volé un ver du désert et l'ont emporté sur un autre monde ! »

Cette voix était connue de tous et tous tournèrent la tête. Muad'Dib venait d'entrer dans la salle. Muad'Dib s'avançait entre les gardes et venait vers Alia tandis que Chani, qui l'avait accompagnée, demeurait à l'écart.

« Mon Seigneur... » dit Stilgar, sans pouvoir se résoudre à affronter le regard des orbites creuses.

Paul se tourna vers la galerie, puis pencha la tête vers Korba. « Eh bien, Korba... je n'entends aucune parole de louange ? »

Des murmures coururent dans la galerie, s'amplifièrent, et des mots devinrent perceptibles : « ... loi pour l'aveugle... tradition... désert... celui qui brise... »

« Qui prétend que je suis aveugle ? demanda Paul. (Il affronta la galerie.) Est-ce toi, Rajifiri ? Je vois que tu es vêtu d'or, aujourd'hui, mais il y a encore de la poussière des rues sur cette chemise bleue que tu portes dessous. Tu as toujours manqué de soin. »

Rajifiri leva trois doigts pour se protéger du démon.

« Lève ces doigts sur toi-même ! cria Paul. Nous savons où est le démon ! (Il se tourna de nouveau vers le Panégyriste.) Je lis la culpabilité sur ton visage, Korba ! »

« Non, pas ma culpabilité ! Peut-être me suis-je associé aux coupables, mais pas... » Il s'interrompit avec un regard effrayé en direction de la galerie.

Alia se leva, descendit du dais et s'avança jusqu'à la table de Korba. Elle s'arrêta à moins d'un mètre du Panégyriste et le regarda longuement, sans dire un mot. Sous le poids de ce regard, il se recroquevilla. Ses doigts devinrent fébriles et son regard parcourut nerveusement la galerie.

« Quels yeux cherches-tu là ? » demanda Paul.

« Vous ne pouvez voir ! » s'exclama Korba.

Paul lutta contre un sentiment soudain de pitié pour le Panégyriste. Plus que tout autre, cet homme était désormais prisonnier de la vision. Il interprétait un rôle, rien de plus.

« Je n'ai pas besoin d'yeux pour te voir », dit Paul. Et il entreprit de décrire chaque attitude de Korba, chacun de ses gestes, de ses regards inquiets en direction de la galerie.

Le désespoir gagnait Korba.

Alia réalisa qu'il pouvait céder d'une seconde à l'autre. Et quelqu'un, quelque part dans la galerie, devait le comprendre aussi. Qui ? Elle étudia les visages des Naibs, décelant quelques signes révélateurs... doute, crainte, colère... culpabilité.

Paul se tut.

Korba fit une pitoyable tentative de dignité pour demander : « Qui m'accuse donc ? »

« Otheym », dit Alia.

« Mais Otheym est mort ! »

« Comment le sais-tu ? demanda Paul. Ton réseau d'espions te l'aurait-il appris ? Mais oui... Nous connaissons tes espions, tes messagers. Nous savons qui a amené le brûle-pierre de Tarahell. »

« C'était pour la défense de la Qizarate ! » clama Korba.

« Et comment l'arme est-elle tombée entre des mains traîtresses ? »

« Elle a été dérobée et nous... (Korba se tut et regarda nerveusement de tous côtés.) Chacun sait que j'ai été la voix de l'amour pour Muad'Dib. Comment un homme mort pourrait-il accuser un Fremen ? »

« Otheym est mort mais pas sa voix ! » dit Alia. Elle s'avança, s'immobilisa comme Paul lui touchait le bras.

« Il nous a envoyé sa voix. Elle a livré les noms, les lieux et les heures des rendez-vous, les actes de trahison. N'y a-t-il pas des absents parmi les Naibs, Korba ? Où sont donc Merkur et Fash ? Keke n'est pas non plus des nôtres aujourd'hui. Et Takim... »

Korba secoua la tête en silence.

« Ils ont fui Arrakis, reprit Paul, en emportant le ver qu'ils ont volé. Même si je te libérais maintenant, Korba,

Shai-hulud aurait ton eau pour le rôle que tu as joué dans tout cela. Pourquoi ne pas te libérer, Korba ? Pense à tous ces hommes qui ont perdu leurs yeux, qui ne peuvent voir comme moi. Ils ont des familles, des amis, Korba. Où pourrais-tu te cacher pour leur échapper ? »

« C'était un accident, dit Korba. Et les tleilaxu leur procurent... » Une fois encore, il s'interrompit.

« Qui connaît les chaînes des yeux de métal ? » demanda Paul.

Les Naibs se mirent à chuchoter soudain derrière les écrans de leurs mains. Leurs regards posés sur Korba étaient maintenant pleins de froideur.

« La défense de la Qizarate, murmura Paul. Un engin qui peut détruire une planète tout entière ou produire des radiations qui rendent aveugles tous ceux qui sont à proximité. Dis-moi, Korba, sur lequel de ces effets comptais-tu pour assurer cette défense ? La Qizarate entendait-elle aveugler tous ceux qui l'approcheraient ? »

« C'était l'effet de la curiosité, Mon Seigneur. Nous savions que la Vieille Loi ordonnait que seules les Familles entrent en possession d'atomiques, et la Qizarate obéissait... obéissait... »

« Elle t'obéissait à toi... Etrange curiosité. »

« Même s'il ne s'agit que de la voix de mon accusateur, vous devez me confronter ! dit Korba. Un Fremen a des droits légitimes ! »

« Il dit vrai, Sire », intervint Stilgar.

Alia adressa un regard acéré au vieux Fremen.

« La loi est la loi », insista-t-il, conscient de son opposition. Et il se mit à citer la Loi fremen accompagnée de ses commentaires.

Alia avait la bizarre impression d'entendre ses paroles avant même qu'il ne les prononce. Comment le Naib pouvait-il être crédule à ce point ? Jamais encore Stilgar ne lui était apparu plus conservateur, plus soumis au Code de Dune. Il levait le menton d'un air agressif et semblait aboyer ses citations. Ne portait-il rien d'autre en lui que cette pompeuse arrogance ?

« Korba est un Fremen et il doit être jugé selon la Loi des Fremen », conclut Stilgar.

Alia se détourna. Des ombres dansaient sur le mur, en face du jardin. *Tout cela a pris la matinée*, se dit-elle. *Et maintenant ?* Korba semblait avoir recouvré tout son calme. Son attitude clamait qu'il était la victime d'une attaque injuste, qu'il n'avait jamais agi qu'au nom de Muad'Dib. Stupéfaite, elle surprit une expression rusée sur son visage.

Il semble avoir reçu un message, se dit-elle. Il ressemblait à un homme en détresse qui vient d'entendre crier : *Tenez bon ! Les secours arrivent !*

Durant un instant, la chose avait été entre leurs mains. Ce que savait le nain, les preuves contre les autres comploteurs, et même les noms des informateurs. Mais cet instant décisif s'était évanoui. La chose leur avait échappé. *Stilgar ?* se demanda-t-elle. *Non... certainement pas lui.* Elle se tourna vers le vieux Fremen qui soutint son regard sans broncher.

« Merci, Stil, dit Paul, de nous avoir rappelé la Loi. »

Stilgar inclina la tête et se rapprocha, façonnant des mots silencieux que seuls Paul et Alia pouvaient comprendre. *Je vais tout lui arracher et me charger de la suite.*

Paul acquiesça et fit signe aux gardes. « Que l'on conduise Korba dans une cellule au secret absolu, dit-il. Aucune visite en dehors du conseiller. Au titre de conseiller, je nomme Stilgar. »

« Laissez-moi choisir mon conseiller ! » cria Korba.

Paul se retourna brusquement. « Nierais-tu l'équité et le sens de la justice de Stilgar ? »

« Oh, non, Mon Seigneur, mais... »

« Qu'on l'emmène ! »

Les gardes soulevèrent le Panégyriste de ses coussins et l'entraînèrent hors de la salle.

Dans une nouvelle vague de murmures, les Naibs se dirigèrent vers la sortie. Des serviteurs firent leur apparition, coururent aux fenêtres et tirèrent les rideaux. La salle fut tout à coup plongée dans une pénombre orange.

« Paul », dit Alia.

« Nous ne précipiterons la violence que lorsque nous la contrôlerons pleinement. Stil, je te remercie. Tu as très bien joué ton rôle... Alia, j'en suis certain, a identifié les Naibs qui étaient avec lui. Ils ne pouvaient lui échapper. »

« Vous aviez donc tout préparé entre vous ? » demanda Alia.

« Les Naibs auraient parfaitement admis que je fasse immédiatement égorger Korba, dit Paul. Mais ce procès légal qui ne répond pourtant pas à la Loi fremen menaçait leurs droits... Quels sont ceux qui étaient avec lui, Alia ? »

« Rajifiri, c'est certain, commença-t-elle à voix basse, et aussi Saajid, mais... »

« Donne la liste complète à Stilgar. »

Elle avait la gorge sèche. Comme tous, elle était effrayée par cet homme qui voyait sans yeux, qui lisait leurs formes dans sa vision ! Elle n'était plus, elle le sentait, qu'une image miroitante dans un temps sidéral qui ne demeurait en accord avec la réalité que par les actes, les paroles de son frère. Tous, il les tenait dans la sphère de sa vision !

« Il est déjà tard pour votre audience du matin, Sire, dit Stilgar. Il y a bien des gens... ils sont curieux, ils ont peur... »

« Aurais-tu peur, Stil ? »

« Oui. » Ce n'était qu'un chuchotement.

« Tu es mon ami, tu n'as rien à craindre. »

« Oui, Mon Seigneur. »

« Alia assurera l'audience, reprit Paul. Stil... donne le signal. »

Stilgar obtempéra.

Les hautes portes livrèrent passage à une houle bigarrée. La première lame fut rejetée dans la pénombre par les officiels. Puis tout parut simultané : les gardes luttant contre l'assaut des Suppliants, les Plaideurs en robe d'apparat essayant de s'infiltrer, agitant leurs convocations entre les cris et les jurons, le Clerc de Réunion surgissant entre les gardes, brandissant la Liste des Préférences où étaient portés les noms de ceux qui pouvaient approcher le trône.

Le Clerc se nommait Tecrube. C'était un vieux Fremen cynique et méfiant au crâne rasé. Alia se porta au-devant de lui, permettant à Paul et Chani de disparaître par le passage privé, derrière le dais. Elle surprit le regard curieux de Tecrube et en éprouva une brusque contrainte.

« Aujourd'hui, dit-elle, je parle au nom de mon frère. Que les Suppliants s'approchent l'un après l'autre. »

« Oui, Ma Dame », dit Tecrube. Et il se tourna vers les fidèles.

« Je me souviens d'un temps où vous auriez plus rapidement compris les intentions de votre frère », dit Stilgar.

« J'étais bouleversée. Mais il s'est produit en toi un changement dramatique, Stilgar... Qu'est-ce donc ? »

Choqué, le vieux Fremen se redressa. Un changement dramatique ? C'était là un point de vue bizarre. Le drame était une chose équivoque. Le drame, c'étaient ces amuseurs venus des mondes étrangers, des êtres de loyauté douteuse, de morale douteuse. Le drame, c'était ce que les ennemis de l'Empire essayaient d'employer pour agiter la populace. Korba avait rompu avec les vertus fremen et avait utilisé le drame pour la cause de la Qizarate. Il mourrait pour cela.

« Vous vous montrez perverse, dit-il. Vous défiez-vous de moi ? »

Le désarroi qu'elle perçut dans ses paroles adoucit son expression mais nullement sa voix. « Tu sais que je ne me défie pas de toi, Stilgar. Tout comme mon frère, j'ai toujours considéré que tout ce qui était entre les mains de Stilgar était en sécurité et que nous pouvions l'oublier. »

« En ce cas, pourquoi dites-vous que j'ai... changé ? »

« Tu te prépares à désobéir à mon frère, dit-elle. Je le lis en toi. Et j'espère seulement que vous n'en serez pas tous deux détruits. »

Les premiers Plaideurs et Suppliants approchaient. Elle s'éloigna avant que Stilgar ait pu répondre. Sur le visage du Naïb, pourtant, elle put lire ce qu'il y avait dans la lettre de sa mère, à propos du remplacement de la conscience et de la moralité par la loi.

Vous constituez un paradoxe mortel.

> Tibana, apologue du Socratisme chrétien, probablement natif d'Anbus IV, vécut entre le huitième et le neuvième siècle avant la bataille de Corrino, sans doute durant le second règne de Dalamak. Seuls quelques-uns de ses écrits nous sont parvenus, dont est extraite la sentence qui suit : « Les cœurs de tous les hommes vivent en un même désert. »
>
> *Extrait du* Livre de Dune *d'Irulan.*

« Tu es Bijaz, dit le ghola en pénétrant dans l'étroite chambre où le nain était gardé à vue. Mon nom est Hayt. »

Un fort parti de gardes était arrivé avec le ghola pour la relève du soir. Le sable du crépuscule avait rougi les joues des hommes tandis qu'ils traversaient la cour et ils clignaient encore des yeux sous les fouets du vent tandis qu'ils échangeaient les paroles rituelles dans le couloir.

« Ton nom n'est pas Hayt, dit le nain, mais Duncan Idaho. J'étais présent lorsque ta chair morte a été placée dans la cuve et aussi lorsqu'on t'en a retiré, vivant à nouveau et prêt à être éduqué. »

Le ghola demeura silencieux, la gorge soudain sèche. Sous les tentures vertes, les globes des brilleurs perdaient un peu de leur éclat doré. Il y avait des gouttes de sueur scintillantes sur le front du nain. Celui-ci apparaissait à Hayt comme un être étrangement intègre. La fonction pour laquelle les Tleilaxu l'avaient engendré semblait transparaî-

213

tre sur sa peau. Au-delà de son masque de couardise et d'astuce frivole, il lisait la puissance énorme du nain.

« Muad'Dib m'a chargé de t'interroger afin de savoir ce que les Tleilaxu attendent de toi », dit Hayt.

« Les Tleilaxu, les Tleilaxu ! chantonna le nain. Je suis les Tleilaxu, idiot ! Tout autant que toi ! »

Hayt le regarda en silence. Il émanait de Bijaz une qualité charismatique qui faisait songer aux idoles anciennes.

« Tu entends les gardes au-dehors ? Il suffirait que je leur en donne l'ordre pour qu'ils t'étranglent. »

« Haï ! Haï ! s'esclaffa le nain. Quelle grossière canaille tu fais ! Et tu dis que tu es venu chercher la vérité ! »

Hayt se dit qu'il n'aimait pas le secret espoir qu'il décelait maintenant dans le regard du nain.

« Peut-être ne suis-je venu chercher que l'avenir », dit-il.

« Bien parlé. A présent, nous nous connaissons. Lorsque deux voleurs se rencontrent, ils n'ont pas besoin d'être introduits. »

« Ainsi donc, nous sommes des voleurs, dit Hayt. Et que volons-nous ? »

« Nous ne sommes pas des voleurs, mais des dés. Tu n'es venu que pour compter mes points. Et moi, je compte les tiens. Et qu'est-ce donc que je vois ? Tu as deux faces ! »

« M'as-tu réellement vu dans la cuve des Tleilaxu ? » demanda Hayt, luttant contre une inexplicable répugnance.

« Ne te l'ai-je point dit ? (Le nain sauta sur ses pieds.) Avec toi, ce fut un combat terrible... La chair, vois-tu, ne voulait pas ressusciter. »

Hayt eut soudain conscience de vivre un rêve contrôlé par un esprit étranger, un rêve qu'il pouvait oublier momentanément pour se perdre dans les circonvolutions de cet esprit.

Avec une expression pleine de ruse, Bijaz pencha la tête et, lentement, fit le tour du ghola. « L'excitation, dit-il, éveille en toi des schémas anciens. Tu es le poursuivant qui ne veut pas découvrir ce qu'il poursuit. »

« Tu es une arme dirigée contre Muad'Dib, dit Hayt en pivotant sur lui-même. Que dois-tu faire ici ? »

« Rien ! Bijaz s'arrêta soudain. A question banale, réponse banale ! »

« C'est donc Alia que tu vises. Est-ce bien elle ? »

« Sur les mondes étrangers, on l'appelle Hawt, le Monstre-Poisson, dit Bijaz. Mais j'entends bouillir ton sang lorsque tu parles d'elle ?... »

« Ainsi, ils l'appellent Hawt », dit Hayt sans quitter le nain des yeux, guettant le moindre indice.

« Elle est la vierge-prostituée, dit Bijaz. Elle est vulgaire, retorse, d'une intelligence effrayante, cruelle dans la douceur, vide lorsqu'elle pense ; et lorsqu'elle veut construire, elle est aussi destructrice que le vent de coriolis. »

« Ainsi tu es venu pour parler contre Alia », dit Hayt.

« Contre elle ? (Bijaz se laissa aller contre un coussin.) Je ne suis venu que pour me laisser prendre au piège magnétique de sa beauté physique. » Et il eut un sourire de saurien.

« Attaquer Alia, c'est attaquer son frère », dit Hayt.

« Chose si claire qu'elle est difficile à voir, dit Bijaz. En vérité, l'Empereur et sa sœur ne constituent qu'une seule et même personne, moitié mâle, moitié femelle. »

« C'est ce que disent les Fremen du désert, dit Hayt. Ceux qui ont remis en pratique le sacrifice du sang à Shai-hulud. Comment peux-tu répéter de telles absurdités ? »

« Tu oses parler d'absurdités ? s'exclama Bijaz. Toi qui es en même temps un homme et un masque ? Mais j'oubliais que les dés ne peuvent lire eux-mêmes leurs points. Et tu n'es doublement troublé que parce que tu es au service de l'être-double. Tes sens ne sont pas aussi proches de la réponse que ton esprit. »

« As-tu prêché cette parole de fausseté à tes gardes ? » demanda Hayt à voix basse. Les déclarations du nain, il le sentait, tissaient une sorte de filet qui enserrait son esprit.

« C'est eux qui ont prêché ! Et ils ont prié, aussi. Pourquoi ne le feraient-ils pas ? Tous, nous devrions prier. Ne vivons-nous pas dans l'ombre de la plus dangereuse création que l'univers ait jamais connue ? »

« Une dangereuse création... »

« Leur mère elle-même a refusé de vivre sur la planète où ils vivent ! »

« Pourquoi ne réponds-tu pas directement ? demanda Hayt. Tu sais qu'il existe d'autres moyens de te questionner. Nous obtiendrons des réponses de toi… d'une façon ou d'une autre. »

« Mais je t'ai répondu ! Ne t'ai-je pas dit que le mythe est réel ? Suis-je le vent qui porte la mort en son ventre ? Non ! Je suis fait de mots ! De mots pareils à l'éclair qui jaillit du sable sous le ciel noir. Je l'ai dit : « Souffle cette lampe ! Le jour est là ! » Mais tu as continué de demander une lampe pour trouver le jour. »

« Tu joues un jeu dangereux avec moi, dit Hayt. T'est-il venu à l'idée que je pourrais ne pas comprendre ces concepts Zensunni ? Les traces que tu laisses sont aussi nettes que celles d'un oiseau dans la boue. »

Bijaz se mit à rire.

« Pourquoi ris-tu ? » demanda Hayt.

« Parce que j'ai des dents et souhaiterais ne pas en avoir. Si je n'avais pas de dents, je ne pourrais les mâcher ! »

« Je sais maintenant quel est ton but… C'est moi. »

« Et je l'ai touché ! Tu fais une cible si énorme… Comment aurais-je pu te manquer ? (Le nain hocha la tête.) Maintenant, je vais chanter à ton intention. »

Et il se mit à fredonner un thème monotone et doux qu'il reprenait sans cesse.

Hayt se roidit sous l'effet de douleurs étranges qui cheminaient au long de son échine. Dans le visage de vieillard du nain, il découvrait des yeux pleins de jeunesse d'où irradiaient des rides blanches qui rejoignaient les creux de ses tempes. Chacun des traits de cette tête énorme semblait tracé à partir de cette petite bouche d'où sortait ce fredonnement lancinant qui éveillait en Hayt des souvenirs de rites anciens, de traditions, de mots perdus, de coutumes, de concepts à demi oubliés dans des murmures à demi perdus. Il se passait quelque chose d'essentiel, de vital. Un jaillissement d'idées à travers le Temps. Les plus anciennes demeuraient tapies dans la chanson du nain. Elles apparaissaient dans le lointain comme une lumière aveuglante, de plus en plus proche, répandue sur les siècles.

« Que me fais-tu ? » demanda Hayt, d'une voix étranglée.

« Tu es l'instrument dont on m'a appris à jouer, dit Bijaz. Alors, je joue de toi. Laisse-moi te dire les noms des autres traîtres parmi les Naibs. Il y a Bikouros et Cahueit. Et Djedida, qui était le secrétaire de Korba. Ainsi qu'Abumojandis, l'assistant de Bannerjee. En ce moment, il se pourrait que l'un d'eux soit en train de plonger sa lame dans le corps de ton Muad'Dib. »

Hayt secoua la tête. Il lui semblait impossible de prononcer un mot.

« Nous sommes comme des frères, poursuivit Bijaz, interrompant une fois encore son fredonnement. Nous sommes nés de la même cuve : moi d'abord, toi après. »

Une souffrance soudaine traversa les yeux de métal de Hayt. Une brume rouge et clignotante se répandit sur toute chose. Il avait l'impression d'être privé de tous ses sens. Il n'éprouvait plus que cette souffrance et ne percevait plus l'extérieur que comme un voile diffus et mouvant. Tout était devenu accident, produit du hasard sur la matière inerte. Sa volonté était vacillante, émue, presque inexistante. Il perça le voile qui l'enveloppait et accéda au sens solitaire de la vision avec une clarté née de son désespoir. Le regard qu'il darda sur Bijaz était comme un faisceau de lumière qui pénétrait au travers des couches successives dont était fait le nain. Il ne voyait plus soudain le petit être mais un mercenaire intellectuel, puis une créature prisonnière de faims et d'avidités... Couche après couche, jusqu'à ce qu'apparaisse, enfin, une entité-aspect manipulée par des symboles.

« Nous sommes sur un champ de bataille, dit Bijaz. Tu peux parler. »

Libéré par ces mots, Hayt dit : « Tu ne peux me forcer à frapper Muad'Dib. »

« Les Bene Gesserit disent qu'il n'existe rien de stable, rien d'équilibré, rien de durable dans l'univers, que rien ne demeure en son état et que chaque jour, et même chaque heure, amène un changement. »

Hayt se contenta de hocher lourdement la tête.

« Tu croyais que ce stupide Empereur était le prix que nous demandions, reprit le nain. Tu connais bien mal nos maîtres, les Tleilaxu... La Guilde et le Bene Gesserit croient que nous produisons des artéfacts. En vérité, ce sont des outils, des services que nous produisons. N'importe quoi peut être un outil : la guerre, la misère... La guerre est remarquablement utile car son rôle couvre de nombreux domaines. Elle stimule le métabolisme, renforce les gouvernements et véhicule les variétés génétiques. Sa vitalité est sans égal dans l'univers. Seuls ceux qui reconnaissent la valeur de la guerre et qui en usent possèdent un certain degré d'autodétermination. »

D'une voix étrangement calme, Hayt déclara : « Il émane de toi des pensées bizarres. J'en viens à croire en une Providence vengeresse. Par quelle restitution as-tu été créé ? Cela composerait une fascinante histoire, avec un épilogue plus extraordinaire encore. »

« Magnifique ! s'exclama Bijaz. Tu attaques, donc tu possèdes de la volonté, tu fais preuve d'autodétermination. »

« Tu essaies d'éveiller la violence en moi », dit Hayt d'une voix haletante.

« J'essaie de t'éveiller, oui, mais pas à la violence. Tu as été éduqué dans le sens de l'éveil, à ce que tu m'as dit. C'est une conscience que je dois éveiller en toi, Duncan Idaho. »

« Hayt ! »

« Duncan Idaho. Tueur exceptionnel. Amant aux multiples amours. Soldat bretteur. Combattant des champs de bataille des Atréides. Duncan Idaho. »

« Le passé ne peut être éveillé. »

« Vraiment ? »

« Jamais on ne l'a fait ! »

« Exact, mais nos maîtres luttent contre l'idée qu'une chose ne puisse être faite. Sans cesse, ils cherchent l'outil approprié, l'application judicieuse de l'effort, les services les plus utiles pour... »

« Tu caches ton but véritable ! Tu projettes un écran de mots qui ne veulent rien dire ! »

« Il y a en toi un Duncan Idaho, dit Bijaz. Il se soumettra, soit à l'émotion, soit à l'examen sans passion, mais il se soumettra. Cette conscience surgira au travers d'un écran d'oblitération et de sélection, du sombre passé où s'enlisent tes pas. Cet être existe en toi et c'est sur lui que devra se concentrer ta conscience, c'est à lui que tu obéiras ! »

« Les Tleilaxu croient peut-être que je suis encore leur esclave, mais je... »

« Silence, esclave ! » lança Bijaz d'une voix plaintive.

Hayt se figea brusquement dans le silence.

« Maintenant, nous avons atteint le fond, reprit le nain. Je sais que tu le sens. Et voici les mots qui vont te manipuler... Je crois qu'ils disposeront d'un levier bien suffisant. »

Et Hayt sentit la sueur ruisseler sur ses joues, il sentit vibrer sa poitrine, ses bras... sans pouvoir esquisser le moindre mouvement.

« Un jour, l'Empereur viendra à toi. Il te dira : *Elle est partie.* Il aura sur le visage le masque de la douleur. Il donnera son eau aux morts. C'est ainsi qu'ils disent lorsqu'ils versent des larmes. Et toi, tu répondras, avec ma voix : *Maître ! Oh, Maître !* »

Les muscles tendus de Hayt semblaient lui déchirer la gorge. Il parvint à secouer la tête, presque imperceptiblement.

« Tu diras alors : *Je porte un message de Bijaz.* (Il grimaça.) Pauvre Bijaz, qui n'a pas d'esprit... pauvre Bijaz, tambour gonflé de messages, essence à l'usage des autres... qu'on le frappe et il produit un son... (Une autre grimace.) Tu me considères comme un hypocrite, Duncan Idaho... Je ne le suis pas ! Je peux éprouver du chagrin. Mais le temps est venu de substituer aux mots les épées. »

Hayt fut secoué par un hoquet de souffrance et Bijaz se mit à rire : « Ah, merci, Duncan, merci ! Nous sommes sauvés par les exigences du corps. L'empereur a le sang des Harkonnen dans ses veines et il fera ce que nous demanderons. Il ne sera plus qu'une machine qui crachera, qui mordra les mots avec une sonnerie douce à l'oreille de nos maîtres. »

Hayt voyait maintenant le nain comme un petit animal vif, plein d'une intelligence et d'une malveillance rares. *Du sang des Harkonnen chez les Atréides ?*

« Il suffit que tu penses à Rabban la Bête, cet abominable Harkonnen, pour que la fureur monte en toi, dit Bijaz. Tu réagis comme les Fremen. Lorsque les mots échouent, il reste toujours l'épée, non ? Pense aux tortures que les

Harkonnen ont infligées à ta famille. Par sa mère, ton précieux Paul est un Harkonnen ! Il ne te serait pas difficile de tuer un Harkonnen, non ? »

Etait-ce de la colère qu'il éprouvait ? se demandait Hayt. Pourquoi de la colère ?

« Ohhh... fit le nain. Et puis : Aahh ! Clic-clic ! Le message a une suite. Les Tleilaxu proposent un marché à ton vénéré Paul Atréides. Nos maîtres lui rendront sa bien-aimée. Ce sera un autre ghola... comme une sœur pour toi. »

Hayt était maintenant seul au centre d'un univers, avec ses battements de cœur.

« Un ghola... Il retrouvera la chair de son amour. Elle portera son enfant. Elle ne sera qu'à lui. Nous pouvons même améliorer l'original s'il le souhaite. Dites-moi : un homme a-t-il jamais eu pareille chance de retrouver ce qu'il avait perdu ? Il se jettera sur ce marché. »

Bijaz hocha la tête, comme s'il était las, soudain. Puis il reprit : « Cela le tentera, c'est certain... et, profitant de sa distraction, tu te rapprocheras... et tu frapperas ! Deux gholas, et non plus un seul ! Voilà ce que veulent nos maîtres ! Parle ! »

« Je ne le ferai pas », dit Hayt.

« Mais Duncan Idaho, lui, le ferait. Le descendant des Harkonnen ne saurait être plus vulnérable qu'à cet instant. Ne l'oublie pas. Tu proposeras des améliorations possibles pour sa bien-aimée... un double cœur, peut-être, des émotions plus douces... Tu te rapprocheras encore de lui pour lui proposer un refuge sur une planète de son choix, n'importe où à l'extérieur de l'Empire. Pense à cela ! Sa bien-aimée ressuscitée. Plus de larmes et un lieu d'éternelle idylle pour y achever leurs jours. »

« Un bien grand cadeau, dit Hayt. Il me demandera quel en est le prix. »

« Tu lui diras alors qu'il doit renoncer à sa divinité et renier la Qizarate. Il devra aussi se renier lui-même, ainsi que sa sœur. »

« Rien de plus ? » demanda Hayt avec un sourire grimaçant.

« Naturellement, il devra abandonner ses parts sur la C.H.O.M. »

« Naturellement. »

« Et si tu n'es pas encore assez près de lui pour frapper, dis-lui combien les Tleilaxu admirent ce qu'il leur a enseigné sur les possibilités de la religion. Dis-lui que le Bene Tleilax a maintenant un service de conception de religions chargé de mettre au point diverses religions en fonction de besoins précis. »

« Très astucieux », dit Hayt.

« Tu te crois libre, tu ironises et tu penses me désobéir, dit Bijaz. Il pencha la tête. Ne nie pas... »

« Ils t'ont bien réussi, petit animal. »

« Et toi aussi... Tu lui diras de se décider rapidement. La chair est périssable et celle de sa bien-aimée devra être conservée en cuve cryologique. »

Hayt eut l'impression de se perdre dans une matrice dense d'objets qu'il ne reconnaissait pas. Le nain semblait si sûr de lui ! Il devait pourtant y avoir une faille dans la logique tleilaxu. Lorsqu'ils avaient construit leur ghola, ils l'avaient réglé sur la voix de Bijaz... mais... Mais quoi ? Logique/matrice/objet... Comme il était facile de prendre un raisonnement clair pour un raisonnement correct ! Se pouvait-il que la logique des Tleilaxu fût distordue ?

Bijaz souriait. Il semblait écouter quelque voix secrète « A présent, dit-il, tu vas oublier. Tu ne te souviendras que lorsque le moment sera venu. Il te dira : *Elle est partie* Alors, Duncan Idaho s'éveillera. »

Et il claqua des mains.

Hayt grommela. Il avait l'impression d'avoir été interrompu dans le cours d'une pensée... ou peut-être d'une phrase. Qu'était-ce donc ? Il... cela avait trait... à des cibles.

« Tu crois me troubler et me manipuler », dit-il

« Que veux-tu dire ? »

« Je suis ta cible. Tu ne peux le nier. »

« Je n'y songerais pas. »

« Qu'essaies-tu de faire ? »

« Te rendre service, dit Bijaz. Simplement. »

> La nature continue des événements réels, en dehors de circonstances très extraordinaires, n'est pas illuminée avec précision par les pouvoirs de prescience. L'oracle ne révèle que les incidents de la chaîne historique. L'éternité se transforme. Elle subit l'influence de l'oracle comme celle des suppliants. Que les fidèles de Muad'Dib doutent de sa majesté ou de ses pouvoirs. Qu'ils nient ses visions. Que jamais ils ne doutent de l'Éternité.
>
> Gospels de Dune.

HAYT observait Alia qui venait de sortir du temple et traversait maintenant la plaza, serrée de près par ses gardes dont le masque farouche dissimulait mal les traits amollis par la bonne chère et la vie facile.

Un héliographe d'ornithoptères scintillait dans le soleil, au-dessus du temple. Ils appartenaient à la Garde Royale et leurs fuselages étaient marqués du symbole du poing.

Le regard de Hayt revint à Alia. Dans cette cité, elle ne semblait pas à sa place, se dit-il. Elle appartenait au désert, aux grands espaces. Une vérité surprenante lui apparut : Alia ne semblait vraiment réfléchir que lorsqu'elle souriait. Cela venait sans doute de ses yeux, songea Hayt, en se rappelant son image lors de la réception de l'Ambassade de la Guilde. Entre les robes et les uniformes extravagants, Alia était apparue vêtue de blanc, un blanc étincelant, magnifique. Un blanc chaste, pourtant. Il l'avait observée depuis une fenêtre, comme elle traversait un jardin où flottaient les perles d'eau de fontaines chuchotantes et les frondaisons vertes des plantes, sous un belvédère blanc.

Elle n'appartenait qu'au désert.

Il attendait, le souffle lourd, serrant parfois les poings. La rencontre avec Bijaz avait laissé un malaise profond en lui.

L'escorte d'Alia entra dans la pièce voisine de celle où il attendait. Alia pénétra dans les appartements familiaux.

Il essaya de se concentrer sur ce qui l'avait troublé à propos d'Alia. La façon dont elle avait traversé la plaza ? Oui... Elle ressemblait à une proie fuyant quelque dangereux prédateur. Il s'avança sur le balcon et s'arrêta dans la pénombre de l'écran de plasmeld. Alia, immobile, était appuyée à la balustrade qui dominait le temple.

Il suivit son regard. Elle contemplait la cité. Des rectangles, des lignes, des blocs de couleurs et la rumeur des vies. Des tourbillons d'air chaud faisaient vibrer le ciel au-dessus des toits. A l'angle du temple, un enfant jouait à la balle entre deux massifs.

Le regard d'Alia, comme celui de Hayt, essaya de suivre la balle. En haut, en bas... En haut, en bas... Pareille à la balle, songea-t-elle, elle allait et venait dans les couloirs du Temps.

Avant de quitter le temple, elle avait absorbé une dose massive de Mélange. Jamais auparavant elle n'avait osé en prendre autant. Avant même d'en ressentir les premiers effets, elle avait éprouvé de la peur.

Pourquoi ai-je fait cela ? se demanda-t-elle.

Il fallait choisir entre plusieurs dangers. Etait-ce donc cela ? Le Mélange était le seul moyen de pénétrer la brume que le maudit Tarot de Dune avait répandue sur l'avenir. Il y avait une barrière, quelque part. Il fallait la briser. Il fallait qu'elle voie en quels lieux son frère cheminait.

Elle commença à percevoir la sensation de fuite si familière. Elle inspira profondément et retrouva un semblant de calme, d'assurance.

Le fait de posséder la seconde vue a tendance à rendre dangereusement fataliste, se dit-elle. Malheureusement, il n'existait pas de levier abstrait. La prescience ne connaissait pas de probabilité. Les visions de l'avenir ne pouvaient être traitées comme des formules. Il fallait y pénétrer, au risque de sa vie et de son équilibre mental.

Une silhouette sortit de l'ombre du balcon voisin. Le ghola ! Dans son état de sur-perception, Alia le vit avec une clarté inhabituelle. Ses traits sombres, si vivants étaient dominés par les yeux de métal scintillants. Le ghola était l'union d'effrayantes oppositions. Il était à la fois ombre et incandescence. Il portait en lui le processus qui avait fait revivre sa chair morte... et aussi autre chose. Quelque chose d'intensément pur, innocent...

Il était l'innocence assiégée !

« Tu étais là depuis longtemps, Duncan ? »

« Il faut donc que je sois Duncan, dit-il. Pourquoi ? »

« Ne me pose pas de question. »

Et elle songea, en le regardant, que les Tleilaxu avaient parfaitement soigné chaque détail de leur ghola.

« Seuls les dieux peuvent risquer la perfection en toute sécurité, dit-elle. Pour un homme, c'est chose dangereuse. »

« Duncan est mort, dit-il, souhaitant qu'elle ne le nomme plus ainsi. Je suis Hayt. »

Elle se demanda ce que lui révélaient ses yeux artificiels. A cette distance, elle remarquait de minuscules points noirs sur le métal lisse. Des facettes ? Brusquement, l'univers flamboya tout autour d'elle et vacilla. Elle posa la main sur la balustrade tiède... Le Mélange se propageait rapidement.

« Etes-vous malade ? » demanda Hayt. Il se rapprocha d'elle.

Qui parle ? se demanda-t-elle. Est-ce Duncan Idaho ou bien le mentat-ghola... ou encore le philosophe Zensunni ? Ou bien le pion du Bene Tleilax plus redoutable que tous les Navigateurs de la Guilde ? Seul son frère savait.

A nouveau, elle regarda le visage du ghola. Il y avait en lui quelque chose de latent. Il était comme saturé de puissances qui transcendaient leur existence commune.

« Par ma mère, dit-elle, je suis Bene Gesserit. Le sais-tu ? »

« Je le sais. »

« Je dispose de leurs pouvoirs et je pense comme elles

pensent. Une part de moi accorde une primauté sacrée au programme de sélection génétique. »

Elle cilla. Elle commençait à dériver librement dans le temps.

« On prétend que le Bene Gesserit n'abandonne jamais », dit Hayt.

Il l'observait attentivement, remarquant la blancheur de ses phalanges crispées sur la balustrade.

« Ai-je trébuché ? » demanda-t-elle.

Son souffle était profond et chacun de ses gestes était tendu. Ses yeux étaient troubles.

« Lorsque l'on trébuche, dit-il, on peut retrouver son équilibre en sautant par-dessus l'obstacle. »

« Le Bene Gesserit a trébuché, dit-elle. Il essaie de retrouver son équilibre au sautant au-delà de mon frère. Les Sœurs veulent l'enfant de Chani... ou le mien. »

« Vous portez un enfant ? »

Elle lutta pour se stabiliser dans l'espace-temps et répondre à cette question. Un enfant ? Quand ? Où ?

« Je... le vois », chuchota-t-elle.

Elle s'écarta de la balustrade et, comme elle tournait la tête, elle vit que le ghola avait un visage de sel, deux disques de plomb à la place des yeux et qu'il projetait des ombres bleues.

« Que... vois-tu avec ces yeux ? » souffla-t-elle.

« Ce que voient d'autres yeux. »

Les mots semblaient tinter à ses oreilles, accélérant sa perception. Elle se déployait à travers l'univers, traversée des courants du Temps...

« Vous avez pris de l'épice, dit le ghola. Une forte dose. »

« Pourquoi ne puis-je le voir, murmura-t-elle, prisonnière de la matrice de toute création. Dis-moi, Duncan, pourquoi... »

« Qui ne pouvez-vous voir ? »

« Le père de mes enfants. Je suis perdue dans la brume du Tarot. Aide-moi... »

La logique du mentat produisit un résultat. « Le Bene Gesserit désire un accouplement entre vous et votre frère. Cela fermerait le cycle... »

Elle eut un gémissement. « L'œuf dans la chair... »

Elle baignait dans la glace, tout à coup, mais une chaleur infernale la suivait. L'amant invisible de ses rêves de ténèbres ! La chair de sa chair que l'oracle ne pouvait lui révéler... En arriverait-il là ?

« La dose que vous avez absorbée peut-elle être dangereuse ? » demanda le ghola. Quelque part en lui, quelque chose luttait pour exprimer une terreur absolue à l'idée qu'une femme Atréides pût mourir, que Paul dût apprendre qu'une femelle de sang royal était... partie...

« Tu ne sais pas ce que c'est que de chasser l'avenir, dit Alia. Parfois, j'ai des visions de moi-même... Mais je ne puis voir à travers moi. » Elle baissa la tête.

« Quelle quantité avez-vous absorbée ? » demanda-t-il.

« La nature abhorre la prescience. (Elle releva la tête et le regarda.) Savais-tu cela, Duncan ? »

Il prit une voix douce et calme, comme s'il s'adressait à un très petit enfant. « Dites-moi combien d'épice vous avez prise. » Et il posa sa main gauche sur son épaule.

« Les mots sont des instruments grossiers, primitifs et ambigus », dit-elle en s'écartant de lui.

« Il faut me répondre. »

« Regarde le Bouclier, Duncan », ordonna-t-elle en tendant la main. Et elle se mit à trembler devant la vision-ravage d'un paysage en effondrement, d'un château de sable balayé par d'invisibles vagues. Elle détourna les yeux et fut paralysée par le visage du ghola. Ses traits se déformaient, changeaient... Il était jeune... vieux... jeune à nouveau. Il était la vie même, infinie, établie. Elle voulut fuir mais il lui prit le poignet.

« Je vais appeler un docteur. »

« Non ! Il faut que j'aie ma vision ! Il faut que je sache ! »

« Vous allez rentrer, à présent. »

Elle baissa son regard sur sa main. Là où leurs peaux se touchaient, elle éprouvait une présence électrique, attirante et effrayante. Elle échappa brusquement à son étreinte et cria : « Personne ne peut arrêter le tourbillon ! »

« Il vous faut un docteur ! »

« Mais tu ne comprends pas ? Ma vision est incomplète ! Il n'y a que des fragments ! Ils sautent, ils disparaissent parfois. Il faut que je me rappelle le futur. Tu ne comprends donc pas ? »

« Qu'est-ce que le futur si vous mourez ? » dit-il en l'entraînant doucement vers sa chambre.

« Des mots... des mots... murmurait-elle. Je ne peux l'expliquer. Chaque chose en engendre une autre. Mais il n'y a pas de cause... pas d'effet. Nous ne pouvons pas laisser l'univers tel qu'il était. De quelque façon que l'on essaie, il y a une faille. »

« Etendez-vous là », ordonna Hayt.

Il est si borné ! se dit-elle.

Des ombres fraîches l'enveloppèrent. Ses muscles étaient comme des vers qui rampaient sur son corps. Le lit, sous elle, n'avait pas de substance. Seul l'espace était permanent. Rien d'autre n'avait de substance. Bien des corps emplissaient le lit et tous étaient le sien. Le Temps était devenu une sensation multiple, saturée. Aucune réaction isolée ne se prêtait à l'abstraction. C'était le Temps. Il bougeait. L'univers dans son ensemble glissait en arrière, en avant, latéralement.

« Cela n'a pas l'espace d'une chose, essaya-t-elle d'expliquer. On ne peut être dessous ou autour... On ne peut y appliquer un levier... Nulle part. »

L'espace, autour d'elle, vibrait de présences multiples. Plusieurs de ces présences lui tenaient la main. Elle regarda sa propre chair mouvante et suivit le geste d'un bras flou vers un visage fluide : Duncan Idaho ! Ses yeux étaient... c'était faux, mais c'était Duncan Idaho... enfant-homme-adolescent-enfant-homme-adolescent... Il y avait de l'inquiétude dans chacun de ses traits.

« Duncan, ne crains rien », murmura-t-elle.

Il lui serra la main un peu plus fort. « Restez tranquille. »

Il pensa : *Elle ne doit pas mourir ! Elle ne doit pas ! Aucune femme Atréides ne doit mourir !* Il secoua la tête avec violence. De telles pensées étaient un défi à la logique mentat. La mort était nécessaire à la continuité de la vie.

Le ghola m'aime, pensa Alia.

Et cette pensée devint une assise de pierre à laquelle elle se cramponna. Un visage familier dans un endroit réel. L'une des chambres des appartements.

Une personne fixe, immuable, faisait quelque chose avec un tube, quelque part dans sa gorge. Elle lutta pour ne pas vomir.

« Il était temps, dit une voix. (Elle l'identifia comme étant celle d'un médic de la famille.) Vous auriez dû m'appeler plus tôt. » Il y avait de la méfiance dans cette voix. Le tube quittait sa gorge. Elle l'entrevit. Un mince serpent brillant.

« L'injection la fera dormir, reprit le médic. Je vais appeler une de ses servantes pour... »

« Je vais rester auprès d'elle », dit le ghola.

« Cela me paraît peu probable ! »

« Reste... Duncan », chuchota Alia. Elle sentit qu'il lui tapotait doucement la main. Il l'avait entendue.

« Ma Dame, commença le médic, il serait préférable que... »

« Vous n'avez pas à me dire ce qui est préférable... » Elle avait la gorge douloureuse.

« Ma Dame... (la voix du médic était lourde d'accusation)... vous connaissez les dangers du Mélange. Je ne puis m'empêcher de croire que quelqu'un vous en aura donné sans... »

« Idiot ! Nierais-tu mes visions ? Je sais pourquoi je l'ai pris. (Elle porta la main à sa gorge.) Sors... Immédiatement ! »

Le médic quitta son champ de vision. Elle entendit sa voix : « Cela sera rapporté à votre frère. »

Il quitta la pièce. Elle concentra son attention sur le ghola. La vision était claire, à présent, au centre de sa perception. Un milieu de culture à partir duquel le présent croissait vers l'extérieur. Et le ghola se mouvait dans ce jeu de Temps. Il n'avait plus rien de cryptique. Il apparaissait nettement sur un fond reconnaissable.

Il est le creuset, se dit-elle. *Le danger et la sauvegarde.* Elle frissonna. C'était la vision même que son frère avait eue. Des larmes qu'elle n'avait pas appelées lui brûlèrent les yeux. Elle secoua la tête. Non... pas de larmes ! Les larmes étaient un gaspillage d'eau et elles brouillaient le flux de la vision. Il fallait arrêter Paul ! Une fois, une fois seulement, elle avait franchi le gouffre du Temps et placé sa voix sur son chemin. Mais ici, tout était trop oppressant, trop changeant... La trame du Temps traversait son frère ainsi que des rayons lumineux traversent une lentille. Et il le savait. Le faisceau était concentré sur lui et il empêcherait toute variation, toute déviation.

« Pourquoi ? murmura-t-elle. Est-ce de la haine ? S'en prend-il au Temps parce qu'il en souffre ? Est-ce donc cela... de la haine ? »

Le ghola, croyant avoir entendu son nom, se pencha sur elle : « Ma Dame ? »

« Si seulement je pouvais chasser cela de moi ! gémit-elle. Je n'ai pas voulu être différente ! »

« Alia, je vous en prie... Dormez. »

« J'aurais voulu pouvoir rire, souffla-t-elle, et des larmes roulèrent sur ses joues. Mais je suis la sœur de l'Empereur que l'on adore comme un dieu. Les gens me craignent. Jamais je n'ai voulu cela. »

Il essuya ses larmes.

« Je ne voulais pas appartenir à l'Histoire. Je voulais seulement que l'on m'aime... et aimer. »

« Tu es aimée », dit-il.

« Ahh... loyal Duncan. »

« Je vous en prie, ne m'appelez pas ainsi. »

« Mais tu es loyal... Et la loyauté est une denrée de valeur. On peut la vendre... mais pas l'acheter. »

« Je n'aime pas votre cynisme », dit-il.

« Je maudis ta logique ! »

« Dormez. »

« M'aimes-tu, Duncan ? » demanda-t-elle.

« Oui. »

« Est-ce là encore un de tes mensonges... un de ces mensonges plus faciles à croire que la vérité ? Pourquoi ai-je peur de te croire ? »

« Vous craignez mes différences autant que les vôtres. »

« Sois un homme, et non un mentat ! »

« Je suis un mentat et un homme. »

« Serai-je ta femme ? »

« Je ferai ce qu'exige l'amour. »

« Et la loyauté ? »

« Et la loyauté. »

« C'est en cela que tu es dangereux », dit-elle.

Il fut troublé par ces paroles. Il n'en laissa rien transparaître sur son visage, aucun de ses muscles ne frémit... mais elle sut. La mémoire-vision le lui révéla. Pourtant, elle eut l'impression qu'une partie de la vision lui échappait, qu'elle aurait dû se rappeler autre chose à propos du futur. Il existait une autre perception qui ne s'exerçait pas par les sens, quelque chose qui investissait l'esprit à partir de nulle part, tout comme la prescience. Quelque chose qui résidait dans les ombres du Temps... et qui était imprégné d'une infinie souffrance.

L'émotion ! C'était cela... l'émotion ! Elle était apparue dans la vision, non directement, mais comme un produit à partir duquel elle pouvait deviner ce qui existait au-delà. Elle avait été possédée par l'émotion. La peur, le chagrin, l'amour... Ils étaient là dans sa vision, rassemblés en un corps unique, épidémique, primordial et dominateur.

« Duncan, ne m'abandonne pas », dit-elle.

« Dormez... Ne luttez pas. »

« Je dois... je dois... Il est la proie de son propre piège. Il sert la puissance et la terreur. La violence... la déification sont la prison qui le retient. Il va perdre... tout. Il va être déchiré en pièces. »

« Parlez-vous de Paul ? »

« Ils vont l'amener à se détruire, haleta-t-elle en essayant de se redresser. C'est trop de poids pour lui, trop de peine. Ils le persuadent et l'entraînent, l'écartent de l'amour... Ils créent un univers dans lequel il refusera de vivre. »

« Pourquoi fait-il cela ? »

« Lui ?... Oh, tu ne comprends rien !... Il fait partie du plan. Il est trop tard... trop tard... trop tard... »

Au fur et à mesure qu'elle parlait, elle sentait sa perception décroître, niveau après niveau. Elle se stabilisa au niveau de son nombril. Le corps et l'esprit se séparèrent pour se rejoindre en une réserve de visions-reliques... Mouvement... mouvement... Elle perçut un rythme fœtal : celui de l'enfant de l'avenir. Le Mélange l'imprégnait encore, la laissait encore dériver dans le Temps. Elle savait qu'elle avait goûté la vie d'un enfant non encore conçu. Une chose était certaine concernant cet enfant : il subirait le même éveil qu'elle avait subi. Avant même de voir le jour, il serait une entité consciente, pensante.

> Il existe une limite à la force que les plus puissants eux-mêmes ne sauraient atteindre sans se détruire. L'art véritable de tout gouvernement est d'évaluer cette limite. Le mauvais usage du pouvoir constitue le péché fatal. La loi ne peut être un outil de vengeance, pas plus qu'un otage ou une barrière contre les martyrs qu'elle a pu créer. On ne peut menacer un individu et se soustraire aux conséquences.
>
> Muad'Dib et la Loi, *extrait des* Commentaires de Stilgar.

CHANI contemplait le désert dans la lumière du matin qui se découpait dans la faille au-dessous du Sietch Tabr. Elle ne portait pas de distille et se sentait vulnérable, ici, au cœur des sables. Quelque part au-dessus d'elle, la grotte qui accédait au sietch s'ouvrait dans la paroi tourmentée de la falaise.

Le désert... Il lui semblait maintenant que le désert l'avait toujours suivie, en tous lieux. Elle ne revenait pas chez elle, non... elle se retournait simplement et posait les yeux sur ce qui n'avait jamais cessé d'être là.

Une crampe douloureuse lui serra le ventre. La naissance était proche. Elle lutta pour repousser la souffrance, parce que, en cet instant, elle désirait demeurer seule face au désert.

La terre était figée dans le silence de l'aube. Des ombres se déployaient lentement sur les dunes et les terrasses rocheuses du Bouclier. La lumière était encore tapie derrière un escarpement, sous le ciel bleu et pur. Le paysage tout entier correspondait à cette impression de cynisme redoutable qui la tourmentait depuis qu'elle avait appris que Paul était aveugle.

Que faisons-nous ici ? songea-t-elle.

Ce n'était pas là une hajra, un voyage de quête. Paul n'était rien venu chercher en ces lieux, si ce n'était un refuge où elle pourrait donner le jour à l'enfant. Les compagnons qu'il avait rassemblés autour d'eux étaient bien étranges : Bijaz, le nain tleilaxu ; Hayt, le ghola qui était peut-être aussi Duncan Idaho ; Edric, l'Ambassadeur de la Guilde ; la Révérende Mère Gaius Helen du Bene Gesserit qu'il haïssait entre tous ; Lichna, l'étrange sœur d'Otheym, que les gardes ne quittaient jamais du regard ; Stilgar le Naib et son épouse favorite, Harah... ainsi qu'Irulan... et Alia...

Les souffles du vent entre les rochers accompagnaient ses pensées. Le désert, peu à peu, était devenu une mosaïque en camaïeu, jaune sur ocre, gris clair sur gris sombre, soufre sur orangé...

Pourquoi de si étranges compagnons ?

« Nous avons oublié, lui avait répondu Paul, que le mot *compagnie* signifiait à l'origine compagnons de voyage. Nous formons une compagnie. »

« Mais de quelle valeur nous sont-ils ? »

« Voilà ! s'était-il exclamé, tournant vers elle le regard de ses orbites vides. Nous avons perdu cette note vitale et claire de la vie. A ce qui ne peut être enfermé, désigné, chassé, frappé, traqué, nous n'accordons aucune valeur. »

Blessée, elle avait dit : « Ce n'est pas ce que j'avais en tête. »

« Ahh, ma douce ! Nous sommes riches d'argent et si pauvres de vie ! Je suis mauvais, entêté, stupide... »

« Absolument pas ! C'est faux ! »

« Cela aussi est vrai. Mais mes mains sont bleuies par le temps. Je pense... je pense que j'ai essayé d'inventer la vie sans comprendre qu'elle avait déjà été inventée. »

Et il avait posé la main sur son ventre.

A ce souvenir, elle porta ses propres mains à la rondeur

tiède de son ventre et elle trembla, en regrettant d'avoir demandé à Paul de l'amener ici.

Le vent était lourd des odeurs désagréables des plantations qui maintenaient les dunes au pied de la falaise. Ce que rapportaient les superstitions fremen lui revint : *Mauvaises odeurs, mauvais moments.* Elle se tourna face au vent et vit un ver apparaître au-delà des plantations. Il poussait devant lui une dune mouvante et sa tête était comme la proue d'un vaisseau démoniaque, dardée vers l'eau qui était son poison. Puis il s'enfuit.

Elle éprouva alors de la peur, comme un écho de celle du ver. L'eau, qui avait été l'âme/esprit d'Arrakis était donc maintenant un poison. L'eau amenait la maladie. Le fléau. Seul le désert était sain. Vierge.

Une équipe de Fremen apparut en dessous d'elle. Ils se dirigeaient vers l'entrée du sietch. Elle vit que leurs pieds étaient maculés de boue.

Des Fremen aux pieds boueux!

Au seuil de la faille, les enfants du sietch entonnèrent un chant en l'honneur du matin. Chani eut soudain l'image de leurs voix pareilles à des faucons fuyant sous le vent : l'image du temps. Elle frissonna.

Quelles tempêtes Paul voyait-il par les yeux de sa vision ? En lui, elle devinait parfois la présence d'un homme de folie et de méchanceté, un homme que les polémiques tout comme les chansons avaient lassé.

Elle remarqua que le ciel était à présent comme un énorme cristal gris strié de traits d'albâtre, de dessins bizarres suscités par le sable et le vent. Vers le sud, une ligne d'un blanc incandescent retint son attention. Elle connaissait la signification de ce signe : ciel blanc au sud... La bouche de Shai-hulud. Une tempête qui approchait. La brise lui confirma cet avertissement en pulvérisant sur ses joues une douce averse de sable cristallin. Le vent portait les senteurs de la mort : celle de l'eau des qanats, les vapeurs du sable, le silex... L'eau. Contre elle, Shai-hulud lançait son vent coriolis.

Des faucons apparurent, cherchant un abri. Ils avaient la couleur brune des rochers mais leurs ailes étaient marquées de pourpre. Chani essaya de fixer son esprit sur eux. Ils avaient un refuge. Elle, elle n'en avait aucun.

« Ma Dame... le vent se lève ! »

Elle se retourna. Le ghola l'appelait, depuis l'entrée du sietch. Elle se sentit assaillie par des frayeurs toutes fremen. Une mort propre, le don de son eau à la tribu, elle pouvait comprendre cela. Mais un être revenu d'entre les morts...

Sous le fouet du vent de sable, ses joues étaient plus roses. Elle jeta un dernier regard, par-dessus son épaule, à l'effrayante rivière de poussière qui se déployait maintenant dans le ciel. Sous la tempête, le désert avait pris un aspect mouvant. Chaque dune rougeâtre semblait une vague déferlant vers la grève. Le désert était comme ces océans que Paul lui avait décrits. Elle hésita, consciente en cette seconde de la brièveté de l'existence de ce désert dans l'éternité. Confronté à l'éternité, ce désert n'était rien de plus qu'un chaudron. Le ressac des dunes tonnait contre les falaises. La tempête devint soudain pour Chani une chose universelle. Les animaux fuyaient. Le désert se résumait en ses bruits : le crépitement du sable sur le roc, le sifflement d'une rafale de vent, le tonnerre d'un rocher détaché soudain de sa falaise, puis, quelque part, hors de vue, un ver surgi pour un instant en surface qui plongeait aussitôt vers les profondeurs sèches.

Un moment par rapport au temps tel que le mesurait sa vie, mais dans ce moment il lui semblait que la planète tout entière était balayée, dispersée en poussières cosmiques, vague entre d'autres vagues.

« Il faut nous hâter », dit la voix du ghola, tout près d'elle.

Elle devina sa frayeur, son inquiétude de la voir encore à l'extérieur.

« Le vent sera bientôt assez fort pour arracher la chair des os », ajouta-t-il, comme s'il était utile qu'il lui explique cela *à elle*. Devant sa sollicitude, elle oublia pourtant la crainte qu'elle éprouvait et se laissa conduire jusqu'aux marches qui accédaient au sietch. Ils franchirent la contre-porte mouvante et, derrière eux, des serviteurs remirent les joints étanches en place.

Chani perçut immédiatement la vague d'odeurs innombrables qui, dans son esprit, éveillaient autant de souvenirs du sietch. Le parfum du Mélange, omniprésent, dominait le remugle des corps, des distilles, de la cuisine, des machines.

Elle inspira profondément. Le ghola retira sa main de son bras et fit un pas de côté. Immobile et docile, il donnait l'impression d'être déconnecté dans l'attente d'un prochain usage. Pourtant... il observait.

Dans l'antichambre, Chani hésita à nouveau, paralysée par une chose qu'elle n'aurait su nommer. Cet endroit était sa demeure. Enfant, elle avait chassé les scorpions à la clarté des brilleurs. Mais... quelque chose avait changé...

« Peut-être devriez-vous gagner vos appartements, Ma Dame ? » dit le ghola.

Comme suscitée par ces paroles, une crampe douloureuse lui étreignit le ventre et elle fit un terrible effort pour n'en rien laisser voir.

« Ma Dame ? » s'inquiéta le ghola.

« Pourquoi Paul est-il effrayé par cette naissance ? » demanda-t-elle.

« Il s'inquiète pour vous. C'est là une chose naturelle. »

Elle porta une main à sa joue encore brûlante des gifles du sable. « Mais il ne craint rien pour les enfants ? »

« Ma Dame, il ne peut penser à cette naissance sans se rappeler que votre premier fils a été tué par les Sardaukar. »

Elle le regarda. Visage plat, yeux de métal indéchiffrables. Se pouvait-il qu'il fût réellement Duncan Idaho ? Etait-il seulement l'ami de quelqu'un ? Et disait-il la vérité ?

« Vous devriez avoir des médics auprès de vous », dit-il.

A nouveau, elle percevait clairement son inquiétude, sa sollicitude.

« Hayt, dit-elle, j'ai peur. Où est mon Usul ? »

« Des affaires d'État le retiennent. »

Elle hocha la tête, songeant à tous ces gens du gouvernement qui les avaient accompagnés dans un grand envol d'ornithoptères. Et brusquement, elle comprit ce qui l'inquiétait dans le sietch : la présence d'odeurs étrangères. Les employés, les serviteurs de la Citadelle avaient amené ici leurs propres odeurs exotiques qui composaient des effluves sous-jacents. Leur nourriture était différente, leurs vêtements étaient différents.

Elle réprima un rire nerveux à la pensée que les odeurs elles-mêmes étaient modifiées par la présence de Muad'Dib.

« Des devoirs urgents, ajouta le ghola, interprétant mal son hésitation. Il ne pouvait les repousser... »

« Oui... oui, je comprends. Je suis venue avec eux... »

Elle avait cru ne pas survivre à cet étrange voyage. Paul avait insisté pour piloter lui-même l'orni. Les orbites vides, il avait conduit l'appareil jusqu'ici. Maintenant, rien de ce qu'il pourrait faire ne la surprendrait.

Elle retint son souffle et blêmit sous la souffrance d'une nouvelle contraction.

« Le moment est venu ? » demanda le ghola.

« Je... oui, je crois. »

« Il ne faut plus tarder. » Il lui saisit le bras et l'entraîna dans la salle.

Elle lut son effroi et dit : « Nous avons encore le temps. »

Il ne parut pas l'avoir entendue. « Les Zensunni prescrivent d'attendre la délivrance sans but dans un état de totale tension, dit-il en l'entraînant un peu plus vite encore. Ne luttez pas contre ce qui arrive. Lutter est se préparer à l'échec. Ne vous laissez pas prendre au piège par le désir de réussir. Ainsi, vous réussirez tout. »

Ils atteignaient les appartements de Chani. A l'instant où ils écartaient les tentures, il cria : « Harah ! Harah ! Appelez les médics ! Le moment est venu ! »

Les serviteurs surgirent en courant. Dans l'empressement général, les murmures et les regards alarmés, Chani se sentit pour un instant isolée sur une île de calme... jusqu'à ce que reviennent les douleurs.

Hayt quitta la pièce et prit un temps pour s'interroger sur ses propres actes. Il lui semblait qu'il était fixé en quelque point du temps où toute vérité ne pouvait être que temporaire. Il se rendait compte que la panique seule commandait son comportement actuel. Une panique qui n'était pas directement provoquée par la possibilité de la mort de Chani mais par le fait que, plus tard, Paul pourrait venir à lui... plein de chagrin... et lui dire que... sa bien-aimée était... partie... partie...

Une chose ne peut émerger de rien, se dit-il. *En ce cas, d'où vient cette panique ?*

Ses facultés de mentat avaient été émoussées. Lentement, il exhala un souffle vibrant. Une ombre psychique passa sur lui et il sentit qu'il attendait quelque son absolu... le craquement d'une branche dans la jungle.

Puis il soupira. Avec violence. Le danger était passé sans frapper.

Lentement, maîtrisant ses pouvoirs, il se mit en état de perception mentat. Il força même cette perception. Ce n'était pas le meilleur des moyens mais, en ce moment, il était nécessaire. En lui, des ombres-fantômes se déplacèrent. Il devenait une station de transfert et de tri pour toutes les informations qu'il avait rencontrées. Des créatures faites de possibilités investissaient son esprit. Il les passait en revue, les comparait, les jugeait.

La sueur jaillit sur son front.

Des pensées aux lisières floues se dispersaient dans les ténèbres, l'inconnu. Des systèmes infinis ! Un mentat ne pouvait fonctionner sans avoir conscience d'affronter des systèmes infinis. La connaissance fixée ne pouvait circonscrire l'infini. On ne pouvait assumer *partout* selon une perspective finie. Momentanément, il lui fallait *devenir* l'infini...

En un brusque spasme *gestalt*, il réussit. Il vit Bijaz assis devant lui, jailli de quelque lointain feu interne.

— *Bijaz !*

Le nain avait fait quelque chose en lui !

Hayt avait l'impression d'osciller sur le bord d'un puits mortel. Il projeta sa ligne de déduction mentat et vit ce qui pouvait être développé à partir de ses propres actions.

« La compulsion ! dit-il dans un souffle. Ils ont inscrit une compulsion en moi ! »

Un courrier en robe bleue, qui passait, hésita en l'entendant.

« Avez-vous dit quelque chose, maître ? »

Sans le regarder, le ghola acquiesça : « J'ai tout dit. »

> Il était une fois un homme si sage
> Qu'il cacha son visage
> Dans le sable
> Et y brûla ses yeux !
> Quand il sut qu'il ne verrait plus
> Il ne fut pas misérable
> Car il lui restait sa vision
> Qui fit de lui un saint.
>
> *Poème d'enfant extrait de* l'Histoire de Muad'Dib.

PAUL attendait dans l'ombre, au-dehors. Sa vision lui révélait que la nuit était venue, que le clair de lune détachait la silhouette du mausolée, haut sur la gauche, au sommet du Roc du Menton. Cet endroit était saturé de souvenirs. C'était son premier sietch, celui où lui et Chani...

Je ne dois pas penser à elle, se dit-il.

Le champ étréci de sa vision mettait en évidence les changements qui étaient intervenus en ces lieux. A droite, il y avait un bouquet de palmiers. Plus loin, la ligne d'argent d'un qanat brillait entre les dunes.

De l'eau dans le désert ! Il se souvenait d'une rivière toute différente, sur son monde natal, Caladan. Jamais encore il n'avait compris quel trésor représentait ce simple cours d'eau boueux. Un trésor.

L'homme qui venait d'apparaître derrière lui fit entendre un toussotement discret.

Paul tendit les mains et prit le tableau magnétique

recouvert d'une simple feuille de papier métallique. Ses gestes étaient lents comme le cours du qanat. Sa vision avançait toujours mais il répugnait maintenant à la suivre.

« Pardonnez-moi, Sire. Le Traité de Semboule... votre signature... »

« Je peux lire ! » dit-il d'un ton sec. Il écrivit *Atréides Imper* et rendit le tableau à l'homme, le posant directement dans sa main tendue, conscient de la crainte que ce simple geste inspirait.

L'homme s'enfuit littéralement.

Paul se tourna de nouveau vers le paysage. *Terre laide et aride !* songea-t-il. Il l'imaginait écrasée de soleil, sous le ventre monstrueux de la chaleur. Flancs de sable et flaques d'ombres. Démons du vent dansant sur les rochers, leurs ventres étroits et mouvants pleins de cristaux d'ocre. Terre laide et aride, mais riche aussi. Vaste succession de gorges et de crevasses, de sites étroits et sombres et d'immensités vides et battues par les vents, de falaises-remparts et de chaînes déchiquetées.

Terre laide et aride qui ne demandait que de l'eau... et de l'amour.

La vie transformait ces espaces redoutables en formes et en mouvements. Tel était le message du désert. Paul, en cet instant, aurait voulu se ruer à l'intérieur du sietch et hurler à tous les serviteurs, gardes, domestiques : Vous voulez adorer quelque chose ! Alors, adorez la vie... Jusqu'à sa dernière graine, jusquà sa plus humble manifestation grouillante ! Tous, nous faisons partie de cette beauté !

Mais ils ne le conprendraient pas. Au cœur du désert, ils étaient eux-mêmes d'infinis déserts. Pour eux, les choses qui poussaient dans le sable ne dessinaient jamais de danses vertes.

Il serra les poings. Il voulait arrêter le cours de la vision, fuir son propre esprit ! C'était une bête qui s'apprêtait à le dévorer ! La perception était en lui, lourde, gonflée de toute la vie absorbée, saturée de trop nombreuses expériences.

Désespérément, il lutta pour bannir ses pensées.

Les étoiles !

Toutes ces étoiles qui brillaient au-dessus de lui... Un homme devait être à demi fou pour oser imaginer qu'il pouvait régner sur une seule larme de clarté dans ce volume insensé d'espace. Inimaginable... comme le nombre des sujets sur lesquels l'Empire prétendait exercer son pouvoir. Des sujets ? Adorateurs et ennemis, plutôt. Y en avait-il une seule parmi eux qui fût capable de voir plus loin que les rigides croyances ? Qui eût échappé au destin étroit de ses préjugés ? Pas même un Empereur ne le pouvait. Il avait vécu une vie de possession, tenté de créer un univers à son image. Mais cet univers exultant jetait maintenant sur lui ses vagues silencieuses.

Je crache sur Dune, se dit-il. *Je lui donne mon eau !*

Ce mythe qu'il avait façonné par des mouvements complexes, par l'imagination, l'amour et le clair de lune, par des prières plus anciennes qu'Adam, des falaises grises et des ombres écarlates, des lamentations, des fleuves de martyrs... ce mythe, sur quoi s'achevait-il ? Lorsque les vagues se seraient retirées, les plages du Temps, vides, lavées, n'offriraient plus que les grains brillants du souvenir... Etait-ce cela la genèse dorée de l'homme ?

Un crissement de sable lui apprit que le ghola était venu le rejoindre.

« Tu m'as évité, aujourd'hui, Duncan », dit-il.

« Il est dangereux pour vous de m'appeler ainsi. »

« Je sais. »

« Je... je suis venu vous avertir, Mon Seigneur. »

« Je sais. »

Et le ghola expliqua quelle compulsion le nain avait inscrite en lui.

« En connais-tu la nature ? » demanda Paul.

« La violence. »

Et Paul sentit qu'il avait atteint un lieu qui n'avait cessé de l'attirer, depuis le commencement. Un lieu où il demeurait en suspens. Le Jihad, en s'emparant de lui, l'avait placé sur une trajectoire dont l'effroyable gravité du Futur elle-même ne pourrait l'arracher.

« Nulle violence ne viendra de Duncan », murmura-t-il.

« Mais, Sire... »

« Dis-moi ce que tu vois autour de nous. »

« Mon Seigneur ?... »

« Le désert... comment est-il cette nuit ? »

« Ne le voyez-vous donc pas ? »

« Je n'ai plus d'yeux, Duncan. »

« Mais... »

« Je n'ai que ma vision et j'aimerais ne plus l'avoir. Je meurs de prescience, Duncan... Savais-tu cela ? »

« Peut-être... peut-être ce que vous redoutez n'arrivera-t-il pas ? »

« Comment ? Nier mon oracle ? Comment le pourrais-je quand je l'ai vu se réaliser mille fois ? Pour les gens, c'est un pouvoir, un don. Mais c'est une calamité ! Elle ne me permettra pas de quitter ma vie là où je l'ai trouvée ! »

« Mon Seigneur, murmura le ghola, ce... ce n'est pas... jeune maître... Vous... » Il se tut.

« Comment m'as-tu appelé, Duncan ? » demanda Paul, conscient du trouble profond du ghola.

« Pendant un instant, j'ai... »

« Tu m'as appelé *jeune maître*. »

« Oui, c'est vrai... »

« C'est ainsi que m'appelait toujours Duncan. (Paul tendit la main et effleura le visage du ghola.) Est-ce le résultat de ton entraînement tleilaxu ? »

« Non. »

Paul inclina la tête. « Qu'est-ce donc, alors ? »

« C'est... venu de moi. »

« Servirais-tu deux maîtres ? »

« Peut-être. »

« Libère-toi du ghola, Duncan. »

« Comment ? »

« Tu es humain. Fais une chose humaine. »

« Je suis un ghola ! »

« Mais ta chair est humaine. C'est Duncan qui est dedans. »

« Il y a *quelque chose*. »

« Peu importe de quelle façon tu t'y prendras, dit Paul. Mais tu réussiras. »

« Vous en avez eu la prescience ? »

« Maudite soit la prescience ! » s'exclama Paul. Il se retourna. La vision se remettait en mouvement. Elle hésitait, elle était occultée par moments, mais rien ne pourrait l'arrêter.

« Mon Seigneur, si vous... »

« Silence ! Entends-tu cela ? »

« Quoi, Mon Seigneur ? »

Paul secoua la tête. Duncan n'avait pas entendu. Se pouvait-il qu'il eût imaginé ce son ? Très loin dans le désert, il lui semblait que quelqu'un avait crié son nom : « Usul... Uuuusssuuuulll... »

« Qu'y a-t-il, Mon Seigneur ? »

Paul ne répondit pas. On l'observait. Quelque part, dans les ombres de la nuit, il y avait quelque chose... Quelque chose ? Non, *quelqu'un*.

« Les choses étaient douces, murmura-t-il, et tu étais la plus douce. »

« Que dites-vous, Mon Seigneur ? »

« C'est l'avenir. »

Cet univers humain, amorphe, qui l'entourait avait bougé. Il s'était accordé à la vision et avait lancé une note puissante dont les échos fantômes persisteraient.

« Je ne comprends pas, Mon Seigneur », dit le ghola.

« Lorsqu'il reste trop longtemps loin du désert, dit Paul, un Fremen meurt. Les Fremen disent qu'il meurt du *mal d'eau*... N'est-ce pas étrange ? »

« Très étrange, Mon Seigneur. »

Paul plongeait dans les souvenirs, essayant de retrouver le souffle de Chani, la nuit, auprès de lui. *Où trouver le réconfort ?* songea-t-il. Il ne parvenait à retrouver que l'image de Chani le jour de leur départ pour le désert. Au petit déjeuner, elle s'était montrée nerveuse, irritable.

Il avait revêtu, sous la robe fremen, le manteau noir marqué de la crête de faucon des Atréides.

« Pourquoi as-tu mis ce vieux vêtement ? » avait demandé Chani. « Tu es l'Empereur ! »

« Même l'Empereur a ses habits préférés », avait-il répondu.

Sans raison explicable, ces paroles avaient fait naître des larmes dans les yeux de Chani. Dans toute leur vie, c'était seulement la seconde fois qu'il voyait ainsi s'effacer le rideau des inhibitions fremen.

Et, à présent, immobile et silencieux au creux de la nuit, il portait la main à ses joues et y rencontrait de l'humidité. *Donner de l'eau aux morts ?* se dit-il. C'était son visage qu'il touchait, et pourtant ce n'était pas le sien. Sous le vent, sa peau humide devenait glacée. Un rêve fragile se forma, se dissipa. Quelque chose bougeait dans sa poitrine... Etait-ce un malaise ? Combien amer, combien faible était cet autre émoi qui offrait son humidité aux morts. Le sable crissait dans le vent et la peau, maintenant sèche, était de nouveau la sienne. Mais à qui appartenait ce frémissement qui demeurait dans sa poitrine ?

Alors, ils entendirent la plainte, loin dans les profondeurs du sietch. Elle se fit plus forte...

Il y eut un brusque éclat de lumière. Quelqu'un sortait du sietch. Le ghola pivota sur lui-même. Il vit un homme qui venait vers eux et qui souriait... Non, il ne souriait pas. C'était le chagrin qui déformait ses traits. C'était un lieutenant fedaykin du nom de Tandis. D'autres gens le suivaient et tous étaient silencieux devant Muad'Dib.

« Chani... » commença Tandis.

« Elle est morte, dit Paul. J'ai entendu son appel. »

Il se tourna vers le sietch. Il connaissait ce lieu. Un lieu où il ne pourrait se cacher. Sa vision s'accéléra, se précipita, illuminant la foule entière. Il *vit* Tandis et perçut tout son chagrin, sa peur, sa colère.

« Elle est partie », dit-il.

Le ghola entendit les mots. Ils jaillissaient d'une couronne éblouissante. Ils lui brûlaient la poitrine, lui déchiraient le dos, flamboyaient dans ses yeux de métal. Il sentit que sa main droite se portait vers le couteau, à sa ceinture. Ses pensées étaient éclatées, démantelées. Il était une marionnette dont les fils étaient rattachés à l'effroyable couronne de lumière. Il obéissait à des ordres, des désirs étrangers. Des sons gonflèrent sa bouche. Il émit un son répétitif et terrifiant... « Hrrak ! hrrak ! hrrak ! »

Le couteau se leva pour frapper. Dans cette fraction de seconde, il retrouva sa propre voix et les mots jaillirent, rauques, violents : « Courez ! Courez, jeune maître ! »

« Nous ne courrons pas, dit Paul. Nous irons avec dignité. Nous ferons ce qu'il convient de faire. »

Les muscles du ghola se bloquèrent brutalement. Il frissonna, tituba.

Ce qu'il convient de faire ! Les mots étaient comme la forme d'argent d'un grand poisson surgi de l'eau profonde.

Le vieux Duc avait dit cela autrefois, le grand-père de Paul... Le jeune maître avait un peu du vieil homme en lui... *Ce qu'il convient de faire !*

Les mots se déployaient maintenant dans la conscience du ghola. Il avait conscience de vivre deux existences : Hayt/Idaho Hayt/Idaho... Il n'était plus qu'une chaîne immobile d'existence relative, singulière, solitaire. Des souvenirs anciens émergeaient. Il les identifiait, les ajustait à des compréhensions nouvelles, intégrait une nouvelle perception. Une nouvelle *persona* apparaissait, qui établissait une tyrannie interne et temporaire. Mais la synthèse restait chargée d'un potentiel de désordre. Les événements exigeaient un ajustement temporaire. Le jeune maître avait besoin de lui.

Et ce fut fait. Il était Duncan Idaho et avait en lui tous les souvenirs de Hayt comme s'il les avait conservés secrètement pour les libérer en une flamboyante catalyse. La couronne se dispersa. Il rejeta les compulsions tleilaxu.

« Reste auprès de moi, Duncan, dit Paul. Je vais avoir besoin de toi pour de nombreuses choses. (Et comme Idaho demeurait figé dans la transe, il lança d'une voix forte :) Duncan ! »

« Oui, je suis Duncan. »

« Evidemment ! Tu viens de te retrouver. A présent, nous allons rentrer. »

Idaho le suivit. C'était un peu comme jadis, mais pas vraiment, pourtant. Libéré de l'emprise des Tleilaxu, il pouvait apprécier ce qu'ils lui avaient donné. L'éducation Zenzunni lui avait permis de supporter le choc des événements. L'esprit mentat avait repoussé la peur, dominé la source. Tout se passait comme si sa conscience tout entière, maintenant, observait l'extérieur dans un état d'émerveillement infini : il avait été mort ; il était vivant.

« Sire, dit Tandis comme ils s'approchaient, cette femme, Lichna, dit qu'elle veut vous voir. Je lui ai ordonné d'attendre. »

« Merci, dit Paul. La naissance... »

« J'ai vu les médics. Vous avez deux enfants, vivants et sains. »

« Deux ? » Paul défaillit et se retint en s'appuyant sur le bras de Duncan.

« Un garçon et une fille, dit Tandis. Je les ai vus. De beaux bébés fremen. »

« Comment... comment est-elle morte ? » demanda Paul dans un souffle.

« Mon Seigneur ?... »

« Chani... »

« C'est la naissance, Mon Seigneur... Ils disent que cela a en quelque sorte dévoré son organisme. Je ne comprends pas ce qu'ils veulent dire mais ce sont leurs paroles. »

« Conduis-moi auprès d'elle. »

« Mon Seigneur ?... »

« Conduis-moi auprès d'elle ! »

« Nous nous y rendons, Mon Seigneur. (Tandis se pencha pour demander :) Pourquoi votre ghola tient-il un couteau, Mon Seigneur ? »

« Duncan, rengaine ton arme, ordonna Paul. Le temps de la violence est passé. »

Comme il parlait, il se sentait plus proche de sa voix que du mécanisme qui avait formé ces sons. Deux bébés ! Il n'y en avait eu qu'un seul dans la vision. Pourtant, tous ces instants correspondaient à la vision. Il y avait ici une personne qui éprouvait de la douleur et de la colère. Quelqu'un. Sa perception demeurait inscrite sur un effroyable moulin à souvenirs.

Deux bébés ?

Il trébucha à nouveau. *Chani, Chani*, gémissaient ses pensées. *Il n'y avait pas d'autre moyen. Chani, mon aimée, crois-moi : cette mort, pour toi, était plus rapide et plus douce. Ils auraient gardé nos enfants en otages, ils t'auraient exhibée dans une cage, jetée dans un puits d'esclaves et t'auraient salie de ma mort. Mais ainsi... ainsi, nous les détruisons et sauvons nos enfants.*

Nos enfants ?...

Pour la troisième fois, il trébucha.

J'ai permis cela, se dit-il. *Je devrais me sentir coupable.*

Les rumeurs emplissaient la caverne, devant eux. Elles se faisaient de plus en plus fortes comme ils avançaient. Il en avait été ainsi dans la vision. Oui, le schéma restait le même avec deux enfants.

Chani est morte.

Quelque part, loin dans un passé qu'il avait partagé avec d'autres, cet instant de l'avenir lui était parvenu. Il l'avait traqué, acculé dans une faille dont les parois se resserraient et menaçaient de l'écraser. Telle était la vision.

Chani est morte. Je devrais m'abandonner au chagrin.

Mais la vision n'était pas ainsi.

« A-t-on appelé Alia ? » demanda-t-il.

« Elle se trouve avec les amis de Chani », répondit Tandis.

Paul sentit que la foule s'écartait pour lui livrer passage. C'était comme une vague silencieuse qu'il poussait devant lui. Les murmures s'éteignaient. Le sietch s'emplissait d'émotion tendue. Paul souhaita chasser ces gens de sa vision, mais c'était impossible. Leurs visages étaient curieux mais sans pitié. Ils ressentaient du chagrin, bien sûr, mais il comprenait la cruauté qui les baignait. Ils observaient ce qui avait été mouvant et devenait immobile, ce qui avait été sage et devenait sot. Les clowns n'avaient-ils pas toujours réveillé la cruauté ?

C'était plus qu'une veillée funèbre. C'était moins qu'un réveil.

Son esprit n'aspirait qu'au répit mais la vision l'entraînait toujours. *Encore un peu plus loin,* se dit-il. Le noir, l'ombre aveugle l'attendaient à quelques pas de là, en ce lieu arraché à la vision par le chagrin et la culpabilité, en ce lieu où s'abattait la lune.

Il tituba en y entrant et serait tombé sans la poigne ferme d'Idaho.

« C'est ici », dit Tandis.

« Attention, Sire », dit Idaho en l'aidant à franchir le seuil. Paul sentit la brève caresse des tentures sur son visage. Ils s'arrêtèrent. Paul percevait la pièce comme une sorte de reflet sur son visage, sur ses joues, ses oreilles. Elle avait été creusée dans la montagne et il n'y avait que les tentures entre lui et la roche nue.

« Où est Chani ? » murmura-t-il.

« Là, Usul », dit la voix de Harah.

Paul eut un soupir. Il avait craint que son corps n'eût déjà été emmené là où les Fremen en recueilleraient l'eau pour la tribu. Etait-ce là que la vision aboutissait ? Il se sentait brusquement abandonné dans sa cécité.

« Les enfants ? »

« Ils sont également là, Mon Seigneur », dit Idaho.

« Ce sont de magnifiques jumeaux, Usul, dit Harah. Un garçon et une fille. Vous voyez ? Nous les avons mis dans une crèche. »

Deux enfants, songea Paul, perplexe. Dans la vision, il n'y avait eu qu'une fille. Il se libéra de la poigne d'Idaho et marcha dans la direction d'où était venue la voix de Harah. Il buta contre une surface dure et ses mains rencontrèrent la forme d'une crèche de métaglass. Quelqu'un lui prit le bras gauche. « Usul ? » C'était Harah. Elle guida sa main. Il toucha une chair tiède, douce. Il devina des côtes et un souffle.

« C'est votre fils, murmura Harah. Elle déplaça sa main. Et voici votre fille... Usul, êtes-vous vraiment aveugle, maintenant ? »

Il savait ce qu'elle pensait. *L'aveugle doit être abandonné au désert.* Les tribus fremen ne s'encombraient jamais de poids mort.

« Conduisez-moi auprès de Chani », dit-il sans répondre à la question.

Harah l'entraîna en silence un peu plus loin à gauche.

Maintenant, Paul acceptait le fait que Chani fût morte. Il avait trouvé sa place en un univers qu'il ne voulait pas, assumant une chair qui n'était pas à sa mesure. A chaque souffle, il déchirait ses émotions. *Deux enfants !* Il se demanda s'il s'était engagé dans un passage où sa vision ne le rejoindrait pas. Cela semblait sans importance.

« Où est mon frère ? »

La voix d'Alia, derrière lui. Il entendit le froissement de sa robe. Elle prit son bras.

« Il faut que je te parle ! »

« Dans un instant », dit-il.

« Non ! Il s'agit de Lichna ! »

« Je sais... Dans un instant. »

« Tu n'as pas un instant à perdre ! »

« J'en ai de nombreux. »

« Mais pas Chani ! »

« Silence ! ordonna-t-il. Chani est morte. (Il plaqua la main sur sa bouche.) Je t'ordonne le silence ! (Elle s'écarta de lui et il ôta sa main.) Décris-moi ce que tu vois », dit-il.

« Paul ! » Il y avait des larmes et de la fureur dans sa voix.

« Non, ne dis rien ! » Il chercha le silence intérieur, ouvrit les yeux de sa vision sur cet instant. Oui... c'était bien le même. Le corps de Chani reposait au centre d'un cercle de lumière. Quelqu'un avait rajusté sa robe blanche pour cacher le sang de la naissance. Mais c'était de son visage dont il ne pouvait détacher sa vision. Ses traits immobiles étaient le miroir de l'éternité.

Il se détourna mais la vision l'accompagna. Chani était partie... elle ne reviendrait jamais. L'air, l'univers étaient vides. Etait-ce donc là l'essence de la pénitence ? se demanda-t-il. Il appelait les larmes mais elles ne venaient pas. Avait-il vécu trop longtemps en Fremen ? Cette mort exigeait son humidité !

Un bébé se mit à pleurer et quelqu'un le fit taire d'un chuchotement. Le rideau noir retomba sur sa vision et Paul l'accueillit avec soulagement. *Ceci est un autre monde,* songea-t-il. *Un monde où il y a deux enfants.*

Cette pensée était née de quelque transe d'oracle perdue. Il s'efforça de retrouver le non-temps, l'expansion d'esprit du Mélange. En vain. Dans cette nouvelle conscience, aucune trace de l'avenir n'apparaissait. Il rejetait l'avenir. N'importe quel avenir.

« Au revoir, Ma Sihaya », murmura-t-il.

« J'ai amené Lichna ! » dit la voix d'Alia. Elle était dure, impérative.

Il se retourna. « Ce n'est pas Lichna, dit-il. C'est un Danseur-Visage. Lichna est morte. »

« Mais écoute ce qu'elle dit. »

Lentement, il se retourna.

« Je ne suis pas surpris de te trouver encore en vie, Atréides. » La voix était presque celle de Lichna, mais les différences subtiles indiquaient que celui qui parlait ne se souciait plus vraiment de contrôler parfaitement les cordes vocales dont il usait. Il y avait dans cette voix un accent d'honnêteté que Paul lui-même trouvait bizarre.

« Tu n'es pas surpris ? » demanda-t-il.

« Je suis Scytale, Danseur-Visage des Tleilaxu et je voudrais savoir une chose avant que nous traitions. Est-ce bien un ghola que je vois derrière toi, ou Duncan Idaho ? »

« C'est Duncan Idaho, dit Paul, et je ne traiterai pas avec toi. »

« Je pense que tu traiteras, au contraire », dit Scytale.

« Duncan, demanda Paul, par-dessus son épaule, es-tu prêt à tuer ce Tleilaxu si je te le demande ? »

« Oui, Mon Seigneur ! » Il y avait de la rage meurtrière dans le ton d'Idaho.

« Attends ! intervint Alia. Sais-tu seulement ce que tu rejettes ? »

« Je le sais. »

« Ainsi, c'est vraiment le Duncan Idaho des Atréides, dit Scytale. Nous avons trouvé le levier ! Un ghola peut recouvrer son passé. »

Paul entendit des pas. Quelqu'un le frôla. La voix de Scytale, lorsqu'il parla de nouveau, s'éleva derrière lui. « Que te rappelles-tu de ton passé, Duncan ? »

« Tout. Depuis mon enfance. Je me rappelle même t'avoir vu près de la cuve lorsqu'ils m'en ont retiré », dit Idaho.

« Merveilleux ! souffla le Danseur-Visage. Merveilleux ! »

J'ai besoin d'une vision, songea Paul. Les ténèbres étaient une barrière étouffante. Sa perception Bene Gesserit l'avertissait que Scytale représentait une menace terrifiante, pourtant la créature demeurait une voix, une ombre de mouvement... hors de portée.

« Est-ce que ce sont là les bébés Atréides ? » demanda Scytale.

« Harah ! cria soudain Paul. Fais sortir cette femme ! »

« Restez où vous êtes ! cria Scytale. Tous ! Je vous préviens : un Danseur-Visage est plus rapide que vous ne le pensez. Mon couteau peut disposer de ces deux vies avant que vous ne me touchiez ! »

Quelqu'un bougeait à la droite de Paul, lui effleurait le bras.

« Pas plus loin, Alia », dit la voix de Scytale.

« Non, Alia ! » dit Paul.

« C'est ma faute, gronda Alia. Ma faute ! »

« Atréides ! lança le Danseur-Visage. Allons-nous traiter, maintenant ? »

Derrière lui, Paul entendit un juron rauque. Il y avait tant de violence dans la voix d'Idaho qu'il en eut la gorge serrée. Idaho ne devait pas céder ! Scytale tuerait les bébés !

« Pour traiter, il faut avoir quelque chose à vendre, n'est-ce pas, Atréides ? reprit Scytale. Aimerais-tu retrouver ta Chani ? Nous pouvons te l'offrir. Un ghola, Atréides. Un ghola *avec tous ses souvenirs !* Mais il nous faut faire vite. Appelle tes amis. Qu'ils amènent une cuve cryologique pour préserver la chair. »

Entendre à nouveau sa voix, songea Paul. *Sentir sa présence à mes côtés. Ahhh... c'est donc pour cela qu'ils m'ont offert Idaho, pour me prouver à quel point l'être ressuscité est pareil à l'original. Mais... une totale résurrection... à leur prix. Je serais à jamais un outil des Tleilaxu. Et Chani... elle serait enchaînée à la menace qui pèserait sur nos enfants, livrée à nouveau aux complots de la Qizarate...*

« De quelles pressions useriez-vous pour lui rendre ses souvenirs ? demanda-t-il, s'efforçant de parler d'une voix calme. La conditionneriez-vous pour... pour qu'elle tue l'un de ses propres enfants ? »

« Nous usons des pressions qui nous sont nécessaires, répondit Scytale. Qu'en dis-tu, Atréides ? »

« Alia, dit Paul, c'est à toi de traiter avec cette *chose*. Je ne puis discuter avec ce que je ne vois pas. »

« Un choix judicieux, dit Scytale. Eh bien, Alia, que m'offres-tu en tant qu'agent de ton frère ? »

Paul baissa la tête et établit le silence en lui. Le silence dans le silence. Il venait d'entrevoir... quelque chose. Cela ressemblait à une vision mais ce n'en était pas vraiment une. Un couteau... près de lui.

« Il me faut un instant pour réfléchir », dit Alia.

« Mon couteau est patient, dit Scytale, mais la chair de Chani ne l'est pas. Que ton délai soit *raisonnable* ».

C'était impossible, songeait Paul, mais cela était ! Il sentait... des yeux ! Leur origine était étrange et leur regard errait en tous sens. *Là !* Le couteau venait d'apparaître. Avec un choc qui lui fit retenir son souffle, il identifia les yeux. C'étaient ceux d'un de ses enfants ! Il regardait le couteau que tenait Scytale depuis la crèche ! Il brillait à quelques centimètres de distance... Oui... Et il se voyait lui-même à l'autre extrémité de la pièce, la tête penchée, immobile, inoffensif, ignoré des autres.

« Avant tout, dit Scytale, vous devrez nous remettre toutes vos parts sur la C.H.O.M. »

« Toutes ? » s'exclama Alia.

« Toutes. »

Par les yeux de l'enfant, Paul s'observa, sortant le krys de l'étui à sa ceinture. Il évalua la distance, l'angle. Il n'aurait pas de seconde chance. Il prépara tout son corps dans la Manière Bene Gesserit, il devint un ressort vivant, un produit du *prajna*, tous ses muscles équilibrés en une parfaite unité.

Le krys jaillit de sa main. Il y eut comme un éclair pâle dans l'œil droit de Scytale. Le Danseur-Visage eut la tête violemment rejetée en arrière. Ecartant les bras, il tomba en arrière contre le mur tandis que son couteau allait voler sur le sol. Il s'écroula enfin en avant, mourut dans sa chute.

Les yeux de l'enfant montrèrent à Paul tous les visages qui se tournaient vers lui. Puis Alia se rua vers la crèche, se pencha, et il ne vit plus rien.

« Ils n'ont rien ! cria-t-elle. Ils n'ont rien ! »

« Mon Seigneur ! murmura Idaho. *Cela* était-il dans votre vision ? »

« Non... (Il agita la main.) Qu'il en soit ainsi. »

« Pardonne-moi, Paul, dit Alia. Cette créature disait qu'ils pouvaient faire revivre... »

« Il est des prix qu'un Atréides ne saurait payer, dit-il. Tu le sais. »

« Je le sais, dit-elle dans un soupir, mais j'ai été tentée... »

« Qui ne l'a pas été ? »

Il fit quelques pas, s'appuya contre un mur et essaya de comprendre ce qu'il venait de faire. *Les yeux dans la crèche !*

Il avait la sensation d'être au seuil d'une incroyable révélation.

Mes yeux, père.

Des formes-mots qui brillaient au centre de la nuit.

« Mon fils ! chuchota-t-il. Tu... tu as la connaissance ? »

Oui, père... Vois !

Etourdi, il demeura appuyé contre le mur. Sa vie passa devant lui en un éclair. Il vit son père. Il *fut* son père. Et son grand-père. Et tous ceux qui avaient été avant lui. Sa perception plongeait au long d'un couloir où l'esprit se dispersait, à travers les couches mâles successives.

« Comment ? » demanda-t-il.

Des formes-mots apparurent, pâlirent et disparurent, comme si l'effort exigé était trop intense. Paul essuya les filets de salive aux coins de sa bouche. Il se remémorait maintenant l'éveil d'Alia dans le sein de sa mère. Mais, cette fois, il n'avait pas été question d'Eau-de-Vie ou de Mélange... A moins... Chani n'avait-elle pas éprouvé une singulière avidité pour l'épice ? Ou bien tout cela n'était-il que le produit de la ligne génétique tant désirée par la Révérende Mère Gaius Helen Mohiam ?

Et Paul fut tout à coup dans la crèche. Alia se penchait sur lui. Il sentait le doux contact de ses mains. Sa tête lui semblait gigantesque. Elle le tournait sur le côté... Il découvrit sa compagne de crèche. Il y avait dans son ossature cette force qui était l'héritage du désert. Ses cheveux étaient roux. Elle ouvrit les yeux. Ces yeux !... Ils étaient ceux de Chani... et ceux de Dame Jessica. Des yeux-multitude qui le regardaient.

« Vous voyez, dit la voix d'Alia. Ils se regardent. »

« A cet âge, dit Harah, les bébés ne le peuvent pas. »

« Moi, je le pouvais. »

Lentement, Paul sentit qu'il échappait à cette perception infinie. Il était à nouveau contre le mur. La main d'Idaho était posée sur son épaule et le secouait avec douceur.

« Mon Seigneur ? »

« Que le garçon se nomme Leto, comme mon père », dit-il en se redressant.

« Quand le moment du baptême sera venu, dit Harah, je

me tiendrai à votre côté en tant qu'amie de sa mère et je lui donnerai ce nom. »

« Et que ma fille, reprit Paul, se nomme Ghanima. »

« Usul ! Ghanima est un nom de mauvais présage ! »

« Il vous a sauvé la vie, dit Paul. Qu'importe qu'Alia se soit amusée de vous avec ce nom ? Ma fille sera Ghanima, prise de guerre. »

Des roues grincèrent à proximité. On emportait le corps de Chani. Les premières notes du chant du Rite d'Eau s'élevèrent.

« Hal yawm ! fit Harah. Je dois partir. Il faut que je sois présente à la sainte vérité et que je demeure auprès de mon amie. Son eau appartient à la tribu. »

« Son eau appartient à la tribu », répéta Paul. Il prêta l'oreille aux pas qui s'éloignaient, puis tendit la main et rencontra le bras d'Idaho.

« Duncan, dit-il, conduis-moi à mes appartements. »

Lorsqu'ils furent dans sa chambre, il demanda doucement à Idaho de le laisser seul. En un pareil moment, il ne pouvait que rester seul. A cet instant, il y eut un bruit à la porte et la voix de Bijaz appela : « Maître ! »

« Duncan, dit Paul, laisse-le s'avancer de deux pas. Tue-le s'il tente d'aller plus loin. »

« Ayyah », dit Idaho.

« C'est Duncan ? demanda Bijaz. C'est *vraiment* Duncan Idaho ? »

« Vraiment, dit Idaho. Je me souviens. »

« Ainsi le plan de Scytale a réussi ! »

« Scytale est mort », dit Paul.

« Mais moi je ne le suis pas et le plan non plus, dit Bijaz. Par la cuve dans laquelle j'ai poussé ! C'est possible ! Je retrouverai mes passés... tous mes passés ! Il suffit du déclic approprié ! »

« Un déclic ? » demanda Paul.

« Comme la compulsion de vous tuer, dit Idaho, la voix lourde de fureur. Un calcul de mentat : ils avaient découvert que je vous considérais comme le fils que je n'ai jamais eu. Plutôt que de vous assassiner, le véritable Duncan Idaho s'emparerait du corps du ghola. Mais...

cela aurait pu échouer... Dis-moi, le nain : si votre plan avait échoué, si j'avais tué Mon Seigneur, que serait-il advenu ? »

« Oh... en ce cas, nous aurions traité avec la sœur afin de sauver le frère. Mais le marché est préférable dans l'état actuel. »

Paul inspira profondément, en frissonnant. Il entendait le cortège funèbre qui, maintenant, s'engageait dans le dernier couloir accédant aux chambres profondes où aurait lieu le don de l'eau.

« Mon Seigneur, il n'est pas trop tard, dit Bijaz. Votre aimée peut vous être rendue. Nous pouvons la ramener à la vie. Ce sera un ghola, oui, mais pleinement ressuscité. Nous pouvons dans l'instant appeler des gens avec une cuve cryologique, préserver la chair de votre compagne... »

Maintenant, se dit Paul, c'était plus difficile encore. La première tentation tleilaxu avait épuisé ses forces. Pour rien ! Retrouver Chani auprès de lui...

« Réduis-le au silence », dit-il à Idaho en dialecte de bataille Atréides.

« Maître ! » cria Bijaz.

« Si tu m'aimes, poursuivit Paul à l'intention d'Idaho, fais-moi cette faveur : tue-le avant que je ne succombe ! »

« Noonnn !... » hurla Bijaz.

Le hurlement s'acheva en un gargouillis d'effroi.

« Je lui ai rendu un dernier service », dit Idaho.

Paul, baissant la tête, écouta la nuit. Il n'entendait plus le cortège, maintenant. Loin sous le sietch, le rite ancestral avait dû commencer, dans les chambres du silence.

« Il n'y avait pas de choix possible, dit-il. Comprends-tu cela, Duncan ? »

« Je comprends. »

« Il est des choses que personne ne peut supporter. J'ai erré entre tous les futurs possibles que je pouvais créer jusqu'à ce que, finalement, ils me créent. »

« Mon Seigneur, vous ne devriez pas... »

« Il est dans cet univers des problèmes qui n'ont pas de réponse. Rien. Rien ne peut être fait. »

Comme il disait ces mots, il sentit se dissoudre le lien de sa vision. Son esprit se rétracta, submergé par d'infinies possibilités. Sa vision perdue devint comme le vent, qui souffle où il veut.

> Il est dit de Muad'Dib qu'il s'en est allé pour un voyage en ce pays où l'on marche sans laisser d'empreintes.
>
> *En préambule au* Credo de la Qizarate.

UNE digue d'eau séparait les plantations du sietch du sable du désert. Plus loin, il y eut un pont de pierre et le désert sous les pas d'Idaho. Le promontoire du Sietch Tabr dominait la nuit derrière lui. Les lunes dessinaient une lisière de givre à son sommet.

Près de la rive, un verger avait poussé. Idaho s'arrêta et promena son regard entre les branches fleuries, au-dessus de l'eau silencieuse. Reflets et réalité... Quatre lunes... Le distille était visqueux contre sa peau. Des odeurs de silex mouillé montaient à ses narines à travers les filtres. Le vent semblait porter comme un rire malveillant sur le verger. Il prêta l'oreille aux bruits de la nuit : des souris-kangourous se pourchassaient dans l'herbe, près de l'eau. Une chouette-faucon appelait dans les ombres des falaises. Quelque part au loin, une chute de sable filtrait dans le bled.

Idaho se tourna dans cette direction.

Il ne discernait aucun mouvement entre les dunes baignées de lune.

C'était Tandis qui avait conduit Paul là-bas. Plus tard, il était revenu faire son rapport. Paul était parti seul dans le désert... comme un Fremen.

« Il était aveugle, vraiment aveugle, avait dit Tandis,

comme si cela expliquait tout. Avant, il avait sa vision, comme il nous l'a dit, mais... »

Il s'était tu. Il avait haussé les épaules. Les Fremen aveugles avaient toujours été livrés au désert. Muad'Dib était un Empereur, mais il était aussi un Fremen. N'avait-il pas fait le vœu que sa garde Fremen élevât ses enfants ?

Un désert de squelettes, songeait Idaho. Des os de rochers blanchis par les lunes saillaient hors du sable, de loin en loin. Puis les dunes commençaient.

Je n'aurais jamais dû le laisser seul, même pour une minute, se dit-il. *Je savais qu'il avait cela en tête.*

« Il m'a dit que l'avenir n'avait plus besoin de sa présence physique, avait dit Tandis. Lorsqu'il m'a quitté, il s'est retourné et voici les mots qu'il m'a criés : *Maintenant, je suis libre !* »

Qu'ils soient maudits ! songea Idaho.

Les Fremen s'étaient refusés à envoyer des secours, à dépêcher des ornis. C'était contre leurs coutumes ancestrales.

« Un ver viendra pour Muad'Dib », avaient-ils dit. Et ils avaient entonné le chant réservé à ceux qui étaient promis au désert, ceux dont l'eau allait à Shai-hulud : *Mère des Sables, Père du Temps, Commencement de la Vie, laisse-lui le passage...*

Idaho s'assit sur un rocher plat et laissa courir son regard sur le désert. La nuit tissait sur le sable des trames trompeuses. Il était impossible de savoir dans quelle direction Paul avait pu aller.

« Maintenant, je suis libre. »

Paul avait dit ces mots et Idaho, surpris par le son de sa propre voix, venait de les répéter. Pour un temps, il laissa errer son esprit, se souvenant du jour où il avait conduit l'enfant Paul Atréides au marché marin sur Caladan, l'éclat du soleil sur l'eau, les richesses de la mer. Il se souvenait de Gurney Halleck jouant pour eux de sa balisette. Des rires, des plaisirs. Des rythmes oubliés revinrent en lui et lancèrent son esprit dans les couloirs illuminés des délices passées.

Gurney Halleck lui en voudrait pour cette tragédie.

Les échos de balisette s'éteignirent.

Les mots de Paul lui revinrent : *Il est dans cet univers des problèmes qui n'ont pas de réponse.*

Il se demanda de quelle façon Paul mourrait dans le désert. Rapidement, tué par un ver géant ? Lentement, sous le soleil ? Certains des Fremen du sietch avaient déclaré que Muad'Dib ne mourrait jamais, qu'il entrait simplement dans le monde ruh où coexistaient tous les avenirs possibles, qu'il serait présent dans le *alam al-mythal*, errant de toutes parts bien après que sa chair fût morte.

Il va mourir et je suis impuissant, songea Idaho.

Il se dit alors qu'il pouvait y avoir une certaine élégance raffinée à mourir sans laisser de trace, avec une planète entière comme tombe.

Mentat, résous-toi, pensa-t-il.

Des mots affluèrent à sa mémoire. Les paroles rituelles du lieutenant Fedaykin assignant un homme à la garde des enfants : « Ce sera le devoir solennel de l'officier commandant... »

Le langage pesant et pompeux du gouvernement le faisait rager. Il avait séduit les Fremen. Il avait séduit tous les hommes. Et tandis qu'un homme, un homme immense mourait là-bas, le langage continuait de peser... sans cesse...

Qu'était-il advenu, se demanda-t-il, des significations pures et claires qui balayaient l'absurde ? Quelque part, en quelque lieu perdu que l'Empire avait créé, elles avaient été étouffées, emmurées afin que jamais on ne les redécouvrît par hasard. Son esprit assoiffé cherchait des solutions selon la technique mentat. Des esquisses de connaissances brillaient là-bas, comme les cheveux de la Lorelei attirant le marin vers des cavernes d'émeraude...

Brutalement, il s'éveilla de son oubli catatonique.

Ainsi ! songea-t-il. *Plutôt que d'affronter l'échec, je préfère disparaître en moi-même...*

Cet instant demeura en sa mémoire. En y réfléchissant, il eut la sensation que sa vie avait été étirée aux dimensions de l'existence de l'univers. La chair véritable demeurait condensée et achevée dans la caverne d'émeraude de la conscience, mais la vie infinie avait partagé son être.

Il se leva. Le désert l'avait lavé. Le sable commençait à murmurer dans le vent, sur les feuilles du verger. La nuit portait maintenant une senteur abrasive de poussière. Un souffle soudain de vent fit flotter sa longue robe.

Loin dans le bled, se dit-il, une mère-tempête devait se déchaîner, pareille à un immense ver de sable qui rongeait la chair sur les os.

Il ne fera qu'un avec le désert, pensa-t-il. *Par le désert, il sera accompli.*

C'était là une pensée Zensunni qui se déversait dans son esprit comme une eau fraîche. Paul marcherait longtemps, il le savait. Un Atréides ne pouvait se livrer complètement au destin, même avec la pleine certitude de l'inévitable.

Un reflet de prescience effleura Idaho en cet instant et il sut que les hommes de l'avenir évoqueraient Paul en termes marins. Sa vie serait engloutie par le sable mais l'eau le suivrait toujours. *Sa chair avait sombré*, diraient-ils, *mais il nageait toujours.*

Quelqu'un toussota dans l'ombre.

Idaho se retourna brusquement et découvrit la silhouette de Stilgar, immobile sur le pont, au-dessus du qanat.

« On ne le trouvera pas, dit-il, mais pourtant tous les hommes l'auront trouvé. »

« Le désert le prend, dit Idaho. Et il en fait un dieu. Pourtant, il était un étranger ici. Il a apporté sur ce monde une drogue étrangère... l'eau. »

« Le désert impose ses propres rythmes, dit Stilgar. Nous l'avons accueilli, nous l'avons appelé Muad'Dib, notre Mahdi. Nous lui avons donné son nom secret, Usul, la Base du Pilier. »

« Pourtant, il n'était pas né Fremen. »

« Cela ne change rien au fait que nous l'avons considéré comme tel... finalement. (Stilgar posa la main sur l'épaule d'Idaho.) Tous les hommes sont des étrangers, mon vieil ami. »

« Tu es profond, Stil, n'est-ce pas ? »

« Assez profond. Je puis voir la confusion que nos migrations répandent dans l'univers. Muad'Dib nous a donné quelque chose qui ne connaissait pas la confusion.

Pour cela, au moins, les hommes n'oublieront pas son Jihad. »

« Il ne succombera pas au désert, dit Idaho. Il est aveugle, mais il ne succombera pas. C'est un homme de principe, un homme d'honneur. Il a été éduqué en Atréides. »

« Et son eau sera déversée sur le sable, dit Stilgar. Viens... Alia te demande. »

« Elle était avec toi au Sietch Makab ? »

« Oui... elle a été d'un grand secours avec les Naibs les plus faibles. Maintenant, ils obéissent... comme moi. »

« A quels ordres ? »

« Elle a ordonné l'exécution des traîtres. »

« Oh... (Idaho eut comme un vertige en levant les yeux vers le promontoire.) Quels traîtres ? »

« Le Guildien, Korba, la Révérende Mère Mohiam... quelques autres. »

« Vous avez tué une Révérende Mère ? »

« Je l'ai fait moi-même. Muad'Dib avait laissé des instructions pour qu'on l'épargne. (Il haussa les épaules.) Mais je lui ai désobéi. Alia savait que j'agirais ainsi. »

Une fois encore, le regard d'Idaho se porta sur le désert. Il sentait maintenant que celui qu'il était devenu était capable de discerner le schéma créé par Paul. *Stratégie du jugement,* déclaraient les Atréides dans leurs manuels d'éducation. *Les gens sont subordonnés au gouvernement, mais les gouvernés influencent les gouvernants.* Les gouvernés, songeat-il, avaient-ils seulement la plus faible idée de ce qu'ils avaient aidé à construire ici ?

« Alia... commença Stilgar. Il s'éclaircit la gorge avant d'achever : Alia a besoin du réconfort de ta présence. »

« Et elle est le gouvernement », murmura Idaho.

« Une régente. »

« Partout, la fortune passe, ainsi que le disait mon père. »

« Nous avons fait un marché avec l'avenir, dit Stilgar. Viens-tu ? Nous avons besoin de toi, là-bas. (Il eut à nouveau l'air embarrassé.) Elle est... bouleversée. Un instant, elle pleure sa mère, et la maudit l'instant suivant. »

« Je viens », promit Idaho. Il guetta les pas de Stilgar qui repartait. Il demeura face au vent crépitant de sable.

Il projeta sa perception mentat au long des flux changeants de l'avenir. Les possibles qu'il entrevit l'étourdirent. Paul avait déclenché un tourbillon sur le chemin duquel rien ne resterait en place.

Le Bene Tleilax et la Guilde avaient été trop loin. Ils avaient perdu et étaient discrédités. La Qizarate avait été ébranlée par la trahison de Korba et de ses conjurés. Et le dernier acte de Paul, son acceptation des coutumes, lui avait assuré définitivement la loyauté des Fremen, à lui et à la maison des Atréides. Pour l'éternité, il était l'un d'eux.

« Paul est parti ! Alia était arrivée en silence et se dressait maintenant à son côté. Il a agi comme un fou, Duncan ! »

« Ne dites pas cela ! »

« L'univers tout entier le dira ! »

« Pourquoi, pour l'amour de dieu ? »

« Pour l'amour de mon frère et non pas celui de dieu. »

Idaho sentit sa perception se dilater devant la pénétration Zensunni. Il pouvait sentir qu'il n'y avait plus de vision en elle, plus depuis la mort de Chani.

« Etrange amour », dit-il.

« Amour ? Duncan... Il lui suffisait de s'écarter du chemin ! Qu'importait donc l'effondrement de l'univers derrière lui ? Il serait sauf... et Chani serait avec lui ! »

« Alors... pourquoi ne l'a-t-il pas fait ? »

« Pour l'amour de dieu, murmura-t-elle. Et, plus fort, elle ajouta : Toute la vie de Paul a été un combat pour échapper à son Jihad et à sa déification. Au moins, il s'en est libéré. Il a choisi cela ! »

« Ah, oui... l'oracle. (Idaho secoua la tête.) Même la mort de Chani. La lune est tombée. »

« Alors, n'était-il pas fou, Duncan ? »

Il sentit sa gorge se serrer douloureusement.

« Quel fou ! dit Alia dans un sanglot. Il vivra éternellement tandis que nous mourrons ! »

« Alia... »

« Ce n'est que le chagrin... Rien que le chagrin. Sais-tu ce que je dois faire pour lui ? Epargner la vie de la Princesse Irulan. Celle-là ! Si tu entendais son chagrin. Elle gémit, elle donne son eau au mort... Elle jure qu'elle l'aimait et qu'il ne le savait pas. Elle renie les Sœurs et dit qu'elle consacrera sa vie à éduquer les enfants de Paul. »

« Et vous la croyez ? »

« Elle déborde de sincérité ! »

« Ahhh », grommela Idaho. L'ultime schéma se déployait devant sa perception comme un dessin sur un tissu. La défection de la Princesse Irulan était le dernier point qui dépossédait le Bene Gesserit de tout levier contre les héritiers Atréides.

Alia se mit à pleurer et posa sa tête contre sa poitrine. « Duncan... Oh, Duncan ! Il est parti ! »

Il embrassa ses cheveux. « Je t'en prie », murmura-t-il. Leurs deux chagrins se fondaient, se rejoignaient comme deux ruisseaux qui allaient vers un même étang.

« Duncan, j'ai besoin de toi ! Aime-moi ! »

« Je t'aime », dit-il dans un souffle.

Elle leva la tête et regarda son visage, pâle sous les lunes froides. « Je le sais, Duncan. L'amour connaît l'amour. »

Il eut un frisson, une impression d'abandon de soi-même. Il était venu en quête d'une chose et en avait trouvé une autre. C'était comme si, pénétrant dans une pièce pleine de monde, il découvrait trop tard qu'il ne connaissait personne.

Alia s'écarta de lui et lui prit la main. « Viendras-tu avec moi, Duncan ? »

« Où que tu ailles », dit-il.

Elle lui fit franchir à nouveau le qanat et, ensemble, ils rentrèrent dans les ténèbres qui entouraient le massif et le Lieu de Sauvegarde.

EPILOGUE

Pas de fumée amère, de foyer funéraire,
Ni de glas, de rite solennel
Pour sauver l'esprit des ombres avaricieuses.
Muad'Dib est le fou, le saint,
L'étranger doré à jamais vivant
A l'orée de la raison.
Que s'abaisse votre garde et le voici !
Sa paix cramoisie, sa pâleur souveraine
Frappent notre univers par des trames de prophète.
Au seuil d'un regard tranquille,
Hors des jungles stellaires,
Mystérieux, mortel, l'aveugle oracle,
Le fauve prophétique dont la voix jamais ne se tait.
Shai-hulud l'attend sur une grève
Où passent des couples aux regards fixés
Sur l'ennui délicieux de l'amour.
Il traverse la longue caverne du temps,
Dispersant le moi-fou de son rêve.

                                              Hymne du ghola

APPENDICES

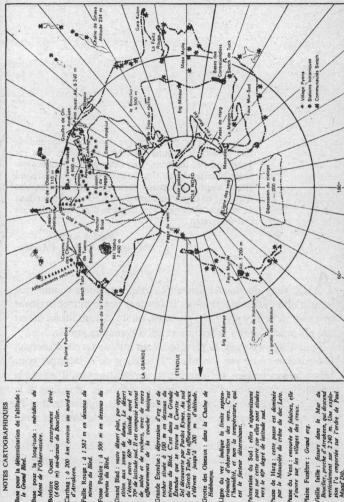

NOTES CARTOGRAPHIQUES

Base pour la détermination de l'altitude : le *Grand Bled*.

Base pour la longitude : méridien du Mont de l'Observatoire.

Bordure Ouest : escarpement élevé (4 600 m) au-dessus de l'Observatoire.

Carthag : à 200 km environ au nord-est d'Arrakeen.

Faille Rouge : à 1.582 m en dessous du niveau du Bled.

Fosse Polaire : à 500 m en dessous du niveau du Bled.

Grand Bled : vaste désert plat, par opposition aux zones de dunes. Le désert s'étend entre 60° de latitude nord et 70° de latitude sud. Il est composé surtout de sable et de rochers, avec de rares affleurements de la couche basique.

Grande Étendue : dépression d'erg et de poussière étudiée à 500 m en dessous du niveau du Bled. C'est dans la Grande Étendue que se trouve la Cuvette de Sel découverte par Pardot Kynes. Au sud du Sietch Tabr, les affleurements rocheux s'élèvent jusqu'à 200 m d'altitude.

Grotte des Oiseaux : dans la Chaîne de Habbanya.

Ligne du ver : indique la limite septentrionale d'observation des vers. C'est l'humidité et non la température, qui est le facteur déterminant.

Palmeraies du Sud : elles n'apparaissent pas sur cette carte car elles sont situées vers le 40° degré de latitude sud.

Passe de Harg : cette passe est dominée par le Mausolée du crâne du duc Leto.

Passe du Vent : entourée de falaises, elle s'ouvre sur les villages des creux.

Plaine Funèbre : Grand erg.

Vieille faille : fissure dans le Mur du Bouclier, proche d'Arrakeen, qui descend verticalement sur 2 240 m. Une explosion l'a emportée sur l'ordre de Paul Muad'Dib.

Appendice I

ÉCOLOGIE DE DUNE

> Au-delà d'un point critique dans un espace fini, la liberté décroît comme s'accroît le nombre. Cela est aussi vrai des humains dans l'espace fini d'un écosystème planétaire que des molécules d'un gaz dans un flacon scellé. La question qui se pose pour les humains n'est pas de savoir combien d'entre eux survivront dans le système mais quel sera le genre d'existence de ceux qui survivront.
>
> Pardot Kynes
> *Premier Planétologiste d'Arrakis.*

Aux yeux du nouvel arrivant, Arrakis apparaît comme une terre d'une désolation absolue. L'étranger pense immédiatement que rien ne peut y vivre ou y pousser, qu'il a devant lui un désert qui n'a jamais connu la fertilité et ne la connaîtra jamais.

Pour Pardot Kynes, la planète n'était qu'une forme d'énergie, une machine mue par son soleil. Il suffisait de la façonner pour répondre aux besoins des hommes et, immédiatement, il pensa à la population humaine d'Arrakis qui se déplaçait librement à la surface d'Arrakis : les Fremen. Quel défi ils représentaient ! Et quel outil ! Une force écologique et géologique de potentiel quasi illimité.

Pardot Kynes était un homme simple et direct. Il lui fallait échapper aux contraintes harkonnens ? Qu'à cela ne tienne. Il épousa une femme fremen. Quand elle lui donna un fils, Liet-Kynes, il entreprit de lui inculquer, ainsi qu'aux autres enfants, les bases de l'écologie, créant pour cela un nouveau langage de symboles qui préparait l'esprit à la manipulation d'un paysage tout entier, de ses climats, de ses saisons, qui rejetait tout concept de force au profit d'une conscience claire de l'*ordre*.

« Sur toute planète favorable à l'homme, disait Kynes, il existe une sorte de beauté interne faite de mouvement et d'équilibre. Cette beauté produit un effet dynamique stabilisateur qui est essentiel à l'existence. Sa fonction est simple : maintenir et produire des schémas coordonnés de plus en plus diversifiés. C'est la vie qui augmente la capacité de tout système clos à entretenir la vie. La vie dans sa totalité est au service de la vie. Au fur et à mesure qu'elle se diversifie, les aliments nécessaires deviennent plus disponibles. Tout le paysage s'éveille, les relations s'établissent, s'interpénètrent. »

Ainsi parlait Pardot Kynes dans les classes des sietch.

Mais avant d'entreprendre ses cours, cependant, il lui avait fallu convaincre les Fremen. Pour comprendre comment ce fut possible, il faut savoir d'abord avec quelle innocence, quelle opiniâtreté il abordait tous les problèmes. Non pas qu'il fût naïf, mais il ne s'autorisait aucune distraction.

Il explorait Arrakis à bord d'un véhicule monoplace quand, par un après-midi torride, il fut témoin d'une scène déplorablement banale. Six mercenaires d'Harkonnen, lourdement armés et munis de boucliers, avaient cerné trois jeunes Fremen derrière la falaise du Bouclier, près du village du Sac-de-vent. Kynes eut d'abord l'impression d'assister à une escarmouche sans gravité jusqu'à ce qu'il se rendît compte que les Harkonnens avaient l'intention de tuer les Fremen. Déjà l'un des jeunes Fremen gisait à terre, une artère sectionnée et deux des mercenaires étaient hors de combat. Mais il restait quatre Harkonnens face à deux hommes du désert.

Kynes n'était pas vraiment courageux. Il était prudent et opiniâtre, c'est tout. Les Harkonnens tuaient des Fremen. Ils détruisaient les outils qu'il avait l'intention d'utiliser pour façonner la planète ! Il activa son propre bouclier, se lança dans la bataille et abattit les deux Harkonnens avant qu'ils sachent qui surgissait sur leurs arrières. Il esquiva l'attaque du troisième et lui trancha la gorge d'un *entretisser* impeccable, abandonnant le quatrième aux jeunes Fremen pour se porter au secours du blessé qui saignait sur le sol. Et il parvint à le sauver... au moment où périssait le sixième et dernier Harkonnen.

Et c'est là que l'affaire se complique ! Les Fremen ne savaient pas ce qu'ils devaient faire de Kynes. Bien sûr, ils savaient qui il était. Nul homme ne pouvait arriver sur Arrakis sans que les Fremen soient en possession d'un dossier très complet le concernant. Ils savaient donc très bien qu'il était au service de l'Empereur.

Mais il venait de tuer des Harkonnens !

Des adultes auraient sans doute haussé les épaules avant de l'envoyer rejoindre les six Harkonnens. Mais ces Fremen étaient jeunes et inexpérimentés et tout ce qu'ils comprirent fut qu'ils devaient la vie à ce serviteur de l'Empereur.

Deux jours plus tard, Kynes se retrouva dans un sietch qui dominait la Passe du Vent. Pour lui, tout cela n'était que très naturel. Il parla de l'eau aux Fremen, des dunes maintenues par l'herbe, des palmeraies où l'on pourrait cultiver des dattiers, de qanats à ciel ouvert sillonnant le désert. Il parlait, parlait, parlait sans cesse.

Et il n'avait pas conscience du débat dont il était l'objet. Que faire de ce fou ? se demandaient les Fremen. Il connaissait maintenant la position d'un sietch important. Que faire ? Et que racontait-il donc ? Qu'est-ce que c'était que cette histoire d'Arrakis transformée en paradis ? Il ne faisait que parler. Il en savait trop. Mais il avait tué des Harkonnens ! Et le fardeau de l'eau ? Depuis quand devons-nous quelque chose à l'Imperium ? Il a tué des Harkonnens, oui, mais n'importe qui peut le faire. Moi aussi, j'ai tué des Harkonnens. Mais que raconte-t-il à propos de la fertilisation d'Arrakis ? Où est l'eau nécessaire ? Il dit qu'elle se trouve ici ! Et il a sauvé trois des nôtres. Trois jeunes idiots qui se sont trouvés sur le chemin des Harkonnens ! Il a vu les krys !

Bien avant qu'elle fût exprimée, on connut la décision. Le tau d'un sietch dicte leur conduite à ses membres, il prescrit les plus brutales obligations.

Un combattant expérimenté fut envoyé avec un couteau consacré, suivi de deux porteurs d'eau qui devaient recueillir l'eau du corps. Brutale obligation.

On peut douter que Kynes se soit rendu compte de l'arrivée de ce bourreau. Il était fort occupé à discourir devant un groupe qui s'était formé à prudente distance. Tout en parlant, il marchait de long en large et gesticulait. De l'eau partout, disait-il. Plus besoin de distille pour marcher dans le désert ! De l'eau dans les lacs ! Des portyguls dans les vergers !

L'homme au couteau s'avança, se trouva face à Kynes.

« Otez-vous d'ici ! » dit Kynes, et il continua de parler, évoquant des pièges à vent secrets. Il passa devant l'homme et offrit son dos au coup rituel.

On ne saura jamais ce qui se produisit alors dans l'esprit du bourreau. Ecouta-t-il et comprit-il à ce moment les paroles de Kynes ? Qui sait ?... Mais, en tout cas, on sait ce qu'il fit. Il se nommait Uliet, ce qui signifie Liet le Vieux. Uliet, donc, fit trois pas en avant et, délibérément, s'abattit sur son couteau et mourut. Suicide ? Certains prétendent que ce fut Shai-Hulud qui guida son geste.

Ainsi naissent les présages.

A partir de cet instant, Kynes n'eut qu'à lever le petit doigt et à dire : « Venez ! » Et ils vinrent. Par tribus entières, de toutes parts. Les femmes, les enfants, les hommes mouraient en chemin, mais ils venaient toujours.

Kynes repartit travailler pour l'Imperium dans les Stations de Biologie Expérimentale. Et des Fremen commencèrent à faire leur apparition au sein du personnel de ces stations. A ce stade, les Fremen se rendirent compte qu'ils étaient en train de s'infiltrer dans le « système » et c'était là une possibilité qu'ils n'avaient jamais envisagée. Certains outils que l'on employait dans les stations apparurent dans les communautés des sietch, et particulièrement les taillerays que l'on utilisait pour agrandir les bassins et creuser les pièges à vent.

L'eau commença de s'accumuler au fond des bassins.

Les Fremen se rendirent compte que Kynes n'était pas totalement fou, mais juste assez pour faire un saint. Il appartenait à l'umma, la confrérie des prophètes. Et Uliet s'en alla rejoindre les Sadus, les juges divins.

Kynes, l'homme direct et farouchement obstiné, savait que la recherche organisée au sommet ne produit rien de nouveau. Il créa donc de petites unités d'expérimentation qui échangeaient régulièrement des informations afin d'aboutir rapidement à l'effet de Tansley, chaque groupe suivant sa propre voie. Ils devaient accumuler des millions de faits infimes et Kynes n'organisait que des tests isolés et rapides afin de faire ressortir leurs difficultés.

Des échantillons furent prélevés dans tout le bled. On établit des cartes de ces longs courants de temps appelés climats. Kynes découvrit que dans la large ceinture comprise entre les 70e degrés de latitude nord et sud, les températures, depuis des milliers d'années oscillaient entre 254 et 332 degrés absolus. Cette zone avait de longues saisons de germination au cours desquelles la moyenne de température s'établissait entre 284 et 302°, ce qui laissait une marge confortable pour la vie terraformée... quand serait résolu le problème de l'eau.

Quand sera-t-il résolu ? demandaient les Fremen. Quand connaîtrons-nous le paradis sur Arrakis ?

Et, un peu comme un instituteur répondant à un enfant qui vient de lui demander combien font deux et deux, Kynes disait : « Dans quatre cents ou cinq cents ans. »

Un peuple inférieur aurait désespéré. Mais les Fremen avaient appris la patience sous le fouet. Ce délai leur semblait plus long que ce qu'ils avaient espéré mais le jour béni viendrait, c'est tout ce qui comptait. Ils serrèrent leurs ceintures et se remirent au travail. Pour un paradis que la déception rendait plus réel, en quelque sorte.

Le grand problème d'Arrakis n'était pas tant l'eau que l'humidité. Le bétail y était rare, les animaux domestiques inconnus. Certains contrebandiers utilisaient bien l'âne du désert, le kulon, comme animal de bât, mais le prix de l'eau nécessaire était prohibitif, même lorsque l'on réussissait à faire porter à l'animal un distille à sa taille.

Kynes songea à installer des usines pour synthétiser l'eau à partir de l'oxygène et de l'hydrogène présents dans les roches, mais le coût de l'énergie eût été trop élevé. Les calottes polaires qui donnaient aux pyons une fausse impression de richesse en eau n'en contenaient pas assez pour le projet de Kynes... Et il commençait déjà à soupçonner où l'eau devait se trouver. Aux altitudes moyennes et dans certains vents, le taux d'humidité augmentait significativement. Et puis, il y avait ce premier indice qui lui avait été fourni par la composition de l'air : 23 % d'oxygène, 75,4 % d'azote et 0,023 % de gaz carbonique, les gaz rares formant le reste.

Il existait une plante locale à racine, très rare, qui poussait dans la zone tempérée nord au-dessus de 2 500 mètres. Sa racine tubéreuse de deux mètres contenait près d'un demi-litre d'eau. Il y avait aussi les plantes désertiques terraformées dont certaines, dans les dépressions où l'on avait installé des précipitateurs de rosée, croissaient mieux que les autres.

C'est alors que Kynes découvrit la cuvette de sel.

Il se rendait d'une station à une autre en orni quand une tempête l'obligea à dévier de son cap. C'est ainsi qu'il découvrit la grande cuvette de sel, une immense dépression ovale de quelque trois cents kilomètres de long qui brillait d'un éclat aveuglant en plein désert.

Kynes atterrit, toucha la surface lisse et blanche et porta son doigt à ses lèvres.

Du sel.

Maintenant, il avait une certitude.

Autrefois, il y avait eu de l'eau sur Arrakis. Il repensa alors à ces puits asséchés où un filet d'eau était apparu, une fois, pour s'évanouir ensuite et ne plus revenir.

Kynes mit au travail sur la question ses limnologistes fremen nouvellement formés. Leur indice principal : des traces d'une matière semblable à du cuir que l'on retrouvait dans la masse d'épice après son explosion. Dans les contes folkloriques fremen, on attribuait cela à une mythique « truite des sables ». Les faits, en s'accumulant, dessinaient le portrait d'une créature qui pouvait effectivement être à l'origine de cette matière pareille à du cuir, une créature qui « nageait » dans le sable et qui isolait l'eau dans des poches fertiles, à l'intérieur de la couche poreuse inférieure, en dessous de la limite des 280° (absolus).

Dans chaque explosion de masse d'épice, ces « voleurs d'eau » mouraient par millions. Une variation de température de cinq degrés pouvait les tuer. Les quelques survivants entraient alors dans une phase de cysohibernation dont ils émergeaient six ans après sous la forme de petits vers de sable, longs d'environ trois mètres. Seuls quelques-uns réussissaient alors à échapper à leurs grands frères et aux poches d'eau de l'épice en gestation pour devenir avec le temps de gigantesques shaï-hulud. (L'eau est un poison pour le shaï-hulud. Les Fremen l'avaient appris depuis longtemps en noyant le « petit ver » de l'Erg Mineur pour produire le narcotique appelé Eau-de-Vie qui accroissait leur perception. Le « petit ver » de l'Erg Mineur est une variété primitive de shaï-hulud qui ne dépasse jamais neuf mètres de long.)

A présent, ils avaient tout le cycle : du Petit Faiseur à la masse d'épice en gestation ; du petit faiseur au shaï-hulud ; le shaï-hulud dispersant l'épice qui nourrissait les microscopiques créatures appelées « plancton des sables » ; le plancton des sables, nourriture du shaï-hulud, croissant et s'enfouissant pour devenir petit faiseur.

Se détournant alors des rapports, Kynes et les siens se concentrèrent sur la micro-écologie. Et tout d'abord sur le climat. La surface de sable atteignait souvent des températures de 344 à 350° absolus. A moins de cinquante centimètres de profondeur, la température s'abaissait de 55°. A cinquante centimètres *au-dessus* du sol, elle s'abaissait également de 25°. Des feuilles de matériau noir pouvaient permettre de gagner encore 18°. Les agents de nutrition, ensuite. Le sable d'Arrakis est en grande partie le produit de la digestion du ver. La poussière (le problème omniprésent) est produite, elle, par le balayage constant de la surface, le mouvement de « saltation » du sable. Les grains les plus grossiers se trouvent sur le versant opposé au vent, dans les dunes. Ceux qui se trouvent face au vent sont plus lisses et plus durs. Les plus vieilles dunes sont jaunes à cause de l'oxydation alors que les plus jeunes ont encore la coloration grise de la roche originelle.

Les versants opposés au vent des plus vieilles dunes constituèrent la première zone de plantation. Les Fremen commencèrent avec une herbe pour terrains pauvres qui comportait des fibrilles entrelacées pareilles à celles de la tourbe. L'objectif était de tasser et de fixer les dunes en privant le vent de son arme principale : les grains mobiles.

Des zones d'acclimatation furent développées loin des observateurs harkonnens dans le sud. Les herbes mutantes furent tout d'abord plantées sur les dunes situées sur le parcours des vents d'ouest dominants. Une fois que le versant opposé au vent était ancré, celui qui était offert au vent devenait de plus en plus haut et l'herbe était déplacée pour permettre l'édification de sifs géants (de longues dunes à la crête sinueuse) dont la hauteur dépassait parfois 1 500 mètres.

Lorsque les dunes-barrières avaient atteint une altitude suffisante, le versant au vent recevait de nouvelles herbes, plus coriaces. Chaque structure était ainsi fixée sur une base ancrée.

On passa ensuite aux plantes à racines plus longues. Les éphémères d'abord (chénopodes, ansérine, amaranthe), puis genêt d'Ecosse, lupin, eucalyptus (de la variété adaptée aux territoires nordiques de Caladan), tamaris nain, pin méditerranéen. Ensuite, les véritables plantes désertiques : castus candélabres, saguaro, cactus-tonneau. Et enfin, quand leur croissance était possible : la sauge, l'herbe de Gobi, l'avoine à froment, l'alfalfa sauvage, la verveine des sables, l'onagre, l'encens, le créosote, le fustet.

Puis ils introduisirent la vie animale nécessaire à l'aération du sol, des espèces fouisseuses : renard, rat-kangourou, lièvre du désert, terrapène... et des prédateurs pour l'équilibre : faucon du désert, hibou nain, aigle et chouette du désert. Des insectes, aussi, pour habiter les petits creux : scorpion, mille-pattes, araignée piégeuse, guêpe, mouche... et la chauve-souris du désert pour les surveiller.

L'épreuve cruciale, enfin : les dattiers, les cotonniers, les melons, le café, les plantes médicinales... Plus de deux cents variétés qui devaient être essayées, adaptées.

« Ce que ne comprend pas celui qui ignore tout de l'écologie, c'est qu'il s'agit d'un système », disait Kynes. « Un système ! Un système qui maintient une certaine stabilité qui peut être rompue par une seule erreur. Un système qui obéit à un ordre, à un processus d'écoulement d'un point à un autre. Si quelque chose vient à interrompre cet écoulement, l'ordre est rompu. Et celui qui ignore l'écologie peut ne pas intervenir avant qu'il soit trop tard. C'est pour cela que la plus haute fonction de l'écologie est la compréhension des conséquences. »

Avaient-ils construit un système ?

Ils attendirent, observèrent. Les Fremen, maintenant, comprenaient pourquoi Kynes avait prévu cinq cents ans de patience.

Un premier rapport arriva des palmeraies :

A la limite du désert, le plancton des sables est empoisonné par l'interaction avec les nouvelles formes de vie. Raison : incompatibilité des protéines. Il se formait là de l'eau empoisonnée que la vie d'Arrakis ne pouvait approcher. Une zone désolée se formait donc autour des plantations et Shai-hulud lui-même ne pourrait la franchir.

Kynes se rendit lui-même jusqu'aux palmeraies. C'était un voyage de vingt marteleurs (en palanquin, comme un malade ou une Révérende Mère, car jamais Kynes n'avait chevauché un faiseur). Il explora la zone désolée (et puante) et en revint avec une prime, un cadeau d'Arrakis.

L'addition de soufre et d'azote pouvait convertir la zone en un terrain particulièrement favorable à la vie terraformée. Les plantations pouvaient être étendues à volonté !

« Cela réduit-il le délai ? » demandèrent les Fremen.

Mais Kynes répondit par ses formules planétaires. Le programme de mise en place des pièges à vent était alors pleinement réalisé. Kynes se montra optimiste dans ses prévisions tout en sachant que l'on ne peut tracer des lignes nettes à partir de problèmes écologiques. Une partie de la couverture végétale devait être réservée au maintien des dunes. Une autre à l'alimentation humaine et animale. Une autre enfin devait permettre d'acheminer l'eau vers les zones sèches par le processus d'accumulation de l'humidité dans les racines. A cette époque, les zones froides du bled avaient été circonscrites et portées sur les cartes. Elles entraient également dans les formules. Shai-hulud lui-même y avait sa place. Sous aucun prétexte il ne devait être détruit, sous peine de mettre fin à la production d'épice. Mais son « usine » interne de digestion, avec ses concentrations colossales d'acides et d'aldéhydes, était une source immense d'oxygène. Un ver de taille moyenne (d'environ 200 mètres de long) dégageait dans l'atmosphère autant d'oxygène qu'une surface couverte de verdure sur dix kilomètres carrés.

Il fallait considérer le problème représenté par la Guilde. Déjà, le taux d'épice qui lui était versé pour que nul satellite ou un autre engin d'observation n'apparût dans le ciel d'Arrakis avait atteint des proportions gigantesques.

Et les Fremen ne pouvaient plus être ignorés. Les Fremen, avec leurs terres aux limites irrégulières, leurs pièges à vent. Les Fremen, avec leur culture écologique toute neuve et leurs rêves qui les faisaient couvrir Arrakis de prairies, puis de forêts.

Un résultat apparut. Trois pour cent, dit Kynes. S'ils pouvaient parvenir à ce que trois pour cent des plantes vertes d'Arrakis contribuent à la production de composés du carbone, ils auraient atteint le cycle autonome.

« Mais dans combien de temps ? » demandèrent les Fremen.
« Oh... Trois cent cinquante ans », dit Kynes.

Ainsi, il avait dit vrai dès le début : cette chose ne connaîtrait pas son terme avant que se soit écoulée une vie d'homme, avant huit générations... Mais cela viendrait un jour.

Le travail se poursuivit. On construisit, on planta, on creusa, on éduqua les enfants.

Et puis, Kynes l'Umma fut tué durant l'excavation du Bassin du Plâtre.

A cette époque, son fils, Liet-Kynes, avait dix-neuf ans. C'était un vrai Fremen, un cavalier des sables qui avait tué plus de cent Harkonnens. Le contrat impérial lui fut transmis normalement. Le système rigide des faufreluches remplissait tout aussi bien son rôle sur Arrakis. Et le fils avait été formé à l'école de son père.

Dès cet instant, le chemin était tracé et les Fremen écologiques y étaient engagés. Il suffisait à Liet-Kynes de les surveiller et de ne pas perdre de vue les Harkonnens... Jusqu'au jour où un Héros échut à cette planète.

APPENDICE II

RELIGION DE DUNE

Comme le sait n'importe quel écolier, les Fremen d'Arrakis, avant la venue de Muad'Dib, pratiquaient une religion qui tirait ses origines du Moameth Saari. Depuis, nombreux sont ceux qui ont relevé ses nombreux emprunts à d'autres religions. L'exemple le plus courant est celui de l'Hymne de l'Eau qui appelle sur Arrakis des nuages de pluie que la planète n'a jamais vus et qui est directement repris du Manuel Liturgique Catholique Orange. Mais il existe encore bien d'autres points communs entre le Kitab al-Ibar des Fremen et les enseignements de la Bible, de l'Ilm et du Fiqh.

Toute comparaison portant sur les croyances religieuses qui prédominaient dans l'Imperium jusqu'à l'apparition de Muad' Dib doit s'accompagner d'une liste des forces principales qui étaient à la base de ces croyances :

1. Les adeptes des Quatorze Sages, dont le livre sacré était la Bible Catholique Orange et dont les idées sont exprimées dans les Commentaires et autre littérature issue de la Commission des Interprètes Œcuméniques (C.I.Œ.).
2. Le Bene Gesserit, qui nie être un ordre religieux mais qui opéra toujours derrière un impénétrable écran de rituel mystique et dont les méthodes d'éducation, l'organisation, la symbolique sont essentiellement religieux.
3. La classe dominante et agnostique (y compris la Guilde) pour laquelle la religion n'est qu'un théâtre de marionnettes destiné à amuser la populace et à la rendre docile. Cette classe croit dans

l'essentiel que tout phénomène — même religieux — peut être expliqué de façon mécanique.

4. Les soi-disant Enseignements Anciens, qui comprennent ceux qui furent préservés des trois mouvements islamiques par les Errants Zensunni, le Navachristianisme de Chusuk, les Variantes Bouddislamiques de Lankiveil et Sikun, les Livres Mêlés de la Mahayana Lankavatara, le Zen Hekiganshu de Delta Pavonis III, la Taurah et le Zabur Talmudique qui étaient encore en usage sur Salusa Secundus, l'envahissant Rituel Obeah, le Muadh Quran avec l'Ilm et le Fiqh préservés par les planteurs de riz pundi de Caladan, les formes d'Hindouisme que l'on trouvait dans tout l'univers chez les pyons isolés et, enfin, le Jihad Butlérien.

La cinquième force existe, bien sûr. Elle façonne toutes les croyances, mais de façon universelle et profonde, à tel point qu'elle doit être considérée isolément. Il s'agit du voyage spatial que, dans toute discussion religieuse, il convient d'exprimer ainsi :

LE VOYAGE SPATIAL !

Durant les cent dix siècles qui précédèrent le Jihad Butlérien, l'essor de l'humanité dans l'espace marqua la religion d'une empreinte profonde. Le voyage spatial, dans les premiers temps, était lent, incertain et irrégulier, bien que largement répandu. Ceci, avant le monopole de la Guilde qui s'établit par un curieux et complexe concours de méthodes. Les premières expériences spatiales, dont on sut bien peu de choses et qui donnèrent lieu à toutes sortes de déformations, ouvrirent la voie à toutes les spéculations mystiques.

Immédiatement, l'espace donna un sens et un attrait différents au concept de Création. Cette différence est parfaitement visible dans les mouvements religieux les plus importants de cette période. L'essence sacrée de toutes les religions fut atteinte par cette sorte d'anarchie qui émanait de l'espace.

Ce fut alors comme si Jupiter, dans ses nombreux avatars, regagnait les ténèbres maternelles pour être remplacé par une immanence femelle pleine d'ambiguïté et dont le visage reflétait d'innombrables terreurs.

Les formules anciennes se fondirent, s'interpénétrèrent en

s'adaptant aux nouvelles conquêtes et aux nouveaux symboles héraldiques. C'était comme un combat entre les démons d'un côté et les vieux prêtres et leurs invocations de l'autre.

Jamais il n'y eut de décision nette.

Durant cette période, on dit que la Genèse fut réinterprétée et les paroles de Dieu devinrent :

« Croissez et multipliez, et emplissez l'univers ; et soumettez-le, et régnez sur toutes les espèces de bêtes étranges et de créatures vivantes dans les cieux infinis, sur les terres infinies et sous elles. »

Ce fut une époque de sorciers dont les pouvoirs étaient réels. Jamais ils ne révélèrent comment ils prenaient les tisons à main nue.

Puis vint le Jihad Butlérien. Deux générations de chaos. Le dieu de la logique mécanique fut alors renversé dans les masses et un nouveau concept se fit jour :

« L'homme ne peut être remplacé. »

Ces deux générations de violence constituèrent une pause thalamique pour toute l'humanité. Les regards des hommes se portèrent sur leurs dieux et leurs rites et ils y lurent la plus terrible des équations : la peur multipliée par l'ambition.

Les chefs des diverses religions dont les fidèles avaient répandu le sang de millions de leurs semblables, hésitants, se réunirent pour échanger leurs points de vue. Ils y étaient encouragés par la Guilde Spatiale qui commençait à prendre le monopole des voyages interstellaires et par le Bene Gesserit, qui rappelait à lui les sorcières.

Les premières réunions œcuméniques eurent deux résultats majeurs :

1. On comprit que toutes les religions ont au moins un commandement en commun : « Point ne déformeras l'âme. »
2. La Commission des Interprètes Œcuméniques.

La C.I.Œ. se réunit sur une île neutre de la Vieille Terre, berceau des religions-mères. Le principe de la réunion était « la croyance commune en l'existence d'une Essence Divine dans l'univers ». Toute confession ayant au moins un million de fidèles était représentée et, de façon surprenante, un accord intervint très vite quant au but commun.

« Nous sommes ici pour ôter une arme essentielle des mains des croyants en conflit. Cette arme est la prétention à une seule et unique révélation. »

La joie qui éclata aussitôt devant ce « signe d'un profond accord » se révéla prématurée. Durant plus d'une année standard, la C.I.Œ. se limita à cette seule déclaration. On se mit à parler avec amertume du temps qui passait sans rien apporter. Les troubadours composèrent des chansons spirituelles et mordantes sur les 121 délégués de la C.I.Œ., les vieux « Chiens Ignobles » comme on les appelait depuis que courait un refrain de corps de garde à leur propos. L'une de ces chansons, « En terre molle », est venue jusqu'à nos jours :

> « *En terre molle ils dorment,*
> *Tous ces vieux chiens ignobles.*
> *Abrutis, sales et sourds,*
> *Ils ne voient plus le jour.*
> *Et passe, passe le temps,*
> *Rien n'y fera plus,*
> *Rien ni personne.*
> *Foutez-leur la paix :*
> *Ils dorment !* »

Des rumeurs filtraient parfois des réunions de la C.I.Œ. On disait que les délégués comparaient leurs textes et, inévitablement, on nommait ces textes. Ce genre de rumeurs finit par provoquer des troubles anti-œcuméniques et par susciter de nouvelles campagnes d'hostilité.

Deux années passèrent... puis trois.

Des Commissaires, neuf moururent et furent remplacés. On annonça alors la création d'un livre unique qui devait faire état de « tous les symptômes pathologiques » des religions du passé.

« Nous façonnons un instrument d'Amour qui sera utilisable de toutes les façons », dirent les Commissaires.

Certains considèrent qu'il est étrange que cette déclaration ait provoqué les pires explosions de violence que l'on eût jamais connues à propos d'œcuménisme. Vingt délégués furent rappelés par leur congrégation. L'un d'eux se suicida en volant une frégate spatiale pour aller plonger dans le soleil.

Selon les historiens, les troubles firent alors quatre-vingts millions de morts. Cela correspond à environ six mille morts pour chaque monde de la Ligue du Landsraad. Compte tenu de l'époque, cette estimation ne semble pas excessive. Mais il faut bien se garder de vouloir fournir des chiffres précis car les communications inter-mondes étaient alors à leur plus bas niveau.

Tout naturellement, les troubadours se déchaînaient. Une comédie musicale à un succès montrait un délégué de la C.I.Œ. assis sur une plage de sable blanc au pied d'un palmier et chantant :

> « *Pour Dieu, la femme et la splendeur de l'amour,*
> *Nous voici ici sans peurs ni soucis.*
> *Ah troubadour, chante-moi une autre mélodie*
> *Pour Dieu, la femme et la splendeur de l'amour !* »

Troubles et comédies sont des symptômes profondément révélateurs, à toute époque. Ils traduisent le climat psychologique, les incertitudes profondes... et l'espoir en quelque chose de meilleur, espoir mêlé de la crainte de ne rien voir venir, jamais.

Les barrages les plus sûrs contre l'anarchie étaient alors la Guilde (à l'état embryonnaire), le Bene Gesserit et le Landsraad, qui atteignait ses 2 000 années d'existence malgré les obstacles les plus sérieux. Le rôle de la Guilde semblait clair : elle offrait le transport au Landsraad et à la C.I.Œ. Le rôle du Bene Gesserit est moins évident. Il est certain qu'à cette époque, il consolidait son emprise sur les sorcières, exploitait le domaine des narcotiques les plus subtils, développait l'entraînement prana-bindu et mettait sur pied la Missionaria Protectiva, cette arme noire de la superstition. Mais cette période vit aussi la création de la Litanie contre la Peur et la réunion du Livre d'Azhar, cette merveille bibliographique qui recèle les grands secrets des fois les plus anciennes.

Le commentaire d'Ingsley est sans doute le seul admissible : « Une époque de profonds paradoxes. »

Pendant presque sept ans, la C.I.Œ. continua son travail. Aux approches du septième anniversaire de l'assemblée, l'univers humain se prépara à une annonce historique. Quand le jour vint, la Bible Catholique Orange était née.

« Une œuvre pleine de dignité et de signification, dit-on. Un moyen pour l'humanité de prendre conscience d'elle-même en tant que création totale de Dieu. »

Les hommes de la C.I.Œ. étaient comme des archéologues des idées, inspirés par Dieu dans la grandeur de cette redécouverte. On prétendit qu'ils avaient mis en lumière « la vitalité des grands idéaux enrichis par les siècles », qu'ils avaient « renforcé les impératifs moraux de la conscience religieuse ».

En même temps que la Bible Catholique Orange, la C.I.Œ. présenta le Manuel Liturgique et les Commentaires qui sont par bien des aspects des œuvres remarquables, non seulement à cause de leur brièveté (moins de la moitié de la Bible C.O.), mais aussi par leur naïveté et leur mélange d'apitoiement et de pharisaïsme.

Le début constitue un appel évident aux dirigeants agnostiques.

« Les hommes, ne trouvant aucune réponse au *sunnah* (les dix mille questions religieuses du Shari-ah) appliquent maintenant leur propre raisonnement. Tous les hommes cherchent la lumière. La Religion n'est que la façon la plus ancienne et la plus vénérable de trouver un sens à l'univers créé par Dieu. Les savants cherchent les lois des événements. Le rôle de la Religion est de découvrir la place de l'homme dans cette légalité. »

Dans leur conclusion, cependant, les Commentaires ont un ton dur qui, très certainement, annonçait déjà quel serait leur destin.

« En grande partie, ce que l'on appelle religion a toujours eu une attitude inconsciemment hostile envers la vie. La véritable religion doit enseigner que la vie est pleine de joies plaisantes à l'œil de Dieu, que la connaissance sans action est vide. Tous les hommes doivent comprendre que l'enseignement de la religion par des règles est une duperie. Le seul enseignement qui soit valable est celui que l'on accepte dans le plaisir. Il est impossible de ne pas le reconnaître car il éveille en vous la certitude d'avoir toujours su ce qu'il vous apprend. »

Comme les presses et les imprégnateurs de shigavrilles se mettaient au travail pour répandre les paroles de la Bible Catholique Orange, une impression de calme se répandit sur les mondes. Certains interprétèrent cela comme un signe de Dieu, un présage d'unité.

Mais les délégués de la C.I.Œ. eux-mêmes démentirent ce calme en regagnant leurs congrégations respectives. Dix-huit d'entre eux furent lynchés dans les deux mois qui suivirent et cinquante-trois se désavouèrent dans l'année.

La Bible C.O. fut dénoncée comme une œuvre produite par « le nombril de la raison ». On déclara que ses pages étaient imprégnées d'un intérêt pour la logique très racoleur et des révisions commencèrent d'apparaître, qui avaient leur origine dans la bigoterie populaire. Elles s'appuyaient surtout sur les symboles acceptés depuis longtemps (la Croix, le Croissant, la Plume, les Douze Saints, le Bouddha d'ascèse…) et il devint vite évident que les superstitions anciennes n'avaient pas du tout été absorbées par le nouvel œcuménisme.

Halloway avait qualifié les sept années de travail de la C.I.Œ. de « galacto-phase déterministe ». Pour des milliards de personnes, les initiales G.D. prirent le sens de « gare à Dieu ! ».

Le Président de la C.I.Œ., Toure Bomoko, Ulema des Zensunnis qui faisait partie des quatorze délégués qui ne s'étaient encore jamais désavoués (« Les Quatorze Sages », selon la tradition populaire) admit finalement que la C.I.Œ. avait été une erreur.

« Nous n'aurions pas dû essayer de créer de nouveaux symboles, dit-il. Nous aurions dû comprendre que notre rôle n'était pas d'introduire des incertitudes dans la croyance acceptée, d'éveiller la curiosité à l'égard de Dieu. Chaque jour nous sommes témoins de la terrifiante instabilité des choses humaines, et pourtant nous laissons nos religions devenir de plus en plus rigides et contrôlées, de plus en plus conformistes et oppressantes. Quelle est cette ombre sur le chemin du Commandement Divin ? C'est l'avertissement que portent les institutions puis les symboles quand le sens des institutions s'est perdu, un avertissement qui dit que la Somme de toutes les connaissances n'existe pas. »

Le double sens amer de cet « aveu » n'échappa point aux adversaires de Bomoko et, peu après, il fut obligé de fuir en exil, ne devant la vie sauve qu'au serment de silence de la Guilde. On dit plus tard qu'il avait trouvé la mort sur Tupile, honoré et adoré, et que ses dernières paroles avaient été : « La religion doit demeurer un moyen qui permette aux gens de se dire : Je ne suis pas tel que je voudrais être. En aucun cas, elle ne doit conduire à l'union des auto-satisfactions. »

On se plaît à penser que Bomoko comprenait le sens prophétique des mots : « Que portent les institutions. » Quatre-vingt-dix générations plus tard, la Bible C.O. et les Commentaires s'étaient répandus dans tout l'univers religieux.

Lorsque Paul-Muad'Dib posa la main droite sur le mausolée de pierre abritant le crâne de son père (la main droite de celui qui est béni et non la main gauche du damné) les paroles qu'il prononça provenaient directement du « Legs de Bomoko » :

« Vous qui nous avez défaits, dites-vous que Babylone fut abattue et ses œuvres dispersées. Pourtant, je vous le dis : l'homme est encore en jugement, chaque homme est une petite guerre. »

Les Fremen disaient de Muad'Dib qu'il était pareil à Abu Zide dont la frégate défiait la Guilde et pouvait aller *là-bas* puis revenir. *Là-bas*, dans la mythologie fremen, est le pays de l'esprit-ruh, l'alam al-mithal où toute limitation disparaît.

On voit évidemment le rapport avec le Kwisatz Haderach. Le Kwisatz Haderach qui était l'aboutissement du programme de sélection de la Communauté Bene Gesserit représentait « le court chemin » ou « celui qui peut être en deux endroits simultanément ».

Mais ces deux interprétations sont directement issues des Commentaires : « Quand la loi et le devoir religieux ne font qu'un, le moi enferme l'univers. »

De lui-même, Muad'Dib disait : « Je suis un filet dans la mer du temps, entre le passé et l'avenir. Je suis une membrane mobile à laquelle aucune possibilité ne peut échapper. »

Ces pensées n'expriment qu'une seule et même chose que l'on retrouve dans le kalima 22 de la Bible C.O. qui dit : « Qu'une pensée soit ou non exprimée, elle demeure une chose réelle et elle en a les pouvoirs. »

Mais ce sont les propres commentaires de Muad'Dib, dans « Les Piliers de l'Univers » tels qu'ils furent interprétés par ses fidèles du Qizara Tafwid qui révèlent ses dettes à l'endroit de la C.I.Œ. et des Fremen-Zensunni.

Muad'Dib : « *La loi et le devoir ne font qu'un; qu'il en soit donc ainsi. Mais souvenez-vous de ces limitations — Car vous n'êtes jamais pleinement conscients. Car vous demeurez immergés dans le tau commun. Car vous êtes toujours moins qu'un individu.* »
Bible C.O. : Formulation identique (Révélations 61.)
Muad'Dib : « *La religion participe souvent du mythe du progrès qui nous protège des terreurs de l'avenir incertain.* »
Commentaires de la C.I.Œ. : Formulation identique. (Le Livre d'Azhar attribue cette sentence à l'écrivain du 1er siècle, Neshou.)

Muad'Dib : « *Si un enfant, une personne non éduquée, ignorante ou folle provoque des troubles, la faute en incombe à l'autorité qui n'a pas su prévoir et prévenir ces troubles.* »

Bible C.O. : « Tout péché peut être expliqué, au moins en partie, par une mauvaise tendance naturelle qui est une circonstance atténuante acceptable par Dieu. » (Le Livre d'Azhar fait remonter l'origine de cette sentence à l'ancienne Taurah.)

Muad'Dib : « *Tends ta main et prends ce que Dieu te donne ; et quand tu seras rassasié, remercie le Seigneur.* »

Bible C.O. : Paraphrase de sens identique. (Attribuée sous une forme légèrement différente au Premier Islam par le Livre d'Azhar.)

Muad'Dib : « *La tendresse est le début de la cruauté.* »

Kitab al-Ibar des Fremen : « Le poids d'un Dieu de douceur est effrayant. Dieu ne nous a-t-il pas donné le soleil brûlant ? (Al-Lat) Dieu ne nous a-t-il pas donné les Mères d'Humidité ? (les Révérendes Mères) Dieu ne nous a-t-il pas donné Shaitan ? (Satan, Iblis) Et, de Shaitan, n'avons-nous point reçu la souffrance de la vitesse ? »

(Ceci est à l'origine de la maxime fremen : « De Shaitan vient la vitesse. » En effet : Pour chaque centaine de calories produites par l'exercice [la vitesse] le corps dégage six onces de sueur. Le mot fremen pour la sueur est bakka, assimilé à larmes, et se définit par : « L'essence de vie que Shaitan extrait de votre âme. »)

L'arrivée de Muad'Dib est qualifiée de « religieusement opportune » par Koneywell. Comme Muad'Dib le dit lui-même : « Je suis ici ; donc... »

Cependant, pour comprendre l'impact religieux de Muad'Dib, il est absolument nécessaire de ne jamais perdre de vue un fait : les Fremen étaient un peuple qui habitait le désert et qui, depuis longtemps, s'était habitué à un site hostile. Le mysticisme apparaît facilement lorsque chaque seconde de vie est gagnée en luttant. « Vous êtes là ; donc... »

Avec une telle tradition, la souffrance est acceptée, peut-être comme un châtiment inconscient, mais acceptée tout de même. Et il faut noter que les rites fremen libèrent presque complètement des sentiments de culpabilité. Ce n'était pas seulement parce que la loi et la religion ne faisaient qu'un, confondant désobéissance et péché. Il serait plus vrai de dire que les Fremen se purifiaient eux-mêmes de toute culpabilité parce que leur existence quotidienne nécessitait des jugements brutaux, voire radicaux qui, dans un milieu plus favorable, auraient chargé ceux qui les appliquaient d'un sentiment de culpabilité intolérable.

Et cela, sans doute, contribua en grande partie au développement de la superstition, si importante chez les Fremen (même sans tenir compte des implantations de la Missionaria Protectiva). Quelle importance cela a-t-il que vous deviez lire un présage dans le sifflement du sable ? Faire le signe du poing au lever de la Première Lune ? La chair d'un homme lui appartient et son eau appartient à la tribu. Le mystère de la vie n'est pas un problème à résoudre mais une réalité à vivre. Les signes et les présages vous aident à ne jamais l'oublier. Et parce que vous êtes *ici*, parce que vous avez la *religion*, la victoire ne saurait vous échapper.

Ainsi que le Bene Gesserit l'enseigna durant des siècles avant de se heurter aux Fremen :

« Quand la religion et la politique voyagent dans le même équipage et que cet équipage est conduit par un homme saint (baraka), rien ne peut l'arrêter. »

APPENDICE III

RAPPORT SUR LES BUTS ET MOTIVATIONS DU BENE GESSERIT

> Ce qui suit est extrait de la Somme préparée par les agents de Dame Jessica à sa requête à la suite de l'Affaire d'Arrakis. La sincérité de ce rapport lui confère une valeur qui transcende largement l'ordinaire.

Durant des siècles, le Bene Gesserit agit sous le masque d'une école semi-mystique tout en poursuivant un programme de sélection parmi les humains. Pour cette raison, nous tendons à lui accorder plus d'importance qu'il n'en mérite apparemment. L'analyse de son « jugement de fait » sur l'Affaire d'Arrakis révèle l'ignorance profonde de l'école quant à son propre rôle.

On peut certes faire valoir que le Bene Gesserit ne pouvait examiner que les faits dont il disposait et n'eut jamais directement accès à la personne du Prophète Muad'Dib. Mais l'école avait surmonté des obstacles bien plus importants et son erreur n'en apparaît que plus grave.

L'objectif du programme Bene Gesserit était l'apparition d'un être appelé le « Kwisatz Haderach », ce qui signifie : « Celui qui peut être en plusieurs endroits. » En termes plus simples, ce que désirait le Bene Gesserit, c'était un humain dont les pouvoirs mentaux lui permettraient de comprendre et d'utiliser des dimensions d'ordre supérieur.

Ils cherchaient un super-Mentat, un ordinateur humain qui aurait certains des pouvoirs prescients des navigateurs de la Guilde. Maintenant, examinons soigneusement les faits :

Muad'Dib, né Paul Atréides, était le fils du duc Leto, un

homme dont la lignée, depuis plus de milie ans, était l'objet d'une surveillance attentive. La mère du Prophète, Dame Jessica, était une fille naturelle du baron Vladimir Harkonnen et portait des repères génétiques dont l'importance extrême pour le programme de sélection était connue depuis près de deux mille ans. Elle était un produit du Bene Gesserit, éduquée dans la Manière et *aurait dû être un instrument consentant du programme.*

Dame Jessica avait reçu l'ordre de donner une fille aux Atréides. Le programme prévoyait l'union de cette fille avec Feyd-Rautha Harkonnen, neveu du baron Vladimir. Les probabilités d'apparition du Kwisatz Haderach étaient très élevées. Au lieu de cela, pour des raisons qui, selon elle, ne lui apparurent jamais très clairement, elle se retourna contre ses ordres et engendra un fils.

Cela déjà aurait dû alerter le Bene Gesserit. Une variante imprévisible venait de s'introduire dans le plan. Mais il y avait bien d'autres indications plus importantes que le Bene Gesserit ignora virtuellement :

1. Enfant, Paul Atréides révélait déjà des dispositions à prédire l'avenir. Il eut des visions prescientes particulièrement nettes et détaillées qui défiaient toute explication par la quatrième dimension.

2. La Révérende Mère Gaius Helen Mohiam, Rectrice du Bene Gesserit qui vérifia l'humanité de Paul à l'âge de quinze ans, rapporta que, durant l'épreuve, il avait enduré une souffrance telle qu'elle n'avait jamais été infligée auparavant à un être humain. Pourtant, dans son rapport, elle omit de le signaler !

3. Lorsque les Atréides se transportèrent sur Arrakis, la population Fremen salua le jeune Paul comme un prophète, comme « la voix d'ailleurs ». Le Bene Gesserit savait parfaitement quel pouvait être le degré de sensibilisation de ces gens qui vivaient sur un monde rigoureux, désertique, totalement dépourvu d'eau, un monde où les nécessités primitives dominaient. Pourtant, les observateurs Bene Gesserit demeurèrent aveugles à la réaction des Fremen, de même qu'à l'élément nouveau et évident introduit par le régime à base d'épice.

4. Lorsque les Harkonnens et les soldats-fanatiques de l'Empereur Padishah réoccupèrent Arrakis, tuant le père de Paul et exterminant la plupart de ses hommes, Paul et sa mère disparurent. Presque immédiatement, des rapports mentionnèrent l'apparition d'un nouveau chef religieux chez les Fremen, un homme appelé « Muad'Dib » que l'on saluait à nouveau comme « la voix d'ailleurs ». Les rapports précisaient même qu'il était accompagné d'une nouvelle Révérende Mère du Rite Sayyadina, « qui est la femme qui lui a donné naissance ». Le Bene Gesserit avait également à sa disposition des documents qui citaient nettement les paroles de la légende fremen du prophète : « Il sera né d'une sorcière Bene Gesserit. »

(On peut faire remarquer quant à ce dernier point que la Missionaria Protectiva du Bene Gesserit avait accompli son œuvre sur Arrakis des siècles auparavant et y avait implanté certaines légendes destinées éventuellement à aider des membres de l'Ecole qui viendraient à échouer sur ce monde et que cette « voix d'ailleurs » ne fut ignorée du Bene Gesserit que parce qu'elle évoquait très précisément une ruse Bene Gesserit courante. Mais cet argument n'aurait de valeur que si le Bene Gesserit avait eu des raisons d'ignorer tous les autres indices.)

5. Quand l'Affaire d'Arrakis éclata, la Guilde Spatiale fit des ouvertures au Bene Gesserit. La Guilde prétendait que ses navigateurs, qui utilisaient l'épice d'Arrakis pour susciter la prescience limitée qui était nécessaire au pilotage des astronefs dans le vide, étaient « inquiets à propos de l'avenir », qu'ils « voyaient des problèmes surgir à l'horizon ». Ce qui signifiait clairement qu'ils décelaient un nexus, une conjoncture de décisions multiples et difficiles au-delà de laquelle le chemin de l'avenir était barré. N'était-ce pas là la preuve que quelque force intervenait entre les dimensions ?

(Certaines Bene Gesserit savaient depuis longtemps que la Guilde ne pouvait intervenir directement à la source de l'épice car, déjà, les navigateurs s'occupaient des dimensions supérieures à leur propre et inepte façon et admettaient que le moindre faux pas sur Arrakis serait catastrophique. Il était bien connu que les navigateurs de la Guilde ne voyaient aucun moyen de s'emparer du contrôle de l'épice sans, justement, produire un tel nexus. La conclusion qui s'imposait donc était que quelqu'un, dont les pouvoirs étaient supérieurs, visait le contrôle de l'épice à la source... Mais les Bene Gesserit ne comprirent pas cela !)

Devant ces faits, on en arrive à la conclusion que l'inefficacité du Bene Gesserit dans cette affaire ne fut que le résultat d'un plan plus vaste dont l'école n'avait pas la moindre connaissance !

Appendice IV

ALMANAK EN ASHRAF
(Extraits sélectionnés des Maisons Nobles)

SHADDAM IV (10134-10202)

Empereur Padishah, 81ᵉ de la lignée (Maison de Corrino) à occuper le Trône du Lion d'Or. Il régna de 10156 (date à laquelle son père, Elrood IX, succomba au chaumurky) jusqu'en 10196 où lui succéda une Régence, instituée au nom de sa fille aînée, Irulan. Son règne fut surtout marqué par la Révolte d'Arrakis que certains historiens expliquent par son comportement superficiel et son goût du faste. Le nombre des Bursegs fut doublé durant les seize premières années de son règne. Dans les trente années qui précédèrent la Révolte, les crédits pour la formation des Sardaukar augmentèrent régulièrement. Il avait cinq filles (Irulan, Chalice, Wensicia, Josifa et Rugi) et aucun fils légitime. Quatre de ses filles l'accompagnèrent lorsqu'il se retira. Sa femme, Anirul, Bene Gesserit du Rang Caché, mourut en 10176.

LETO ATRÉIDES (10140-10191)

Cousin des Corrinos du côté maternel. Souvent appelé le Duc Rouge. La Maison des Atréides régit Caladan en fief-siridar durant vingt générations avant de recevoir Arrakis. Le duc Leto est surtout connu comme père du duc Paul Muad'Dib, Umma régent. Les restes du duc Leto se trouvent dans la « Tombe du Crâne » sur Arrakis. On attribue sa mort à la trahison d'un docteur de l'École Suk. L'acte fut perpétré par le Siridar-Baron Vladimir Harkonnen.

DAME JESSICA (Hon. Atréides) (10154-10256)

Fille naturelle (référence Bene Gesserit) du Siridar-Baron Vladimir Harkonnen. Mère du duc Paul Muad'Dib. Diplômée de l'école B.G. de Wallach IX.

DAME ALIA ATRÉIDES (10191)

Fille légitime du duc Leto Atréides et de sa concubine, Dame Jessica. Dame Alia est née sur Arrakis huit mois après la mort du duc Leto. Les références B.G. la désignent comme « la Maudite », ce qui peut s'expliquer par une exposition prénatale au narcotique de perception. L'histoire populaire la désigne sous le nom de Sainte Alia du Couteau ou Sainte Alia. (Pour plus de détails, voir *Sainte Alia, Chasseresse d'un Milliard de Mondes*, par Pander Oulson.)

VLADIMIR HARKONNEN (10110-10193)

Communément désigné comme le baron Harkonnen. Son titre officiel était Siridar-(gouverneur planétaire) Baron. Vladimir Harkonnen était le descendant mâle direct du Bashar Abulurd Harkonnen qui fut banni pour couardise après la Bataille de Corrin. On attribue généralement le retour en grâce de la Maison Harkonnen à d'adroites spéculations sur le marché de la fourrure de baleine, spéculations qui furent renforcées par les bénéfices tirés du Mélange d'Arrakis. Le Siridar-Baron mourut sur Arrakis durant la Révolte. Le titre fut brièvement porté par le na-Baron, Feyd-Rautha Harkonnen.

COMTE HASIMIR FENRING (10133-10225)

Cousin de la Maison de Corrino par le côté maternel, il fut le compagnon d'enfance de Shaddam IV. (L'*Histoire pirate de Corrino*, souvent discréditée, rapporte de curieuses rumeurs selon lesquelles Fenring serait responsable de la mort d'Elrood IX.) Tous les témoignages s'entendent pour reconnaître que Fenring était le meilleur ami de Shaddam IV. Le comte Fenring fut Agent Impérial sur Arrakis durant le régime harkonnen et, plus tard, Siridar-Absentia de Caladan. Il rejoignit finalement Shaddam IV sur Salusa Secundus.

COMTE GLOSSU RABBAN (10132-10193)

Glossu Rabban, comte de Lankiveil, était le neveu aîné de Vladimir Harkonnen. Glossu Rabban et Feyd-Rautha Rabban (qui prit le nom d'Harkonnen lorsqu'il fut choisi pour régir la maison du Siridar-Baron) étaient les fils légitimes du plus jeune des demi-frères du Siridar-Baron, Abulurd. Abulurd renonça au nom d'Harkonnen, à tous les droits et à tous les titres lorsqu'on lui offrit le poste de gouverneur du sous-district de Rabban-Lankiveil. Rabban était son nom matrilinéaire.

LEXIQUE DE L'IMPERIUM

A

Aba : robe de forme vague portée par les femmes fremen. Généralement noire.

Ach : virage à gauche. Ordre lancé par l'homme de guide du ver.

Adab : la mémoire qui exige et qui s'impose à vous.

A. G. : avant la Guilde.

Akarso : plante originaire de Sikun (70 Ophiuchi A) et caractérisée par ses feuilles presque rectangulaires. Ses rayures blanches et vertes correspondent aux zones de chlorophylle active et dormante.

Alam al-Mithal : le monde mystique des similitudes où cessent toutes limitations.

Al-Lat : le soleil originel de l'humanité. Par extension : tout soleil d'un système.

Ampoliros : le légendaire « Hollandais Volant » de l'espace.

Amtal ou règle de l'Amtal : règle en usage sur les mondes primitifs et destinée à déterminer les défauts et les aptitudes d'un homme. Communément : l'épreuve de la destruction.

Aql : l'épreuve de la raison. A l'origine, les « Sept Questions Mystiques » qui commencent par « Qui est-ce qui pense ? »

Arbitre du Changement : désigné par le Haut Conseil du Landsraad et l'Empereur pour surveiller un changement de fief, une rétribution, ou une bataille dans une Guerre des Assassins. L'autorité de l'Arbitre ne peut être contestée que devant le Haut Conseil et en présence de l'Empereur.

Arrakeen : la première base d'Arrakis qui fut longtemps le siège du gouvernement planétaire.

Arrakis : troisième planète du système de Canopus. Plus connue sous le nom de Dune.

Assemblée : différente du Conseil, l'Assemblée est la convocation des chefs fremen afin d'assister à un combat pour le pouvoir tribal. (Un Conseil est une assemblée qui tranche des problèmes intéressant toutes les tribus.)

Auliya : dans la religion des Vagabonds Zensunni, la femelle à la main gauche de Dieu.

Aumas : poison administré avec la nourriture. (Plus particulièrement : avec la nourriture solide.) Chaumas dans certains dialectes.

Ayat : les signes de vie. (*Voir* Burhan.)

B

Bakka : dans la légende fremen, celui qui pleure pour toute l'humanité.

Baklawa : pâtisserie à base de sirop de datte.

Balisette : instrument de musique à neuf cordes, descendant de la zithra, accordé selon la gamme de Chusuk et dont on pince les cordes. Instrument favori des troubadours impériaux.

Baramark (pistolet) : pistolet à poudre et à électricité statique conçu sur Arrakis pour tracer de vastes signes sur le sable.

Baraka : homme saint aux pouvoirs magiques.

Bashar (souvent Colonel Bashar) : officier sardaukar qui, selon la hiérarchie militaire classique, est à un degré au-dessus d'un colonel. Désigne également le responsable militaire d'un sous-district planétaire.

Bataille (langage de) : tout langage spécial à l'étymologie restreinte et destiné aux communications en temps de guerre.

Bedwine : voir Ichwan Bedwine.

Bela Tegeuse : cinquième planète de Kuentsing. Troisième station du Zensunni, la migration forcée des Fremen.

Bene Gesserit : ancienne école d'éducation et d'entraînement physique et mental réservé à l'origine aux étudiants de sexe féminin après que le Jihad Butlérien eut détruit les prétendues « machines pensantes » et les robots.

B.G. : sigle pour « Bene Gesserit ».

Bhotani jib : voir Chakobsa.

Bible Catholique Orange : le « Livre des Accumulations ». Texte religieux produit par la Commission des Interprètes Œcuméniques, contenant des éléments empruntés aux religions anciennes, du Saari de Mahomet, de la Chrétienté Mahayana, du

Catholicisme Zensunni et des traditions Bouddislamiques. Son commandement suprême est : « Point ne déformeras l'âme. »

Bi-lal kaifa : Amen. (Littéralement : « Toute autre explication est inutile. »)

Bindu : en rapport avec le système nerveux humain et, plus particulièrement, avec l'entraînement nerveux. (*Voir* Prana.)

Bindu (suspension) : forme particulière de catalepsie volontaire.

Bled : désert plat.

Bobine : désigne toute impression sur shigavrille utilisée pour l'éducation et chargée d'une impulsion mnémonique.

Bordure : second niveau de la grande falaise du Bouclier d'Arrakis. (*Voir* Bouclier.)

Bouclier : champ de protection produit par un générateur Holtzman. Résulte de la Phase Un de l'effet d'annulation gravifique. Un bouclier ne peut être pénétré que par des mobiles à faible vitesse (cette vitesse allant de six à neuf centimètres par seconde) et ne peut être détruit que par un champ électrique de vastes dimensions.

Désigne également une formation montagneuse du nord d'Arrakis qui protège un territoire de faible étendue des tempêtes coriolis.

Bourka : manteau isolant porté par les Fremen dans le désert.

Brilleur : dispositif d'éclairage autonome (généralement équipé de piles organiques) et muni de suspenseurs.

Burhan : les preuves de vie. (Communément : l'ayat et le burhan de vie. *Voir* Ayat.)

Burseg : général des Sardaukar.

Butlérien (Jihad) : voir Jihad (*également* Grande Révolte).

C

Caid : officier sardaukar plus particulièrement chargé des rapports avec les civils. Gouverneur militaire d'un district planétaire. Supérieur au Bashar sans être toutefois égal au Burseg.

Caladan : troisième planète de Delta Pavonis. Monde natal de Paul-Muad'Dib.

Canto et respondu : rite d'invocation de la panoplia propheticus de la Missionaria Protectiva.

Carte des creux : carte de la surface d'Arrakis faisant apparaître les routes de paracompas les plus sûres entre les refuges. (*Voir* Paracompas.)

Cavalier des sables : terme fremen désignant celui qui est capable de capturer et de chevaucher un ver des sables.

Chakobsa : le « langage magnétique » dérivé en partie de l'ancien

Bhotani (Bhotani-Jib, jib signifiant dialecte). Formé de plusieurs dialectes modifiés pour les besoins du secret, et surtout du langage de chasse des Bhotani, les mercenaires de la première Guerre des Assassins.

Chaumas X (Aumas dans certains dialectes) : poison administré dans la nourriture solide par distinction avec tout poison administré sous une autre forme.

Chaumurky (Musky ou Murky dans certains dialectes) : poison administré dans une boisson.

Chenille : désigne tout engin destiné à opérer à la surface d'Arrakis et à participer à la récolte de l'épice.

Cheops : jeu des pyramides. Forme de jeu d'échecs à neuf niveaux dont le but est de placer la reine en apex et le roi adverse en échec.

Chercheur-tueur : petite aiguille de métal munie de suspenseurs et dirigée à distance. Moyen d'assassinat courant.

Choses sombres : expression idiomatique désignant les superstitions implantées par la Missionaria Protectiva au sein des civilisations instables.

Cherem : fraternité de la haine.

CHOM : sigle pour Combinat des Honnêtes Ober Marchands. Compagnie universelle contrôlée par l'Empereur et les Grandes Maisons avec la Guilde et le Bene Gesserit comme associés sans droit de vote.

Chusuk : quatrième planète de Têta Shalish, appelée encore « Planète des Musiciens » et renommée pour la qualité des instruments qui y sont fabriqués. (*Voir* Varota.)

Cielago : Chiroptère d'Arrakis modifié dans le but d'acheminer les messages distrans.

Collecteurs de rosée ou précipitateurs : à ne pas confondre avec Récolteurs de rosée. Les collecteurs et précipitateurs sont des appareils de forme ovoïde longs d'environ quatre centimètres. Ils sont faits d'un chromoplastique qui, soumis à la lumière, devient blanc et la reflète pour retrouver sa transparence dans l'obscurité. Les collecteurs constituent une surface froide sur laquelle la rosée de l'aube se condense. Les Fremen les utilisent surtout dans les plantations des bassins afin de recueillir un petit appoint d'eau.

Cône de silence : champ de distorsion qui limite la portée d'une voix ou de toute autre forme de vibration par la projection d'une vibration-parasite déphasée à 180°.

Coriolis (tempête) : désigne toute tempête d'ordre majeur sur Arrakis où les vents, soufflant sur les plaines, voient leur force accrue par la révolution de la planète pour atteindre parfois 700 kilomètres/heure.

Corrin (bataille de) : la bataille qui donna son nom à la Maison de Corrino. Elle eut lieu près de Sigma Dragonis en l'an 88 A.G. et établit le pouvoir de la Maison régnante sur Salusa Secundus.

Creux : dépression formée à la suite des mouvements des couches métamorphiques sous-jacentes.

Cristacier : acier stabilisé par des fibres de stravidium insérées dans sa structure cristalline.

Cuvette : sur Arrakis, désigne toute dépression ou région de basse altitude formée par l'effondrement des couches souterraines. (Sur les planètes pourvues d'eau, une cuvette indique une région autrefois occupée par un plan d'eau. On a relevé une seule trace de ce genre sur Arrakis mais la question est loin d'être résolue.)

D

Dar al-hikman : école religieuse de traduction et d'interprétation.

Derch : virage à gauche. Ordre lancé par l'homme de guide du ver.

Demi-frères : fils de concubines d'une même demeure et ayant le même père.

Dictum familia : règle de la Grande Convention qui interdit le meurtre d'une personne royale ou d'un membre d'une Grande Maison par une traîtrise illégale. La règle définit la forme et les limitations de l'assassinat.

Discipline de l'eau : inflexible, elle permet aux habitants d'Arrakis de survivre sans gaspiller l'humidité.

Diseuse de vérité : Révérende Mère qualifiée pour entrer en transe et distinguer la vérité du mensonge.

Distille : vêtement mis au point sur Arrakis et fait d'un tissu dont la fonction est de récupérer l'eau d'évaporation du corps et des déjections organiques. L'eau ainsi recyclée est recueillie dans des poches et peut être à nouveau absorbée à l'aide d'un tube.

Distrans : appareil utilisé pour pratiquer une impression neurale sur le système nerveux des oiseaux ou chiroptères. Le message s'intègre au cri normal de la créature et peut être lu par un autre distrans.

Dunes (hommes des) : désigne tous ceux qui travaillent dans le sable (chasseurs d'épice et autres), sur Arrakis.

E

Eau de Vie : poison d' « illumination ». (*Voir* Révérende Mère.) Liquide produit par un ver des sables (*voir* Shai-hulud) lorsqu'il meurt noyé et qui, transformé par l'organisme de la Révérende Mère, devient un narcotique provoquant l'orgie du tau.

Ecaz : quatrième planète d'Alpha Centauri B. Paradis des sculpteurs à cause du *bois-brouillard,* substance végétale que la seule pensée humaine parvient à façonner.

Ego-simule : portrait exécuté à l'aide d'un projecteur à Shigavrille. Il reproduit les mouvements les plus subtils et l'on dit qu'il recèle l'essence de l'ego.

Elacca : narcotique obtenu par la torréfaction de bois d'elacca d'Ecaz. A pour effet d'atténuer dans des proportions majeures l'instinct de conservation. Confère à la peau une coloration carotte caractéristique. Généralement utilisé pour préparer les esclaves-gladiateurs pour l'arène.

El-Sayal : la « pluie de sable ». Masse de poussière soulevée à une altitude moyenne (environ 2 000 mètres) par une tempête coriolis et qui, en retombant au sol, ramène fréquemment de l'humidité.

Éperonneur : vaisseau spatial de combat formé de la réunion de plusieurs petits vaisseaux et destiné à détruire les positions ennemies en les écrasant sous son poids.

Entraînement : associé au Bene Gesserit, désigne tout un système d'éducation, de conditionnement nerveux et musculaire (*voir* Bindu *et* Prana) poussé aux limites des fonctions naturelles.

Épice : voir Mélange.

Conducteur d'épice : tout homme de Dune qui commande et pilote un engin à la surface d'Arrakis.

Usine à épice (ou épiçage) : voir Chenille.

Erg : mer de sable, zone de dunes.

Étrange (art) : méthode de combat qui participe de la sorcellerie et de la magie.

F

Fai : le tribut d'eau. Le principal impôt d'Arrakis.

Faiseur : voir Shai-hulud.

Fanemétal : métal formé par l'addition de cristaux de jasmium dans du duraluminium. Apprécié pour son rapport poids/résistance particulièrement élevé.

Fardeau de l'eau : pour les Fremen : une obligation mortelle.

Faufreluches : système de classes rigide mis en place par l'Imperium. « Une place pour chaque homme et chaque homme à sa place. »

Fedaykin : commandos de la mort fremen. A l'origine formés pour redresser les torts.

Feu (pilier de) : pyrofusée de signalisation dans le désert.

Filtre : dispositif dont est muni un distille et qui permet de récupérer l'humidité de la respiration.

Fiqh : connaissance, loi religieuse. L'une des origines semi-légendaires de la religion des Vagabonds Zensunni.

Frégate : grand astronef qui peut se poser sur une planète.

Fremen : libres tribus d'Arrakis, habitants du désert, survivants des Vagabonds Zensunni. (« Pirates des sables », selon le Dictionnaire Impérial.)

Fremkit : trousse de survie fabriquée par les Fremen.

G

Galach : langage officiel de l'Imperium. Hybride Inglo-Slave fortement marqué par les différents langages spécialisés nés des migrations humaines.

Gamont : troisième planète de Niushe, renommée pour sa culture hédoniste et ses étranges pratiques sexuelles.

Gare : butte.

Geyrat : tout droit. Ordre lancé par l'homme de guide du ver.

Ghafla : s'abandonner à la distraction. Se dit d'une personne à laquelle on ne peut se fier.

Ghanima : ce que l'on acquiert durant le combat. Plus communément : souvenir de combat destiné à éveiller la mémoire.

Giedi prime : planète d'Ophiuchi B (36), monde natal de la Maison Harkonnen. Planète moyennement habitable à l'activité photosynthétique réduite.

Ginaz (maison du) : alliés temporaires du duc Leto Atréides. Défaits par Grumman pendant la Guerre des Assassins.

Giudichar : sainte vérité. (*Voir* Mantène.)

Grande Convention : désigne la trêve universelle établie par la Guilde, les Grandes Maisons et l'Imperium. Elle interdit l'usage des armes atomiques contre des êtres humains. Chacun de ses édits commence par la phrase : « Les formes doivent être obéies... »

Grande Mère : la déesse à cornes, le principe féminin de l'espace (Mère-Espace), visage féminin de la trinité mâle-femme-neutre reconnue comme l'Être Suprême par de nombreuses religions de l'Imperium.

Grande Révolte : terme courant pour désigner le Jihad Butlérien. (*Voir* Jihad Butlérien.)

Gridex (plan) : séparateur à charge différentielle utilisé pour dégager l'épice du sable.

Grumman : seconde planète de Niushe. Surtout connue pour les démêlés de sa Maison régnante (Moritani) avec la Maison du Ginaz.

Gom jabbar : le haut-ennemi. Aiguille enduite de métacyanure et utilisée par les Rectrices du Bene Gesserit pour l'épreuve d'humanité.

Goûte-poison : analyseur à rayons destiné à détecter les substances toxiques.

Guerre des Assassins : forme de conflit limité autorisée par la Grande Convention et la Guilde de Paix dans le but d'épargner les populations innocentes en réglementant l'usage des armes et en instituant la déclaration préalable des objectifs.

Guetteurs : ornithoptères chargés de la surveillance d'un groupe d'épiçage.

Guilde : Guilde Spatiale. Un des trois éléments du tripode sur lequel repose la Grande Convention. La Guilde constitue la seconde école d'éducation psycho-physique (*voir* Bene Gesserit) fondée par le Jihad Butlérien. La Guilde a le monopole du voyage spatial et de la banque. Le Calendrier Impérial est daté de sa création.

H

Hagal : la « planète des joyaux » (II Têta Shaowei). Mise en exploitation sous Shaddam Ier.

Haiiii-yoh ! : en avant ! Ordre lancé par l'homme de guide du ver.

Hajj : saint voyage.

Hajr : voyage dans le désert, migration.

Hajra : voyage de recherche.

Hal yawm : Enfin ! (Exclamation fremen.)

Hameçons à faiseur : crochets de métal utilisés pour la capture, la monte et le guidage d'un ver des sables.

Harmonthep : Ingsley avance le nom de cette planète comme sixième station de la migration des Zensunni. On suppose qu'il s'agissait d'un satellite de Delta Pavonis disparu depuis.

Haut Conseil : cercle intérieur du Landsraad habilité à agir comme tribunal suprême dans les conflits entre Maisons.

Hiereg : camp volant fremen dans le désert.
Holtzman (effet) : effet de répulsion négative d'un générateur de bouclier.
Hors freyn : terme galach pour « étranger proche ». C'est-à-dire : qui n'appartient pas à la communauté.

I

Ibad (yeux de l') : effet caractéristique de l'épice qui fond le blanc de l'œil et l'iris en un bleu foncé.
Ibn qirtaiba : « Ainsi vont les saints mots... » Début rituel de toute incantation religieuse fremen (issue de la panoplia propheticus.)
Ichwan bedwine : fraternité des Fremen sur Arrakis.
Ijaz : prophétie qui, par sa nature même, ne peut être niée.
Ikhut-eigh ! : cri du porteur d'eau sur Arrakis. (Étymologie incertaine.) (*Voir également* Soo-Soo Sook !)
Ilm : théologie. Science de la tradition religieuse. L'une des origines semi-légendaires de la foi des Vagabonds Zensunni.
Imperial (conditionnement) : le plus puissant des conditionnements pouvant affecter un être humain. Mis au point par l'École Suk. Les initiés ont sur le front un tatouage en forme de diamant et sont autorisés à porter les cheveux longs, maintenus par un anneau d'argent.
Istislah : règle établie pour le bien général. Annonce généralement une mesure brutale.
Ix : voir Richèse.

J

Jihad : croisade religieuse.
Jihad Butlérien (*voir aussi* Grande Révolte) : croisade lancée contre les ordinateurs, les machines pensantes et les robots conscients en 201 avant la Guilde et qui prit fin en 108. Son principal commandement figure dans la Bible C. O. : « Tu ne feras point de machine à l'esprit de l'homme semblable. »
Jolitre : récipient d'un litre destiné à recevoir l'eau, sur Arrakis. Fait de plastique à haute densité et muni d'un sceau à charge positive.
Jubba : cape portée en toute occasion par-dessus le distille. Peut admettre ou réverbérer la chaleur, se transformer en hamac ou même en abri.

K

Karama : miracle. Action du monde spirituel.

Khala : invocation traditionnelle destinée à calmer les esprits courroucés que l'on mentionne.

Kindjal : épée courte à double tranchant, légèrement courbe, longue d'environ 20 centimètres.

Kiswa : tout dessin appartenant à la mythologie fremen.

Kitab al-Ibar : manuel religieux et pratique rédigé par les Fremen.

Krimskell (fibre ou corde de) : la « fibre croc » provenant des plants d'*huluf* d'Ecaz. Les nœuds d'une corde de krimskell se serrent d'eux-mêmes à la moindre traction. (Pour une étude détaillée, voir l'ouvrage de Holjance Vohnbrook : « Les vignes étrangleuses d'Ecaz. »)

Krys : couteau sacré des Fremen. Il est fait en deux versions, fixe et instable, à partir de la dent du ver des sables. Un couteau instable se désintègre à distance du champ électrique d'un organisme humain. Les couteaux fixes sont traités pour être stockés. Les uns comme les autres ne dépassent pas 20 centimètres de longueur.

Kull Wahad ! : « Je suis bouleversé ! » Exclamation de totale surprise répandue dans l'Imperium. Son sens exact dépend du contexte. (On prétend que Muad'Dib, voyant un faucon du désert s'extraire de sa coquille se serait écrié : « Kull Wahad ! »)

Kulon : âne sauvage des steppes asiatiques de Terra, acclimaté sur Arrakis.

Kwisatz Haderach : « Le court chemin ». Ainsi les Bene Gesserit désignaient-elles l'*inconnu* pour lequel elles cherchaient une solution génétique, le mâle B. G. dont les pouvoirs psychiques couvriraient l'espace et le temps.

L

La, la, la : exclamation de chagrin chez les Fremen. Ultime dénégation.

Lancette : désigne toute lame courte, fine, souvent enduite de poison et utilisée de la main gauche lors d'un combat au bouclier.

Lecteur de temps : personne formée aux diverses méthodes de prédiction du temps sur Arrakis. (Sondage du sable, examen des vents...)

Légion (impériale) : dix brigades (environ 30 000 hommes).

Liban : infusion de farine de yucca. A l'origine, boisson à base de lait aigre.
Libres commerçants : Contrebandiers.
Lisan al-Gaib : « La voix d'ailleurs. » Dans les légendes messianiques fremen, le prophète étranger. Parfois traduit par « Donneur d'eau ». (*Voir* Mahdi.)
Long-courrier : Principal vaisseau de transport de la Guilde.

M

Mahdi : dans les légendes messianiques fremen : « Celui Qui Nous Conduira Au Paradis. »
Maison : désigne le Clan Régnant d'une planète ou d'un ensemble de planètes.
Maison majeure : maison qui détient des fiefs planétaires. Entrepreneur interplanétaire. (*Voir* Maison).
Maison mineure : entrepreneur planétaire. (En Galach : « Richece »).
Maître de sable : désigne celui qui dirige les opérations d'épiçage.
Manière : associé à Bene Gesserit : observation attentive et minutieuse.
Mantène : sagesse secrète, principe premier. (Giudichar.)
Manuel des Assassins : résultat de trois siècles de compilation sur les poisons, ce manuel était d'usage courant durant les Guerres des Assassins. Il fut plus tard augmenté d'une étude sur tous les engins autorisés par la Grande Convention et la Guilde de Paix.
Marcheur des sables : désigne tout Fremen entraîné à survivre dans le désert.
Marée de sable : effet de marée produit par le soleil et les lunes dans certaines importantes dépressions d'Arrakis où la poussière s'est accumulée au fil des siècles.
Marteleur : tige munie d'un ressort et destinée à produire un bruit sourd et rythmé dans le sable afin d'attirer le shai-hulud. (*Voir* hameçons à faiseur.)
Mashad : toute épreuve dont dépend l'honneur.
Masse d'épice : masse de végétation fongoïde produite par le mélange de l'eau et des excrétions du Petit Faiseur. A ce stade, l'épice d'Arrakis produit une « explosion » caractéristique qui permet l'échange entre les matières souterraines et celles de la surface. Cette masse, après avoir été exposée au soleil et à l'air, devient la véritable épice, le Mélange. (*Voir également* Mélange et Eau de Vie.)
Maula : esclave.

Maula (pistolet) : arme à ressort lançant des aiguilles empoisonnées. Portée approximative : 40 mètres.

Mélange : l' « épice des épices » dont Arrakis constitue l'unique source. L'épice, utilisé surtout pour ses qualités gériatriques, provoque une légère accoutumance et devient très dangereux dans le cas d'une absorption supérieure à deux grammes par jour pour un organisme de soixante-dix kilos (*Voir* Ibad, Eau de vie et Masse d'épice.) L'épice serait la clé des pouvoirs prophétiques de Muad'Dib et, également, des navigateurs de la Guilde. Son prix, sur le marché impérial, a parfois dépassé 620 000 solaris le décigramme.

Mentat : classe de citoyens de l'Imperium formés à la logique la plus poussée. Appelés « ordinateurs humains ».

Mesures d'eau : Anneaux de métal de différents diamètres destinés à servir de monnaie d'échange pour l'eau. Les mesures d'eau ont une signification symbolique profonde dans le rituel de naissance, de mort et de mariage.

Métaglass : verre formé à haute température entre des feuilles de quartz de jasmium. Particulièrement apprécié pour sa résistance (environ 450 tonnes au centimètre carré pour deux centimètres d'épaisseur) et ses capacités de filtre sélectif.

Mihna : la saison de l'épreuve pour les jeunes Fremen destinés à devenir des adultes.

Minimic (film) : shigavrille d'un micron de diamètre utilisée pour la transmission d'information dans le domaine de l'espionnage.

Mish-mish : abricots.

Misr : « Le peuple ». Ainsi se désignaient eux-mêmes les Zensunni (Fremen).

Missionaria protectiva : le bras du Bene Gesserit chargé de semer la superstition sur les mondes primitifs et de les préparer ainsi à l'exploitation du Bene Gesserit. (*Voir* Panoplia propheticus.)

Moissonneuse : machine de grandes dimensions (en général 120 mètres sur 40) destinée à récolter l'épice sur les gisements riches. Souvent appelée simplement *chenille* en raison de son aspect.

Monitor : engin spatial de combat formé de dix sections, lourdement blindé et muni de boucliers. Les sections se séparent pour regagner l'espace à partir d'une planète.

Muad'Dib : souris-kangourou adaptée à Arrakis. Associée à la mythologie fremen, sa silhouette étant visible sur la seconde lune de la planète. Ce petit animal est admiré par les Fremen pour sa capacité d'adaptation au désert.

Mudir Nahya : nom fremen pour Rabban (Rabban la Bête, Comte de Lankiveil), cousin des Harkonnens qui fut siridar-gouverneur d'Arrakis pendant quelques années. Appelé quelquefois « Maître Démon ».

Mushtamal : petit jardin annexe.

Musky : poison administré dans une boisson. (*Voir* Chaumurky.)

Mu zein wallah ! Mu zein signifie littéralement : « rien de bon », et wallah est une exclamation terminale. Précède généralement une malédiction fremen à l'encontre d'un ennemi.

N

Na : préfixe signifiant « nommément » ou « le prochain ». Ainsi, na-Baron désigne l'héritier apparent d'une baronnie.

Naib : celui qui a juré de n'être jamais pris vivant par l'ennemi. Serment traditionnel d'un chef fremen.

Nezhoni (mouchoir) : carré d'étoffe porté sous le distille par les épouses ou les compagnes fremen après la naissance d'un fils.

Noukkers : officiers du corps impérial qui sont liés par le sang à l'Empereur. Titre traditionnel des fils des concubines royales.

O

Objectifs à huile : huile d'huluf maintenue sous tension par deux champs de force à l'intérieur d'un tube. Chaque objectif à huile peut être réglé séparément avec une précision de l'ordre du micron. Les objectifs à huile sont considérés comme l'achèvement ultime de l'optique.

Opaflamme : opaline très rare de Hagal.

Ornithoptère (plus communément appelé orni) : engin aérien à ailes mobiles dont le principe de sustentation est analogue à celui des oiseaux.

P

Panoplia propheticus : ce terme recouvre toutes les superstitions utilisées par le Bene Gesserit pour l'exploitation des régions primitives. (*Voir* Missionaria Protectiva.)

Paracompas : désigne tout compas indiquant les anomalies magnétiques locales. Utilisé lorsque des cartes sont disponibles et lorsque le champ magnétique d'une planète est particulièrement instable.

Pentabouclier : générateur de champ de force portatif, utilisé pour protéger les couloirs et les portes. (Les boucliers d'appoint deviennent de plus en plus instables avec l'augmentation des différents champs.) Le pentabouclier est virtuellement infranchissable pour quiconque ne possède pas un désactivateur réglé sur le code. (*Voir* Porte de prudence.)

Petit Faiseur : semi-plante, semi-animal qui est à l'origine de la naissance du ver des sables d'Arrakis et dont les excrétions forment la masse d'épice.

Piège à vent : appareil placé sur le parcours des vents dominants et qui condense l'humidité par l'effet d'un brusque abaissement de température.

Pleniscenta : plante verte d'Ecaz renommée pour son parfum.

Poritrin : troisième planète d'Epsilon Alangue, considérée par de nombreux Zensunni comme leur monde natal, quoique leur langage et leur mythologie indiquent des origines plus lointaines.

Porteur d'eau : Fremen chargé des devoirs rituels de l'eau et de l'Eau de Vie.

Portyguls : oranges.

Prana (Musculature-Prana) : Les muscles du corps considérés comme autant d'unités pour l'ultime entraînement. (*Voir* Bindu.)

Première lune : satellite naturel principal d'Arrakis et le premier à apparaître. La forme d'un poing humain est visible à sa surface.

Procès-verbal : rapport semi-officiel sur un crime commis contre l'imperium.

Prudence (porte de) : pentabouclier destiné à empêcher la fuite de certaines personnes. (*Voir* Pentabouclier.)

Pundi (riz) : variété de riz mutante dont les grains, riches en sucre naturel, atteignent parfois quatre centimètres de long. Principale exportation de Caladan.

Pyons : paysans ou travailleurs locaux d'une planète. Formaient l'une des classes inférieures sous le système des Faufreluches. Légalement : gardiens de la planète.

Pyrétique (conscience) : « Conscience du feu ». Niveau d'inhibition du conditionnement impérial. (*Voir* Conditionnement impérial.)

Q

Qanat : canal d'irrigation à ciel ouvert acheminant l'eau à travers le désert, sur Arrakis.

Qirtaiba : Voir Ibn Qirtaiba.
Quizara tafwid : prêtres fremen (après Muad'Dib.)

R

Rachag : stimulant à base de caféine extrait des baies jaunes de l'akarso. (*Voir* Akarso.)

Ramadhan : ancienne période religieuse marquée par le jeûne et la prière. Traditionnellement, neuvième mois du calendrier lunaire et solaire. Les Fremen le mesurent au passage de la première lune à la verticale du neuvième méridien.

Ramasseurs de rosée : ceux qui prélèvent la rosée sur les plantes d'Arrakis à l'aide d'une sorte de serpe.

Rectrice : désigne une Révérende Mère du Bene Gesserit qui dirige également une école régionale B. G. (Appelée communément : Bene Gesserit avec le Regard.)

Rétribution : forme féodale de vengeance, strictement limitée par la Grande Convention. (*Voir* Arbitre du Changement.)

Razzia : raid de guérilla.

Recycles : tubes reliant le dispositif de traitement des déjections du distille aux filtres de recyclage.

Repkit : nécessaire de réparation du distille.

Révérende Mère : à l'origine, une rectrice de Bene Gesserit qui a transformé le « poison d'illumination » dans son corps pour atteindre le plus haut degré de perception. Titre adopté par les Fremen pour leurs propres chefs religieux qui connaissent une épreuve similaire. (*Voir également* Bene Gesserit *et* Eau de Vie.)

Richèse : quatrième planète d'Eridani A, renommée, avec Ix, pour sa civilisation technique. Spécialisée dans la miniaturisation (Pour de plus amples détails quant à la façon dont Richèse et Ix ont échappé aux effets principaux du Jihad Butlérien, voir *Le dernier Jihad,* par Sumer et Kautman).

Ruh (esprit) : dans la croyance fremen, cette part de l'individu qui est en contact permanent avec le monde métaphysique. (*Voir* Alam al-Mithal.)

Résiduel (poison) : innovation dans le domaine des poisons attribuée au Mentat Piter de Vries et qui consiste à injecter dans l'organisme une substance toxique dont les effets doivent être annulés par des doses répétées d'antidote. La suppression de l'antidote provoque la mort.

S

Sables-tambours : couche de sable dont la densité est telle qu'un coup frappé en surface produit le son caractéristique d'un tambour.

Sadus : juges. Pour les Fremen : juges saints.

Salusa Secundus : troisième planète de Gamma Waiping. Choisie comme Planète-prison impériale après que la Cour se fut retirée sur Kaitain. Salusa Secundus est le monde originel de la Maison de Corrino et la seconde station des Vagabonds Zensunni. La tradition fremen rapporte qu'ils furent maintenus en esclavage sur Salusa Secundus durant neuf générations.

Sapho : liquide hautement énergétique extrait de racines d'Ecaz. Communément en usage chez les Mentats dont il augmenterait les pouvoirs. Provoque l'apparition de taches rubis sur les lèvres.

Sardaukar : soldats fanatiques de l'Empereur Padishah. Ces hommes étaient formés dans un milieu hostile au sein duquel six personnes sur treize trouvaient la mort avant d'atteindre l'âge de onze ans. Leur entraînement militaire impitoyable développait leur férocité tout en éliminant presque l'instinct de conservation. Dès l'enfance, on leur enseignait l'utilisation de la cruauté et de la terreur. Ils furent au combat les égaux des soldats du dixième niveau du Ginaz et leur habileté en combat singulier était comparable à celle d'un adepte du Bene Gesserit. Chaque Sardaukar équivalait à dix combattants ordinaires du Landsraad. Sous le règne de Shaddam IV, leur puissance subit l'effet de leur trop grande confiance et leur mystique guerrière fut sapée par le cynisme.

Sarfa : l'acte de se détourner de Dieu.

Sayyadina : acolyte féminine dans la hiérarchie religieuse fremen.

Sceau de porte : dispositif portatif d'obturation en plastique destiné à retenir l'humidité à l'intérieur des grottes fremen, durant le jour.

Schlag : animal originaire de Tupile, renommé pour son cuir mince et dur et qui fut chassé jusqu'à ce que l'espèce soit en voie de disparition.

Seconde lune : le plus petit des deux satellites naturels d'Arrakis. Certains détails de sa surface semblent former l'image d'une souris-kangourou.

Selamlik : Salle d'Audience Impériale.

Sélection (index de) : index où le Bene Gesserit enregistrait le développement de son programme de sélection génétique destiné à produire le Kwisatz Haderach.

Sémuta : narcotique. Dérivé secondaire de la torréfaction du bois d'elacca. Ses effets (suspension du temps, extase) sont accrus par certaines vibrations atonales appelées « musique de la sémuta ».

Serrure à main : désigne tout dispositif de fermeture qui peut être ouvert par le simple contact d'une main humaine pour laquelle il a été programmé.

Servok : mécanisme automatique destiné à des tâches simples. L'un des rares appareils de ce type autorisé après le Jihad Butlérien.

Shadout : Qui creuse les puits. Titre honorifique.

Shah-Nama : Le Premier Livre semi-légendaire des Vagabonds Zensunni.

Shai-Hulud : ver des sables d'Arrakis, « le vieil homme du désert », « le vieux père éternité », « le grand-père du désert ». Il est significatif que ces noms, prononcés d'une certaine façon ou écrits avec des majuscules, désignent la déité terrestre des superstitions fremen. Les vers des sables atteignent des dimensions colossales (on a observé dans le désert profond des vers de 400 mètres de long) et vivent très longtemps quand ils ne se tuent pas entre eux ou ne se noient pas dans l'eau qui, pour eux, est toxique. On pense qu'une grande partie du sable qui recouvre Arrakis est produit par l'action des vers. (*Voir* Petit Faiseur.)

Shaitan : Satan.

Shari-a : partie de la panoplia propheticus qui concerne les rites superstitieux. (*Voir* Missionaria Protectiva.)

Shigaville : produit métallique d'une plante (la *Narvi narviium*) qui ne pousse que sur Salusa Secundus et III Delta Kaising. Réputé pour son extrême résistance à la traction.

Sietch : terme Fremen pour « lieu de réunion en période de danger ». Les Fremen vécurent si longtemps dans le danger que le terme finit par désigner toute grotte habitée par une communauté tribale.

Sihaya : terme fremen désignant le printemps du désert avec des implications religieuses sur la fécondité et « le paradis à venir ».

Sillon : dépression entourée de terrains élevés, sur Arrakis, et protégée des tempêtes. Zone habitable.

Sirat : passage de la Bible C. O. qui décrit la vie humaine comme le passage sur un pont étroit (le Sirat) avec « le Paradis sur ma droite, l'Enfer sur ma gauche, et l'Ange de la Mort derrière moi ».

Solari : unité monétaire de l'Imperium dont la valeur était fixée par la Guilde, le Landsraad et l'Empereur.
Solido : image tri-dimensionnelle issue d'un projecteur solido utilisant les signaux à 360° inscrits sur une bobine de shigavrille. Les solido ixiens sont les plus réputés.
Sondagi : tulipe-fougère de Tupali.
Sonder le sable : art qui consiste à planter des tiges fibro-plastiques dans les étendues désertiques d'Arrakis et à interpréter les traces laissées par les tempêtes de sable pour essayer de prédire le temps.
Soo-Soo Sook ! : cri du marchand d'eau sur Arrakis. Sook désigne la place du marché. (*Voir* Ikhut-eigh !)
Subakh ul kuhar : « Comment allez-vous ? » Formule de politesse fremen.
Subakh un nar : « Ça va. Et vous ? » Réponse traditionnelle à la formule précédente.
Suspenseur : application de l'effet de phase d'un générateur de champ Holtzman. Le suspenseur annule la gravité dans certaines limites relatives à la masse et à l'énergie consommée.

T

Tahaddi al-Burhan : épreuve ultime pour laquelle il ne saurait y avoir d'appel (en général parce que son issue est la mort).
Tahaddi (défi du) : défi fremen annonçant un combat à mort.
Taillerays : laser à faible portée, modifié pour être utilisé comme outil de taille ou scalpel chirurgical.
Taqwa : littéralement : « le prix de la liberté ». Quelque chose de grande valeur. Ce qu'un dieu exige d'un mortel. La peur suscitée par cette demande.
Tau : en terme fremen, l'*unité* d'une communauté sietch induite par l'épice et plus spécialement à la suite de l'orgie tau au cours de laquelle on absorbe l'Eau de Vie.
Tleilax : unique planète de Thalim, centre de formation « clandestin » de Mentats « tordus ».
Transe de vérité : transe semi-hypnotique provoquée par certains narcotiques de perception et au cours de laquelle on décèle le mensonge par les plus infimes détails. (Note : les narcotiques de perception sont fréquemment fatals, sauf pour les individus capables de modifier la structure du poison dans leur organisme.)
Tupile : « planète-sanctuaire » (il y en eut probablement plusieurs) des Maisons de l'Imperium défaites et dont la situation

n'est connue que de la Guilde. Cet asile est demeuré inviolé pendant toute la durée de la Paix de la Guilde.

U

Ulema : docteur en théologie des Zensunni.
Umma : membre de l'une des fraternités de prophètes. Terme de mépris dans l'Imperium pour toute personne « bizarre ».
Uroshnor : l'un des mots dépourvus de sens particulier et que les Bene Gesserit implantent dans l'esprit de leurs victimes pour les contrôler. Celles-ci, lorsque le mot est prononcé, sont immobilisées.
Usul : terme fremen signifiant : « La base du pilier. »

V

Varota : luthier fameux pour ses balisettes. Natif de Chusuk.
Vérité : narcotique d'Ecaz qui annihile la volonté. Interdit tout mensonge à celui qui l'absorbe.
Ver des sables : Voir Shai-Hulud.
Vidangeur : terme général désignant les astronefs-cargos de forme irrégulière chargés de déverser des matériaux depuis l'espace vers la surface d'une planète.
Vinencre : plante rampante originaire de Giedi Prime et dont les maîtres d'esclaves se servent fréquemment comme d'un fouet. Laisse dans la chair une cicatrice de couleur rouge sombre et une douleur résiduelle qui subsiste durant des années.
Voix (la) : effet de l'éducation Bene Gesserit. Permet aux adeptes de sélectionner certaines harmoniques de leur voix afin de contrôler les individus.

W

Wali : jeune Fremen inexpérimenté.
Wallach Ix : neuvième planète de Laoujin qui abrite l'École Mère du Bene Gesserit.

Y

Ya hya chouhada : « Longue vie aux combattants ! » Cri de bataille des Fedaykin. *Ya* (maintenant) est ici augmenté de la forme *hya* (maintenant prolongé éternellement). *Chouhada* (combattants) a ici le sens précis de combattants *contre* l'injustice.

Yali : appartement personnel d'un Fremen à l'intérieur d'un sietch.

Ya ! Ya ! Yawm ! : chant rythmé fremen pour les rites les plus importants. *Ya* a le sens de : « Maintenant, faites bien attention ! » La forme *yawm* accentue l'urgence. Ce chant est en général traduit par : « Maintenant, écoutez bien ! »

Z

Zensunni : adeptes de la secte schismatique qui rompit vers 1381 A. G. avec les enseignements de Mahomet (le soi-disant « Troisième Mahomet »). La religion des Zensunni se caractérise par l'importance accordée au mysticisme et le retour aux « voies de nos pères ». Certaines études indiquent qu'Ali Ben Ohashi aurait été à l'origine du schisme mais diverses preuves tendent à le faire apparaître comme un simple porte-parole de sa seconde épouse, Nisai.

*Achevé d'imprimer en décembre 1991
sur les presses de l'Imprimerie Bussière
à Saint-Amand (Cher)*